ID0607506

марк харитонов

серия
«самое время!»

Марк Харитонов
УВИДЕТЬ БОЛЬШЕ

москва 2012

УДК 821.161.1-3
ББК 84Р7-4
  Х20

Художник — Валерий Калныньш

Харитонов М.

Х20 Увидеть больше: Роман; Узел жизни: Повесть. — М.: Время, 2012. — 432 с. — (Серия «Самое время!»)

ISBN 978-5-9691-0750-2

Новый роман Марка Харитонова читается как увлекательный интеллектуальный детектив, чем-то близкий его букеровскому роману «Линии судьбы, или Сундучок Милашевича». Герой-писатель пытается проникнуть в судьбу отца, от которого не осталось почти ничего, а то, что осталось, требует перепроверки. Надежда порой не столько на свидетельства, на документы, сколько на работу творящего воображения, которое может быть достоверней видимостей. *«Увидеть больше, чем показывают»* — способность, которая дается немногим, она требует напряжения, душевной работы. И достоверность возникающего понимания одновременно определяет реальный ход жизни. Воображение открывает подлинную реальность — если оно доброкачественно, произвольная фантазия может обернуться подменой, поражением, бедой. Так новая мифология, историческая, национальная, порождает кровавые столкновения. Герои повести «Узел жизни», как и герои романа, переживают события, которые оказываются для них поворотными, ключевыми. *«Узел жизни, в котором мы узнаны и развязаны для бытия»,* — Осип Мандельштам сказал как будто о них.

ББК 84Р7-4

УВИДЕТЬ БОЛЬШЕ

роман

ГЛАВА ПЕРВАЯ

1. Здесь кто-то мертвый

Как всегда в утренние часы, вагон метро был переполнен. Борис с трудом втиснулся в дверь, сзади на него надавили еще. «Проходите, другим тоже надо ехать», — началась ритуальная перекличка. «Если б было куда». — «Там дальше полно свободного места». Створки за спиной сошлись, поезд, дрогнув, тронулся. Вошедшие понемногу умялись — упорядочились, совместились частицы. Борис приподнялся на цыпочки, посмотрел поверх голов. В середине вагона действительно было пусто. Откинувшись к стене и развалясь сразу на двух сиденьях, там спала тучная, дурно одетая женщина. Рот ее был приоткрыт, нечесаные седоватые космы выбивались из-под пятнистой косынки, под глазом темнел синяк. Только тут Борис ощутил неприятный запах, это он высвобождал вокруг нее пространство, отталкивая людей в тесноту.

— Пропустите слепого... дайте мне сесть, — требовал вошедший перед Борисом щуплый мужчина. Из-за низкого роста ему приходилось говорить в чью-то спину, голос звучал придушенно. Плотно сжатые тела непонятным образом сумели перегруппироваться, слепец продвинулся вперед, втягивая за собой Бориса.

— Почему таких пускают в метро? — вычленялось из механического гула.

— Я ее тут второй раз вижу.

— Чем от нее несет?

— Вчера на том же месте сидела, я видела.

— Катается по кольцу, отсыпается.

— И никто не высадит.

Слепец, как маленький ледокол, протискивался перед Борисом дальше, наконец, палкой нащупал перед собой пустоту — и вдруг остановился.

— Здесь кто-то мертвый, — проговорил отчетливо.

На мгновение все умолкли, переваривая сказанное. Потом раздался сдавленный женский вскрик.

— Мертвый?

— Она мертвая!

— Вчера на том же месте сидела.

— Почему не высадили?

— Она тут и на прошлой неделе сидела.

— Надо же сказать.

— Что там? — переспрашивали на отдалении.

— Нажмите кнопку, вот там, скажите машинисту.

— Остановите поезд!

— Что?!

Борис ухватился за блестящую перекладину. Бледные, неясные лица, покачиваясь, смотрели впадинами невидящих глаз из-за черного стекла, из подвижной мерцающей темноты в затылок мертвому телу, мчась вместе с ним под землей, по кольцу без конца; одно из лиц было его собственным. Голоса растворялись в равномерном потряхивании. Слепой почувствовал, понял. Он один. Не видеть, закрыть глаза, чтобы дошло...

Перестук, утробный гул, повизгивание, скулеж, и вот уже вой оставшихся без божества, голодных, непонимающих, брошенных взаперти. Щенка, совсем маленького, голые уши-блинчики, надо было отбить у бомжей, а то бы съели. Всем надо есть, но бомжей хоть кормят в специальных столовых, а этим, своим, не довезла корм на неделю, раздутая клетчатая сумка у ног. Тоскливые, потерянные, ожидающие, безумные глаза, им не вообразить смерть божества и что сейчас к ним ворвется, взломав дверь, соседи дозваниваются до милиции, больше терпеть не намерены, всё, собаки ей дороже людей, гуманистка, себя во что превратила, это дело ее, но вонь растекается через стены, а теперь еще и это... вонь, вой, гул...

Расползается, исчезает... не ухватить, не удержать. Перешепоты перестука. Я не видел, но знаю. Откуда это? Не видел, но знаю. Спор футбольных болельщиков на дворовой скамейке. За что он назначил пенальти? Ничего же не было. Была подножка в штрафной. Какая подножка? Откровенная симуляция. Ты же не видел. А ты, что ли, видел? По радио говорили. Слушай другое радио. Страстный диспут слепых. Отблескивают непрозрачно очки, ладони скрещены на палках, подбородки в седой щетине вскинуты к отсутствующим небесам, слух напряжен, бескровные лица. Не обязательно видеть, чтобы переживать, азартно обсуждать репортажи, мнения, слухи, передвижения по возникающей из себя самой таблице. Что переживаешь, то становится реальностью.

Пронесло, возвращаешься непонятно откуда с чувством странного головокружения. Стало с некоторых пор повторяться, особенно после маминой болезни, когда словно вдруг обновились чувства. Готов, кажется, понять, увидеть — явственно, достоверно. Все-таки, значит, способен. Увидеть больше, чем показывают. Не удается лишь закрепить, выразить... растворяется, тает. Глаза снова открыты. Непроницаемые затылки, недоступные, замкнутые миры, взгляд упирается в плешь слепца. Смотри, что видишь. Ощущение потери, несостоявшегося события. Утерянного или еще не найденного? Еще не созданного. Мчимся в общей тесноте, куда несет, не выскочишь, привычный воздух не пахнет. Нам мерещится возможность чего-то более полноценного, чем беспамятная повседневность, говорил ты женщине, еще совсем незнакомой, вы вместе шли из больницы, где возвращалась к жизни мама, и ты сам, казалось, стал заново ощущать жизнь, не удавалось совпасть шагом, а ты философствовал, как будто хотел не просто произвести впечатление — удержать ее словами, чтобы не исчезла вместе с оживавшими вокруг запахами. Жизнь, которую мы создаем для себя, для других — назовем это работой воображения. Все это умеют по-разному, но без этого не ощутить себя живущим по-настоящему. Утраченное и не созданное одинаково не существуют. Вот, едешь сейчас участвовать в программе... как она называется? «Расширение реальности»? Или «Реальность для всех»? Надо будет еще уточнить.

2. Гримасы воображения

Было так: ему представилась однажды возможность подрабатывать, участвуя в платных опросах. Халява нового времени: маркетинговые компании выясняли отношение потребителей к продукции фирм. Надо было пробовать разные сорта пива или супы быстрого приготовления, оценивать качества, отвечать по анкетным пунктам, как ты часто их потребляешь, что тебе в них нравится, какие есть пожелания. Непыльный до бесстыдства заработок, литература теперь так не кормила. Популярный еженедельник, в котором Борис Мукасей больше года вел постоянную колонку о том о сем, лопнул вместе с бизнесом спонсора. Искать новое место Борис медлил, пока еще оставались деньги. Перечитывать собственные недавние словеса стало вдруг как-то противно: все равно, что жевать покрашенную в цвет травы стружку. Знакомых он предпочитал избегать, знал, что за ним утверждается репутация то ли чистоплюя, расслабленного недолгим успехом, то ли, скорей, исписавшегося лентяя, из тех, что оправдывают свою неспособность идейной брезгливостью. Такой был этап самочувствия.

Платные опросы устраивали Мукасея тем, что не имели отношения к литературе, тут было не зазорно лукавить. Насчет подлинной цены своих стараний он не обольщался, гладкие мальчики из компании подсказывали ответы достаточно откровенно: пиво он пьет не меньше двух раз в неделю, предпочитает «Балтику», из бульонных кубиков — «Магги». Сам-то он пивом давно не увлекался, предпочитал вино. Впечатления было не так уж трудно изображать. Литературный инстинкт между тем не совсем, оказывается, уснул. Нечаянно шевельнулся однажды сюжет о человеке, который ухитрялся зарабатывать такими опросами, вообще не различая вкусы и запахи, с этого началась его фантастическая карьера в рекламном бизнесе. Повествование можно было вести от первого лица, но Борису показалось, что-то удастся лучше понять, почувствовать, если передать собственные мысли постороннему персонажу: проще было ничего не скрывать от себя самого, наоборот, откровенничать до распахнутости, до несправедливого к себе преувеличения.

Похоже, он не совсем осмотрительно стал словно бы на пробу, перед зеркалом, строить рожи своему воображению. Слишком сумел, как сказали бы люди театра, вжиться в образ? Если бы просто так! Его навещало иногда чувство — и он об этом уже писал — что игры ума бывают не совсем безобидны, они норовят то и дело материализоваться, с ними надо быть осторожней. Вот и тут, прислушиваясь к себе, Борис в самом деле начинал замечать за собой какую-то нарастающую нечувствительность. Такое бывает при насморке, но сопливый нос был бы замечен, его бы от кормушки прогнали. Теперь ощущения все чаще приходилось попросту сочинять — по воспоминаниям или догадке. Вынужденная наглость оказалась сродни вдохновению, деньги были нужны, фирмачи оставались довольны. Искренность их интересовала меньше всего.

Что-то в устройстве организма сыграло с Борисом злую шутку. Денежная халява закончилась, а вкусы и запахи для него, оказывается, совсем перестали существовать. Как будто начисто атрофировались, онемели пупырышки на языке, нервные окончания в ноздрях. Безразличной стала еда — жевал по привычке, едва замечая, сосиски или что там еще, неизвестно из чего, неважно, приходилось довольствоваться чувством тяжести в желудке и считать это насыщением. Да если бы только еда! Исчезла тяга к удовольствиям, развлечениям, женщины не вызывали неподдельного природного интереса — умственные воспоминания, инерция разглядывания, не более. Это при затянувшемся-то после второго развода безбабье!

Назвать ли это утратой вкуса к жизни? Он еще не принимал случившегося всерьез. Временный сбой, недоразумение, наладится само собой, можно поискать способ. Карьерные фантазии к себе он мог только примерить, увы, не те были способности. Борис попробовал вместе с героем смотреть по телевизору кулинарные передачи, однако сцены сервированного чревоугодия, улыбки рекламного наслаждения (воздыхание, взгляд к небесам, кончик влажного языка по губам) не вызывали ответных чувств, даже малейшего слюноотделения. Так ведь и кадры взаправдашних страшных событий давно не вызывали никаких чувств, констатировал попутно герой. Можно было за ужином сколько угодно лицезреть катастрофы, пожары, изуродованные, окровавленные, обугленные трупы, и это не портило аппетита. Когда он еще был. Вот если бы в катастрофу попал кто-то из близких? — примеривал Мукасей литературное разрешение — и подбирал слова про кислый привкус залитых водой головешек, который должен же был вот-вот ожить в слюне, про запах бензина, растекшегося по асфальту среди пятен крови... Увы, слова все никак не соединялись ни с чем, что можно было вдохнуть, пережить.

Он начинал не на шутку нервничать. От мысли обратиться все же к врачу отвлекла внезапная болезнь мамы. Навестив ее за два дня до инсульта, Борис застал в доме непонятного гостя. Под мятым нечистым пиджаком ветхая шерстяная кофта, на ногах почти новые голубые кроссовки — такие можно подобрать у мусорных ящиков. Щеки в седой щетине, готовой стать неряшливой бородой, пористый нос, воспаленные влажные ноздри, нижняя губа обвисла, гречишная россыпь на руках вызывала мысль о не вполне проявленном шрифте, на правой руке не хватало указательного пальца. Старик уже успел захмелеть — мама зачем-то выставила на стол заветный семейный лафитник, всегда держала его заполненным на всякий случай, для сыновей. Навстречу вошедшему Борису с трудом встал, потянулся облобызать, пошатнулся (тот успел уклониться), осел на стул, едва не утеряв равновесие. Сынок, забормотал, засмеялся рассыпчато, сипло, сынок. Я же тебя никогда не видел.

Мама переводила взгляд с одного на другого, растерянная, ошеломленная. До Бориса постепенно дошло: это был давний знакомый отца, выступал с ним когда-то на эстраде. Отец исчез еще до его рождения, бесследно, мама продолжала верить, что тот рано или поздно вернется, не с гастролей, из какой-то командировки, секретной, он обещал, а его слова были не просто обещанием, он заранее все знал, только не всегда говорил. Это был ее многолетний, пожизненный сдвиг, объяснять ей невозможность возвращения спустя почти полвека было бесполезно, она сама вслух об этом уже не заговаривала, знала, какое производит впечатление, в остальном держалась вполне адекватно. Теперь пришелец из давнего прошлого, похоже, вновь смутил ее бедный ум. В бутылке из-под кефира пыталась ожить уже поникшая белая роза, гость увидел ее по пути, за стеклом цветочного магазина, продавщица отвлеклась, не заметила, когда он вошел, вынул из вазы без спроса, она вдруг стала орать на него так, что он от неожиданности стебель слегка надломил, немного, да? Уплатить он, конечно, не мог, а главное, объяснить этой дуре, почему ему роза так оказалась нужна, хорошо, хоть в милиции поняли, не стали у него отнимать, там же не идиоты, чтобы возиться с больным, отпустили. Забыл, как эта болезнь называется, неважно, что-то сделали с моей памятью, врачи, я знаю, кто? целый научный институт занимался моими мозгами, но ведь доехал, как видишь, до Москвы — и тут опять отключилось, погасло, как зовут маму, зачем приехал в незнакомый город. Никакой врач не объяснит, что и как переключается у некоторых в мозгу. Это чудо, что увидел розу, вдруг вспомнил, как тебе приносил такую, да, Роза? имя вспомнил, потом улицу, то есть дорогу даже не вспоминал, ноги нашли сами, у них, у ног, наверно, своя память, осталось только узнать дом, эту комнату, даже этот зеленый лафитник... все начало оживать... сынок, снова тянулся бессмысленно. Старик был явно тронутый, не просто пьян. Но самое-то главное, дошел он, наконец, до главного, я маме уже рассказывал, вот в чем действительно идиотизм, в чем смех или горе, он поехал сюда, в Москву, чтобы показать Розе тетрадку, на которой все успел записать для памяти, пока не забыл, теперь своими словами он ничего пересказать не мог, потому что надолго не запоминал, и вот все как будто растаяло — оказалось, что тетрадки-то у него с собой нет, главное забыл взять, оставил, наверное, на столе, хорошо если не потерял, вот что такое память больного идиота. Был такой анекдот, как он начинался?..

Борис скоро перестал вникать в эту многословную невнятицу, для него все отчетливей прояснялось, что заблудившийся в памяти бедолага уже настроился здесь у мамы и задержаться, заночевать, а там, может, и остаться, другого выхода он не знал, уехать без денег не мог, еврейская женщина не прогонит. Так прямо он этого не говорил, он вообще ничего не говорил связно. Вдруг засмеялся — вспомнил все-таки анекдот. Анекдоты почему-то он помнил. Больные договорились бежать из сумасшедшего дома, все продумали, приготовили веревки, чтобы перелезть через высокий забор, утром один смотрит в окно и кричит: побег отменяется, забор снесли. Смешно, да? Анекдот помню, а главное забыл. Что теперь делать? Вернуться за своей тетрадкой, подсказал Борис. Ну да, а денег на обратный билет нет, засмеялся опять пьяненько, еще не оценил, что сказанное было всерьез, это называется еврейский юмор, сюда приехал, а вернуться нет денег...

Борис как раз шел к маме с деньгами, поспешил воспользоваться поводом, чтобы избавить ее от безумного, тягостного вторжения, тотчас предложил старику на билет, если ему нужно вернуться к себе, ведь нужно, да? сейчас позвоним на вокзал, вдруг есть билеты, зачем медлить, пока я свободен, а деньги, вот, хватит, если надо, в оба конца, с запасом, да не беспокойтесь, отдадите потом. На какой вам вокзал?..

В памяти почему-то остался прощальный, непонимающий, просительный взгляд мамы: ты что, его уводишь? Сделано было, конечно, грубовато, ближайший поезд, как выяснилось, отходил через два с половиной часа, билеты в кассе были, не курортный сезон, он вызвался тут же сам старика проводить. А чего бы она хотела другого? Чтобы этот умственный инвалид у нее остался? Он сам бы не ушел, не смог, и что дальше? Растянутый абсурд трудней оборвать, он всех начинает затягивать, как пьяный разговор начинает затягивать трезвого, противопоставлять ему другую логику так же бессмысленно, как распутывать безнадежные узлы — их можно только рассечь.

Борис, надо сказать, исполнил все честно, оказал, если угодно, социальную помощь, ни в чем не мог себя упрекнуть. (Мысль о возможности пристроить беднягу в какое-нибудь специальное заведение пришла уже задним числом, но ведь где-то он жил, лучше было вернуться к себе, в обжитое теплое место, чем в сомнительную богадельню, а скорей в скорбное медицинское учреждение, с неизвестными последствиями, да представить себе затяжные хлопоты!) Взял на плечо замызганный рюкзак старика, мама наспех напихала в него продуктов, вышел с ним вместе на улицу, осторожно временами поддерживая, чтоб не упал. Хорошо, что запахов он тогда не чувствовал, мог только представить, как несло от этого бомжа мочой, грязным прокисшим потом, но вести его под руку все-таки брезговал (могли быть и вши), пропускал мимо ушей попытки невнятного разговора, поддакивал автоматически. Там, в тетрадке, все записано, ты увидишь. Мне вредно пить, у меня в голове стало путаться. Главное, что уже все написано. Этого не перекачать по проводам из мозга в мозг, как они думали, или по каким-то волнам. Они там искали способ вывести породу счастливых идиотов. Знаешь, как у нас дятла скрестили со слоном? В насекомых попасть не может, зато деревья валит с одного удара. А? — посмотрел торжествующе. Анекдоты помню, а что надо, забываю. Вдруг, остановившись, стал бормотать, что поезда в ту сторону, кажется, давно не ходят, рельсы заросли бурьяном. Куда в ту сторону? Сюда же вы доехали? — не стал прояснять невнятицу Борис. Доехал, да, вынужден был подтвердить старик. И внезапно замкнулся, сник, череп прикрыт серой лыжной шапочкой. Как будто, ощутив непреклонность тона, вспомнил про самолюбие. На вокзале Борис довел его прямо до кассы, вызвался купить для него билет сам, но тот его сухо отстранил, сунул в окошко взятые у Бориса деньги. Такой станции нет, услышал Борис, деликатно, а впрочем, безразлично стоя в сторонке. Как же нет, сейчас покажу... старик стал искать по карманам, извлек какую-то мятую бумажку. С поездом и впрямь повезло, не пришлось долго ждать, завел старика прямо в вагон. Тот попрощался холодно, за руку, словно совсем протрезвел (пальцы вялые, неживые). Денег Борис ему дал щедро, не поскупился, мог потом честно отчитаться перед мамой по телефону.

Почему же оставался осадок, будто сделано было что-то не так? Словно чего-то не почувствовал, не постарался внимательней задержаться, вникнуть в хмельную невнятицу. А во что тут вникать, отвечал сам себе — или какому-то постороннему голосу, без окраски и тембра, но, впрочем, похожему на свой, когда становился слегка насмешливым. — Мог бы расспросить по пути про отца, ты же про него почти ничего не знаешь. А они ведь были близко знакомы, вместе выступали. — Шевельнулась такая мысль, да. Но чего можно ждать от сдвинутой памяти? Опять слушать бред про тетрадку, без которой ничего не вспомнить? Пустое дело. — Как знать, как знать? Ты когда-то был любопытней. Не нашлось желания, не захотелось лишних хлопот. Какую, кстати, бумажку он сунул в окно? Теперь ведь нужен паспорт, не поинтересовался? — Какая, в конце концов, разница? — Вот, вот. Еще и эта способность онемела, как при наркозе...

Голос стихал, растворялся вместе с очертаниями комнаты. Бесшумно обваливалась стена незнакомого дома, открывая жилые ячейки, ветер гнал по мостовой бумажные листы, никак было их не удержать, не поймать... Закатное солнце прорвалось в окно, ослепило... все опять исчезло, не объясненное...

Если б только он мог потом без сомнений ответить, что мамин инсульт никак не был связан не просто с неточным поступком, с нелепым, болезненным недоразумением — с каким-то движением мысли, недодуманным, непозволительным, произвольным!

3. Свой воздух

Из приемного отделения Розалию Львовну по недосмотру сыновей сунули сразу в какую-то жуткую палату для безнадежных. Не прорвались за каталкой скорой помощи дальше, смутились медицинского запрета, доверились белым, но, впрочем, теперь больше голубым халатам, буркающим отговоркам профессионалов, а скорей всего, от растерянности не уловили, не поняли беззвучного намека, без слов, без откровенного мусоления пальцев. Остаточная советская наивность, назовем ее интеллигентской, опыт еще не был накоплен. Еще не имели дела с больницей, где постельное белье полагалось приносить из дома и лекарства покупать за свой счет. Пришлось запоздало похлопотать и потратиться, чтобы ее перевели из этого вонючего преддверья мертвецкой, как выразился брат Бориса, Ефим. Сам Борис, исполняя долг бесполезного дежурства у маминой постели, не чувствовал вообще ничего. Если бы только вони — хуже: ужаса близкого, почти неизбежного исхода. Когда-то сам ожидал на каталке в приемном покое «скорой помощи», пока врачи им займутся, и человек на каталке рядом говорил неизвестно кому, сам себе или ему: а я, может, не хочу, чтобы меня лечили. Мне, может, хватит, пожил. Еще не старый, лет пятидесяти, подобрали на улице без сознания. А он, Борис, стал убеждать, что так неправильно, нельзя, надо сопротивляться, оставалось только объяснить, зачем. Эта безвольная готовность заранее примириться с потерей, сознавал он, сродни безразличию — той же бесчувственности, она обесценивала, обескровливала саму жизнь: что же в ней ценить, за что держаться, если оказывается все равно? Невнятное мычание с соседней кровати, бесформенное тело слабо шевелится под запачканной простыней, другое тело, у стены, уже неподвижное, громоздкое, укрыто с головой, вошедшие санитары перекладывают его на тележку, натужно крякая, словно тело прямо в их руках тяжелело, рыхлая нога в желто-синих пятнах, не удержавшись, свесилась, выпросталась из-под простыни. Кто жив, тот чувствует, а кто уже не чувствует... нет, не так, это еще раньше надо было убрать, заменить, ведь можно. Кто-то, пользуясь его головой, перебирал вместо мыслей чужие слова или строчки, не то, все было не о том, не так сочинил, не так подумал, не вычеркнул вовремя, теперь поздно.

Мама, однако, сверх ожиданий пошла на поправку, удивив больше всего врачей; один из них сказал даже про чудо. Почти восстановилась речь, и лицо ожило. Сама Розалия Львовна медицинским чудом это бы не назвала, она про себя знала другое, только не говорила вслух, чувствовала, что о ней думают. Сдвиг сознания время от времени все же давал себя знать. Однажды спросила ни с того ни с сего: Дан еще не вернулся? Борис подумал, что она спрашивает об отце, Данииле. Все тот же заскок. Ты же обещал, что он вернется. Нет, оказалось, она спрашивала о том бедняге. Перепутала имя, все путалось в этой бедной головке. Он заверил, что дал старику достаточно денег, должно хватить и на обратную дорогу. Мама с готовностью успокоилась. Вдруг стала нахваливать здешнюю массажистку, эта женщина еще оставалась в палате, когда Борис пришел.

— Посмотри на нее. Волшебница, — говорила трудным полушепотом, показывая на нее глазами. Та уже собиралась уходить, улыбнулась, обернувшись от двери. На вид немного за тридцать, не более сорока, тонкое лицо с втянутыми уголками рта казалось не смуглым, а загорелым. Белый халат и шапочка не давали разглядеть ее толком. — Ты видел? Это волшебница, — преодолевая остаточное затруднение речи, повторила Розалия Львовна, когда она вышла. — От ее пальцев теплый ветерок, с иголочками. Они еще не прикасаются, а я начинаю себя чувствовать.

Глаза, еще недавно погасшие, живо блестели, в сморщенном маленьком лице проявились черты девочки-подростка. Борис согласно кивал, не вникая — надо было справиться с комком, внезапно подступившим к горлу.

— Она приносит в палату свой воздух. До сих пор еще держится. Ты подыши... вдохни глубже... чувствуешь?

Он послушно вдохнул — и его ноздрей, нёба, гортани коснулся оживший вдруг воздух. Он был настоян на выделениях страдающей горестной плоти, на запахах дезинфекции и лекарств — никогда еще они не были для него так волнующе полноценны. Чувство нежности, жалости, благодарности непонятно кому за неправдоподобное возвращение после уже — не пережитого — принятого к сведению конца, а еще как будто смутной вины переполняло его, и подступало уже не к горлу — к глазам.

4. Вообразите меня

Он дожидался ее у больничного корпуса. Прогуливался взад-вперед по асфальтированной дорожке, провожая взглядом очередного посетителя с полупрозрачным пакетом. Фантазию незачем было напрягать, угадывались апельсины — ритуальное здешнее приношение, сам только что нес маме такие же, было что-то еще домашнее, в промасленной бумаге. Из подъезда выходила служительница в куртке, накинутой на плечи поверх голубой униформы, семенила в сторону соседнего корпуса. Задержалась на крыльце женщина, отбывшая скорбное свидание, отирала напоследок глаза и сморкалась в повлажневший платочек для окончательного освобождения. Голуби нехотя уступали дорогу полуботинкам, возвращались доклевать что-то, не разглядишь с высоты роста (и воробьи уже опередили), набросал ли кто съедобные крохи, пренебрегая запретом на антисанитарию, возникала ли пища на серой тверди, самозарождаясь, иначе откуда жизнь. Возникал, проявлялся не существовавший только что для взгляда муравей и тут же исчезал в точечном отверстии, за которым подразумевалось пространство, способное вместить целое племя таких же, с потомством, пусть в виде желтоватых мягких яиц. Возвращалась в безразличное еще недавно измерение никуда, впрочем, не исчезавшая жизнь, пустота наполнялась подробным ее веществом — потому ли, что он дожидался женщину?

Изображать случайную встречу не пришлось, и зачем, невелика дипломатия. Была середина весны, когда березы исходят соком, а верба покрывается пушистыми барашками. Она шла рядом с ним медленно, улыбчиво щурясь и чуть приподняв подбородок — подставляя лицо слабому апрельскому солнцу. Ее звали Анита. Шапочка теперь не прикрывала ее волос, уложенных на затылке простым узлом, он увидел, что они были двухцветные, выгоревшие.

— По вам сразу видно, вы из южных мест, — пристраивался к ее шагу Борис. — Соскучились по солнцу. Для южанки нищая подачка. Но слишком не увлекайтесь, доверчивого оно может обжечь.

Женщина повернула к нему улыбающееся солнцу лицо.

— Розалия Львовна говорила, что вы похожи на вашего отца, — сказала вдруг. — Он при первой встрече сам рассказал ей про нее все, как будто знал.

А, вот оно как! Значит, мама и его ей нахваливала.

— Маму надо слушать с поправками, она живет в своем мире, — усмехнулся. — Отец был эстрадный артист, выступал с эффектными номерами. Находил спрятанные вещи, угадывал мысли. Это называлось психологические опыты. Когда я родился, его уже не было. Я пытался кое-что представить по маминым рассказам, по фотографиям, по газетам, почти ничего не осталось. Сочинить, если угодно. Это ведь мое занятие — сочинять, может, мама и это вам про меня рассказала. (Рассказала, конечно, подтвердил насмешливый голос, она сыном гордится.) У отца были особые способности, я могу только вообразить. Мы все, если угодно, по-своему сочиняем друг друга. Если подумать. Вот я смотрю на вас, слушаю, и вы для меня начинаете проявляться. Пока лишь контурами, неясными, надо их постепенно заполнять. Как вообще можно знать другого? Проникнуть в его жизнь, мысли, воспоминания, сны? Без воображения не обойтись. Дело в желании, в способностях. Чтобы по-настоящему понять, почувствовать друг друга, нам, может, не хватает воображения.

Он сам с интересом вслушивался в свой экспромт. Чего это я так разошелся? — подумал с усмешкой. Захотелось охмурить отнюдь не юную, тихую женщину. Массажистку. Или она не просто массажистка? Так напряженно слушает, чуть приоткрыв рот.

— Хотите, я сейчас расскажу вам про вас? — вдохновлялся он. — Может, у меня и вправду есть что-то наследственное. Иногда кажется.

Она вскинула на него странный взгляд, покачала медленно головой.

— Нет, — улыбка сошла с ее лица. Что-то было в этом лице, вглядывался Борис и не мог сказать, что. — Не надо, — повторила совсем тихо.

— А! — с готовностью подхватил он. — Тоже еще вопрос, хочет ли человек на самом деле по-настоящему все знать? О другом, о себе? О себе, скажет, я знаю. Но если только начнет вникать, углубляться — опомнится. Лучше, скажет, не надо.

Он мысленно опять усмехнулся: рассказать ей сейчас, что произошло недавно с ним, с его обонянием, когда она выходила из маминой палаты, почему захотел дождаться ее? Удержался. Еще сам не понял, что это было. Как будто испытал на себе что-то рискованное, обошлось. Может быть, потом. Если будет это потом.

— У меня остался не дописанным один рассказ, — увел он разговор в сторону. — Про кинорежиссера, он задумал фильм, который хочет снимать скрытой камерой. Сценарий еще не до конца прояснен, он будет складываться в процессе. Участники не должны чувствовать себя исполнителями, они о съемках не подозревают, живут обычной жизнью. Между тем сам он не подозревает, что кто-то в процессе работы уже снимает его, неожиданно втягивается в действие, как участник чужого сюжета. Считает себя вроде автором, но, оказывается, сам до сих пор не понимает ни происходящего, ни самого себя, своей роли, чем дальше, тем больше оказывается бессильным, беспомощным персонажем. Развитие событий запущено, и он уже не может с ним совладать, обречен в конце концов стать жертвой...

Ему пришлось остановиться, потому что остановилась Анита, внезапно, не перейдя до конца дорогу, подняла к нему лицо, вдруг побледневшее. Он увидел уставленные на себя зрачки, они были расширены, и в них расширялся отсвет неба, заполнял, становился отражением белой стены, из черного пролома прорастала неудержимая зелень. Низко над землей летела толстая пестрая птица, проливая за собой пунктирную красную ленту, вдоль дороги полыхали олеандры и розы, брызнули от круглого отверстия трещины по стеклу, окрашенному в цвет огня...

Сигнал машины заставил их отскочить с мостовой на тротуар. Борис опомнился, мотнул головой, стряхивая видение.

— Откуда вы это знаете? — спросила тихо она.

— Что? — переспросил Борис

— Про кинорежиссера... про скрытую камеру. У вас и вправду есть такой рассказ?

— А!.. Говорю же, еще не дописал, только померещилось. Там в сюжете возникал еще один мужчина, женщина между ними. На женщину воображения пока не хватило. А почему вы... Да нет, не слушайте меня, — качнул головой, окончательно отгоняя видение. — Обычное сочинительство.

Они все еще стояли, не возобновляя движения. Анита не отрывала от него взгляд, глаза были широко раскрыты. Он увидел, что они скорей серые, чем карие, увидел заново тонкий очерк лица, оно странно помолодело.

— Вообразите меня, — сказала вдруг все еще без улыбки.

Они шли по улице, и Борис с обновленным, забытым наслаждением вбирал в себя запахи свежей прохлады, подсыхающей весенней пыли, выхлопных газов от редких здесь машин, шли, не замечая трамвайных остановок, да и людей, на оживающем асфальте кто-то оставил призыв: «Лёлик, я хочу к тебе», проступали чертежи давно забытых, казалось, игр, Анита, смеясь, перепрыгивала по квадратам, на одной ноге, на другой, а он распускал перед женщиной павлиний хвост завлекающего красноречия, чувствуя, что какой-то поворот сюжета сам собой завершается, оставшись до конца не осмысленным, перетекает в следующую главу.

5. Тела из чулана

Когда Анита переехала к Борису, он удивился ее небольшому старомодному чемодану. Как будто она переселялась к нему не окончательно, на пробу, все более основательное оставив в местах своего прежнего квартирования. Под твердой открытой крышкой, среди откинутого белья, он мимоходом увидел пластинку, самодельный конверт из грубой бумаги был надорван, отблескивал черный край утолщенного, даже на взгляд тяжелого, старинного диска.

— У меня такие пластинки не на чем прослушивать, — хмыкнул извинительно. — Был старый проигрыватель, но он давно сломался, а в починку такой антиквариат теперь не принимают.

— Не обязательно, — сказала она. — Мне это не обязательно.

По тону он ощутил, что замечать что-то в чужом чемодане, даже нечаянно, было бестактностью, надо бы промолчать. Что-то памятное, семейное, подумал про себя, но вслух ничего произносить не стал. Задавать ей вопросы вообще не стоило, он это быстро понял — инстинктивно замыкались створки, замолкала без объяснений. Потом открывалось что-то само собой, помимо стараний. Драма беженки, изгнанной из искореженного войной зеленого приморского рая, обитательницы вокзальных отстойников (кучи ветоши или тела на полу, на скамейках, пеленки сушатся на батареях, запах детской мочи, разогретых в кипятильнике консервов, женская уязвимость перед прилипчивым взглядом, перед человеком в форме — как откупиться, укрыться?), поиски пропитания, устройства в чужом, безразмерном,

27

чрезмерном городе. И намеком — неизвестное потрясение, чья-то, возможно, гибель или не просто гибель, этой раны касаться было нельзя, не затянулась. О прежней жизни, о работе в каком-то биологическим институте вообще рассказывать, вспоминать не хотела — отрезано, приходилось довольствоваться догадками.

Даже хмель не делал ее разговорчивей. Когда Борис впервые поставил на стол вино, молдавское «Мерло», недорогое, но вполне приличное, она, чуть пригубив, рюмку отставила. Он подумал, что она вообще из непьющих, но вино она, оказывается, очень даже любила. Это, сказала, не настоящее. Я от такого болею. И на другой день принесла бутылку сама, без этикетки, рыночного разлива, вино показалось Борису недостаточно сухим, но так действительно неплохое, свежее. На рынке же она покупала и мясо, и другие продукты, не считаясь с ценой, практика частной массажистки, сверх больничной работы, давала достаточный заработок. Ненастоящим у нее называлось неопределенно все, что могло вызвать не вполне понятную, прихотливую аллергию, астматическое задыхание, кашель, зудящие пятна на коже. Может, потому она совершенно не пользовалась косметикой, да кожа ее была и так от природы ровная, губы вполне яркие, черные длинные ресницы не нуждались в туши. Между тем пыль на книжных полках, заменявших в доме у Бориса стены, ее дыханию не мешала. Ей у него понравилось сверх ожиданий, она хорошо чувствовала себя в этом жилище, давно не знавшем ремонта, сборная, но по-своему стильная мебель, разнородные, купленные по случаю вещи были родственны ее провинциальной старомодности. «Я так всегда хотела: наращивать обстановку вокруг себя, как раковину, своей внутренней химией, по своей мерке».

Дома Анита бывала мало, практика у нее ширилась, без выходных, возвращалась обычно совсем вечером. Она и Розалию Львовну продолжала навещать. Мама, похоже, об их отношениях знала. Когда она по телефону рассказывала сыну о визитах Аниты, в ее голосе проступали интонации заинтересованной свахи. Борис знал, она переживала, что он уже скоро под пятьдесят оставался один, без семьи. А ведь сама когда-то не приняла обеих его жен и потом по возможности отваживала недолгих сожительниц. Может, теперь ее, помимо всего, прельщала возможность заполучить в семью постоянную массажистку, думал он с неясной усмешкой.

Что-то оставалось необъясненным, недоговоренным в самом их стремительном, почти мгновенном сближении. Неожиданной оказалась какая-то невзрослая, застенчивая, потом почти лихорадочная ее взволнованность. Сам он успел забыть, что такое бывает — да может, такого у него и не было. Ему ответную взволнованность приходилось изображать, он поневоле от нее заражался. Когда Анита впервые распустила волосы, они оказались волнистыми, длинными, лицо могло меняться неуловимо. Ничто не шевельнулось, не сдвинулись уголки губ, они еще изображают улыбку — и вдруг гаснет, стареет, куда-то ушло живое сияние глаз, только умом понимаешь, что лицо то же, не восстановишь.

Борис с этой женщиной порой ощущал в себе странную напряженность. От забот о заработке он неожиданно оказался избавлен, освободилось время для работы, но сознание денежной зависимости для мужского самолюбия оказывалось неуютно. Он несколько напрягался, когда Анита брала с полки его книгу, поглядывал искоса, в профиль, на нее, читающую, пытаясь представить свой текст ее взглядом. Читала она понемногу, медленно — не увлекалась, значит, отмечал он про себя, но немногословные отзывы потом заставляли подумать, что о таком внимательном чтении можно было только мечтать. Неожиданными оказались ее слова о повести «Хранитель». Там старый, больной философ, чудом выживший лагерник, у которого погибли, оказались уничтожены неопубликованные рукописи, труды всей жизни, перед смертью размышляет об измерении, где должны же сохраняться идеи, мысли, даже нигде не записанные, о возможности хоть когда-нибудь проявить их. Это фантазия о бессмертии, сказала Анита. Они с ней уже сидели на кухне, раскупорили бутылку. Да, именно, с готовностью откликнулся Борис. О бессмертии, если угодно, о смысле жизни или ее бессмысленности. Каждый однажды задумывается над этим, как же без этого? Не все ведь гении, не всем дано оставить после себя творения, музыку, изобретение, хотя бы построенный дом, чтобы пусть не на века, пусть ненадолго, но как-то обозначить свое существование, не совсем, не сразу исчезнуть. Дети, сказала тихо Анита, не сводя с него глаз. Остаются дети. Да, рассеянно согласился Борис, это конечно. Дети. Но и с ними то же, и они уйдут. Если прожитая жизнь никак не запечатлена — неужели совсем бесследно? Наше тепло, дыхание, выделенная энергия — они ведь что-то меняют в воздухе, в мире, пусть неощутимо, на миллионные доли градуса, поддерживают общее тепло. А были же мысли, чувства, любовь, память...

Молчаливость женщины заставляла его говорить больше, чем он собирался, как пустота, которую надо было заполнять. Действительно ли она его понимала? С некоторых пор он крутился вокруг этой темы, о чем бы ни писал. Религиозный ответ не менее условен, чем другие, мучается в той повести философ, образ, идея Бога, посмертной жизни созданы человеком из той же потребности в объяснении. И сам сочиняет фантазию о провинциальном изобретателе, о его приборе или устройстве, способном перевести, как тот выражается, излучения мысли в реальное измерение.

— Ты, наверное, думал об отце, — вдруг сказала Анита. — Это ведь о нем тоже.

Борис не сразу ответил. Этого он не ожидал. Потянулся наполнить рюмки, Анитина осталась не допита, наполнил свою. Конечно, и об отце, он, может, не связывал все прямо. Это же чудовищно, когда от человека остается так мало. Ни бумаг, ни свидетельств, почти ничего, кроме маминых воспоминаний, но много ли та могла рассказать? Человек пуганого поколения, она долго на всякий случай оберегала детей от знания, которое могло бы оказаться для них опасным. Мама действительно считала, что он уехал в какую-то секретную командировку, об этом нельзя было говорить. Однажды она рассказала, как к ним приходил какой-то неизвестный человек, они долго, за полночь, разговаривали с отцом. Мама пробовала слушать из-за прикрытой двери, доходили разрозненные слова, что-то о науке, о каком-то институте, она мало что поняла. При чем тут наука, какое он к ней имел отношение? Она не сомневалась, что этот человек был из органов, но не из простых органов. Если бы отца арестовали — обычная по тем временам история. Не было ни задержания, ни обыска, ничего. Собирался на свои гастроли, ушел в филармонию и не вернулся, исчез по пути. Никаких объяснений. Когда появилась возможность, братья пробовали навести справки в соответствующих учреждениях, никакого отцовского дела нигде не обнаружилось. Мама ведь до сих пор его ждет, иногда разговаривает с ним, это можно считать болезнью.

— Что значит болезнь? — покачала головой Анита. — Он для нее существует. Мы ведь существуем друг для друга не только сейчас, когда сидим и разговариваем. Я ухожу по делам, и ты для меня существуешь. Потому что я о тебе думаю. А я для тебя? Все, о ком ты помнишь, думаешь, о ком пишешь. Этому твоему философу казалось, что он сочинил своего изобретателя. И вдруг оказывается, тот действительно существовал, ведь правда? Удивительно! Ты его так описал, можно увидеть. В черной широкополой шляпе, морщины вокруг печальных глаз. Мысль может угадать, воссоздать настоящее.

Да, да, восхищался Борис, чувствуя, что все больше хмелеет. Неужели она это уловила? Человек, о котором пишешь, становится существующим, больше, чем иные, кто в повседневности отмечается на сетчатке глаз, но и только, вглядеться не пытаешься, проходишь мимо — уже растаял. Создаешь его для себя, для других. И ведь не произвольно, вот что непостижимо. Почему в мозгу вдруг возникает именно это, а не другое? — наливал Борис очередную рюмку себе. — Как будто уже существует где-то. Где? В неосознанной памяти, в каких-то скрытых глубинах, в неизвестном, может быть, космическом измерении? Раньше просто не открывалось, не мог увидеть, услышать. А потом опять закрывается. Как будто не от тебя зависит. У этого философа, ты уловила, бывает странное чувство: вдруг его самого сейчас кто-то сочиняет? Это ведь и мое чувство, со мной тоже бывает. Когда работаю, как будто говорю с кем-то, кто-то подсказывает. Кто-то, знающий пока немногим больше меня, даже меньше, ему через меня нужно что-то выяснить. Как мне самому что-то нужно выяснить через других. О себе самом в том числе. Собственная жизнь оказывается необъяснимо связана с тем, что возникает под пером. Или тот же кинорежиссер из моего сюжета: не подозревал, что его тоже снимают, среди прочих. Это надо не просто додумать, надо во что-то проникнуть.

— Додумай... пожалуйста, — Анита через стол потянулась рукой к его руке, голос ее был необычным — показалась тоже неожиданно захмелевшей. — Допиши о нем... обо всех... проникни. Я вспоминаю, как сказала тебе: вообрази меня. Не знаю, можно ли объяснить. Чувство, что я сама о себе чего-то не знаю... не могу прояснить, осознать. Или не хочу. Может, с тобой...

Прикосновение пальцев отозвалось во всем теле. Заколебались, расплылись, пошли кругом стены. Оба поднялись, подались куда-то сквозь них, не выбирая дороги, не отрываясь друг от друга, свободными руками освобождаясь на ходу от одежды, понеслись, поплыли в круговороте, уже помимо усилий.

— Я думала, ни с кем больше... никогда... — бормотала она, высвобождая на мгновение губы. — Ты лечишь меня... я с тобой выздоравливаю.

— От чего? — промычал он без слов, вопросительно.

— Не знаю... От всего... от того, что было... Да... да... вот так... да... лечи... еще... еще... еще, — бормотала она, — лечи меня... лечи.....

Их опустило на землю, расслабленных, разъединенных, где-то уже не здесь. Разогретый воздух колебался, оживлял трепетную поверхность. Проявилась небольшая беленая хибара над берегом моря, на стене еще держалась тень когда-то стоявшего здесь дерева. Из-под облезлой штукатурки местами выглядывала дранка. После солнца в душных сенях показалось совсем темно, свежемытые половицы под босыми пятками были прохладны. «На нас кто-то смотрит», — послышался из-за приоткрытой двери узнаваемый женский голос. «Через потолок, сверху», — насмешливо ответил другой, по шепоту не понять было, мужской или женский. «Нет, подожди, я всерьез, — женщина, похоже, отстраняла кого-то. — Там кто-то есть, настоящий». Скорей прочь от двери, чтобы тебя не застигли врасплох. За спиной неожиданно распахнулась сама собой, не выдержав напора изнутри, дощатая дверца чулана, из него вывалились тела, в камуфляже, полуголые, голые, на них стали проявляться кровоподтеки, раны, рядом с одним шмякнулась оторванная рука, еще одна, клочья мяса, белеющая кость...

Она вскочила одновременно с ним.

— Ты что? Тебе что-то приснилось? — спросил он.

— Там был ты? — прошептала она вопросительно, глаза в темноте были огромными. Еще не пришла в себя, прижалась к нему, обхватила руками. Он чувствовал всем телом, внутри своего тела, как бьется испуганное сердце — оно билось у обоих, надо было слиться вновь, чтобы не оставаться потерянными, отдельными.

И снова разъединились, затихли, успокоились, умиротворенные. Борис не мог сказать, спал ли он, в полудреме ли, наяву продолжал перебирать, нанизывать слова, строки, их не обязательно было писать, они сами собой бежали по дисплею компьютера, возникали от течения мысли, становились одновременно событиями жизни, чьей-то, его собственной, достаточно было лишь поправлять, убирать оказавшееся неточным, ощущая приближение последней ясности, понимания. Но вытащить с собой из сна удавалось лишь рассыпанную невнятицу. Вообрази меня, слабел, становился призрачным голос — все окончательно развеивалось, исчезало.

6. Ученик чародея

Направление мыслей неожиданно сбило семейное происшествие. Убежал из дома племянник, сын Ефима, Илья, лохматый четырнадцатилетний подросток, строптиво мотавший головой, когда мать пыталась причесать его природные кудри, компьютерный вундеркинд. Он готовился к каким-то международным соревнованиям в студии молодых гениев, это стоило денег, у родителей хватало. Ушел из дома с очередным месячным взносом, но до студии не добрался, пропадал второй день неизвестно где. Ефим позвонил брату узнать, не объявился ли Илья у него. Позвонил не сразу, на всякий случай, знал, что вероятность невелика, мальчик за много лет ни разу не бывал у дяди. Когда у Ефимовой жены, Юлианы, разладились отношения со свекровью, она перенесла свою неприязнь на всю родню мужа, целенаправленно и успешно их отдаляла. А сына и отдалять было нечего, безразличен ко всему, кроме своих интеллектуальных игр, и от старших далек, и от сверстников, их кумирами и ансамблями интересовался не больше, чем школьными учебниками, которые давно превзошел. Разве что благоразумно изображал интерес, чтобы не раздражать, не держаться уж совсем чужаком, на это его хватало. Что могло с ним случиться? Найденную на кухонном столе записку пересказывать было незачем, вздернутая подростковая невнятица: не хочу, не могу здесь больше жить, вроде этого. Вспоминалась теперь непонятная подавленность парня, беспричинные истеричные вспышки, и уже наготове слезы, за которые сам себя ненавидел, убегал в свою комнату, чтобы не показать. Говорить с ним было бесполезно, не скажет. Дети нам лишь кажутся понятными, другое поколение, другой язык, а может, и не только язык, признавал Ефим, доктор физматнаук, растолстевший расслабленный муж при успешной жене, свой престижный диплом и звание вместе с именем предоставил в пользование какому-то ее Глобальному фонду.

И ведь в студии уже волновались. В первый же день, рассказывал брат, позвонил студийный наставник, тренер компьютерных игр. Илья называл его Тим, Тимоти, это имя всегда произносилось восхищенно, так говорят не просто об учителях — о гуру. Почему Ильи не было на занятиях, не случилось ли чего? Ефим не захотел говорить правду, сам еще толком не выяснил, стал наскоро сочинять что-то про загородную родственницу жены, которой надо было срочно отвезти лекарство, у нее Илья, может, и переночует, запоздало извинялся, что не предупредил, думал, сын это сделал сам. Он вначале подумал, не беспокоится ли тот о деньгах, которые не донес Илья, но ведь это была плата вперед, за прошлый месяц с учителем рассчитались. Нет, наставника волновали не деньги, и в больную тетушку, похоже, не очень поверил. Без Ильи команде лучше не ехать на олимпиаду. «Мне нужен этот мальчик», — даже голос как будто дрогнул. Ефима это растрогало. Неужели самый талантливый? — польщенно при всей тревоге пересказывал он разговор брату.

— А твоя жена, она что, не может определить, где он сейчас? — не удержался от иронии Борис.

Юлиана себя называла профессиональным парапсихологом, экстрасенсом, недостоверная жгучая брюнетка, соответствующие минералы в ушах, на пальцах и шее. Со своим, родственным, особые проблемы, близкое трудней чувствовать, неуверенно передавал ее объяснения Ефим. Термины он повторять не стал, другая наука, пересказывал своими словами, сам смущался, что поделать. Обращаться в милицию родители до сих пор медлили, мог где-то заночевать, теперь, видно, придется. Может, к частному сыщику. Успокаивало тепло, которое испускала под ладонью Юлианы фотография мальчика, позволяло не сомневаться, что он, во всяком случае, жив.

Борис тоже разыскал фотографию племянника в альбоме, рассматривал вместе с Анитой, она как раз заглянула домой перекусить, среди дня. Белокурый ангелочек шестилетней давности, другой не нашлось. Если навострился куда-то уехать, то не дальше, чем на электричке. Билет дальнего следования такому не продадут, у недоросля еще нет паспорта, теперь нужен ведь паспорт, напомнили не так давно, где это было?.. стоял у кассы с подвыпившим старичком... а был ли у того паспорт, действительно не проследил, отвлекся, пробовал потом вспомнить. Невнятный вокзальный шум, хрипы оповещения, под высокими сводами трепыхается залетевший по дурости голубь, но поклевать здесь найдется чего, только спустись, быстрое питание, одноногие высокие столики, круглые, под мрамор, столешницы, кафе, шаурма, теснота выгородок, киоски, лотки, сувениры, зал игровых автоматов, перемигивание огней, завлекают. Деньги пока есть, не голоден. На электричку спешить незачем, решить бы сначала куда, не приспособлен, надо признать, к бродяжничеству, к автостопам, не те времена, сам не тот, родительский сын, кудри потемнели, лохматые больше прежнего, не на домашней мягкой подушке провел ночь, лицо осунулось, нездоровое, темнота под глазами, но узнать можно, высвечено искусственными сполохами, цветные пятна, расклад карточных мастей сменился, еще сменился, еще, три дамы треф в верхнем ряду, шум уходящего поезда или водопад пластиковых жетонов, не умещаются в жестяном корытце...

— Почему ты прикрыл глаза? — вмешался издалека голос Аниты.

— Разве прикрыл? — спохватился Борис. Встряхнул головой. — Так, задумался. Привиделось... сочинялось что-то в уме. Ты же знаешь, со мной бывает. Представилось, как этот парень застрял на вокзале у игровых автоматов...

Она не сводила с него взгляд.

— На каком вокзале?..

Анита заторопилась по своим делам, дела, должно быть, перенесла, отложила или отпросилась, вернулась часа через два вместе с Ильей. Долго искать не пришлось, как будто не сомневалась в направлении, вокзал был ей памятен, до подробностей, прошла медленно, оглядываясь, но уверенно через знакомый зал ожидания, только теперь с другими людьми, другими скамейками, мягкие, порезанные и распотрошенные, заменены пластиковыми, переменились лотки и киоски, до зала игровых автоматов идти не пришлось, обернулась на крики. Мальчика узнала безошибочно, похудевшего, осунувшегося, в несвежей рубашке, без сумки и куртки, он что-то объяснял обступившей его подростковой шпане, хищной стае, отталкивал, срывался, стыдясь своего ломкого, еще не утвердившегося голоса, вовремя поспела. Ей он доверился сразу, хотя незнакомую женщину видел впервые, откликнулся на свое имя, на имя дяди, расслабленно обмяк, позволил себя увести. Найти слова Анита сумела, к дяде он с ней поехать согласился, только домой возвращаться отказался категорически, без объяснений и слез, жестко. По телефону велел отцу привезти из дома компьютер. Ефим стал испуганно отговаривать, слишком окончательным выглядел бы уход, призвал на помощь брата. Борис его поддержал, предложил пользоваться своим, сказал, что ему самому компьютер сейчас не нужен. Илья убедился, что ёмкостей вполне современного устройства ему достаточно, ограничился дополнительными принадлежностями для своих занятий, продиктовал по телефону список, с пояснениями. Отец привез не одну сумку, нужно было много чего, но когда попытался облобызать отпрыска, тот увернулся. Ефим не знал, как подступиться, заговорить о возможности возвращения.

— О тебе опять спрашивал твой гуру.

— Кто? — вскинулся Илья. — Этот Тимофей? И ты ему меня выдал?

В голосе была такая ярость, что отец поспешил успокоить: нет, нет. Борис вышел проводить брата к машине, тот даже на улице говорил вполголоса: как бы сын не услышал. Растолстевший, размягченный, со шкиперской бородкой. Этот наставник, Тимофей, Тимоти, наведался лично, телефонные объяснения его явно не убедили. Вежливый стройный брюнет лет тридцати, гладко бритые щеки тенора, пук волос на затылке перехвачен аптечной резинкой. И опять не повернулся язык выдать ему семейную правду, пришлось сочинять продолжение про больную тетушку. Тот пропустил объяснения мимо ушей, вслух не среагировал. Ему был нужен Илья. Они вместе разрабатывали какую-то новую ролевую игру, в таком возрасте это, поймите, выход на самостоятельную работу, возможный заработок, мальчик вносит свое, необычное, взрослый так не придумает. Ефим в порыве сочувствия и впрямь едва не проговорился, хотел утешить, что-то удержало. Предложил учителю коньяка, чтобы приободрить, а заодно еще раз услышать похвалу сыну. Тот с единственной рюмки неожиданно размок, размокли яркие влажные губы, и на глазах проступила влага. Он не просто талантлив, он божествен, повторял, прощаясь. Что ты об этом думаешь? — поглядывал Ефим на брата. Расскажи Юлиане, пожал плечами Борис. Сам про нечаянную удачу Аниты подробно распространяться не стал, могло задеть профессиональную ревность невестки. Чутье подсказало или просто повезло, бывает, особенно если ищешь. Брат только разводил руками, действительно, бывает, но все-таки удивительно.

Теперь Илья целые дни проводил в предоставленной ему комнате у Борисова компьютера, тот вынужден был пока обходиться пером и бумагой. Наметившиеся было идеи все равно словно растеклись, побледнели, погасли. Утешительней было объяснять свою неработоспособность вынужденными обстоятельствами. Свои файлы в компьютере не сообразил закрыть от постороннего взгляда, но чего там было таить? Дядины писания были племяннику скучней Льва Толстого. Он выходил из комнаты лишь поесть, угрюмый, неразговорчивый, отключенный. У Бориса не получалось с ним без фальши. Он мог понять Ефима: не просто другой язык — другой мир, нет общих тем, интересов, вкусов. Сам он от детей отвык, да и привыкнуть не успел, свою единственную дочку, почти, можно сказать, не разглядел, первая жена увезла ее, годовалую, в Израиль, потом куда-то в Америку, связь давно прервалась, следы потерял, да и не искал. Уже, считай, взрослая, не вообразишь, не узнаешь. Случалось иногда на эту тему грустить, не вернешь, как многое в жизни. С маленьким Илюшей когда-то гулял во дворе, вместе с ним удивлялся перевернутым в лужи деревьям, даже в самую небольшую вмещались все ветки, и небо уходило глубоко-глубоко. Чудо! Сам-то давно забыл, как впервые открывается мир гениальному от природы уму, как преображается в нем, становится сказкой. Видишь, это злой трейлер, рисовал ему Илья, эту машину он стукнул, а тут сверху ее сон. Сверху ее сон! Куда девается потом эта детская гениальность вместе со способностью пугаться собственных выдумок, во что превращается? У всех, исключения считанные, и то — исключения ли? Способности, даже незаурядные — это другое. Однажды восьмилетний Илья о чем-то сказал: это не по логике. А что такое логика? — поинтересовался Борис. Логика — это математическая судьба всех вещей. — А что такое математическая судьба? — Понимаешь, есть как бы такие рельсы, и события могут двигаться только по ним. — И это значит судьба? — Нет, судьба — это то, что остается за ними. Родители гордо переглядывались.

А теперь — о чем говорить? Другое, отчужденное состояние, невозможность соприкоснуться. Только с Анитой у Ильи установились какие-то особые отношения, с ней он становился мил, застревал на кухне, учился у нее варить кофе, находилось, о чем болтать.

Она даже стала теперь больше бывать дома — только ли ради Ильи? Что-то новое появилось в ее отношении к Борису после того, как ему пришло на ум, где стоит искать племянника. И ведь сам он не отнесся всерьез к игре своей сочинительской мысли, не более, на вокзал заглянуть подалась Анита, но когда улавливаешь действительно существующее, для отклика, резонанса должно что-то быть внутри, этого не придумаешь. На нее произвело впечатление. Приходила, оживленная, поводила ноздрями, словно к чему-то принюхивалась. Я чувствую, ты сегодня удачно работал? — говорила, целуя Бориса. Какая-то озоновая разрядка чудилась ей в воздухе. Он отмахивался иронично: уж это женское чутье! Работа как раз двигалась туго. Борис пробовал теперь писать не подряд, иногда удавались разрозненные, не до конца ясные эпизоды, так было удобней, когда целое еще не решено. Возникала вдруг полузнакомая в свете керосиновой лампы комната, двое мужчин сидели напротив друг друга, на лбу одного напряглись выпукло жилы, лицо другого побагровело от усилия — поединок неназываемых энергий... разговор, никем до сих пор не услышанный, растворялся в воздухе, оседал частицами на штукатурке потолка, на узорах обоев...

— Нет, у тебя, кажется, возникает настоящее, — цловала снова. — Я шла домой и прислушивалась, что-то происходит, назревает... не знаю, как это выразить. Когда ты думаешь обо мне, я же чувствую... что-то во мне меняется... Ой, какие смешные вещи я говорю, — вдруг прыскала в ладошку, по-девичьи, тыкалась ему лицом в плечо.

Словно помолодела вдруг. Непривычной бывала ее возбужденность. От вина последнее время она стала отказываться, пригубливала немного. Перестало, что ли, нравиться? Но сама же и приносила. Вопрос о самочувствии почему-то вызывал у нее улыбку: ты же видишь. Теперь им надо было ждать, пока Илья закроется у себя, и потом приходилось сдерживаться, чтобы не слышно было за тонкой стеной, где тем временем происходила своя, неизвестная жизнь, в виртуальном ли пространстве, в реальном?

— С ним что-то творится, — говорила Анита шепотом. — Не знаю, как к нему подступиться. На вокзале у него отобрали все деньги, я видела эту шпану, он действительно что-то выиграл, рассказывать не хочет, и расспрашивать нельзя. Болтаем о пустяках, пусть хоть отвлечется. Сейчас что-то связано для него с новой игрой, он в нее погружен, похоже, не получается. Переживает, даже чертыхается иногда, ты не слышал? Но в играх я совершенно не понимаю. Может, ты попробуешь поговорить?

Молчание в самом деле становилось уже неуютно. За обедом Борис попытался все-таки завести с племянником разговор, поинтересовался, какой игрой он сейчас увлечен. Тот вместо ответа пожал плечами, фыркнул невнятно, Борис покладисто согласился продолжать сам. В играх он не особенно разбирался, пробовал раз-другой, не загорелся. Опоздал, как говорится, к началу. Все эти квесты, без уверенности решил щегольнуть, однако, термином, эти поединки с древними рыцарями, с инопланетными чудищами, разными гоблинами и троллями показались ему по сути однообразными. Движешься от картинки к картинке, думаешь, перед тобой бесконечные, небывалые варианты. На самом деле только выбираешь, комбинируешь готовое, все ведь заранее для тебя кем-то прописано, правильное решение в финале заложено. Пройдешь до конца, сориентируешься — повторять уже неинтересно.

— А книги перечитывать, что ли, интересно? — в тоне Ильи послышалась насмешка.

— Смотря какие, — осторожно ответил Борис. — Бывает, сколько ни перечитывай — углубляешься заново, словно впервые. Даже в маленькое стихотворение.

— Ну, то стихи, то история. А сейчас ты, когда сочиняешь, разве не знаешь, чем у тебя кончится? От тебя же зависит.

— Не скажи, — откликнулся, помедлив, Борис. (Парень, однако, соображает, отметил про себя.) — До поры сам не всегда поймешь, что получится. У меня сейчас именно так. Персонажи вначале едва намечены, проясняются по ходу развития, набираются самостоятельной жизни, ими не так уж произвольно подвигаешь.

— Думаешь, у нас по-другому? — хмыкнул Илья. — Пока еще в диздоке... ну, это дизайн-документ, так называется, разработка, первоначальные, можно сказать, наброски... тоже не совсем ясно, что хочешь сделать. Проверяешь на пробу. А если работаешь не один, вообще не сам решаешь, что будет дальше, тем более чем кончить. Все эти стрелялки, монстры, инопланетные схватки — это на продажу, развлечения, упражнения для подростков.

(Однако, опять отметил Борис, как он о подростках.)

— Есть игры не для всех, ты не представляешь. В этом мире есть свои гении, они себя не всем показывают, — Илья начинал незаметно вдохновляться. — Один... как бы тебе сказать... геймер... ну, в общем, знакомый специалист... он говорит, что эти рисованные страшилки могут отучить от подлинных чувств, в жизни все интересней, если умеешь увидеть. Он, между прочим, тебя читал, говорит, у тебя кое-что можно использовать. Но не сейчас, сейчас нам это не нужно. Сейчас он предложил сделать вместе с ним игру по Кафке. У него есть такой рассказ, «Нора», ты читал? — задержал на дяде оценивающий взгляд. Борис вскинул бровь, оценил: в таком возрасте Кафка! Не ожидал таких речей от племянника. — Жуткий рассказ, немного, если честно, занудливый, но у него можно взять главное. Там какой-то зверек все время ищет укрытия, роет ходы, делает ложные входы, выстраивает целый лабиринт, целую стратегию. Можно сказать, философию жизни, это я понимаю. Ну, у нас не нора, наш лабиринт особенный, из него действительно не хочется уходить, целый мир, не сравнишь с обычным. Этот наш Сольми... у него есть имя, его зовут Сольми... он прячется, потому что ему не нравится эта фальшь, безликость, общие вкусы. I can't get no satisfaction, знаешь эту песню? Его любимая. И еще Get off of my cloud. Он не хочет быть, как все. Может, ему не хватает смелости, чтобы пробиваться, противостоять, бороться. Только укрыться, спрятаться в мире, который он сам создает, рисует. Вначале это был крот или кто-то вроде. Но ему и кротом не хочется быть все время. Он хочет чувствовать себя то улиткой в скорлупе, сейчас рыбкой. Мой... ну, этот соавтор, он ведь поэт, не только в стихах, он и песни пишет, и в графике гений, он может что угодно изобразить. Он и для телевидения делает клипы, и для какого-то виртуального центра. Этот зверек — не совсем зверек, у нас он пока еще неизвестно кто, неопределенное существо. Кто его на самом деле преследует, тоже еще не решено, кто-то невидимый или воображаемый? Главное — укрыться, укрыться, тут уже работает геммеханика. Но сколько можно скрываться, если главное пока не прояснено? А может, бояться на самом деле нечего, наоборот? Может, тот, кого он боится, на самом деле не опасен, он вовсе его не преследует, он его ищет, чтобы открыть, показать ему мир, который тот даже не представляет, зря прячется? Преследователь еще не понятен, может, он тем и опасен, что не столько угрожает, сколько... не знаю, как это сказать... пленяет? Глупое слово, что-то в нем противное... не могу вспомнить другого. Что-то временами возникает, как музыка. Там и музыка вводится. Глядишь, этому Сольми, этому существу в конце концов захочется, чтобы его нашли? И все. Какая тактика окажется выигрышной, а?.. Да что я тебе рассказываю?

Племянник вдруг замолчал, уставился мрачно в тарелку. Было похоже, что устыдился, не наговорил ли зря лишнего, открылся нечаянно. На котлете уже застывала белесая патина жира.

— Значит, пока у вас не решено? — осторожно спросил Борис.

— Если б я знал, как! У Кафки, между прочим, тоже рассказ не закончен. А этот, — движением головы показал неопределенно вбок и вверх, — мне иногда кажется, что он просто не хочет кончать. Ему ведь ничего не стоило бы, он умеет придумывать. Иногда сам показывает мне просмотр, вариант, как еще можно уйти, лишь бы продолжить. Так просто не отстанет. Ему надо, чтобы до решения дошел я сам.

— Ты так серьезно, — качнул головой Борис. — Кафка выхода не подскажет, нашли, у кого искать. У вас всего лишь игра, к ней стоит отнестись как к игре. Юмор не помешает. Знаешь, есть сказка про ученика чародея, там ученик думает, что усвоил все заклинания, оказалось, не до конца. А может, как раз и усвоил, захотел освободиться, показать чародею, что теперь он самостоятелен, умеет поколдовать по-своему, если надумает. У тебя ведь теперь появился, наверно, особый опыт, на том же вокзале, ты попробовал такие ходы, куда твой партнер не заглядывал и заглянуть не решится, даже не представляет себе, какие есть взаправдашние места, ловушки... Это, впрочем, так... экспромт, — он вдруг почувствовал, что в его словах звучит намек слишком откровенный. — Я по сути не знаю, что такое эти виртуальные, так сказать, норы, в ваших делах не разбираюсь.

Илья задержал на Борисе заинтересованный взгляд, задумчиво хмыкнул:

— Ну ты даешь, Боб. Виртуальные норы...

Вдруг поднялся, сразу стал убирать посуду в мойку, делая разговор завершенным. Борис дотянул со дна остаток кофейной гущи, ушел к себе в комнату. Что-то не так сказал? До него впервые дошло, насколько этот лохматый строптивый подросток близок ему своей обособленностью, нежеланием быть, как все. И уже прикоснулся к какому-то опыту, которого у старшего не было. Стал рассеянно перебирать исчерканные листы, почерк местами оказывался неразборчив. *Реализовать себя в пространстве, которое создаешь для себя сам.* Свечные огарки наполняют фигурами и тенями темный закуток, прыщеватый подросток деловито вводит шприц в сгиб локтя... Компьютера не хватает, с ним быстрей... все чего-то не хватает. Не мог уловить, что все же смущало в собственных недавних словах. Виртуальный мир, другое мышление. Глюки гения... розовые присоски моллюска... Не видел, но знаю...

Объяснения с Ильей больше не повторялись. Однажды, это было дня через три после того разговора, он вышел на кухню, поначалу не заметив Бориса, тот у плиты разогревал обед, подошел большими шагами к буфету, сам достал бутылку, рюмку, налил в нее вина, выпил, не вникая. Раньше такого за ним не водилось.

— Все, я его сделал! — сказал, поймав на себе, наконец, взгляд дяди. — Заставил поблуждать так, что назад не смог выбраться, пришлось отвалиться, — поднес рюмку к губам еще раз, попытался добрать со дна остаток, мотнул головой. — Если честно, пока сам не пойму, как у меня это получилось, но он признал. Game is over. На последнем уровне его больше нет, исчез. Не знаю, куда. Фантом где-то там. Все!

Вскинул над головой победно сжатый кулак, рассмеялся неестественно, возбужденно и, ничего больше не объясняя, вернулся к себе.

А в воскресенье за ним приехал отец, и племянник отбыл домой. Как-то по-новому, за руку, попрощался с Борисом, Аните позволил себя поцеловать и сам неумело чмокнул ее в висок.

7. Game is over

Включив после его ухода свой компьютер, Борис стал ждать, пока появится привычная картинка: иллюзорный пейзаж на мольберте, прозрачно распахнутое окно, через него можно выйти в зеленый сад, под безмятежное синее небо. Компьютер долго разогревался, ворочал что-то в своих внутренностях, урчал, перемигивал огоньками. Картинка, наконец, высветилась. В первый момент она показалась прежней, но мольберт исчез, среди зелени за окном проплывали прихотливые, переливчатые существа, полурыбы, полумоллюски, превращая пространство за невидимым, растворенным, но, оказывается, уже разросшимся во весь экран стеклом в водоем или аквариум, а зелень в фантастические водоросли.

Это была программа Ильи, понял Борис, племяннику захотелось переиначить прежнюю заставку, не просто заменить своей. Убрать ее, уходя, он не позаботился или забыл. Неожиданный, однако, талант. Или он это с соавтором? А может, вообще не его картинка? Похоже, компьютер на ней завис, не открывалась обычная панель со значками, которые можно было бы кликнуть, чтобы выйти дальше.

Моллюск или морской конек с пуком травянистой растительности на затылке, с трепетными плавниками, похо-

49

жими на мотыльковые крылышки, присосался изнутри прямо к стеклу — прозрачного аквариума или самого дисплея, вдавливался белыми выпяченными губами, дышал. Борис, помедлив, на пробу кликнул его — конек вдруг встрепенулся, дернулся по диагонали вправо, скрылся в отверстии большой оранжевой раковины.

«Я ухожу, прощай, Сольми», — выдавился из отверстия пузырь. Это было похоже на приглашение войти, можно догадаться. Борис несколько секунд колебался: нехорошо заглядывать в чужое, тем более к подростку. Проблема родителей: заглядывать ли в бумаги детей, в их дневники и письма, тайком иной раз заглянут, для пользы дела. Но ведь Илья сам оставил доступ к себе открытым, ничего не сказал, сам в дядину программу имел возможность при желании войти. А тут не более чем игра. И, главное, непонятно было, как отыскать выход к своей программе? Пузырь разрастался, бледнел. Борис, перестав колебаться, щелкнул в него.

Раздался нарастающий присвист. Музыка электронной призрачной гонки, кто-то невидимый мчался сквозь туннельный лабиринт, минуя пересечения, повороты, приближались, вспыхивали по сторонам огни, прозрачные очертания, фигуры, убегали назад. Движение замедлилось, высветилось загадочное пространство, существа с головами неизвестных тварей ползали, бродили на человеческих ногах с повязками на глазах, вытянув вперед конечности, отростки и щупальца.

Game is over, прощание, голос вдогонку, —

включился приятный мужской тенор, —

Тени, легкие, из ничего, очертания без теней
Разошлись, потеряли друг друга, не могут соединиться.
Глюки влюбленных ищут глюки любимых,
Глюки женщин, глюки мужчин,
Озираются, заблудились, не встретиться, не найти.
Game is over.

Из тумана проявился старинный зал со светильниками-чашами, колонны уходили в высоту, растворялись в полумраке. Существо с мордочкой уже знакомого морского конька, с растительным пучком на макушке передвигалось среди переменчивых фигур, ищущий взгляд превращал лица в пустые пятна, оставалось лишь тоскливое собачье выражение в глазах ищущего, из правого глаза выдавилась слеза, растеклась по экрану, вновь делая пространство расплывчатым.

Game is over.
Тень споткнулась, переломилась, отстала.
Снова врозь, не коснуться, уже не догнать.
Разошлись. Где ты, Сольми, где я?
Предвкушение слаще напитка, томление без утоленья,
Счастье поиска без надежды.
Game is over.

Туман или дым таял дрожащими клочьями, музыка отозвалась стоном. Старинный зал превратился в полуразрушенное помещение, едва освещенное крохотными огоньками, у стен кучи невнятного серого мусора. Холмик ветоши на полу зашевелился, чья-то рука откинула одеяло, кудлатая голова на миг показалась Борису знакомой, спряталась. На мгновение проявилась крысиная серая морда, усики на остром носу шевельнулись, тут же исчезла. Стали разрастаться призрачные заросли, плоские тени свисали с ветвей, как тряпье, музыка растекалась.

Game is over.
Глюк бракованной неудачной модели:
Вынуть чип у себя у самой. Дождь стучит о стекло
Хвостом рыбы-иглы, просит ее впустить.
Выйти в другую реальность. Только разбить стекло,
Раствориться в последнем блаженстве.
Благодарю за игру и прощай.
Game is over.

Внезапно Борис вздрогнул: ему показалось, что звучно треснул дисплей, прямо на плоскость перед ним вывалилось трепетное существо, судорожно забилось всем телом. Нет, экран компьютера оставался целым, что-то случилось с пейзажем или аквариумом, треснуло невидимое прозрачное стекло, проявилось осыпавшимися осколками, пространство на мгновение заколебалось вместе со всем, что его наполняло, стало вытекать, выливаться, как жидкость, тускнело, становилось безжизненной чернотой. Существо, растаяв, исчезло. Иллюзия была поразительной.

Но экран в самом деле погас окончательно, включить компьютер снова не удалось. Однако, кривил Борис губы в усмешке, недоуменной, несколько даже ошеломленной. Смущение, непонятная тревога, вот как надо было назвать это странное чувство, будто что-то произошло по его вине, соворшил что то не то. Очевидно, свою программу парень не закрыл окончательно, может, не знал, что после ухода к нему пришло еще одно послание, и каким же непонятным, тревожным, жутковатым было это послание для постороннего взгляда! Видел ли уже его Илья? Похоже, что нет. Надо надеяться, что нет, хорошо, если нет, хорошо, если теперь исчезло, разрушилось, восстанавливать незачем, да и возможно ли, пусть останется непрочитанным, непроясненным. Электронный тихий перезвон, прозрачный, почти призрачный, продолжал между тем звучать — в ушах или как будто в воздухе?

Что-то он в этом подростке недооценил. Сейчас словно заглянул в какой-то другой, неизвестный мир, больше понятный Илье. К племяннику он теперь не вправе был обратиться, чтобы исправил компьютер, пришлось бы объяснять, что вошел в его программу без разрешения, непонятно как повредил. Хотя тот сам виноват, мог бы предупредить. Или все-таки сказать? Проще всего, конечно, вызвать ремонтников. Неизвестно, сколько придется платить... деньги теперь надо просить у Аниты...

Голос Аниты заставил его вздрогнуть. Оглянулся, еще ошалелый. Видела ли она, что тут произошло? Она несла ему из соседней комнаты телефонный аппарат на длинном шнуре, он, должно быть, не услышал звонка, трубку сняла Анита. Свободной ладонью ей приходилось прикрывать рот, сдерживая приступ внезапного кашля и словно отгоняя что-то в воздухе движением кисти, как дым или запах.

Звонили Борису из неизвестного ему Центра актуальной, или, может, экспериментальной реальности, он сразу не вполне расслышал, переспрашивать не стал. Мукасея приглашали стать его постоянным сотрудником, принять участие в проекте «Реальность для всех». Та же прозрачная музыка, перезвон электронных колокольчиков, звучала теперь из трубки, женский голос на ее фоне растворялся, пришлось переспросить.

— Возможно, вы меня с кем-то путаете, — счел нужным сказать, наконец, Борис. — Я никакой не компьютерщик, не специалист, просто литератор.

Мешало сознание, что Анита стоит за приоткрытой дверью, прислушивается, сдерживая приступ кашля. Могла бы закрыть за собой, подумал с неожиданным раздражением. Как будто не хотелось, чтобы она слышала этот разговор.

— Ну, это мы знаем, — откликнулся прокуренный, с хрипотцой, женский голос. (Запах тонкого табака, смешанный с ароматом духов... не от него ли Анита раскашлялась?) — Фамилия известная. Для компьютерных дел у нас есть специалисты, мы хотим привлечь людей с художественным складом, высокого уровня, нам таких не хватает. О гонораре можете не волноваться, не обидим. Нужен как раз человек, который не просто занимается проблемой воображения, но сам с воображением, с юмором. Чтобы расширить круг идей, подход к ним. Не технологии, не бутафорские сражения, как вы справедливо пишете, это для подростков, независимо от возраста. Не виртуальность — именно другая реальность. Технологии — дело десятое. Для умов такого склада, как у вас, тут простор возможностей. Видеть больше, чем показывают, как вы однажды выразились.

— Откуда вы знаете эти слова? — осторожно поинтересовался Борис. Упоминание об известной фамилии, о высоком уровне могло тешить тщеславие, но не ошибка ли тут была? Может, вообще не он имелся в виду?

— От автора, от кого же еще.

— Не понимаю, — пробормотал Борис.

— Чего тут не понимать? — интонация дамы становилась иногда грубовато-насмешливой, может быть, из-за голоса. — Начальство заинтересовали некоторые ваши сюжеты, особенно последний.

— Какой вы имеете в виду? — Борис все больше ощущал растерянность.

— Ну, который вы на днях прислали. Как человек перед экраном начинает чувствовать, что экран тоже смотрит на него, подкручивает настройку, переключает в мозгу программы, подмигивает, да? что-то выправляет, перестраивает. Герой думает, что это он настраивает и переключают программу, на самом деле программа настраивает и переключает его.

Но я этого не писал, — чуть было не сорвалось у Бориса. Вовремя успел удержаться. Он уже все чаще думал о своем заработке, слишком полная зависимость от Аниты начинала его смущать. Звонок оказывался как нельзя кстати. Как, однако, могло к ним попасть то, чего я не посылал? — уже потом пытался он привести в порядок неясные мысли. От какого еще автора? Натворил что-то племянник? Посвоевольничал компьютер? Может, в этот Центр попало что-то из вычеркнутых вариантов, о чем он только подумал, оставил в черновиках и забыл? Ведь бывает же, в чьем-то уме переиначивается написанное, вычитывают в тексте такое, о чем автор не подозревал. Каждый читатель, если угодно, по-своему преображает текст, приспосабливает к своему пониманию. Потом не узнаешь себя в интерпретациях, продолжал он убеждать себя.

Но тут уже начинались фантазии. Не самому же было настаивать на недоразумении. Писать не писал, но о чем-то близком думал, — пробовал он найти для себя объяснение. Как, опять же, и о возможности заработка. Вот тебе и откликнулось. Считай, сам переключился, как тот неизвестно чей персонаж.

А насчет известной фамилии? Хотели сказать приятное или все-таки перепутали? С братом? Или, может, с отцом?

ГЛАВА ВТОРАЯ

1. Имя Роза

Малознакомой массажистке Розалия Львовна могла рассказать о себе больше, чем сыновьям. Отчасти потому, что организм на всю жизнь оставался отравлен страхами времен, которые учили не открывать детям лишнего, чтобы не проболтались, на всякий случай. От детей вообще таятся больше, чем от чужих, да не особенно они и расспрашивают. Много ли мы знаем о взрослой жизни родителей? Они, может, сами хотели бы открыться, да без спросу стесняются. Она и своих не успела ни о чем по-настоящему расспросить. Отец остался в памяти застенчивым молчуном, тихий добряк в сатиновых бухгалтерских нарукавниках, он их не снимал даже дома, чтобы не протирать на рубашке локтей. Когда уходил на фронт, Роза спросонья даже не поняла, что он прощается с ней, разбудил поцелуем ночью, еле разлепила глаза: спи, спи дальше, погиб в первую же неделю. А маму как-то не было времени расспросить, ни до войны, ни тем более в эвакуации, с утра до вечера в две смены, санитаркой в тыловом госпитале, сдавала раненым кровь, надо было кормиться, платить мрачной старухе за убогий угол, где зимой волосы примерзали к стене. Прежняя кормилица, швейная машинка, погибла вместе с другими вещами, когда в пути разбомбили их поезд. Ее мама не хотела допускать в тот же госпиталь, чтобы не видела искалеченные мужские тела, белье в пятнах гнойной крови, а других заработков не было, сама не убереглась, не рассчитала возможностей, на себя своей крови не хватило. Мальчикам, выросшим в домашней, пусть и относительной, сытости, непросто даже представить, каково было девятнадцатилетней девушке в одиночку добираться с Урала в местечко под Гомелем, еще не зная, что оно перестало существовать, без документов, без билета, вещей и денег — обокрали на первом же вокзале. Мордастый служитель с красной повязкой на рукаве, у которого она попробовала искать помощи в железнодорожной комендатуре, помычал или помурлыкал обещающе, успокаивающе, зачем-то стал, сопя, запирать на ключ дверь — вовремя сообразила, сумела вырваться. Нет, только женщина, которая испытала что-то похожее, могла понять, что это такое: прятаться в пустом товарном вагоне, потом на военной платформе, под брезентом, укрывавшим орудия с опущенными стволами (куда они направлялись после войны?), их металл по ночам излучал не холод — проникающую до костей боль, в каком ты была, не при мужчине будь рассказано, запущенном виде. Есть вещи, которые и не надо, незачем рассказывать, разве что при крайней медицинской надобности, такое не описывается на бумаге. Озноб, лихорадка без жара, кружилась голова от яркого света или от голода, ноги с трудом вспоминали способность двигаться. Она шла по перрону мимо только что прибывшего состава, солдатик сидел на перевернутом ящике, баянными переборами разнообразя дрожь воздуха, женщина в сбившемся платке медленно выносила на руках по крутым вагонным ступенькам обрубок тела с медалями и нашивками на гимнастерке — возвращенного из госпиталя мужа, рукава и штанины зашиты на культяшках, обожженное лицо под пилоткой, слезы, темные от угольной пыли, прокладывали следы по щекам, неуверенное подвывание встряхивало, искажало улыбку счастья на лице женщины. А Роза шла, не замечая отслоившейся подошвы, не соображая куда, на запах горячего свекольного борща где-то впереди, мужчина с красной повязкой на рукаве опять вцепился в предплечье, спрашивал, дышал в ухо, стал тащить куда-то в повторяющийся кошмар, не было теперь только сил вырваться, собственный крик прозвучал словно со стороны. И точно в бреду, услышала вдруг свое имя: Роза.

— Роза, — не сводил с нее внимательных темных глаз человек с грустным большим ртом и пучками полуседых волос над ушами, по бокам высокого голого купола. — Куда же ты пропала, Роза? Полковник уже всех поднял на ноги. Это из нашей бригады, — объяснял человеку с повязкой, глядя теперь в глаза ему, и с каждым его словом тот расслаблял болезненную хватку. Вот вам, товарищ, записка, по ней можете получить оглавление... по четырнадцатой категории... высшей степени...

Слова бессмысленно растекались в ее мозгу, пальцы фокусника двигались над пустой бумажкой, рука с красной повязкой уважительно взяла ее, зачем-то козырнула, исчезла в воздухе навсегда, словно не существовала. В воздухе беззвучно проплывали и лопались прозрачные невесомые шары.

Сразу же, с первой встречи Роза перестала искать объяснений. Откуда он знал ее имя, если она сама его не называла? Просто знал. Сказочный избавитель привел ее в волшебное купе на двоих, с белой занавеской на окне; на столике, застеленном крахмальной салфеткой, стаканы в подстаканниках из вещества со сказочным названием мельхиор. В купе сидел еще один человек, похожий на клоуна, молодой, с черной курчавой шевелюрой и оттопыренной нижней губой. Он развлекал ее всю дорогу, двумя пальцами, большим и средним (указательного у него не было), извлекал из свернутой кульком салфетки, один за другим, бутерброды с колбасой, которой она не то что никогда в жизни еще не ела, но даже не видела, твердые красно-коричневые пластинки с белыми крапинами, они заполняли рот ароматной слюной, подкладывал ей на тарелку, подсыпал обильной ложкой сахар в горячий чай. И таким же неиссякаемым, как бутерброды, был его запас анекдотов. «Который час, спрашивает. Без пяти одиннадцать. Шесть, что ли?» Совсем юноша, ровесник, с ним было просто, нехватка пальца на правой руке не лишила его фокуснической ловкости. Чай пьянил, как вино, янтарный настой, не слабо подкрашенный железнодорожный кипяток, запах горячей гари проникал в оконную щель, перестук колес отзывался оркестром в пространстве, волнистой качкой проводов за окном, между столбами, вверх, вниз. Растворялся вошедший в кости озноб, и губы уже вспоминали способность улыбаться, сперва неуверенно, потом она даже засмеялась. А волшебник, ее спаситель, только смотрел на нее молча, глаза его были печальны.

— Ты так похожа на одну женщину, — сказал он ей потом. И почти ни о чем не расспрашивал — сам уже знал про нее больше, чем она могла рассказать.

2. Магия без мистики

На концертных афишах Даниил Мукасей был похож на себя больше, чем на паспортной фотографии: подретушированные, как будто увеличенные гримом глаза были на самом деле большие, глубокие, темные, высокий лоб переходил в голый блестящий купол, обрамленный остатками густых волос, укрупненный рот унаследовали оба сына. Там же, на афишах, можно было увидеть устройство, напоминавшее необычные весы с чашей-пластиной наверху, только снабженные разных размеров циферблатами. Розалия Львовна была на представлениях Даниила всего раза два, он большую часть времени гастролировал, а потом родился старший сын, Ефим, было не до того. Да, признаться, она не совсем эти выступления понимала, может быть, от волнения. Вызванный на сцену доброволец должен был держать ладонь на светящейся пластине, запястье другой руки мягко обхватывал Даниил, пальцы его порой вибрировали, на вспотевшем куполе отблескивали огни люстры. Он вызывался прочесть строку в закрытой книге, на указанной странице, или текст, переданный ему в запечатанном конверте. В одном таком конверте оказалась фотография мальчика, единственным текстом там было имя Саша и дата на обороте, которые Даниил, конечно, прочел, но вдобавок негромко посоветовал женщине, продолжая держать ее за руку, показать сына врачу, у него, похоже, проблемы с почками — и та вдруг разволновалась, начала объяснять, что ее уже посылали от врача к врачу, но всюду такие очереди... Роза сидела в первом ряду, публика подальше не очень, кажется, поняла, оборвала аплодисментами, женщина стала раскланиваться вместо Даниила. Могли подумать, что они знакомы, договорились. Ну а то, что он заранее предсказывал, какая карта будет вытащена из колоды, и находил спрятанные в зале вещи, ее вообще не удивляло. Во время второго сеанса он предложил какой-то девушке в зале, даже не вызывая ее на сцену, проверить, на месте ли ее кошелек. Та полезла в сумку, запричитала испуганно. Дан поскорей ее успокоил, предложил сидевшему позади нее мужчине поискать кошелек у себя в правом нижнем кармане пиджака. Наступило общее молчание, мужчина полез в карман и действительно извлек из него кошелек, продемонстрировал на поднятой руке, даже встал, изображая растерянное удивление. Розе трудно было отделаться от подозрения, что Дан просто не дал состояться краже, согласился, чтобы другие сочли это не более чем очередным трюком. И вор (достаточно было посмотреть на его рожу, чтобы не сомневаться) аплодировал усерднее всех.

Следить за этой напряженной работой, поневоле переживая, было для нее самой утомительно. Она понимала, что бутафорское оборудование, вибрация пальцев, капли пота на лбу нужны для сценического эффекта, зрителям незачем знать, что дома Дан способен и не на такое безо всяких приборов со стрелками. Когда Роза однажды ошпарила кипятком руку, ему достаточно было посмотреть ей в глаза и приблизить к покрасневшему месту пальцы, чтобы не просто сразу утихла боль, но и потом обошлось без пузырей. Стоило ей пожаловаться на уличную духоту (что за погода, сколько можно без дождя, хотя бы небольшого), как минуты через две в голубом небе появлялось растерянное, словно заблудилось, облако, набухало, сгущалось, темнея, наспех брызгало освежающей влагой и обессиленно удалялось, оставив землю исходить легким паром — блаженным дыханием. Что уж говорить о случаях попроще. Как-то перед самым приходом гостя Роза испортила салат: запоздало вспомнила, что не посолила, и в спешке, не глядя, сыпанула вместо соли соду, осознала это в момент, когда уже размешивала салат большой ложкой. Исправить было нельзя, вкус несъедобный. Даниил взял ложку, попробовал и успокоил: это была соль, пришлось самой убедиться. Объяснений искать было незачем, гость угощение нахваливал.

Случалось, Дан брал ее с собой в свои сны и там мог по желанию замедлить для нее время. Однажды она захотела подольше задержаться в саду, где цвели розы, цветы, созвучные ее имени и потому особенные. Неловко было признаться, но она прежде видела их лишь на картинках, розы не росли ни в ее Бавиловке, ни в дощатом уральском поселке, где цветов вообще, кажется, не было. Настоящие были прекрасны, как во сне. Что, если я одну возьму с собой? — спросила она Дана, и тот кивнул, тихо, как всегда, улыбаясь. Она протянула руку к стеблю, чтобы сорвать, и тут увидела или вспомнила, как будто прежде не знала, что на нем шипы, срезать нечем, и куда девался Дан? В неразрешимость сна вдруг вмешался плач новорожденного Фимы, она вспомнила, что у нее где-то здесь же, неподалеку, сын, сладостный младенческий зов наполнил нежностью душу. Она вскочила, еще не проснувшись. Светил ночник, прикрытый синей косынкой, Ефим, напоследок всхлипнув, сам по себе затих. Палец обо что-то укололся — на одеяле была роза. Она смотрела на Дана, разметанные на подушке седые космы делали его голову крылатой, он улыбался, наяву ли, во сне, и стоило ли его спрашивать, во сне ли это все продолжалось? Только никому не рассказывай, говорила его улыбка.

Да что там! Разве то, что у нее после встречи с ним дважды набухал живот и она родила двух сыновей, не было проявлением особого его дара? Об этом нельзя было никому говорить, наверняка бы посмеялись, ответили, что у всех других бывает то же. Про себя она не сомневалась, что у других совсем, совсем другое, такого, как у нее, не могло быть ни у кого. И, по правде сказать, можно ли было ее опровергнуть? Есть такое, чего другим не расскажешь, не объяснишь.

В одном из снов Роза увидела с Даниилом женщину, похожую на себя, ту самую, она уже пыталась ее себе представить, красивую, ничего не скажешь, у нее были такие же пышные волосы, и Роза во сне говорила себе, что ревновать глупо, он ее целовал не в губы, а наклоняясь к руке. Утром, проснувшись, она все же спросила Дана, с кем это он целовался. Думала, он над ней посмеется: это всего лишь твой сон, и они посмеются вместе, но он ответил тихо: ее, сказал, давно нет, она погибла — сказал с такой печалью, что она устыдилась своей действительно глупой ревности, больше не спрашивала. Она понимала, что у мужчины в его возрасте не могло не быть женщин до нее, но знать об этом было незачем. Если бы у Дана было приключение сейчас, она почувствовала бы это не хуже, чем он чувствовал ее — но только если бы в самом деле что-то было. Даже представить себе боялась, как бы переживала. А прошлое? Не все надо знать, не во все сны следует заглядывать.

Ей было проще, ее жизнь по-настоящему началась с него, ей о себе почти нечего было рассказывать. Ее семейный альбом погиб вместе с вещами в разбомбленном поезде, у него фотографий тоже не сохранилось, у обоих не осталось после войны ничего, никого, ни дома, ни родных. Память заботливо гасила, уводила в тень то, чего не стоило вспоминать. Забывались убогость эвакуационной нищеты, ужас госпитальных видений, чернила, замерзавшие в чернильнице, неотступный голод, который требовал постоянно себя заглушать чем угодно, жевать сладкий травяной стебель, неизвестный корешок, горький древесный луб, жмых, украденный из ведра хозяйской коровы, долго потом терзалась этим воровством. Некрасивая девочка, всегда считавшая себя хуже других, вспоминалась неуверенно, словно это была кто-то другая: бязевое платьице, бумажные чулки в резинку, они то и дело постыдно сползали, защелка-машинка, прикрепленная к поясу, плохо держала. Теперь вдруг можно было чувствовать себя несравненной. Даниил любил слушать, как потрескивали электричеством ее волосы, когда она их расчесывала с осторожным усилием. Ежедневная возня с ними уже становилась докучной, но укорачивать их Дан категорически запретил. Проблемой было их уложить в прическу, Дан говорил, что никакой и не нужно. Однажды Розе удалось раздобыть на рынке модную сетку для волос, как у актрисы в американском фильме, кажется, «Сестра моего дворецкого», в магазинах таких не было. Он выбросил брезгливо, двумя пальцами: не уродуй себя, это для других. Зато украшения и платья она могла покупать на свой выбор, зарабатывал он достаточно, чтобы время от времени даже ходить в ресторан, где на нее все обращали внимание, приглашали танцевать, и Даниил разрешал, сам он танцевать не умел. Он не просто излечил ее от былой ущемленности — создавал ее заново.

Что по сравнению с этим были выступления на эстраде для заработка? На афишах они назывались психологическими опытами, их каждый раз сопровождал популярными объяснениями конферансье Яков Цыпин, тот самый вагонный спутник с буйной курчавой шевелюрой и оттопыренной нижней губой. Нам только кажется, что мысли шевелятся у нас в голове и нигде больше, просвещал он публику. Выступающий перед вами артист путем усиленных тренировок сумел развить в себе такую чувствительность, что улавливает их, просто держа вас пальцами за руку. Чтобы вы ясней это видели даже с задних рядов, технические приборы наглядно демонстрируют, как дергаются разные стрелки. Потому что все психологические явления, болтал он, имеют природу научную, материальную, безо всякого идеализма и мистики. Человек с помощью науки может развить в себе невероятные способности. Да что там человек! — вдохновлялся Цыпин. Академик Павлов, величайший советский ученый, который открыл у всех животных необыкновенные рефлексы, вы же знаете, давно показал, на что способны самые простые собаки: после правильной дрессировки слюна у них начинала течь не только при виде еды, но уже при одной мысли о ней. То есть мысли — так можно сказать про человека, это мы по себе знаем, как от некоторых мыслей течет слюна. А у собак она текла от простого сигнала, от лампочки или звонка. Сигнальная система, так это называется в науке. Так ведь ученые на этом не остановились. Они обнаружили, что путем правильной дрессировки у некоторых особенно талантливых животных можно развить совершенно невероятные способности. Я вам сейчас расскажу про одну собаку, она, представьте себе, научилась подходить на звонок к телефону и говорить в трубку: гав, гав! Однажды кто-то не понял, кто это, говорит: плохо вас слышу, у меня шумит в аппарате, повторите по буквам! И она, представьте себе, повторила: Галя, Алла, Вава... Это, как вы понимаете, анекдот, выдержав для начала паузу, на всякий случай пояснил Цыпин под смех удовлетворенной публики.

Розалия Львовна тоже засмеялась с облегчением. Сама она не всегда могла его болтовню отличить от анекдотов, которыми он заполнял паузы, пока Даниил отдыхал. И с таким серьезным выражением на лице! На втором представлении, услышав опять про труды академика Павлова, Розалия Львовна начала смеяться раньше времени и не сразу спохватилась, что на нее оглядываются, как будто она нарушила приличия. Другие же слышали это первый раз. Она знала за собой простодушие, оно не раз, бывало, ставило ее в неловкое положение. Каких-то условностей она не понимала, не учитывала, и лучше было зря на представления мужа не ходить. Хватило двух раз.

3. Цыпа

Цыпина Роза готова была слушать сколько угодно. Она была рада, когда он приходил в гости к ним с Даниилом, надевала к его приходу крепдешиновое платье в крупных нежно-лиловых цветах, бусы из граната, слегка подкрашивала губы. Дан считал, что ей без помады лучше, но что делать, молодая, не успела натешиться в возрасте, когда девочки любят краситься. К приходу Цыпина готовился селедочный форшмак, который он особенно любил; водка, настоянная на лимонных корках, обновлялась у нее в зеленом лафитнике постоянно. Яков еще от дверей при виде стола в театральном восхищении разводил руками. Роза знала, что он до ее появления одно время жил здесь же, у Дана, сирота, когда-то с его покойным отцом они вместе выступали на эстраде. К Даниилу Цыпин обращался на ты, как к старшему родственнику, с ней у них получилось на ты сразу. Вслед за Даном Роза стала называть его Цыпой, ему это нравилось.

Первый тост он поднимал за семейное счастье, за ни с чем не сравнимый запах уюта, нагромождал одно на другое торжественные слова, которые ему казались поэтическими, получалось почему-то смешно. «Ты бы сам женился», — говорила ему Роза. «Рано еще, — отвечал Цыпин. — Надо же сначала найти такую женщину, как ты, а где она есть? Такие создаются только в одном, ну, может, в двух экземплярах». Хотя ответ она знала заранее, слушать было забавно.

Приходить Цыпин любил с цветами, ухитрялся раздобыть в тогдашней Москве, да еще зимой, даже розы. Кроме цветов, Цыпин иногда приносил подарок, и не просто приносил, недаром был еще и фокусником. На представлении у него откуда-то возникали предметы, уходили в пазы воздуха, больше некуда, и это несмотря на отсутствие одного пальца, то и дело рвался показать, что угадывает карты не хуже Дана, и у него это получалось, но Даниил иногда разоблачал его нехитрые уловки, извлекал карты, запрятанные в рукаве, так что его собственные номера выглядели еще более загадочными, эффектными. Это у них было, конечно, отрепетировано.

Однажды, сидя за столом, Цыпин полез в сахарницу ложкой и вдруг вытащил оттуда на ней кольцо. Что же ты так держишь свои драгоценности? — упрекнул укоризненно. Или ты это с сахаром купила? Роза повертела кольцо в пальцах. Оно было плоское, широкое, со стертым узором, металл она определить не могла. Золото, серебро она знала, медь, бронзу, но этот был как будто голубоватый. Оглянулась на Даниила, тот повел бровью: ничего не знаю, раз он так говорит. Если это был подарок (а что же еще), то немного странный. Вид у кольца был простоватый, провинциальная поделка, она такие видела. Обручальных колец у них с Даном не было, тогда обходились без них, да ведь не было и свадьбы, такое время. На какую руку, на какой палец положено было надевать это? Попробовала на один, на другой, и обнаружила, что даже на мизинец это кольцо, на вид крупное, просто не налезет. Может, потому, что утром она мыла полы, пальцы оставались опухшими, они вообще были постоянно опухшие, от работы ли, от здоровья. Роза успела уловить, как Дан переглянулся с Цыпой, тот виновато, как ей показалось, пожал плечами. Надевать это кольцо она не собиралась, положила в шкатулку для безделушек. Признавать его своим подарком он так и не согласился.

— Цыпа в тебя влюблен, — однажды сказал Даниил. Это прозвучало как шутка, но Роза только тут поняла, что сама об этом догадывалась. — По возрасту он был бы тебе лучшей парой, — грустно улыбнулся Дан.

От Даниила она знала, что фокусы, как и запас анекдотов, Цыпин перенял когда-то от отца, тоже был конферансье, любимец публики. Они выезжали с эстрадной бригадой близко к линии фронта, отец погиб от случайного снаряда прямо во время выступления. Яков тогда стоял совсем недалеко от него, но ничего этого не помнил, потому что сам оказался взрывом контужен. О том, что было с ним до контузии, Цыпа вообще вначале почти не помнил, Дан с ним долго потом возился, применял какой-то свой гипноз, так она поняла, кое-что удалось восстановить. Ну, пусть не все, но если чего не вспомнил, значит, без этого можно обойтись, беззаботно балагурил Цыпа. Не обязательно помнить, как тебя обучали фокусам, но, значит, что-то просто хранилось в пальцах или где там еще, как будто всегда это умел. Нет, на свою память Цыпа не жаловался.

— Это даже не называется память, это, может, что-то другое, — расходился Яков после второй-третьей рюмки. — Я всасываю, как насос, когда у него внутри пусто. Мне достаточно случайно что-то один раз услышать, посмотреть, как другие работают, я все могу повторить, без обучения. Дан только думает, что вкладывает мне что-то в голову, я сам могу брать у него из головы. И мысли угадывать могу, как он, и все его трюки показывать. Когда я с ним на сцене, у меня даже голос становится, как у него, разве нет?

Роза, смеясь, подтверждала: Цыпа в самом деле умел очень похоже изобразить голос Даниила, на слух, если отвернуться, не отличишь. Даже в лице появлялось небольшое сходство, уголок губ насмешливо изгибался.

— Нет, я не подражаю, — вдохновлялся все больше Цыпа, — я от него заражаюсь, получается само собой, я не знаю как. Хочешь, сейчас прямо угадаю твое желание, — говорил он Розе. Делал напряженное лицо, приближал к ее вискам вибрирующие пальцы. — Думай, думай... смотри на меня. Сейчас ты хочешь пить, разве нет? Что ты хочешь пить? Смотри на меня, думай, думай... Вино? Нет, не вино... вот этот боржоми. Я угадал? — Угадал, — охотно признавалась она, и Цыпа наливал ей в бокал боржоми, чокался с ней своей рюмкой. — А знаешь, как я угадал? Потому что сам в ту же секунду захотел пить. Это очень просто, спроси Дана, он мне сам говорил, это у него такой способ. Вот, подумай еще о чем-нибудь, лучше о приятном, представь себе мысленно, что хочешь, — Цыпа опять напрягал брови. — Я чувствую... ощущаю рукой что-то пушистое, теплое. Мне кажется, ты мысленно гладишь сейчас пушистую кошку. Угадал?

Оба веселились, как дети. Дан смотрел на них, улыбаясь, как всегда, молча. Почему улыбка его обычно казалась такой печальной? Наверно, так просто был устроен его рот. Говорил почти все время Цыпа, особенно опустошив еще одну рюмку.

— Нет, у меня это может называться фокусом, но фокус не чудо, — разглагольствовал он. — Я не он. Он действительно может слышать чужие мысли, я этого даже не представляю и представлять не хочу. Особенно когда вокруг столько людей, зрительный зал, двести мыслей одновременно шумят, шумят, и не вокруг твоей головы, а, наверно, уже внутри, не знаю. Как их различить, как это выдержать? Он говорит, что может один голос сделать для себя погромче, другие потише. Не знаю. А если кто-то начнет думать о плохом, об ужасном, о таком, чего лучше не знать? Стало бы совсем невозможно жить. Это же называется кошмар, когда голоса в твою голову сами лезут, преследуют, попробуй от них спрятаться. Не знаю, как с этим справляется Дан.

Роза охотно смеялась. Она была благодарным слушателем, ей не обязательно было различать, когда Цыпа просто болтает, когда говорит всерьез. А может, он и сам не различал, когда его так несло.

— Он может тебя угостить сухой корочкой, а ты будешь думать, что это бутерброд с ветчиной. И не просто думать, ты будешь сыт весь день. Это не обман, это кусок хлеба, которым можно накормить толпу. Человек нюхает собственные пальцы, а думает, что нюхает цветок. Может, счастье у нас вообще в мозгу, да? Академик Павлов простит мне всю чушь, которую приходится нести. Я ведь, между нами говоря, ничего в этом не понимаю. Я Дана спросил, надо ли объяснить публике, что его опыты соответствуют политическим установкам партии. Они ведь там тоже хотят, чтобы люди чувствовали себя счастливыми, потому что живут в самой счастливой стране, несмотря на временные трудности. И разве мы не живем? Умеем даже получать удовольствие. Но Дан мне велел не болтать. Ему хорошо, ему и говорить не надо, я при нем, как Аарон при Моисее, у того язык был лучше подвешен, да? Мне же надо не просто развлекать, мне надо отвлекать публику, чтобы меньше думала. А то еще начнут догадываться, о чем не нужно, а, Дан?

Даниил улыбался, а Роза смотрела на Цыпу с новым интересом, ей впервые приходило на ум, что этот веселый болтун не так уж прост.

Я скажу: равного этому человеку не существует, — провозглашал он, подняв палец левой руки. — Если кого можно считать ему равной, то одну только женщину. Потому что с женщиной просто нельзя сравнивать.

А потом стол отодвигался к стене, чтобы можно было танцевать, на тумбочку рядом с ним ставился патефон. Одним из подарков Цыпы была пластинка с еврейской песней, ее ритм оказался очень удобен для медленного танца, можно было его называть танго. Роза никогда прежде не думала, что умеет танцевать, но с ним у нее получилось сразу. Легко было чувствовать на спине его направляющую руку, улавливать послушно движение. Один раз он сумел даже повернуть ее и чуть опрокинуть на спину, придерживая рукой, — где сам успел научиться? Наверно там же, где всему прочему, вприглядку, но ведь и у нее получилось. Дан обычно сидел в кресле возле тумбочки с патефоном. Когда музыка заканчивалась, он возвращал иголку в начало, к краю, подкручивал ручку, покачивал в такт музыке головой, постукивал по колену пальцами, губы его шевелились беззвучно, повторяя слова.

Их хоб дих либ, их хоб дих либ, подпевала с ним вместе Роза, *эс фэлн мир вэртер майн штарке либэ аройсцузогн мир*. Люблю тебя, люблю, мне не хватает слов сказать, как сильно я люблю тебя. Необъяснимая печаль и тревога слышалась в этой музыке, почему-то слезы подступали к глазам, а ведь слова были просто о любви, их она понимала. Было еще что-то вроде припева, несколько слов на непонятном языке, наверное, на древнееврейском, им она подпевать не могла, не улавливала. Она оглядывалась на Дана, губы его шевелились, он, конечно, и эти слова понимал, но переводить почему-то не хотел, отмахивался.

Роза была достаточно чуткой, чтобы сознавать: он был не совсем отсюда, жил где-то еще, к чему-то постоянно прислушивался — и была достаточно умна, чтобы зря не спрашивать. Она жила с волшебником — объяснить это чувство было невозможно, и незачем. Ее дело было всего лишь делом женщины: обеспечивать вековые основы жизни, позволяя ему отходить душой от неизвестных ей потрясений на неприхотливых семейных радостях, как на мягкой домашней перине.

Проникновенный скрипичный повтор, бесконечная нежность, и снова взлет, мужской голос вторил женскому, женский голос отвечал мужскому. Их хоб дих либ, повторяла она, оглядываясь на Дана, он отвечал, улыбаясь, голос его звучал, дышал у самого уха. На обоях расцветали розы, отростки стеблей змеились по стенам, между ними трепетали крыльями птицы, легкие, как мотыльки. Не беда, что мелодия длилась совсем недолго, Дан мог возвратить иглу в начало сколько угодно раз.

Она потом так и не успела ему рассказать, что перед его возвращением с последних гастролей захотела зачем-то вынуть пластинку из конверта, и вдруг обнаружила, что через самый центр ее прошла трещина, разделившая пластинку пополам, она держалась лишь на этикетке. Если бы Роза просто нечаянно ее уронила, надломила, разбила, дурную примету можно было бы считать более понятной, но трещина возникла сама собой, без причины, тут было что-то особенно тревожное. Надо было спросить объяснение у Дана, но не с порога же, а потом совсем другие мысли отодвинули эту, вытеснили, но предчувствие оправдалось, не медля, когда на пороге их квартиры однажды возник незнакомец.

4. Ночной гость

Этот человек заявился к ним поздним зимним вечером, почти ночью. Даниил только что вернулся с гастролей из Саратова, сидел за столом, в полосатой пижаме, оттаявший после ванны — дом, наконец, подключили к газу. Кроме любимого форшмака, для него было приготовлено кисло-сладкое жаркое на сливовом варенье, гордость Розы, на сияющей крахмальной скатерти уже стоял зеленый лафитник, под цвет водки, настоянной на лимонных корках и остуженной за окном — холодильников тогда не было. Сидел за столом задумчиво, почему-то рассеянно вдруг спросил: а еще один прибор? Зачем еще один, не поняла она, Цыпа в такое время не придет. Да... конечно, Дан словно опомнился и со смущенной улыбкой встряхнул головой. Замечтался.

Но все же будто прислушивался или принюхивался к чему-то, не здесь, с ним такое бывало. Уже открывая дверь на неурочный звонок и встречая гостя, Роза действительно ощутила запах, в прихожей он становился все явственней: так оттаивает в тепле запах вошедшей с мороза собаки. Исходил ли он от шапки пирожком из черного блестящего меха, с каплями талого снега на ворсе? Уши под ней оказались, как у поросенка, розовые, гладкие. Волосы под цвет шапки выглядели приклеенными, белые ресницы забыл покрасить.

Попросил у хозяйки извинения за то, что о своем приходе, да еще таком позднем, не предупредил по телефону. Неоткуда было позвонить с дороги, и не захотелось искать... есть такие разговоры... лучше не по телефону, — в объяснениях нетрудно было услышать фальшь, а Дан из-за его спины уже глазами показывал Розе: я же говорил, принеси еще один прибор. Визитер начал было неубедительно отнекиваться, тер, согревая, красные пальцы, но Даниил уже наливал ему из лафитника. Крепло чувство, что незваный ночной гость не был для него совсем уж неожиданным, да и что могло быть неожиданным для человека, умевшего распознавать обозначившееся во времени, как другие в пространстве, достаточно было сосредоточенно всмотреться в нужную сторону.

Некоторое время она с ними еще посидела, выслушивая комплименты своему фантастическому кисло-сладкому жаркому (и добирал мякишем с тарелки подливу, как будто она для него готовила!) Ей самой есть не захотелось, и наполненные рюмки мужчин, между прочим, оставались нетронутыми, оба лишь ритуально притронулись к стеклу губами, она обратила внимание. Нетрудно было понять, что ее присутствие мешает какому-то их разговору, нашла причину, чтобы выйти из-за стола, прихватив блюце со сладостями для Фимы, пристроилась в соседней комнате, где тот уже спал, у дверей, оставив их чуть приоткрытыми.

— Вы меня, конечно, узнали? — говорил гость. Роза скоро поняла, он, оказывается, выходил к Даниилу на сцену в Казани и позавчера в Саратове. Следил, значит, за его выступлениями, не совсем понятный поклонник. — Я всегда хожу в штатском, почему позавчера вы меня назвали полковником?

— Это была шутка. И ведь я не угадал. Вы мне ответили, что подполковник.

— Оказалось, позавчера я просто не знал, был в отъезде. Вы знали больше, чем я. Раньше.

И засмеялся удовлетворенно, что-то еще, похоже, дожевывая. Чувствовалось, как он веселеет все больше, хотя вроде еще не выпил. Позавчера, постепенно уяснила Роза, он едва не сорвал Даниилу выступление, подсунул ему в запечатанном конверте листок на каком-то непонятном языке, думал, Дан не сумеет прочесть, и тот сначала не хотел, но потом все-таки прочел, и перевел, и, конечно, правильно, этот полковник потом продемонстрировал публике перевод, он находился в другом конверте, Дан не мог до него даже дотронуться.

— Вы не просто оправдали, вы превзошли мои ожидания, — продолжал сейчас восхищаться гость, и восхищение это звучало искренне, только было в нем что-то подозрительное, она все еще никак не могла уловить. — Кто бы мог подумать: простой артист эстрады, без высшего образования — ведь без высшего? я смотрел вашу анкету — не только читает через плотную бумагу, это специальный разговор, но еще разбирается в таких премудростях! *Меняющий имя меняет судьбу*, правильно я запомнил перевод? На эстраде позавчера не было возможности порасспрашивать, вы, наверно знаете и комментарий?

До Розы, наконец, дошло, слова, прочитанные Даном, были на древнееврейском, хорошо, сам полковник не стал уточнять, да еще на сцене, обстановка в последнее время вообще была не для таких разговоров, она в магазинах и трамваях наслушалась всякого, хорошо хоть газет не читала. (И зачем-то интересовался анкетой?) Эти слова, терпеливо пояснял Даниил, относятся только к подлинному имени. Есть учение, которое различает имена подлинные, выражающие духовную суть человека, и придуманные искусственно. Искусственное, земное имя вы можете менять сколько угодно, как костюм, как псевдоним, литературный или театральный. Это мне понятно, удовлетворенно подтверждал гость, в некоторых случаях менять нужно, мы такие случаи знаем.

От Розы то и дело начинала ускользать суть разговора, она примеривала разные успокоительные объяснения. На антисемитизм не похоже, может, этот человек просто интересовался учеными премудростями, пришел к Даниилу выяснять что-то? Она-то всегда не сомневалась, что Дан знает больше, чем говорит вслух — и с кем ему было говорить о некоторых вещах, не с ней же, она без премудростей могла обойтись. Но этому-то, тем более если считать его полковником, зачем такое знание могло быть нужно?

— Замечательно, замечательно! — поощрительно мурлыкал гость. — Знаете, от этого кисло-сладкого начинаешь невольно говорить с акцентом. У вас ведь слышится, а вот какой, не могу уловить. Вы, кажется, из Литвы? (Что за чушь? — уже немного дремотно думала Роза. Какой акцент? Не нравилось ей все это, опять становилось тревожно.) Ладно, ладно! — предупредил тот, должно быть, какое-то движение Дана. — Вы подтверждаете мою догадку, а впрочем, уже не догадку. Не заметив, отвечаете на вопросы, которые вам не были заданы. Я думаю, сейчас вы не станете мне втолковывать про собачьи слюни — для этого у вас есть конферансье, пусть болтает, да? У меня целый отдел пробовал заниматься так называемыми феноменами, почти все оказывались шарлатанами. Конечно, к артистам никаких претензий быть не может, зарабатывают, как умеют, свой хлеб. Этот реквизит циркового иллюзиониста, он же курам на смех! Присобачили, кажется, даже авиационный анемометр. Кто это вам соорудил, неужели сами? Скромный артист, мастер психологических опытов, позволяет болтуну-помощнику разоблачать свои способности. На самом деле ничего этого нет, а если есть, другим лучше не знать, да? «Есть тайны, которых не могут открыть ни мудрецы, ни гадатели». Вы, конечно, помните, в какой книге это было сказано?

Он разгадал его, вновь забеспокоилась Роза. Он догадался, что на сцене Дан дурит людям головы, и Цыпа ему помогает. До нее не все слова доходили, хотя слух у нее был хороший, может, некоторых она просто не понимала и потом не могла бы точно передать, тем более что они со временем стали путаться, не так вспоминались, приходилось что-то додумывать по-своему, дополнять. Гость был опасен, вот единственное, что она ощутила сразу, пусть и называл себя работником какого-то института, научного, специалистом по каким-то необычным явлениям. Зачем-то стал рассказывать про замечательную трофейную библиотеку, которая попала в его институт после войны вместе с пленными специалистами, потом про одного такого специалиста. Этот профессор изучал природу памяти, разрабатывал методику воздействия на разные участки мозга, занимался проблемами внушения, передачи мысли. Во время войны он проводил эксперименты уже на оккупированных территориях, с ним стал сотрудничать какой-то целитель или чудодей из местных, тоже интересная история. Этот человек будто бы обладал способностью не просто оживить почти безжизненное тело, но вдохнуть в него разум, прямо как в той знаменитой легенде, вы, конечно, ее знаете...

Возникла пауза, а может, Роза где-то в этом месте начала незаметно задремывать, сидя на стуле, с блюдцем в руках.

— Вы почему-то не пьете, хотите сохранить трезвость. Для кого же поставили? Нет, я все-таки выпью. — Гость становился словоохотливым. — К чему я вам стал все это рассказывать? Проблемы, которыми занимался этот немец, оказались, как вы, думаю, уже поняли, не просто близки к нашим — он помог нам предварительно оформить круг тем, которыми теперь будет заниматься наш институт...

Ну конечно, какой-то научный работник, смутно решила Роза. Сквозь одолевавшую ее дрему ей показалось, что кто-то из мужчин, прервав разговор, поднялся с места и подошел захлопнуть плотней дверь, разговор перестал до нее доноситься. Приоткрыла слипавшиеся глаза: нет, дверь, высокая, крашеная праздничным белым, оставалась в прежнем положении. В научные разговоры вникать было бесполезно. Да и много ли она извлекла бы для себя из услышанного, но не удержанного сознанием?

Уклончивый, не желавший ничего договаривать до конца гость был не просто работником научного учреждения, ему поручено было создать новый секретный институт, чтобы разрабатывать технологии, позволяющие, среди прочего, влиять на состояние человека, на его сознание. Для внешнего мира придумано было условное название, вначале оно звучало как «Институт памяти», начальству больше понравился «Институт счастья».

— Распоряжаться самочувствием людей они умеют и без науки. У них свои шаманы, свои заклинатели духов. — Гость коротко хохотнул. — Вы твердо решили не пить? А я всетаки выпью еще. Мне теперь можно. Замечательный, кстати, вкус. Не обижайте, хотя бы чокнитесь. Я хочу выпить за вас. За ваш необыкновенный дар. Знаете, как в былые времена называли людей с такими способностями, как у вас? Людей, которые могли вести за собой, им поклонялись. Нет, маги и чародеи — это из другой оперы. Это умельцы, может быть гении, но не более. Есть знание, которое вы сами не можете объяснить, вот что нас интересует. «А мне тайна сия открыта не потому, чтобы я был мудрее всех живущих, но есть на небесах над ними открывающий тайны». Проникать в мысли и влиять на них, видеть то, чего не видят другие, обладать даром, который мог бы осчастливить людей — а мог бы дать над ними власть — и скрывать его, числиться в филармонии по отделу сатиры и юмора? Юморист. В своем роде... А если это насмешка не просто над даром, которым вы оказались наделены? Если это насмешка над судьбой? Вы не хотите быть достойным ее. Все еще боитесь со мной быть откровенным. Скажете, я тоже не договариваю, ведь правда? По вашей усмешке я чувствую. На самом деле, не сомневаюсь, вы про меня уже многое знаете. Быть с вами не откровенным я не могу, бесполезно. Вы можете сказать вместо меня, с каким я к вам пришел предложением, не правда ли?

— Небольшая загадка, это можно понять без приборов, — в голосе Даниила снова слышалась усмешка. — Я могу и продолжить за вас: соглашусь ли, не соглашусь, результат будет все тот же. Это только называется предложение.

— Когда говоришь с таким человеком, растешь в собственных глазах. Обходишься без лишних слов. Вы можете понять озабоченность людей, более дальновидных, чем те, кто распоряжаются судьбами народов, им тоже не все следует договаривать...

В квартире вдруг погас свет, это в те годы бывало даже в центре Москвы. Всегда наготове была керосиновая лампа. Даниил на ощупь прошел на кухню, принес ее. С каждым его шагом тени преображали комнату и внешность гостя, он словно вырастал за счет теней, они хозяйничали на стенах, усиливая звучание его голоса.

Оставленные нам откровения почему-то не меняют реальной жизни, разглагольствовал гость. Величайший взлет творческого воображения, создавший идею Бога, постепенно рассосался, рассеялся в заурядной массе, обессилел. Новые мудрецы удовольствовались умственной разработкой частностей, на большее оказались уже не способны. Секта уставших аскетов решила, что истина им провозглашена, что Мессия уже приходил, пусть для начала на время, но уже все сказал, достаточно следовать ему в меру доступного, раствориться среди прочих. Другие предпочитают еще ждать обособленно, но тоже пока живут, как могут, ищут пропитание, ходят на службу, толкуют тексты. Мелкими умственными приобретениями стараются подменить что-то утерянное, кажется, безнадежно, размягчаются, растекаются. Природное устройство между тем вынуждает человека зачем-то сопротивляться возможности счастья, мучиться, сомневаться. Вдруг взбрыкивает, начинает рушить все вокруг и в самом себе. Пора, может, подправить замысел, сделать что-то, если не с миром, то с мозгами. Человечество созревает для нового состояния. Нужно думать о будущем, когда прежние механизмы станут отказывать. С аппаратурой, техникой у нас всегда проблема, приходится выкрадывать, добывать за границей, да ее все равно недостаточно. Но почему-то именно у нас есть люди, какие вообще появляются на свете редко, на время. Сейчас, может быть, не случайно именно у нас. Напряжение, чудовищные трагедии могут отуплять, но у некоторых, возможно, стимулируют особые способности. Утверждать ничего, конечно, нельзя, будем считать это ненаучной поэзией. Есть люди, которые сами о себе не знают всего, не должны, это, может, входит в неизвестное нам условие. Но нельзя, как вы, отсиживаться, будто смутились чего-то. Вы лучше меня предчувствуете, какие события надвигаются. Я вас, может, укрою от худшего. Ваши способности могут заинтересовать не только меня, рано или поздно. Лучше, если раньше других поспею я, поверьте.

— Высокомерие чувствовать себя виноватым за то, что происходит в мире, — негромко проговорил Дан. — Но умственные построения могут нести в себе гибель. Особенно если их подкреплять претензиями на власть. Когда поколеблены основы, нужно время, чтобы заново их осмыслить.

— Только не говорите мне о морали, — взметнулся полковник. — О том, что, пока мы к какому-то знанию не готовы, лучше без него. Мысль не остановить. Религиозные прописи не уберегали народы от уничтожения, жги свечи, не жги, пляши перед идолом, не пляши, разве сами вы этого не почувствовали? Чего стоит самое высокое знание, если оно лишено власти? Вы скажете, смотря на что ее употребить? Согласен, это вопрос. Начальство думает, что оно использует нас. Ну, это кто кого...

Стало заметно, что гость уже слегка пьян. Он даже как будто изменился внешне, размяк, тени на стенах опали. Внезапно свет снова включился. Керосиновая лампа продолжала на всякий случай гореть.

— Что ж, как говорится, на посошок? — внезапно смял он разговор. — Я наговорил вам такого, чего другим не сказал бы вслух. Зря сотрясать перед иными воздух — себе же опасней. Вы для меня безвредны, даже если вообразить, что захотите сделать мне пакость. Для начала, надеюсь, вы сумеете успокоить жену. А дальше не все от нас зависит.

Закрыв за ним двери, Даниил выглянул в окно, увидел внизу черную, как жук, машину, она отблескивала под отдаленным фонарем. Впустила в себя длинную, больше себя, тень, выстрелила из заднего отверстия белесой струйкой. Потом он прибрал со стола, но мыть посуду не стал. Роза дремала на стуле за дверью. Он хотел, не разбудив, перенести ее в уже застеленную постель, но она, встрепенувшись, сказала, что вовсе не спит, даже не хочет.

5. Ночь бессонного сновидения

Обо всем, что было в ее жизни потом, Роза узнала в их последнюю ночь, ночь бесконечного соединения или бессонного сновидения. Даниил, не объясняя подробностей, дал ей понять, да она уже и сама поняла, что ему предстоят гастроли, возможно, более долгие, чем обычно, их следовало скорей назвать командировкой, им придется расстаться, точней он ей тогда сказать не мог, то есть, думала она потом, не захотел, сам-то знал, как мог он не знать, не стал говорить, чтобы не пришлось сразу успокаивать, обрывать стенания, объяснять невозможное, и что тут было объяснять, к чему уточнять, не надо было ее успокаивать, говорить про гастроли, было что-то секретное, это она могла понять сама (хотя на самом деле не понимала, что он мог делать секретного), отказаться было нельзя, не удалось затаиться, жить среди всех, как все, и ее с собой он взять не мог, пока не прояснилось, обстановка там скорей всего не для детей, ей надо остаться, чтобы растить их, каких их, у нас только один Ефим, уже есть второй, неужели ты еще не чувствуешь, я знаю, женщины умеют это чувствовать, а сейчас?..

Кружилась голова в бесконечном полете, все выше и выше, о, как он был силен! Да, она, конечно, чувствовала, как женщина могла это не чувствовать, ты говоришь, будет мальчик, да, мальчик, а, может, девочка, хотелось бы сначала девочку, хоть одну, нет, мальчик, и ты назовешь его Борух, Борис. Она все заранее узнала в ту ночь, не обязательно было говорить ей, что детям она даст высшее образование, это само собой, не оставаться же такими, как она, старший со временем будет хорошо зарабатывать, у него уже и сейчас научный ум, как он сразу, без проб, складывает пирамидки, подтвердила она, другой, младший будет больше в меня, натурой художественной, такие умеют видеть больше, чем показывают, он постарается воссоздать, удержать, закрепить в знаках то, что без него бы исчезло, у обоих будут проблемы с женщинами — не всем же удается сразу встретить такую, как ты...

Так она со временем переводила для себя на язык совершавшейся жизни слова или бессвязное бормотание, он не впервые глупел, когда соединялся с ней, и что-то вскрикивал на языке непонятном, не том, который называли еврейским родители, тот она понимала, но потом стало казаться, что она понимала и этот, хотя не могла пересказать своими словами. *А-пгиша и а-тхала шель а-преда*, напевая, бормотал он слова их песни, но переводить она теперь не просила, сама, кажется, понимала. Все, что происходило потом в жизни, было заранее предсказано в ту ночь, ее не будет оставлять это чувство, что все было пробормотано в опьяненье любви, когда говоришь слова, непозволительные в ином состоянии, да в ином состоянии они просто не могли бы прийти в голову, нельзя все время быть гениальными. В этом бормотании было предсказано все, что с ней должно было случиться, с годами она лишь вспоминала все новые и новые подробности, просто не все слова сразу поняла или на время забыла, они возникали, называя уже подтвержденное, и чем больше проходило времени после исчезновения Даниила, тем это становилось очевиднее. А если о чем-то не предупредил, то просто чтобы не отягощать прежде времени. И разве она хотела заранее услышать от него обо всем? Что, в самом деле, за жизнь, когда ступаешь в уже готовый след, вставляешь лицо в прорезь предсказанной декорации, как у рыночного фотографа?

Соединялись тела, сливались сокровенные глубинные соки. Я умру, если ты не вернешься, говорила она. Значит, жди, соглашался он, сколько бы ни пришлось. Пока ты ждешь, я не могу не вернуться, мы до конца будем вместе. Я буду жить, пока ты не вернешься. Верь своему чувству, никому больше. *Их хоб дих либ, их хоб дих либ, эс фэлн мир вэртер майн штарке либэ аройсцузогн мир.* Слова, которые мы бормочем друг другу на ухо, не исчезают, они сохраняются, непроявленные, чтобы отозваться однажды в чьем-то безграничном слуху. Я вернусь, повторял он, и мы будем с тобой танцевать, я научусь, я буду танцевать, как Цыпа, и у тебя опять будет роза, сорванная во сне. Все будет, как обещано, судьбы удостаивается не каждый, лишь способный ее творить, доверяясь предназначению. Только не вздумай стричь волосы, я хочу их еще увидеть.

Люблю тебя, люблю, мне не хватает слов сказать, как сильно я люблю тебя. Она вспомнила про треснувшую пластинку, хотела ему сказать про нее, но вдруг засомневалась: не показалось ли это ей, не приснилось ли? Разве музыка не звучала, разве не она заполняла тела и воздух? Не надо было эту пластинку вынимать из конверта, незачем проверять. Мир продолжал кружиться под ту же музыку, танец возобновлялся, это он вел ее, и не было большего счастья, чем подчиняться его руке, ощущать напряжение и власть его тела. То, чему лишь предстояло совершиться, каждый миг, не задерживаясь, переливается через невидимую грань, называемую настоящим, тает, тускнеет, становится призрачным.

Но вдруг часы перестают тикать, время останавливается, зависает — не бесконечно, нет, бесконечно этого нельзя бы вынести, не только потому, что надо было думать о детях, но потому, что счастье так же невыносимо, как горе, а может, еще невыносимее. Боль можно перетерпеть, от счастья хочется бежать — чтобы действительно его чувствовать.

6. Жизнь как узнавание

Предстоящее было предрешено, можно было его ожидать, но как-то не по-человечески это было осуществлено, без предупреждения, внезапно, Дан не успел даже с ней попрощаться как следует, не дали, — кто, почему? Только вспоминалось потом, как он уже спустился по лестнице на несколько ступенек, обернулся, в руке саквояж с обычным дорожным набором (концертный костюм, пиджак с бархатными отворотами, бритвенный прибор, полотенце, пижама, она перепроверяла мысленно, все ли положила), поднял на нее взгляд — о, этот взгляд, снизу, долгий взгляд, вобравший в себя ее, все, все. Я что-то забыла? — встревожилась она. Не возвращайся, плохая примета, я сама принесу. А он покачал головой — и эти глаза, эта улыбка... запечатлелось, осталось уже навсегда.

Потом ей рассказывали (почему-то вполголоса, по секрету, каждый отдельно от других), что куда-то пропал Цыпин, не явился в филармонию, к автобусу, уже готовому отправиться в Загорск. Жил он в коммуналке, в какой-то холостяцкой комнатушке, без телефона. Даниил сам вызвался подъехать, выяснить, это, сказал, недалеко, без него он никуда ехать не мог. Вскочил на подошедший кстати трамвай, именно вскочил, как молодой, на ступеньку, ухватился за поручень и уже не вернулся. Просто не вернулся, даже не позвонил сказать, объяснить, в чем дело, саквояж, оставленный в служебном автобусе, передали Розалии Львовне. Концертный костюм, пиджак с бархатными отворотами, бритвенный прибор, полотенце, пижама, как же он без бритвенного прибора, вот о чем бессмысленно забеспокоилась. В филармонии разводили руками, без слов, прямо в глаза не глядели, объяснить ничего не могли, сами не знали.

Да и что тут было объяснять? Причину в те времена несложно было предположить, люди сколько раз исчезали, уходили и не возвращались — обычное дело, и справки наводить надо было не в милиции, намекали ей так же, вполголоса, как намекнули по телефону тем, кто по служебной линии попробовал было выяснять, а потом и разговоров с ней стали избегать, тоже можно понять. Но тут дело было не совсем обычное, не арест, она это знала и убедилась в этом через две недели, когда пришла в сберкассу снять оставшиеся деньги и обнаружила, что на ее счет пришли сразу три тысячи рублей, неслыханный по тем временам аванс, непонятно от кого, откуда, в сберкассе этого тоже не знали и выяснять не собирались. Деньги продолжали поступать еще пять месяцев, потом вдруг перестали приходить, и тоже ничего нельзя было выяснить — не у кого. Да Роза ведь и боялась напоминать о себе, об исчезнувшем муже — безопасней было не привлекать к себе внимания, ждать объясняющих вестей, писем, намеков. А потом родился Борис, надо было думать теперь и о нем.

В почтовый ящик за дверью она вначале выбегала заглянуть по несколько раз в день, хотя наизусть знала, когда приходит почтальонша, утренняя, дневная и вечерняя, белое пятно в круглом отверстии заставляло изредка вздрогнуть сердце, но это всегда оказывалось чем-нибудь вроде бумаги из домоуправления, газет она не выписывала. Только однажды пятно действительно оказалось письмом, она запомнила на ощупь даже плохую шершавую бумагу конверта, без обратного адреса, почерк, которого она никогда, оказывается, прежде не видела, ему раньше незачем было ей писать, но такой несомненно родной, а слова — что говорить о словах, они, казалось, были читаны не один раз и повторялись заранее наизусть еще до этого письма. Проснувшись в сладких слезах, Роза стала шарить вокруг себя, выискивая его в складках постельного белья, разочарование было страшней ожидания. Почтовый ящик со временем переместили вместе с прочими на первый этаж, к общей входной двери, в свой она стала заглядывать лишь по пути, ни на что заранее не надеясь, запрещая себе надеяться, но как это было трудно, и какой привычной тоской отзывалось подтверждение!

Когда время спустя мужской голос позвонил ей по телефону, передал привет от Даниила Мукасея, торопливо, не давая вставить ни слова, сказал, что у него все в порядке, условия прекрасные, он, можно сказать, в райском месте, только писать оттуда пока нельзя, и про звонок не надо рассказывать — а потом тут же голос оборвали короткие гудки, она уже не могла отделаться от чувства, что ей приснилось и это.

Неопределенность, недостоверность происшедшего оставляла пространство для предположений, и все они означали надежду. У нее было преимущество перед теми, кто получал хоть какие-нибудь справки. Справкам можно было верить меньше всего, бумаги с окончательными печатями ничего не доказывали, как и свидетельства очевидцев, они лишь смущали ум, предлагая верить в то, чему верить было не надо. Три справки в разные годы могли утверждать, что человек умер от трех разных болезней в трех разных местах, искать могилы было бесполезно, если они где-то существовали, то не имели отношения ни к кому достоверному. За многие годы она не раз имела возможность убедиться в этом, прислушивалась к рассказам разных людей о разных случаях. Однажды с ней разоткровенничалась дворничиха Клава, поселившаяся с некоторых пор в комнатушке на первом этаже, стала рассказывать в подробностях, как ей дважды передавали приветы от арестованного отца, один раз посланец в железнодорожной форме даже сказал, что она может увидеть его, если сейчас же поспешит на станцию, там, на третьем пути, проездом остановился состав с заключенными, и она, не переодеваясь, напихала в кошелку хлеб, шмат сала, все, что нашлось дома, побежала на станцию, никакого состава на путях не нашла, только разрозненные вагоны, возле них ее чуть не перехватил патруль. Выручил случайный обходчик, сказал мужчинам в форме, что это дочка принесла ему обед, увел ее к себе в сторожку, не отказался угоститься ее хлебом и салом, подтвердил, что состав с заключенными действительно тут стоял, их даже водили в баню, но это было еще утром. А два года спустя ей был передан еще один привет от отца, правда, уже из больницы, все попытки узнать о нем хоть что-то завершились справкой о том, что отец умер от воспаления легких где-то на Урале, в поселке Весьекамск 31, не указанном на доступных картах, в тот самый день, когда ее торопил идти на станцию человек в железнодорожной форме. Еще семь лет спустя, когда стало разрешено запрашивать архивы, новая справка подтвердила уже без обжалования, что отца, простого телеграфного служащего, расстреляли сразу же, на четвертый день после ареста, отсутствие всякой вины подтверждалось.

Зачем это делалось? — пыталась уразуметь Розалия Львовна, вслушиваясь в такие истории и мысленно примеряя их к своему случаю. Время, в котором пришлось всем жить, постоянно давало понять, что события, ушедшие в прошлое, так называемая история, не затвердевают, завершенные, навсегда, окончательно, они становятся, чем дальше, тем более переменчивыми, текучими, неопределенными, как и жизнь вокруг. Некоторым только кажется, что прошлое можно разглядывать, описывать, изучать, на самом деле оно менее достоверно, чем еще не проявленное будущее. Его, это прошлое, как и нынешнюю реальность приходится постоянно перестраивать, воссоздавать заново из обломков, обнаруженных свидетельств, разрушенных иллюзий; без этого оно оставалось бы совсем необъяснимым, абсурдным.

Розалия Львовна такими словами об этом не думала. Для нее в любом случае будущее было несомненней прошлого. Если она не знала о нем достоверно, то лишь потому, что не захотела сама. Время проходило в сплошном ожидании. Она придумывала, видоизменяя, объяснения, почему Дан не подает ей вестей, изобретала все более фантастические, отбрасывая единственную, только для других самую вероятную — ведь Дан обещал ей вернуться.

Она продолжала упорно его ждать и, казалось, узнавала все им предсказанное: ожидание, тревоги, болезни детей, заботы о пропитании, возвращение после короткого довольства в знакомую бедность, хотя грех было ее сравнивать с военной нищетой, не сравнить. Она относила в комиссионный магазин предмет за предметом, отложения тучных времен: шубку из меха серой обезьяны, купленную в той же комиссионке, немецкий чайный сервиз с пухлыми розово-голубыми пастухами и пастушками, часы с таким же пастушком, сидящим возле циферблата, набор серебряных ложек, бусы из граната, продолговатые наручные часики на золотой цепочке, еще не ношеное крепдешиновое платье. Исчезали предметы, из которых складывается повседневная жизнь и память, выпадали из мозаики, пробелы со временем зарастали, затягивались серым фоном.

Кое-чего продать не удалось, старье, которое выбрасывать не хотелось, можно было закинуть в чулан, благо, в доме старой постройки имелось такое помещение. Там вместе с не нужным теперь никому патефоном была спрятана от детей пластинка, Розалия Львовна боялась, как бы они ее не выбросили. Треснувшая или нет, проверить она не решалась, из конверта не вынула. Вообще же она вещи от детей не берегла, они для своих поделок использовали вуаль от шляпки, безнадежно вышедшей из моды, кольцо, подаренное Цыпиным, служило им вместо потерянной шашки.

Когда однажды уже совсем припекло, она попробовала показать это кольцо в комиссионном магазине. Хоть и безделушка, но сколько-нибудь за нее, может, дадут, придумывала, как бы набить ей цену. Знакомый уже приемщик посмотрел внимательно, повертел в руках, потом вставил в глаз увеличительный черный стаканчик. «Откуда это у вас?» — поднял на нее утомленный глаз. «Подарок от поклонника», — не придумала она лучшего ответа. «Если бы я не знал вашего мужа и вы попали бы не к честному еврею, он вам предложил бы за это семь-восемь тысяч», — задумчиво начал оценщик. — «Так дорого?» — пробормотала она, семь тысяч были по тем временам громадные деньги. Тот принял эти слова за обиженную насмешку, принялся уверять, что хочет сначала посоветоваться со специалистом, но она уже знала, что продавать это кольцо не станет, не такая это, оказывается, безделушка. Как раньше не поняла, не почувствовала? Знал ли сам Цыпа, что это такое? Откуда кольцо могло к нему попасть? В комиссионках после войны нетрудно было найти антиквариат, называвшийся трофейным, вынесенный из развалин, из разграбленных домов, из музеев, прихваченный для подарка жене, просто чтоб не оставаться без ничего. Какой-нибудь спившийся инвалид на улице предложил ему купить вещицу, не пристроенную или украденную? Кольцо теплело в руке, перед Розой вдруг возникло лицо Даниила, грустная его улыбка. Горло невыносимо перехватило. Кольцо надо было спрятать в место, о котором не догадались бы воры, потом она сама не могла вспомнить, куда в суматошной рассеянности его сунула.

Чего бы она никогда не продала, так это швейную машинку, одно из первых своих приобретений после замужества (сохранилась бы она у бедной мамы!) Подраставшим детям она перешила отцовский костюм, за Фимой, носившим аккуратно, его потом мог донашивать Боря. Концертный, с черными бархатными лацканами, хранился в гардеробе особо, под белым чехлом, к нему нельзя было прикасаться. Детей она воспитала в пренебрежении к вещам, но из продуктов, которые удавалось купить, готовила так, как не подавали в ресторане, парней надо было кормить, они и потом, взрослые, приходили к ней от своих жен гурманствовать. Привычное сознание, что это и есть нормальная жизнь, позволяло не ощущать бедности. Что нам надо, то у нас есть, а чего у нас нет, того нам не надо, повторяла она мамину премудрость, это на удивление облегчало жизнь.

Она работала кассиршей в магазине, регистраторшей в поликлинике, а до этого гардеробщицей в Доме культуры железнодорожников, подавала легкие пальто и тяжелые шубы шахматистам, которые проводили в этом клубе свои первенства, приучилась без стеснения принимать чаевые, различала некоторых по именам, выигравшие бывали щедрей. Как-то немолодой, лысеющий гроссмейстер попытался вручить ей большой букет, с которым вышел из ресторана после победных торжеств. Она засмеялась: что вы, я с таким в метро не влезу. У нее как раз кончилась смена, она, сняв халат и косынку, расчесывала в фойе свои неуемные волосы, слушала потрескивание искр и ловила в зеркале взгляд гроссмейстера. Он предложил довезти ее на своей машине до дома, а у нее в голове суетилась мысль: как объяснить этот букет детям?

Гроссмейстер был грустный, сутулый от собственного роста, он потом пригласил ее в ресторан. У нее оставалось еще не проданное крепдешиновое платье с незаметной штопкой подмышкой, без украшений обошлась. Они танцевали возле столиков, Розалия Львовна старалась держаться подальше от оркестра, где плешивый контрабасист мог еще ее узнать, и мучилась от звуков знакомой музыки, от вежливого прикосновения направляющей руки на спине, как от невыносимых воспоминаний. Гроссмейстер рассказывал, как много он получит после этого матча, а жизнь его неустроенна, и она ловила себя на том, что мысленно примеривает картинки возможного будущего. Чтобы до серьезного разговора не дошло, она поспешила сразу сказать ему, что замужем, хотя от мужа давно нет известий, да, много лет, пришлось кое-что рассказать, без подробностей, он зачем-то хотел знать точней. Оказалось, дело было даже серьезней, чем она думала. При следующей встрече гроссмейстер, наклонясь с высоты своего роста и дыша ей в лицо, стал торопливо говорить ей, что он наводил справки у знающих людей, ему сказали, что у евреев существует древний закон, который разрешает агуне, женщине, чей муж пропал без вести, вторично выйти замуж. Но ведь он должен вернуться, я обещала ждать, отвечала она. Тот неожиданно заплакал, мастер атак на полях в клетку, но неуверенный в жизни, от него пахло табачным перегаром — говорили, что не все соперники выдерживали его беспрестанное курение за доской, а у нее вдруг подступила тошнота, как будто чувствовала, что дома у Бореньки подскочила температура. Больше Роза на эту работу не возвращалась, оформилась гардеробщицей в Дом учителя.

Божс, думала она потом, вспоминая, этот гроссмейстер выяснял про древние законы, религию, а я ведь ничего про это не знаю. Есть еще, оказывается, по-настоящему верующие. Если бы она могла хотя бы молиться! Комсомолка общих для всех лет, притворяться теперь было нечестно, по-настоящему она не умела, и родители обходились. К папе однажды приезжал из-под Витебска его отец, маленький, смешной, в детских ботиночках, он отказывался от маминой еды, сам готовил себе в особой посуде кошерную размазню на воде, заунывно молился в крохотной комнатке, раскачивался, накрыв голову полосатым платком. Папа его заметно стыдился, перед ней, перед мамой, тот очень скоро уехал, кажется, чем-то обиженный, больше Роза его не видела. В местечке одно время еще оставалась синагога, но когда началась коллективизация, в нее стали свозить изъятое у крестьян зерно. Ей помнилась девушка лет пятнадцати, рыженькая, ее звали Фира, на плече непомерное ружье, поставили сторожить у дверей, лицо у самой испуганное, в конопушках. Что с ней стало потом? По домам еще отмечали негромко привычные праздники, но у них свечей не зажигали, подсвечников в доме на ее памяти не было, и молитв родители не вспоминали, если и знали когда-то. Роза еще научилась от мамы готовить из мацы запеканку на яйцах, оладьи, даже торт, Дан их очень любил, сам приносил на пасху мацу из синагоги. Но и для него, это, кажется, были больше отголоски обычаев, как и обрезание сына. Он, конечно, все знал, все книги, законы, язык, но ни с кем никогда об этом не говорил, и сам не молился. «После того, что произошло, трудно верить в Бога, как прежде», — услышала она от него однажды. (Надо как-то по-другому? — шевельнулась тогда глупая мысль, но вслух, конечно, этого не произнесла, сам бы объяснил, если надо.)

Трудно, все было трудно, оставалось вцепляться скрюченными, обожженными работой лапками в единственное, что еще могло поддержать — в оставленное им обещание. Если в ней что и оставалось от неизвестных предков, сумевших пройти через все гибельные времена, так это стойкость, которой было не объяснить другим, позволявшая держаться без общей опоры. С каждым годом она все больше усыхала, даже уменьшалась в росте, как будто скудное тело само заботилось о том, чтобы экономней расходовался внутренний запас, тратилось меньше энергии и соков на его поддержание. В сморщенном, как будто обугленном лице между тем проявились черты девочки-подростка, глаза живо блестели. Никому не надо было знать, как она беззвучно воет ночами. И только электрическое потрескивание волос, когда она их расчесывала, один за другим ломая дешевые пластмассовые гребни (раньше были покрепче), подтверждало, что сила ждать в ней все-таки сохранилась.

Ей надо было ждать Даниила, вот что поддерживало не просто силы — готовность жить. В зеленом лафитнике обновлялась водка, настоянная на лимоне. От кого-то она услышала, что водка со временем тоже портится, что ж, не вредно было совсем понемногу пить самой, даже полезно, и подросшие сыновья не отказывались. Главное, чтобы лафитник дожидался хозяина, в любое время не оставался пустым — он казался ей талисманом.

Когда Ефиму пришлось заполнять в институте анкету для какого-то особого допуска, она научила его написать об отце: сотрудник секретного института, в командировке. Он до этого додумался и без нее, проверку в пугающих инстанциях прошел, на секретную работу его приняли, и это было для нее еще одним подтверждением, что есть чего ждать. Когда появилась такая возможность, сыновья пробовали навести в нужных инстанциях справки, было ли на отца заведено дело, но никакого дела обнаружить не удалось.

Ни в домоуправлении, ни в милиции про Дана все годы, кстати, не спрашивали, не требовали его выписать, она за него платила, как полагалось, за воду, холодную и горячую, за газ, и ее не пытались выселить из квартиры, по прежним временам большой, двухкомнатной, с высокими потолками, даже во времена, когда такое жилье стало называться престижным. Пятиэтажный, старинной постройки дом окружен был теперь высокими новостройками, но этот не трогали, его заселяли новые богачи, переделывали изнутри, ставили металлические двери, отделанные под дуб. Прежних жильцов не просто выселяли — выживали угрозами, вынуждали переезжать на окраины, одного доцента, который попробовал сопротивляться, избили на улице до полусмерти. Обо всех этих новостях рассказывала Розалии Львовне Клава, широколицая, жидковолосая, всезнающая, она при новых хозяевах осталась не дворничихой — консьержкой, комнатушку под лестницей у нее отнимать за ненадобностью не стали, наоборот, добавили застекленную будку. Клава намекала, что у нее самой есть нужные связи. То, что Розалию Львовну не трогали, подтверждало ее особый статус, который не объяснить было заслугами сыновей, да и какие у них были заслуги? Когда они обзавелись каждый своим жильем, съезжаться с ними Розалия Львовна категорически отказывалась, благо, оставалась пока на ногах, сама себе могла готовить. А когда ходить стало трудновато, продукты ей из магазинов стала приносить Клава, она же помогала прибираться, Ефим ей за это платил. Сдачу она возвращала до копейки, чаевых в благодарность не признавала — только зарплату, называла себя коммунисткой и по какому-то умозаключению относила к этой категории Розалию Львовну. А ведь отца ее посадили, и рассказать про известную ей жизнь она могла немало жестокого, успела побывать даже сама в тюрьме, правда техническая уборщицей, не более. Какая-то естественность виделась ей в чудовищной жизни, которую привычно стало ни с чем не сравнивать, другой не знали или забыли.

— Знаешь, почему при коммунистах люди не ходили в церковь? — сказала однажды. — Потому что они были счастливы.

Обе мы по-своему сумасшедшие, усмехалась Розалия Львовна. Она знала, что ее считают не вполне нормальной. Хотя единственным проявлением болезни можно было считать ее убежденность, что муж еще вернется. Сколько ему сейчас лет, читала она в насмешливых взглядах. Девяносто? Больше? Становилось уже и больше. Достаточно было слов, которые он ей сказал: мы до конца будем вместе. Фотографию, где Дан был больше всего на себя похож, она со временем спрятала в ящик шкафа: стало казаться, что она вытесняет настоящее лицо, которое оставалось лишь в памяти да еще в снах. Но в снах тоже порой пугала путаница. Однажды ей приснилось, что она просит Дана расстегнуть ей сзади платье на спине, у него были неловкие пальцы, он расстегивал больше, чем она просила, она хотела обернуться, но вдруг испугалась, что увидит не Дана, а кого-то другого, и поскорей проснулась, чтобы не допустить этого. Больше всего ее испугало, что усохшее тело, оказывается, еще способно было так волноваться.

Со временем сны Розы опустели, а если и возникали, то были совсем не о том. Чаще всего она стояла в какой-то очереди, наконец понимала, что встала не в ту, эта вообще не двигалась, к справочному окошку стояли в другой, но оно было закрыто. Или искала в сахарнице спрятанное там кольцо, ведь помнила, как положила его туда, чтобы никто больше не нашел, никакой вор не догадается. Она готова была считать эти сны затянувшейся бессонницей, и только очнувшись, убеждалась, что все-таки спала, не просто не раздевшись, но даже не дойдя до постели, в удобном кресле, хранившем в себе способность наделять видениями.

Все-таки это было безжалостно, говорила кому-то она, растягивать так надежду и ожидание, лишая возможности успокоиться.

7. Заблудившийся в памяти

Она не лишилась чувств, но оцепенела, когда голос Клавы из телефонной трубки, из стеклянной выгородки у входной двери предупредил ее: «Только не падай в обморок». Хотя можно было бы сказать, что их, чувств, просто не стало, опустела бесчувственно, когда Клава понизила голос и прикрыла трубку ладонью: «К тебе пришел какой-то... Говорит, вроде твой муж, не пойму». По телефону было не видно, показывает ли она при этом пальцем у виска, но голос утверждал именно это. Нет, она не лишилась чувств, только голоса не осталось, чтоб хотя бы вскрикнуть, и ноги ослабели. Хорошо, что она сидела. Клава подняла гостя на лифте сама, ключи от квартиры у нее были. Незнакомый старик в седой щетине, одетый, как нынешний бомж, голубые кроссовки, замызганный рюкзачок за плечами, слишком легкая для марта куртка, вошел неуверенно, оробело, не сразу сообразил снять серую лыжную шапочку. Открылся высокий лоб, переходящий в гладкий купол. Из памяти, как из дрожащего тумана, уже проступали черты, готовые совместиться с фотографией ли, в которую остерегалась заглядывать, с тускнеющим ли родным воспоминанием, но тут старик извлек из-за спины или из воздуха розу, протянул артистическим жестом, и она увидела, что указательного пальца на его правой руке не хватало. Не до конца поседевшие пучки над ушами были воспоминанием о курчавой шевелюре, стало неуверенно проявляться округленное молодостью лицо. До сих пор она по-настоящему не представляла, что такое узнавать человека спустя жизнь. Разочарованием ли было ее чувство или скорей облегчением? «Цыпа?» — произнесла вопросительно.

Старик словно не сразу понял, испуганно вздрогнул. «Цыпа? — повторил растерянно. — А... ну да... ну да», — пробормотал в непонятном замешательстве, медленно, словно с усилием соединял что-то в уме. Потом рот растянулся в беззубой улыбке, глаза слезились. «Цыпа, ну да», — подтвердил еще раз, и Клава у дверей покачивала головой успокоенно, в предвкушении дальнейшего. «Принести чего? — кивком в сторону кухни прервала застоявшуюся паузу. Розалия Львовна благодарно кивнула, она так и оставалась у стола, не могла встать. — Да ты мешок скинь, — по-свойски обратилась к пришедшему. — И руки поди умой». Ей пришлось слегка направлять старика рукой, он неточно соображал, сама открыла ему кран, пошла разогревать еду. Розалия Львовна как раз ожидала в тот день младшего сына, приготовила, сама-то она ела, как птичка.

Вместе с Цыпиным в комнату вернулся кислый запах немытого тела. Надо было сразу сделать ему ванну, подумала запоздало, и дать что-нибудь переодеться — что? и как при Клаве? Та за спиной Цыпина показывала из кухонной двери лафитник: поставить? поняла, что поставить.

Она явно не прочь была остаться послушать, но достаточно быстро почувствовала, что ее присутствие мешает обоим даже начать разговор. Лафитник вначале оставался не замеченным, старик был занят едой. Роза лишь смотрела, как он пробует мягкую фрикадельку губами или пустыми деснами с застенчивой неуверенностью отвыкшего от такой еды человека.

— Как это называется? — спросил вдруг, подняв на нее слезящиеся глаза. — Ты не представляешь, что у меня бывает с памятью. Только что я опять все забыл. Даже как меня зовут, — засмеялся коротко. — Ты не представляешь. И твой адрес забыл. Ты спрашиваешь, как я нашел тебя...

Нет, она ничего не спрашивала, единственный вопрос она боялась задать, не было сил и голоса.

— Главное, я вспомнил имя. Роза, — засмеялся счастливо пустым ртом, с сиплым коротким присвистом, и наконец, осознал присутствие на столе лафитника. Плохо отмытые пальцы дрожали, она переняла у него, сама разлила в маленькие стопки, себе чуть-чуть. — Ты не представляешь, как это было. Если б я мог рассказать!

Чокнулся, глотнул, поперхнулся, закашлялся. Слезились глаза, капелька повисла на кончике носа, он смахнул тыльной стороной руки.

— Про что я хотел сказать? — замер вдруг.

— Про меня, — тихо подсказала Роза. (Страшно было спрашивать, бесполезно, вертелось в голове, вопрос только собьет еще больше, может, неуправляемый поток сам вынесет куда-то. С ним уже что-то похожее было, когда-то давно, Дан говорил, она помнила, значит, опять повторилось.) — Как ты меня вспомнил. Мое имя.

— Роза! — счастливо подтвердил Цыпа. — Там на одном листке было написано, как мы с тобой гуляли в саду, и я подарил тебе розу, а когда проснулись, оказалось, что у тебя роза в руке. И я вдруг все вспомнил. Твое имя вспомнил. Там все было написано, я поехал, чтобы тебе показать. Роза, — повторил тихо, печально. — Я же тебе обещал.

Она смотрела на него почти в ужасе, это было похоже на галлюцинацию: ей послышался голос Дана. Это были его слова... его седые кудри за ушами, и пот проступил на блестящем лбу. Где платок, чтобы стереть? Какой сейчас год?

разве там был... — уже готов был сорваться вопрос... Гулко забилось сердце, лицо становилось расплывчатым... но рука снова оказывалась без пальца...

Она продолжала слушать, как сквозь туман, он, разойдясь, стал забавно рассказывать, как не мог войти в метро через непонятные металлические загородки, стукало по ноге, больно, как на него то и дело кричали, и он не мог вспомнить, зачем оказался в незнакомом грохочущем городе, не мог даже сказать, давно ли он здесь. Если бы не этот цветок за стеклом цветочного магазина! Он не слышал крика продавщицы, даже не понимал, чтО она кричит, только спросил, как этот цветок называется, — и вспомнил сам, прежде чем услышал ответ. Позвала, дура, милицию, хорошо, что не «скорую помощь», в отделении все выпивали, зачем он был им нужен, кому охота возиться, тратить время, отвозить в лечебницу, покормили даже хлебом, похлебкой, но клетку оставили незапертой, наверное, чтобы он сам потихоньку ушел, это он догадался. А на улице опять увидел большую букву М, метро знакомой постройки, опять попытался войти и опять застрял перед автоматическим барьером, но спасибо, участливая женщина на этот раз провела, готова была проводить и дальше, если бы он сказал, куда, но ему уже стало казаться, что теперь он сам знает. Станции еще довоенной линии узнавались, каждая следующая восстанавливала, заполняла безотчетный пунктир, сквозь шум тоннеля, угловой дом на поверхности напомнил направление, как в повторяющемся сне, пока не уперся в глухую металлическую дверь. Тут он едва не струхнул опять, такой прежде не было, какие-то кнопки надо было, оказывается, нажимать, чтобы войти, как в сказке про волшебную пещеру, но ведь открылось. Все, все узнал, вспомнил... так у меня же это записано, хлопнул вдруг себя по лбу, вот действительно идиот, я же привез тетрадку, мог посмотреть сразу, даже это забыл... сейчас покажу... Стал искать свой рюкзак, чуть не упал со стула, успел все-таки выпить, потом долго в нем рылся, обнаружил вдруг, что у него не оказалось с собой этой самой тетрадки, оставил дома или потерял. Роза смотрела на него с двоящимся чувством. Череп, обтянутый пергаментной кожей, воспаленные влажные ноздри, под пиджаком шерстяная кофта. Жалкий, в запущенной седой щетине, капля на кончике носа обновлялась. Поискал взглядом рюмку, не нашел, опять потерял мысль, вспомнил опять про какие-то бумаги.

— Не надо мне было сейчас пить, но я тебе потом привезу, ты все узнаешь. Они хотели заменить меня Цыпой. Но бумаги-то сохранились. — Вдруг задержал на ней взгляд, потянулся рукой без пальца. — У тебя волосы все такие же, только много серебряных ниточек. Я вспоминал, как потрескивают искры, когда ты их причесываешь.

И опять поплыло в глазах, слова застряли в горле. Это был голос Даниила. Но тут послышался звук от входной двери, старик затылком ощутил дуновение воздуха, повернулся. Борис открыл дверь своим ключом. Вошел беззвучно, удивился незнакомому гостю, поздоровался вежливо. Тот попытался встать, не смог сразу.

— Это сын? — повернулся к Розалии Львовне. — Сынок, — засмеялся, — сынок. Я же тебя никогда не видел, — все-таки сумел подняться, потянулся к Борису, тот отстранился, не по-

106

лучилось, едва не утерял равновесие, осел на стул. — Ты меня тоже не видел, да? Я, конечно, сейчас не похож на себя. Мне только вставить зубы...

И опять стал многословно рассказывать, как искал дорогу сюда, как без спросу взял с магазинной витрины розу, про болезнь, от которой его не так лечили, про бумаги, которые разнесло каким-то непонятным чудовищным взрывом и за которыми надо было обязательно съездить, чтобы показать им, своими словами он объяснить не может, только вот денег на билет нет... Почему Борис так сразу же ухватился именно за эти слова, сказал, что деньги не проблема, он как раз при деньгах, можно сейчас же поехать, купить билет, он сам проводит гостя на вокзал? Розалия Львовна смотрела на сына с тревогой, в голове продолжало шуметь. «Все сделаю как надо, не волнуйся», — шепнул на ухо. И что она могла возразить? Стала набивать для Цыпина пакет продуктами, Борис загрузил все в рюкзак

Когда оба уже ушли, вспомнилось вдруг кольцо. И про него она совсем забыла. Надо бы рассказать, каким это кольцо оказалось на самом деле, спросить, откуда у него такое взялось... нет, что кольцо, не успела спросить главного, теперь опять оставалось только ждать, знать бы, сколько.

Почему он так долго не возвращается? — продолжало ворочаться в бессонном уме. Боря же обещал. Спрашивать сына Розалия Львовна боялась, она могла бы, сбившись, назвать не то имя, пришлось бы объяснять. Что-то все больше двоилось, путалось в голове, у нее ли, у того ли, кто здесь появился?

Было ли это предвестием болезни — а может, подтверждением надежды? Ведь выкарабкаться ей все-таки удалось, теперь оставалось ждать дальше. Как было объяснить другим: она держалась только потому, что ей было велено ждать и надеяться?

— Пусть думают, что я сумасшедшая, — соглашалась Роза. — Но если бы я была нормальная, думают, я выдержала бы эту жизнь?

ГЛАВА ТРЕТЬЯ

1. Центр актуализации

Борис чувствовал себя все еще немного самозванцем, когда, сообщив о своем приходе по внутреннему телефону, дожидался в полуосвещенном холле, пока к нему выйдут. Сейчас выяснится, что пригласили его сюда все-таки по недоразумению, поспешил воспользоваться, сам пока не знает зачем. Коварно предложившее себя кресло приняло его в свои кисельные рыжие телеса, вобрало, поглотило с намерением больше не отпускать, переваривало неспешно расслабленного, безвольного, без помощи уже не подняться, а главное, не захочется. Поодаль, на приподнятой, освещенной для зрителей сцене охранник заставлял растерянного посетителя снять пиджак и снова пройти через магнитную раму, а та опять издавала звук с оттенком издевательского смешка. Карманы брюк уже освобождены от монет и ключей, вывернуты светлыми подкладочными мешочками наружу, рама оставалась неумолима. Бедняга вынужден был возвращаться, прихрамывая. Снял круглые очки, может, и в оправе металл, без них все лицо оказалось окончательно беззащитным, уши оттопырены. Жиденькая бородка, залысины, интеллигент еще советской выучки, такие беспомощны перед взглядом человека при службе, вахтер это или трамвайный контролер. Зачем ему обязательно туда? Или его, наоборот, не выпускают? Велят ли раздеться до трусов? — перебирал варианты Борис.

Охранник рукой поманил из отдаленной части холла на-парника, не каждый день такое бесплатное представление, вдвоем удовольствие удваивается. А ну-ка, пройди еще... а? Что же это такое? Ап! Даже звук становится цирковым, публика аплодирует. Какое там до трусов, давай, сука, до-гола, сейчас такая реальность. Больше, чем развлечение, власть над недотепой, сам добровольно подался в руки, его же не заманивали, а он теперь не мог отказаться от жела-ния доказать свое право, ради этого стоило терпеть униже-ния, пока не вспомнит, что носит звенящий металл внутри тела, штырь, вставленный хирургами вместо сустава, не-давно, еще не привык, не имел дела с нынешней техникой безопасности.

Воображение, наконец, сработало, отпустило. (Подроб-ности потом.) Исполнители раскланялись, Борис аплодиро-вать не стал, погрузился еще глубже в кресло, под зелеными оладьями кадочного растения, каких в природе не вообра-зишь, только в холле Центра обновления реальности. Или расширения? Однажды показалось, что сам придумал это словосочетание, пока не обнаружил, что этим термином уже обозначают новейшие технологии, способ совмеще-ния виртуальной информации с реальной, когда человек словно подключается к компьютеру. Но разве он не впра-ве был толковать его по-своему? Центр расширения... нет, рычание трудно произносить. Центр актуализации? Можно и так. Неприлично долго заставляют сидеть. Знать бы, чего ждешь, с чего вдруг сюда занесло, что здесь хочешь найти. Неточный ход мысли, накладочка, извините, бывает, не так уж много потеряно времени. Но хоть обогатился попутным эпизодом, где-нибудь пригодится...

Кто-то словно не перестает комментировать мои мысли со стороны, опять осознал Борис. Наблюдает насмешливо, как я сам только что, примеривает варианты, в третьем лице. Неуютное, странное чувство. Нет собственной воли, чтобы просто встать и уйти. В ушах или воздухе мелодичный завораживающий перезвон, все явственней, и этот дурманящий аромат... Узнаешь? — подтвердил тот же насмешливый голос...

Она появилась откуда-то из-за его спины, цокот каблучков дошел до него потом, кресло не позволило обернуться. Короткая красная юбка обтягивала узкие бедра, яркий рот казался преувеличенным на тонком лице. Притушила сигарету о край блестящей пепельницы, приподняла руку, приветствуя, как будто уже знала. Борис уперся ладонями в мягкие поручни, напрягся, высвобождаясь из засасывающей хватки. Женщина протянула ему руку — то ли поздороваться, то ли помогла встать.

Ее звали Адриана. Да, это она звонила ему по телефону. Шеф, пояснила, просит прощения, неожиданно вызвали (показала пальцем наверх), надо лететь с делегацией в Швецию, но договор уже в бухгалтерии, мы думаем, вас устроит...

— А в жизни вы интересней, — улыбнулась вдруг ослепительно, сразу по-свойски. — Моложе, чем на фотографии.

Она повела его за собой по невнятному коридору, потом через громадный, как ангар, павильон, уверенно ориентируясь в призрачном лабиринте. Перегородки из полупрозрачного стекла отсвечивали, отражались одна в другой. Не успев толком разглядеть лицо, Борис оценивал ее сзади.

Стройные сильные ноги танцовщицы, высокие тонкие каблуки, походка своенравной модели. Искрящаяся кофточка, рубиновые сережки в ушах, недлинные волосы. Высокий свод над мерцающим пространством терялся в рабочем полумраке, неясный гул поднимался к нему, как прозрачное марево. Некоторые ячейки были пусты, в других кто-то сидел перед светящимся монитором, вырабатывая, как в туманных сотах, порцию общей продукции.

Одна из ячеек оказалось его рабочим местом. Постоянно сидеть здесь Мукасею было не обязательно, он мог при желании работать дома, но здесь есть своя внутренняя сеть... Нет, нет, сразу покачал он головой. Лучше здесь. Дело не в том, что домашний компьютер сейчас был испорчен, незачем объяснять, и не в том, что ему все больше мешал мучительный кашель Аниты. Среди привычных стен, уставленных книгами, с недавних пор у самого стало першить в горле, как от засушенного для потомков гербария, мысль кружила, словно привязанная к вбитому навсегда колу, повторяя сама себя, не могла свернуть с утоптанной дорожки. Здешний воздух, этот завораживающий гул, похожий на многоголосый призрачный хор, даже еще не отпустившая неуверенность что-то неясно обещали.

Женщина сама включила компьютер. На дисплее возникла крупная фамилия МУКАСЕЙ. Борис качнул головой — не ожидал. Адриана улыбнулась: для вас тут уже подготовлены разные материалы. Объяснять не обязательно, сориентируетесь. Специальных задач перед ним не ставилось, ему предлагалось заниматься тем же, что всегда, свободно додумывать свои замыслы, сюжеты, фантазии, что угодно, только так, чтобы это было доступно Центру. Им зачем-то нужен был выход в измерение, если можно так выразиться, художественного мира. Ему же за это предоставлялась возможность пользоваться недоступной в других местах информацией, подключаться к здешним наработкам, программам, технологиям, а значит, к новым возможностям, поворотам мысли. Дело специалистов, объясняла Адриана, приспосабливать художественные идеи к практическим задачам Центра.

2. Лента Мёбиуса

Она исчезла среди зеркальных плоскостей, как в аттракционе иллюзиониста. Мышка в ладони послушно скользнула, клюнула.

СПРОСИ У МУКАСЕЯ, —

появилось на дисплее. И следом, на красном фоне, цветными рекламными буквами:

Институт глобальных прогнозов
Научно-практический центр «Мукасей»
Политические консультации

Все-таки недоразумение, прошелестела разочарованно мысль. Это был не его сайт. Его просто перепутали с братом Ефимом, эта женщина имела в виду, наверно, его, когда по телефону упомянула о знаменитой фамилии... Но только что она говорила не о политике и прогнозах, вспомнилось в следующий миг, о художественном измерении, литературных сюжетах... нет, все-таки о нем. В компьютер просто подобрали, наверно, всякую всячину, которая могла бы для чего-нибудь пригодиться сотруднику по фамилии Мукасей. Борис, к стыду своему, до сих пор и не подозревал, что у Ефима есть свой сайт, просто об этом не думал. Не было интереса.

Он и раньше не особенно представлял себе профессиональные занятия брата — недоступная математика, секретная оборонка, не тема для разговоров. Про свои позднейшие дела тот вообще рассказывать не любил, отмахивался, морщась. Взрослая жизнь развела обоих, отдаляла все больше, Юлиана, Ефимова жена, для этого постаралась. В памяти еще дотлевала детская восхищенность братом, неизбежность сравнения с ним. Четыре года разницы в возрасте делали его человеком, на которого приходилось смотреть снизу вверх, который не укорачивал шаг, когда ты вприпрыжку старался за ним поспеть, который мог перевернуть тебя на одной руке. Большой, сильный, он великодушно мазал мыльной кисточкой по твоей щеке, когда ты следил за священнодействием его бритья. Его брюки надо было донашивать, когда самому Ефиму к окончанию школы перешли старый папин костюм из материи с роскошным названием шевиот. (Концертный костюм отца хранился в белом чехле, как музейная святыня.) С превосходством его невозможно было сравняться. Учебники с непонятными заглавиями «Вариационное исчисление» или «Топология» приобщали брата к высшему, таинственному знанию.

При случае он любил разыграть младшего. Начинал с серьезным видом, например, уверять, что после двадцати девяти надо считать двадцать десять, двадцать одиннадцать, не сразу с великодушной усмешкой свою шутку согласился опровергнуть.

Одна Ефимова проделка так и осталась непроясненной. Как-то в сентябре они с мамой приехали копать картошку на самовольно освоенной делянке под пригородной высоковольтной линией, выкапывать оказалось нечего, кто-то опередил, они лишь подобрали скудные остатки, заполнили полведра мелочью размером не больше сливы. Мама пошла в поселок отнести лопату на сохранение знакомой хозяйке, до следующей весны, не везти же домой, оставила их одних, они пока затеяли игру в прятки. На дорожках грелись стрекозы, ниточкой радуги светилась в солнечных лучах на фоне нависшей тучи высокая паутинка между березами. Прятаться на ровном пустыре было особенно негде, Бориса брат сразу без труда нашел за одной из трех тонкоствольных осин, но где потом сумел спрятаться сам, понять оказалось невозможно. Его не было ни за деревьями, ни за ближними кустами, ни за пучками полупрозрачной сухой травы, ни в мусорных мелких канавах — исчез, в самом деле исчез. Жесткий воздух бабьего лета, запах дыма, картофельной ботвы, туманной сентябрьской сырости, дрожь высоковольтных проводов над головой, вокруг, чувство нараставшей, нездешней потерянности — не удержался, стал звать.

И вдруг над кустами появились рога, потом весь лось. Борис впервые видел этого зверя. Они смотрели друг на друга. Сколько ему тогда было? Лет девять. Потом он почувствовал, что кто-то рядом, оглянулся: Ефим сидел на сухом взгорке, возник непонятно откуда, из воздуха, пожимал, усмехаясь, плечами: ты что кричишь? вот же я, тут, не видишь? Как будто давно там сидел, все время, просто Борис видеть его не мог — он укрывался, может быть там, где беззвучно исчез лось, в другом измерении или пространстве, вот какие слова произвели впечатление.

Ученые термины были Ефиму доступны уже тогда, он любил ими щеголять, ходил на занятия в математический кружок при Дворце пионеров, приносил из библиотеки фантастику. Приходилось довольствоваться этим объяснением, другого брат так и не дал, пожимал все с той же усмешкой плечами. Для математики реальны измерения и пространства, недоступные человеческим чувствам. Да ведь и не захотелось почему-то допытываться, это объяснение чемто устраивало. Первоначальный испуг преобразился, когда время спустя брат продемонстрировал Борису простую полоску бумаги, вывернутую и склеенную так, что можно было переходить с внешней стороны ленты на внутреннюю, не пересекая края. Эта впервые открытая возможность произвела на Бориса вдохновляющее впечатление. Он додумывал новые возможности сам, разными способами выворачивая, разрезая и склеивая полосы, превращая их в объемные фигуры, с внешней стороны которых можно было незаметно попасть вовнутрь и снова наружу. Муравей полз, не пересекая краев, исчезал, чтобы больше не появиться. Формулы в ученых Ефимовых книжках оставались недоступны, мысль взбудоражили, однако, слова о перспективе, где существует особое место или особая точка исчезновения, которая говорит глазу человека о бесконечности пространства (запомнил фразу наизусть). На перекрученных коварных дорогах необъяснимо пропадали путешественники, целые поезда, караваны, а следом и экспедиции, посланные на их поиски. Нехитрые бумажные поделки вспоминались не раз, когда уже повзрослевшая мысль возвращалась к фантазиям о возможности переходить от внешней стороны жизни к внутренней, не замечая границы — как переходишь от бодрствования ко сну.

А Ефим еще долго оставался недостижим — и как можно сравняться возрастом с навсегда старшим? Он стал называться кандидатом наук, а потом доктором в каком-то секретном институте, занимался чем-то более настоящим, чем Борисова словесность, не имея права даже намекнуть на род своих занятий, до поры зарабатывал несравненно больше, раньше познал семейную жизнь, переселился из маминой квартиры сначала к первой жене, потом в собственную кооперативную квартиру.

3. Несовместимые ауры

Помощь в кризисных ситуациях
Клуб позитивного мышления —

просматривал дальше Борис, не задерживаясь, не вникая глубже заглавий. Был ли это все еще сайт Ефима или скорей уже Юлианы, его жены? Они, похоже, вообще были здесь вместе.

Кодирование на удачу
Салон магических услуг «Мукасей»

Соединились, слились — если угодно, он влился в нее, осталась фамилия. Юлиана на девять лет младше Ефима, числилась когда-то в его институте не более чем лаборанткой. Розалия Львовна считала, что эта женщина захомутала ее сына, симулировав беременность. Сына та все-таки родила, пусть и позже заявленного срока. Она даже хотела назвать его Даниил, в честь деда, чтобы ублажить еврейские чувства свекрови, но та категорически это запретила: не принято было называть детей в честь еще живых, и сын стал Ильей. Обычное дело, не сложилось у свекрови с невесткой. Розалия Львовна выразилась о Юлиане по-бабьи жестко: навалилась на Фиму, как матрас. Объявила себя каким-то парапсихологом, что это такое, соблазнила многообещающего доктора наук, работника научного, государственного института, променять настоящую уважаемую профессию непонятно на что. Ефим робко попытался сослаться на отца, на его не совсем обычные занятия — лучше бы он этого делал. Нашел, с кем сравнивать!

Знала ли мама, что для своего магического салона Юлиана использовала имя Мукасей? —покачивал теперь головой Борис. Ему самому это открывалось впервые. Можно было понять, почему Ефим не любил отвечать на вопросы о своих новых занятиях, как прежде о секретных институтских делах: не только потому, что все-таки немного смущался — не хотел, чтобы это доходило до мамы. Запретить тут ничего было нельзя — это было имя не только отца, но и сына. Справедливость требовала, однако, отдать Юлиане должное: именно она помогла мужу сориентироваться в новом времени, где кандидатский и даже докторский диплом значил так же мало, как формулы невостребованных наук, сам бы он так быстро не перестроился, месяца три перебивался буквально без гроша. Удержаться, а тем более пробиться в изменившейся вдруг жизни можно было, лишь переоценив прежние представления, надо было кормить семью.

На экране сменялись картинки. Открылась цветная фотография: Юлиана в офисе, на стене за спиной, в рамке, Почетный диплом Психологической академии Мандрагора, крупные буквы на особо выделенном кадре читались четко, другие дипломы рядом оставались неясными, как и ее образование. Свою первоначально простоватую деревенскую наружность Юлиана сумела привести в соответствие с именем, стала жгучей брюнеткой, сделала себе, что называется, оправу, преимущественно из серебра — этот металл защищал от враждебных энергетик, носила серьги с черным агатом, перстень с таким же крупным камнем, для понимающих все имело смысл. Фигуру, ставшую дородной, прикрывали свободно ниспадающие черные одежды — этот цвет обеспечивал дополнительную защиту от чужой энергетики. Борис не видел ее уже несколько лет, последний раз, помнится, на дне рождения брата. За роскошным столом сидела совершенно незнакомая компания, дамы в умопомрачительных нарядах, обсуждали почему-то страшное землетрясение на Кавказе, которое Юлиана, оказывается, сумела в свое время предсказать с точностью до недели, и она с готовностью стала философствовать о взаимодействии энергетических аур, которые определяют связи мировых событий и здоровье отдельного человека, о душевном неблагополучии, которое, накопившись, действительно может вызвать землетрясение. Ефим смотрел на нее влюбленным взглядом, одергивал отвлекавшихся. «Слушайте, слушайте!» — восклицал, как в английском парламенте. А она замолкала на миг, цепким коротким взглядом оценивала сидевших и вновь, преображась, продолжала вдохновенно вещать.

Можно было над всем этим иронизировать, но любовь есть любовь, и если брату было с ней хорошо, что тут скажешь? Правда вот, общаться совсем перестали, по-настоящему стали с ним встречаться вновь лишь в больнице у мамы. Юлиана не навестила свекровь даже во время болезни. Ефим немного виновато счел нужным по секрету передать Борису ее объяснение: аура их мамы была, оказывается, враждебна ее ауре, этого не пересилишь. К ней нельзя приблизиться, поясняла Юлиана, выразительно сжав губы, если не обезопасить себя, выражаясь в ее терминах, энергетическим скафандром.

Термины терминами, слова можно было употреблять разные. Врач потом рассказывал: была ночь, когда они считали, что Розалии Львовне осталось жить несколько часов, чудо, как сумела выкарабкаться. Ефиму и тут объяснение оказалось известно. Как раз в ту ночь Юлиана проснулась в конвульсивной, беззвучной, испугавшей его истерике. Разговаривать она не могла, на двое суток была лишена дара речи. Когда речь к ней вернулась, она, совершенно обессиленная, поведала мужу, что во сне к ней явилась Розалия Львовна со словами: «Я возьму у тебя два года жизни, чтобы выздороветь», — и присосалась к ее энергетическому полю.

Бедный, добрый, размякший Ефим беспомощно разводил руками: эту ужасную ночную истерику и двухдневную немоту жены он пережил, мог подтвердить — как было ей не верить? У мамы имелось свое объяснение — считать ли его более достоверным? Чудо есть чудо, его опровергнуть было нельзя, как никому не опровергнуть утвержденных веками версии о ведьмовской природе женской власти. Ефим даже внешне уподобился жене, обзавелся брюшком и шкиперской бородкой, числился теперь Генеральным директором, научным руководителем Центра глобальных прогнозов, который первоначально весь состоял из абонентного ящика и секретарши — самой Юлианы. Просто ли предоставил он Центру в пользование свое наследственное имя и почтенное докторское звание, снабжал ли научными обоснованиями и формулировками интуитивные прозрения жены? Приходилось опять сознавать, думал Борис; что ты реально не представляешь себе, оказывается, жизнь от рождения близкого тебе человека — как, может быть, не представляешь чего-то в самом себе.

«Центр прогнозов Института стратегий рекомендует, — сменялась на экране страница. — Партийным лидерам, которые еще не определили свою позицию, ритмы ближайших двух-трех недель предоставят такую возможность. Лучше всего выступить с заявлениями во вторник-среду. Повышенная осторожность потребуется в нечетные числа середины месяца, когда источниками нестабильности будут и природа, и человек. Особенно эти рекомендации относятся к руководителям экономического сектора, которым предстоит участие в международных переговорах. Главное — вести себя в соответствии с ритмами природы».

4. Блуждания

Мышка тыкалась на пробу, из любопытства, в выделенные слова, наугад блуждала по закоулкам, искала пути, не совсем представляя куда, ходы предлагали себя сами, пренебрегая направленной логикой. На «Политических технологиях» Борис задерживаться не стал, выскочил к каким-то «Энергетическим психотехнологиям», поначалу хотел было пропустить и их. «Энергетическое программирование» оказалось всего лишь ученым названием сглаза, для порчи употреблен был термин «пробой эфирного тела», ведущий к утечке энергии. Попутно предлагалось познакомиться с системой упражнений, которые давали возможность защититься от опасных воздействий и залатать нанесенные повреждения. Терминология, что говорить, должна была внушить больше доверия, чем простое старинное знание — то отдавало еще все-таки суеверием. То ли дело ощутить себя в сферах высокой науки, понятней и убедительней.

Душа человека, читал Борис, представляет собой излучение всех без исключения живых клеток организма. Теперь ее можно продемонстрировать на экране специального компьютера. Я видел своими глазами, восхищенно рассказывал первооткрыватель: это было существо, отдаленно напоминавшее новорожденного ребенка с непропорционально большой головой и крошечным тельцем. Скрюченные конечности скорее смахивали на огрызки крыльев, веерообразный хвост по мере удаления от туловища становился все более размытым.

М-да, отсюда надо было поскорей выбираться. Разве что узнав напоследок, что в одном из секретных институтов Крыма за последние двенадцать лет было совершено 348 операций по пересадке головного мозга (где, как известно, сконцентрирована душа, напоминалось для несведущих в скобках), из них в 293 случаях удалось добиться положительных результатов. Представьте себе ситуацию, восхищенно комментировал журналист, когда смертельно больной гений получает возможность продолжить свою интеллектуальную деятельность, необходимую человечеству и стране!

Ну отчего же не представить? На эту тему наверняка уже кто-то давно сочиняет, опередили, пускай. Тратить зря время тут, конечно, не стоило, но нельзя было попутно все же не поинтересоваться секретными институтами. Когда-то мамины рассказы о загадочном ночном госте позволяли предположить интерес к отцу именно такого рода учреждений, но немного можно было извлечь из обрывков, неточно расслышанных и не вполне понятых. Оставалось довоображать в меру способностей. Об этих институтах ходили разные толки, особенно последнее время, когда многие перестали существовать, были распущены, прежние сотрудники находили себе другие способы заработка, кто-то, как можно понять, снабжал газетчиков историями, о достоверности которых необязательно было заботиться, секретность есть секретность, но другие где-то продолжали свою неявную деятельность, вместе ли, порознь, используя припрятанные наработки, в ином, неизвестно каком, качестве. Много ли нужно воображению?

Борис читал о разработках, которые позволяют управлять людьми, тайно воздействуя на их сознание. Электромагнитные излучения, направленные на определенные участки мозга, могут вызвать стресс и депрессию, мучительное сексуальное желание, чувство сытости, счастья или, наоборот, панический страх. С человеком можно делать все, что угодно, бесстрастно рассказывал экспериментатор. Можно заставить его чихать и кашлять, ощущать жару и холод, голод и жажду. Радиосигнал слабой интенсивности отзывается в мозгу словами, звуками, возникающими как будто внутри головы, подопытному они кажутся голосом свыше, он готов, подчиняясь ему, совершить что угодно. Избавив человека от страха смерти, сообщалось дальше, можно сделать его незаменимым орудием для самых опасных операций.

Он читал про гипноз, про химические препараты, галлюциногенные наркотики, которые позволяют стирать запечатленные стереотипы поведения и заменять их новыми, пробуждать воспоминания, закрытые от самого человека, выведывать самые скрытые тайны. Наши пациенты вдруг начинают рассказывать такое, чего сами никогда бы не вспомнили, о чем даже не подозревали, не заметили, не осознали, не поняли того, что успело мимоходом запечатлеться. И уж совсем нетрудно заставить их забыть то, что нужно забыть...

Как его звали, этого несчастного маминого знакомого? — вдруг вспомнил Борис. Тоже бормотал что-то про институт, который поработал с его мозгами. Забыл. Вот и сам забыл. Ищи причину в чьем-то воздействии. Поле для сочинительства, что говорить, на нем уже пасутся целые стада, можно попробовать, успех гарантирован. Да ведь можно и без институтов, сколько таких историй. Угощаешься с кем-то водкой, в которой уже растворена таблетка, или просто стукнут тебя по голове, а то и окажутся для верности совмещены оба воздействия, очнешься, обобранный, неизвестно где, без документов, без имени... Институт переселения душ. Ну, это уже совсем...

Заносит опять не туда. А куда надо? Знал бы сам. Высокомерная ирония не всегда уместна, стоит держать в уме возможность измерений, где не все пока доступно ученым. Раскрашенный африканский колдун, в рубцах загадочной татуировки, велит соплеменнику умереть сегодня же вечером, достаточно слов, еще, может быть, взгляда, бедняга угасает на глазах, без всяких ядов. Свидетель, европейский путешественник, подтверждал изумленно, на него колдовство не действовало.

Да о чем говорить? У нас не требовалось и колдовства: положить партбилет на стол — все равно что отказаться от жизненного питания, приговор невыносим, только пуля в висок смоет позор, считайте меня, подтвердил свое предательское нутро...

Зацепляется мелочь, высвечивает рядом другие, думаешь, сопоставляешь, словно впервые, домысливаешь, конечно, как же без этого — так жизнь вокруг, заполняясь, очерчивает твою собственную. Восстановить из небытия судьбы живших, исчезнувших, а значит, и собственную судьбу, вот что ты хочешь. Палеонтологи восстанавливают по маленькой косточке громадное существо, они знают закономерности, но как заполнить то, что не запечатлено, растворилось в неизвестности, без остатка?

Да вот, между прочим, хоть это, не замедлил подсказать компьютер: восстановление живших по праху. Сколько восторженных интеллигентских слюней успела вызвать и не перестает вызывать до сих пор эта идея! Личность автора заранее располагала к себе. Аскет, бессребреник, питался чаем да хлебом, библиотечное жалование раздавал нуждающимся студентам. У почитателей не хватало досуга или желания углубиться в его откровения попристальней, с карандашом в руке, и не надо, проще принять на веру. Общее дело, как же. Кто-то наивно пробовал толковать симпатичные откровения в метафорическом, духовном, как говорится, смысле, только вот сам он резко, до озлобленности, настаивал на их буквальности, абсолютности. Человеческий прах надо собирать и обрабатывать в реальных деревенских лабораториях, непременно деревенских, среди нищеты, потому что нищета — благо для духа. Городские удобства излишни и отвлекают от сути жизни, от общего дела, записывайте. «Земля черного хлеба, грубой поскони и прочного льна» — вот основа нашей особенности, недоступной другим, неужели еще не поняли? Природа для нас не картина, из нашего серого неба не сделать себе идола. Кто отступает от абсолюта хоть на вершок — тот отринут и проклят, будь то хоть Лев Толстой (совершенно, к вашему сведению, бесталанный философ), хоть Владимир Соловьев, они по недосмотру приветствовали его, но не вникнули, не приняли буквальную суть. Все в писаниях аскетичного любомудра проникнуто презрением и неприязнью к тем, кто не совпадает с мерками его откровений. Он ненавидит католичество, ислам, буддизм («борьба с ним может быть не полемикою только, но и войною»), ненавидит плотскую жизнь и, кажется, женщин. Разговор, заметьте, неспроста ведется в основном об отцах и сыновьях. Прилепясь к жене, забывают отцов, а значит, главное, общее дело, — вот причина вражды между людьми. Дело женщин — заниматься сбором праха, у них пальцы чувствительней. Земля должна быть кладбищем, все больше делаться им. (Удивительно, как скоро новые власти осуществили идею устроить некрополь в самом центре столицы и поместить там подновляемый регулярно труп.) Засомневался ли кто-нибудь: будут ли воскрешать всех без разбора, палачей, мучителей, извергов вместе с жертвами? Ответ категоричен заранее: да, всех, оговорки не обсуждаются. Потому что, если мы не будем воскрешать мертвых, они станут мстить физически, заражать нас. Не столько любовь, сколько страх перед угрозой порождают эту идею не духовного — плотского воскрешения, мертвечиной отдает от нее.

Ладно, пропустим, пойдем дальше. Вот, подоспела уже возможность, вполне реальная, осуществимая научно и технологически: выращивать копии, клоны, из стволовых или каких там еще клеток. Жившие могут быть воспроизведены до молекулы, фантасты пусть отдыхают, не хватает одной только последней малости — памяти. Раньше предпочли бы сказать: души. Православный материалист на таких мелочах не задерживался, разберутся, как дойдет до дела, что надо, возникнет само собой. И разве у нас не привыкли обходиться без памяти? История приучила, пространства располагают к рассеянному существованию. «Явились на свет, как незаконнорожденные дети, без наследства, без связи с людьми, предшественниками нашими на земле», — неосторожно обнаружил вдруг басманный философ, мог бы промолчать, не зря объявили сумасшедшим. «Наши воспоминания не идут далее вчерашнего дня, мы как бы чужие для себя самих. Мы так удивительно шествуем во времени, что, по мере движения вперед, пережитое пропадает для нас безвозвратно».

Допустим, но разве нам так уж от этого плохо? Может, наоборот. Без памяти, говорят, проще быть счастливым. Память отягощает человека чувством вины, объяснял другой сумасшедший философ, немецкий, надо выжигать из нее ненужное, оставляя лишь то, что не причиняет боли. Счастье требует уверенности, а значит, стабильности, несвободы... Впрочем, тоже не так уж ново, известная тема антиутопий. Не нужна никакая химия, никакие высокоумные технологии, история пересочиняется каждый день, целая армия профессионалов и добровольцев заменяет устарелую более достоверной. Школьники заклеивают в учебниках изображения врагов народа, их подписи на облигациях государственных займов закрашиваются черной краской, лица и фигуры убираются с групповых фотографий. В протоколах обысков восхищает «обнаруженный и взятый в качестве вещественного доказательства пепел» — сами сообразили, успели уничтожить, что не нужно, заранее.

Память перезагружается постоянно, хотим мы или не хотим, читал дальше Борис. Вчерашние проблемы перестают нас интересовать не потому, что они разрешены, а потому что они становятся прошлым. Что было, то было, жить надо сейчас. Каждый день несет что-то новое, судить можно по цифрам на календаре, хотя и бывает чувство, что при этом не так уж много меняется... Вот, даже чей-то стишок:

> Очистим память от рухляди,
> Омертвелых избыточных знаний.
> Налегке продвигаться по жизни
> Сподручней и современней.

На экране подключаются, возникают картинки, черно-белая хроника, струится пунктир, царапины времени. Хоронят нечаянно умершего, операция, говорят, была не нужна, кто мог предположить несовместимость с анестезией, истину установит вскрытие, если, конечно, позволят заглянуть поглубже, анамнез нетрудно переписать, заказчик убийства несет гроб первый, на лице искренняя печаль, жаль человека, сам был, между знающими говоря, не ангел, на пленных не тратил времени, даже дефицитных патронов, утопил, говорят, несколько тысяч вместе с баржей, хотя, может, и не сам приказал, было кому, есть разные мнения, мог и без слов разрешить, знал полезное дело, потому и начинал мешать, надо его щедро вознаградить знаками посмертной памяти, бюстом над почетной могилой, копии по всей стране, присвоить имя улицам, городам, университетам, школам, конным заводам, станциям метро, а главное, рассказать необходимую, животворящую правду в энциклопедиях, учебниках. Имя живет отдельно, человека к нему можно пририсовать, образ будет жить своей жизнью, то, что было телом, растащат предназначенные для этого твари, собирателям стараться бессмысленно, при чем тут человек? Подкошенные фигурки падают, звуков не слышно. Обновленная память подменяет отмененную, исчезнувшую, казалось, навсегда, безвозвратно, самовоспроизводится вечно агонизирующая система.

Со счастьем, правда, как-то все-таки не совсем получается, думал Борис. Может быть, потому, что человек, оказывается, ухитряется помнить больше, чем сам думает, несовершенное устройство. Вдруг всплывает неизвестно откуда, возникает чувство, будто ты, оказывается, всегда это знал, просто не задерживал взгляда, мысли, внимания, проходил мимо, не замечал. Вдруг в самом деле существует где-то в мироздании непостижимое хранилище сгущенной памяти, дымятся призрачно фантастические емкости, в вакууме, на абсолютном нуле, чтобы не испарилась, просачивается, испаряется лишь малость, и того не освоишь? Слишком всю жизнь мимоходом. Однажды осознаешь, что ничего так и не узнал до конца, даже близких людей, ушли, продолжают уходить — уже не расспросишь.

5. Неясное вторжение

Пробираясь к своему рабочему месту, Борис каждый раз рисковал заблудиться. Никак не удавалось запомнить дорогу. Отражения в отсвечивающих перегородках, множась, меняли расположение, не позволяли привыкнуть. В рассеянности случалось на ходу ненароком стукнуться лицом о самого себя. Картинки цветных дисплеев в отражениях увеличивались, такие четкие, что можно было читать зеркально перевернутые тексты. Кто-то проходил за стеклом, вдруг пропадал из вида, проплывало, переливаясь нежными красками, горизонтальное, как рыба, существо, чмокало пухлыми губками, за следующим стеклом оказывалось женщиной. Невозможно было угадать свою ячейку по переменчивым приметам — все равно что по облаку над головой, разве что узнать по соседям. В ячейке справа всегда сидел неподвижный тучный мужчина, лицо в дремучей растительности, в волосню возле уха уходил черный провод. Монитор перед ним светился, но заплывшие глазки казались прикрытыми, слышалось даже посапывание. Слева за стеклом, неподвижно выпрямившись, как манекен, сидела девушка с изящным колечком в ноздре. К уху ее тоже вел провод, глаза были открыты, пальцы непрерывно перебирали клавиатуру. Над остывшим кофе в бумажном стаканчике не поднимался пар. Соединял ли провод обоих друг с другом или с каким-то другим передаточным измерением, что они слушали, производя порцию общей, никому в отдельности неизвестной продукции, а может, смотрели сны, изображая работу? В вышине над всеми, под туманным пригашенным сводом, как в табачном дыму, клубились увеличенные проекции фигур или видений.

Едва Борис занимал свое место, перед ним сам собой начинал светиться дисплей. Компьютер, оказывается, не выключался, он продолжал работать, как продолжает работать мозг даже во сне. Никогда нельзя было заранее знать, что он предложит. Вот и сейчас появилось крупное, во весь экран, предупреждение.

Не забывайте режим экономии. Реальности на всех не хватает.

Устройство, однако, не без юмора, вскинул бровь Борис. Надо бы толком понять, как управлять этой прихотливой системой. Казалось, стоило изменить положение, повернуть голову, как что-то на дисплее менялось, словно сама собой уточнялась настройка, а может быть, взгляд, поворот мысли. Приходилось искать, как теперь выйти отсюда, и еще вопрос, куда попадешь...

Он едва успел об этом подумать, как на экране сами собой стали предлагать себя, выстраиваясь столбиком, строки:

Каталог полноценных заменителей
Программа «Расширение реальности»...

Борис запоздало спохватился, успел щелкнуть мышкой. Ну хотя бы программу.

«Цель программы, — стал читать он, — помогать каждому человеку в отдельности и всем вместе справляться с чувством бессмысленности и пустоты, ощущать полноценное напряжение жизни, по возможности не касаясь кожей опасно оголенных проводов. Человечество тысячелетиями училось именно этому: смягчать болезненные прикосновения к реальности, заслоняться от нее, чтобы жизнь могла продолжаться, не становясь невыносимой, толковать необъяснимое, создавать механизмы управления фантазиями, волей, желаниями.

Можно добиться большей эффективности мозга, подключить ему в помощь изощренные технологии, можно представить объединение многих мозгов в систему. Но если человеческая природа в принципе не изменится, приближением к тайне и полноте останется считать мистические видения, фантастические, поэтические образы.

Мы сами для себя создаем мир, в котором можно бывает укрываться от жизненного абсурда, от ужасов истории, делать эту историю и жизнь не совсем бессмысленными, даже абсурд, выраженный в словах, приемлемым. Без этой работы — как выдержать реальность?

Важно, однако, не забывать, что воображение может быть инструментом вдохновенного познания, проникновения, а может быть способом уклоняться от жизни».

Текст возникал на дисплее одновременно с мыслью, Борис смутно узнавал свои давние, забытые, не получившие развития, неоформленные, отброшенные идеи. Значит, и они здесь откуда-то оказывались известны, даже использовались, пускали отростки без его участия, продолжали развиваться, сами собой или переиначенные в чьем-то неизвестном уме. Строки сменились подвижным живым узором, на голубом экране трепыхались разноцветные мотыльки. Перебор струн, тихий, как биение пульса, поющее мычание становилось голосом, обрастало словами.

> Пузыри, перепонки пены,
> Лопаются, возникают,
> В пустоте скопления глыб
> Без формы, несутся куда-то,
> Световые века между ними.
> Их надо составить в созвездия,
> Придумать им имена, подобрать слова
> Для свидетельства о сотворении мира,
> Творить его каждый день дальше,
> Назвать совокупление любовью,
> Воспроизводство рода историей,
> Ритуалом поглощение пищи,
> Составлять в созвучия звуки,
> Провозглашать добытую истину,
> Отстаивать ее насмерть.

Все о том же, все о том же, смутно думал Борис, покачивая головой в такт напеву и терпеливо дожидаясь его окончания. Песня затихла, мотыльки на дисплее продолжали трепыхаться. В правом верхнем углу обозначилось яркокрасное пятнышко, стало разрастаться. КЕЛАСС! — засияли на весь экран красные рекламные буквы, остановились.

И что теперь с этим делать? — искал Борис. Даже в этом центре не знаешь, как избавиться от рекламы.

Он покосился направо. Пальцы бородача, только что бойко игравшие на клавиатуре, замерли словно от его взгляда, строка на дисплее остановилась. Оглянулся на девушку слева (кошачьи скулы, кольцо в ноздре), она что-то искала, переключала на своем дисплее цветные картинки, на лице застыла улыбка манекена.

Внезапно он обнаружил — как будто сейчас только появилось под текстом — крохотное поисковое окошко. Несколько секунд в нерешительности помедлил, потом набрал имя: Даниил Мукасей.

«Показания профессора Клюге отчасти написаны им самим от руки», — текст, появившийся на дисплее, без заголовка, начинался словно откуда-то с середины. Опять не то, с досадой подумал Борис. При чем тут еще этот немец? Что за показания? Надо было опять возвращаться, искать переход или выход — знать бы, куда. Неясное воспоминание все же задержало его.

«Имя профессора обозначено в протоколах допросов лишь инициалами, — продолжал читать он, — до сравнительно недавнего времени оно не подлежало огласке. Это был один из тех секретных пленных, которых наши спецслужбы привлекали после войны для разработки своих собственных программ. Долгое время скрывался даже факт его смерти, далеко не все о нем до сих пор известно.

До войны этот человек имел две виллы, в Восточной Пруссии и в Литве. Из литовской после добрососедского раздела территорий ему пришлось ненадолго репатриироваться, но именно ее он считал своей родовой и называл Замок Веллигут. На сохранившихся фотографиях это не более чем уединенный фольварк или, по-тамошнему, хутор, но главное, трехэтажное здание, сложенное из крупных камней, производит и впрямь впечатление старинного. Здесь с началом войны профессор стал проводить свои основные исследования.

Начинал он в Кенигсберге как практикующий психиатр. Среди его тамошних коллег ненадолго оказался, между прочим, знаменитый впоследствии К. Л., специалист по поведению животных, которому после войны долго ставили в вину членство в нацистской партии. Без этого членства, как объясняли биографы, ему не удалось бы получить деньги для своих исследований, тем более университетскую кафедру. Знакомая история, не нам тут морализировать. Но в сочинениях К. Л. того времени кое-что действительно перекликалось с идеями фашистов. Современная цивилизация, писал он, обрекает людей на судьбу одомашненных животных, которых отсутствие естественного отбора ведет к деградации по сравнению со своими дикими предками. Нужно искать способы сопротивляться нарастающему распаду и вырождению — для начала хотя бы лишая неполноценные особи возможности размножаться. И т. п. Ужаснуться реализации весьма близких идей будущему Нобелевскому лауреату еще предстояло.

Клюге от партии держался в стороне, мог без этого обходиться. От национал-социализма его отталкивало главным образом его эстетическое убожество, плебейство, он мог иной раз откровенно высказаться на эту тему — в частном разговоре, конечно, не более. Циничный эстет с аристократическими манерами, имевший покровителей в высоких кругах, любитель французского коньяка и сигар, владевший несколькими языками, в том числе, между прочим, русским, собиравший рунические таблицы, он ставил перед собой, если угодно, ту же цель, что и К. Л. — уберечь человечество от окончательной деградации, симптомы которой были особенно очевидны ему как психиатру. Увядала культура, цивилизация, к которой он принадлежал, надо было вдохнуть в нее новые, живительные силы, предварительно, разумеется, очистив генетический материал от вредоносных примесей. Методы он предпочитал искать за пределами традиционного знания.

В начале тридцатых годов профессор Клюге сотрудничал с известным институтом Аненербе, "Наследие предков", который, среди прочего, занимался созданием аппаратуры, способной управлять человеческим сознанием, а значит, дающей тайную власть над людьми. Здесь ее называли техномагической. Режим, как известно, болезненно интересовался магией, разного рода эзотерическими учениями, нордической мифологией. Здесь всерьез обсуждалась доктрина вечного льда, теория полой земли, посылались экспедиции на поиски пресловутой Шамбалы. До сих пор, надо сказать, есть люди, готовые заново перепроверять эти идеи, отдавая попутно должное в принципе благородным мистическим основам фашизма — не того реального, людоедского, низкопробного, пахнущего пивной отрыжкой и плебейским потом, а какого-то, как бы сказать, абстрактного, метафизического, трудноосуществимого, но попыток не надо оставлять, возможно, придется еще попробовать. Трудно сказать, что думал об этом профессор Клюге, известно, однако, что сам он участвовал, по крайней мере, в одной секретной экспедиции Аненэрбэ на территории нынешней Абхазии, где будто бы искали некий мифический поток или источник "живой воды", на основе которой предполагалось создавать плазму крови для "избранных"...»

Не то, опять все не то, досадовал нетерпеливо Борис, зачем я этот вздор читаю? Было странное чувство, что чтение начинает его все же затягивать словно против воли. Только что читал вроде бы похожую чушь, не возникало ничего, кроме слов. Тут вдруг как будто появилось на миг лицо... блеклые глаза спрятаны за стеклами очков без оправы, бескровная ниточка губ под узкими, ровно подстриженными усиками, элегантное движение руки в лайковой перчатке, гладкий ротвейлер у ноги насторожился, готов зарычать... все, все, успокойся, никого нет... на стене кабинета, в рамке, письмо недолгого единомышленника, выдающегося поэта Готфрида Бенна, тоже, между прочим, врача и философа, рядом экзотический пейзаж Эмиля Нольде, художника, по недоразумению отвергнутого режимом, чуждым искусству, но в кабинете профессора идиотские официальные запреты можно было игнорировать... Через секунду нельзя было даже сказать, изображение ли возникло на экране, сменялись ли написанные слова — так погрузившись в чтение, перестаешь видеть буквы.

«К началу войны исследования профессора Клюге оказались сосредоточены вокруг таких тем, как работа мозга, функции его разных отделов, управление памятью и сознанием, возможность передачи мысли от объекта к объекту и т. п. Его экспериментальные разработки в этих областях не случайно привлекли потом особое внимание наших специалистов. Не будем здесь философствовать о симптоматичном сходстве интересов у тоталитарных режимов. Схожими секретными разработками занимались, как известно, и в странах, которые называют себя демократическими. Отметим лишь существенную разницу: в этих странах научный поиск ограничивается оговорками и запретами, моральными, религиозными, юридическими. В условиях фашистского режима никакие оговорки и запреты профессора не сдерживали, он располагал возможностями неограниченными. Объектами его исследований и экспериментов становились не подопытные животные, не дорогостоящие обезьяны, а живые люди, их органы. Время и условия позволяли. Человеческий материал, как выражался профессор в своих показаниях, ему поставляли коллеги из психиатрических больниц, которым программа эвтаназии предписывала избавляться от неполноценных особей как от вредоносного генного материала, надо было лишь обходить юридические формальности, касавшиеся германских граждан. Зато и эти формальности отпали, когда появилась возможность получать отбракованный материал из концлагерей, особенно же из ближнего гетто. (Вот чем, помимо прочего, оказалось удобней литовское расположение.)

Экспериментальное оборудование в замке Веллигут, к разочарованию специалистов, обнаружить не удалось. Советские войска застали его совершенно разрушенным и, похоже, не бомбежкой, каменное здание было взорвано, деревянные постройки сгорели. Самой страшной находкой оказались разлагающиеся в разрушенной холодильной установке препараты человеческих органов. Сам профессор обвинения в жестокости отвергал, называл себя человеком скорей сентиментальным, говорил, что нежно любит лошадей и собак. Коллеги должны были его понять, говорил он, профессиональный интерес отключает эмоции, у врача руки бывают так же по локоть в крови, как у палача, работа с бракованным, обреченным, в конце концов, материалом позволяла прояснить что-то важное для других, нормальных людей, которым предстояло не только жить, но заботиться о полноценности общей жизни — если не стесняться в методах. О методах он готов был рассказывать, лишь об устройстве аппаратуры говорил уклончиво, уверял, что технические подробности были не совсем по его части. Аппаратура могла отмечать лишь рябь на поверхности, стрелки вздрагивали, осциллографы волновались, о происходившем на глубине оставалось все еще только догадываться. Тем больший интерес могли представить для науки те, кому без приборов, помимо рациональных объяснений открываются области, обычному разуму пока недоступные.

Среди сотрудников профессора Клюге был врач из местных, который занимался доставкой так называемого материала из ближнего гетто. Там, оказывается, полуподпольно функционировала неплохая больница, коллектив врачей мог бы составить честь любой европейской клинике, они лечили и производили сложные операции, почти не имея медикаментов. Роды в гетто были запрещены, беременность каралась смертью, но его обитатели каким-то образом ухитрялись скрывать не только новорожденных, но даже психических больных. Один из бывших коллег, по неведению сохранивший доверие к посланцу профессора, рассказал ему про удивительный случай, как можно было понять, подростковой шизофрении. Какой-то неизвестный чудодей, непонятным образом объявившийся в гетто, сумел не только вывести из кататонического ступора мальчика-полуидиота, но вернуть ему речь и даже память.

Стоит ли говорить, что этот случай особенно заинтересовал профессора Клюге? Он не мог не напомнить ему знаменитую еврейскую легенду про Голема, глиняного истукана, в которого создателю-раввину удалось вдохнуть жизнь. В отличие от национально ограниченных тупиц, Клюге не только знал эту легенду, но позволял себе интересоваться, среди прочего, иудейской мистикой, немного занимался даже Каббалой. Оставалось поверить его рассказу, что этот неуловимый чудодей однажды собственнолично явился к нему в замок Веллигут и предложил сотрудничество»....

Текст внезапно замер. В правом верхнем углу опять обозначилось ярко-красное пятнышко, стало разрастаться, закрыло текст. «НЕ ЗАБУДЬ КЕЛАСС!» — настаивали рекламные буквы. Периодический сеанс, вторжение из других сфер, и не сразу найдешь, как изгнать эту напасть, так она хитро устроена — все равно, что отмахиваться от мошкары. Борис беспомощно дожидался, пока назойливое вторжение схлынет, рассосется само, преобразится, исчезнет — увы, вместе с недавним текстом. Сбилось опять, не вернуться. Ну, может, и хорошо. Про немца что-то казалось знакомым, не мог сразу вспомнить, и не стоило напрягаться. Так ли тебе туда нужно? Не хотелось дальше задерживаться, доискиваться, не очень даже понятно, зачем. Отдавало уже чем-то сомнительным. Еврей из гетто пришел предложить сотрудничество фашисту? Перечитать бы, уточнить, может, что-то не так понял. Уже не найти. Хоть до этого места сумел дочитать, и ведь не мог оторваться.

Борис испытывал непонятную усталость — и, как ни странно, почти облегчение. Чем-то неприятным, пугающим повеяло на него от чужой незавершенной истории. Всегда тягостно читать про мерзавцев, особенно реальных, исторических, когда их пытаются вкрадчиво, а там и откровенно, оправдать, объяснить, наконец возвеличить. Не наше дело морализировать, величие, да и любая незаурядность заслуживают уважения, перечитайте Шекспира... Нет, может, лет через сто, когда вымрут те, кто могли стать жертвами этих великих злодеев, к ним удастся отнестись как к литературным персонажам, без напряженных личных эмоций, а пока нет.

На экране между тем одна за другой продолжали меняться картинки, появилось белое здание среди пальм, синела вода в бассейне... Вдруг вспомнилось, что он будто бы уже слышал это слово. Тот сдвинутый мамин знакомый в грязной кофте собирался ехать как раз туда, в какой-то Келасс, кажется, так. В кассе сказали, что такой станции нет, он стал искать по карманам билет, чтобы показать...

Борис прикрыл глаза. В воздухе вокруг или в собственных ушах возобновлялась неясная мелодия, похожая на шум моря, тихий прибой. Ржавые рельсы зарастали все гуще бурьяном, среди пыльной зелени голубели цветы цикория... Встряхнул головой, музыка исчезла. Так можно заснуть, подумал он. А может, уже и начинал задремывать. Закрыты ли были глаза? Огляделся, не заметил ли кто. Девушка слева играла на клавиатуре пальцами, кошачьи скулы, кольцо в ноздре. В ячейке справа, не шевелясь, сидел тот же бородач, в волосню возле уха уходил черный провод, монитор перед ним светился. Откуда-то появились деловитые люди в синих рабочих комбинезонах, подошли к нему, бесцеремонно повернули вбок голову вместе с проводами, не надо вздрагивать, можно и без нее, чьи-то пальцы где-то все равно продолжали набирать текст.

6. Имиджевая коррекция

Происходит именно то, чего боишься, Борис все-таки заблудился на выходе. Перегородки лабиринта, неотличимо отражавшие одна другую, успевали изменить расположение в размноженном пространстве, вывели непонятно куда. Он медленно шел по гулкому пустынному коридору, читая на дверях по обеим сторонам таблички. *Служба безопасности. Аппаратная иллюзий. Капсула Мёбиуса. Испытание аттракционов.* На отдалении из боковой двери слева появилась женщина, прошла к соседней двери, открыла. Яркий свет из противоположного окна едва позволил разглядеть ее со спины, высокие каблуки, сильные икры балерины, сердце вздрогнуло от неуверенного узнавания, свет, на миг пронизав, обнажил ее. В этом пространстве возможно всякое, усмехнулся Борис и чуть ускорил шаг, не спуская взгляда с двери, за которой она скрылась, чтобы не пропустить, не перепутать, слишком все они были похожи.

«Имиджевая коррекция» — значилось на табличке. Что-то совсем уж невразумительное. Приоткрыл дверь, прямо за ней оказались тесные ряды стоек с платьями на вешалках, запахло магазинной подсобкой или театральной костюмерной, застоявшимся воздухом. Здесь было полутемно, пространство освещалось лишь сполохами невидимого отсюда экрана. «Я ей говорю: у звезд не может быть своего я», — слышался чей-то голос. Он продвигался на ощупь, раздвигая перед лицом ткани легких одежд. Открылось свободное пространство. Перед двухметровым светящимся экраном спиной к нему сидели две женщины, одна держала пальцы на пульте.

— Я ей говорю: у звезд не может быть своего я. Что значит я? Если вы хотите успеха, вам нужен имидж, иначе зачем вы пришли ко мне? Или собираетесь сами его создать? Надо было начать раньше. Ладно, говорю, будем считать, в любом возрасте не поздно. Хотя приходить лучше вовремя... Вот, посмотри, тоже тип, — ввела очередное изображение. — Мужчина, в возрасте, еще пробует молодиться, напялил джинсы. Но весь вид, прическа, серая рубашка — серость во всем, ни одного яркого пятна.

Борис вдруг увидел на экране себя. Какая-то неудачная фотография, никогда прежде не видел, сразу не узнаешь.

— Ну что ты прикажешь с таким делать? — продолжала женщина. — По человеку видно, есть у него фантазия или нет. А тут — патологический дефицит воображения. Кабинетный тип, редко высовывает голову из норы. Но ведь тоже, наверно, хочет выйти в мир, что-то значить, привлечь внимание? Сам даже не постарается, просто не знает, как, не представляет, как он выглядит. Что тут можно придумать? Попробуем для начала вот это. Голову побреем наголо... ух, какая стала пиратская рожа, ты посмотри. Бородку надо подобрать такую же. Может, примерим гавай-ское поло? Ничего, да? Как тебе такой? Танцевать с ним захочется?..

На экранном изображении менялись цветастые наряды, волосяной покров укорачивался, удлинялся, исчез совсем, Борис с трудом узнавал свое лицо, с усиками большими, гу-стыми, тонкими, в ухе ненадолго появилась серьга...

— А если попробовать бермуды? — сказала вторая жен-щина. Голос показался знакомым.

— Что, собралась с ним в Келасс? Голого показать или пока не хочешь? Ладно, ладно... А вы что тут делаете? — обернулась она, ощутив, наконец, за спиной присутствие постороннего. — Вы от кого? Кто вас прислал?.. Ну подой-дите сюда, только снимайте с себя сразу эти шмотки. Слы-шите? Что стоите? Я же с вами говорю.

Включилась неяркая рабочая лампа. Женщина смотре-ла в его сторону, близоруко щурясь, над головой косички-рожки. Ему казалось, он где-то видел ее, по телевизору или в компьютере, не мог узнать. Так непривычно бывает видеть ожившую рекламу, повторяющееся лицо, менялась только прическа. Безвольно, как сомнамбула, направился к ней, не сознавая, что пальцы уже послушно расстегивают пугови-цы — но тут опомнился.

— Даша, ты что, не видишь? — вмешался знакомый го-лос. — Это же... — наклонилась к уху, шепнула.

Вторая женщина за столом была Адриана.

— О, простите! — женщина с косичками-рожками мо-литвенно прижала к груди руки.

— Ничего, я все ему объясню. — Адриана встала из-за стола. — Мы ненадолго отойдем. Если вы не против, — подошла она к Борису, — посидите со мной немного за чашкой кофе.

Освещение, переместившись, выявило столик в отдаленном углу, они расположились за ним, чьи-то руки из затемнения поставили на него чашечки. Зазвучала тихая музыка. Адриана подвинула к себе пепельницу.

— Осваиваетесь? Вас еще не сразу узнают, не обижайтесь.

— Что тут собирались со мной сделать? — Борис отказался от сигареты.

— Сделать? Хорошо сказано. Создавали образ, вместе, как говорится, с автором. Ну, это у меня такой юмор, не обращайте внимания. Вы, кажется, до сих пор чего-то не совсем понимаете. Может, и хорошо, что не понимаете. Непонимание, говорят, может больше открыть. В этом ваша прелесть, нарочно такого не изобразишь. — Адриана прищурилась и стряхнула с сигареты пепел. — Здесь ведь все от вас чего-то ждут. Пока, не обижайтесь на откровенность, немного разочарованы. Вы даже не заметили, как наша Дарья на вас смотрела. Это же ваш сюжет. Простая учительница, милая, симпатичная, вполне, в общем, довольная жизнью. Вдруг прочла про наш бесплатный проект. Приходит, показывается — ее вещи брезгливо бросают в мусорную корзину: надо одеваться не так! Покупают ей модный прикид, меняют прическу, делают макияж, говорят: откройте глаза! Она открывает глаза — и не узнает себя. Проект внешностью не ограничился, ее стали натаскивать на новую профессию. У вас, правда, сюжет кончается, если не ошибаюсь, тем, что ее перестает узнавать муж...

— Не понимаю, — пробормотал Борис. — При чем тут мой сюжет? — Он как бы невзначай дотронулся до ее руки.

Пальцы были теплые, живые. Женщина откровенно засмеялась:

— Засомневались, настоящая ли я. Все еще не совсем доверяете себе, своему чувству. Если угодно, сдерживаете свое воображение, как будто сами его немного боитесь. Боитесь быть смелей, современней, свободней. Не можете отказаться от чего-то в себе. От чего-то привычного. Как у вас начинает философствовать этот бедняга-муж? Была для него живым человеком, стала картинкой из модного журнала. С такой внешностью нельзя жить своей жизнью, только соответствовать чьим-то представлениям. И в том же духе. Хорошо хоть, не стал толковать о прекрасном и высоком. Инерция, привычка, серость. Мне кажется, вас самого уже что-то стало смущать.

В прокуренной хрипловатости этой женщины, одновременно яркой и умной, в ее лукавом прищуре все больше проявлялось какое-то особое, немного загадочное очарование. Захотелось вдруг выпить. Жаль, ей сейчас нельзя вина, она, оказывается, была за рулем.

— Хотите сказать, я умная? — угадала его мысль Адриана. — Думаете, это комплимент? Женщины думают другим местом, тем более современные, до вас и это до сих пор, кажется, еще не дошло. Хотя были женаты не один раз, верно? Ваш психологический портрет описать нетрудно, все на виду. Вы человек увлекающийся, податливый. Опыт до сих пор вас не научил, что женщинам нельзя поддаваться, они могут незаметно взнуздать и повести, куда надо им. Выражаясь в ваших терминах, еще не почувствовали, что ваш образ тоже кто-то создает, а ведь я уже прямо на это намекала. Та женщина, с которой вы сейчас живете...

Что она говорит? — Борис не знал, как реагировать. И эта улыбка, это движение языка, когда она слизывала с губы что-то приставшее, потом все-таки убрала пальцем. (И запах духов, смешанный с табаком, и раствор музыкальной темы.) От необходимости реагировать его избавила женщина с рожками. Она подошла, держа обеими руками пакет, перевязанный золотистым бантиком, улыбалась лукаво.

— Это примите от нас в подарок.

— Не возражайте, — предупредила его ответ Адриана. — Спасибо, Даша. А от меня действительно какие-нибудь бермуды. Ты знаешь мой вкус. Отправишь по адресу. Образ должен быть сексуальным, Дарье можно довериться. Шучу. Не вам смущаться бабьей откровенности, писатель все-таки. О вашей внешности, это же всем видно, некому по-настоящему позаботится. А ведь в вас что-то есть, надо лишь проявить. — Задержала на нем изучающий, немного насмешливый взгляд. — Нескладное лицо, большой рот. Вы еще можете нравиться... Уже решили насчет Келасса?

— Какой Келасс?

— Ой, я, наверно, нечаянно выдала вам секрет. Ладно, все равно завтра скажут. Предполагается большая конференция в Келассе, будете там выступать, готовьтесь.

— Выступать? — переспросил Борис. — О чем мне там говорить?

— Это вы меня спрашиваете? Вам решать. Придумаете по ходу дела, вы это умеете.

— До сих пор не знаю, что такое этот Келасс? Место, город?

— Говорят, роскошный отель где-то у моря, международная тусовка. Освежитесь, проясните мысли. Новый поворот — всегда кайф. — Она говорила, прищурясь, изучая его реакцию. — Я ведь тоже поеду, если вы не против.

Зачем она это говорит? — думал Борис. Он сам не знал, что сказать, вслушивался в себя, в, казалось, забытое с возрастом ощущение, когда стоит дать волю фантазии, чтобы она превратилась в неизбежность. Он ничего не понимал в косметике, но ведь есть же яркость, игра, загадка. И эти завитки возле ушей… эта современная женственность… неизвестность, молодящая новизна.

Попался, неужели попался? — думал он, когда Адриана везла его домой на своей машине, смотрел, как она правит одной левой рукой, чувствуя себя и впрямь старомодным перед этой неописуемой пикантностью. Мысль об Аните заранее гасила фантазию, пригласить эту женщину к себе было невозможно, вот ведь досада. На прощанье он все же потянулся ее поцеловать. Она отвела в сторону губы, подставила щеку, поправила прическу средним и безымянным пальцем. Это изящество движений! Запах вновь взволновал ноздри.

— О! — произнесла немного насмешливо. — Над вами стоит немного поработать, может что-то получиться.

И сама коснулась мягко губами его щеки, тут же пальцем отерла с нее помаду. Он потянулся еще, она его отстранила:

— Не сейчас, не сейчас. У нас еще будет возможность. Чао!

Эта разжигающая женская уклончивость, эта победительная, какая-то не женская, а впрочем, именно женская уверенность: она сама выбирает, сама решает, и сможешь ли отказаться? Насколько другое у него было с Анитой! У дверей ему пришлось немного переждать, чтобы прийти в себя, трудно было достать ключ из ставшего тесным брючного кармана. Никого теперь не пригласишь, вновь досадливо думал Борис, тыкая ключ не той стороной. Сейчас, консчно, подойдет, вздрогнут чуткие ноздри, женщины улавливают запах чужих духов, а у нее от этого может вообще подскочить температура. И как ей теперь объяснить? Не хотелось ее обижать, но если что-то опять не получилось — что делать? Болезненное устройство организма, непредсказуемая чувствительность, заранее раздражался он — не подозревая, что Аниты дома уже нет.

7. Оборвавшийся голос

Что-то неуловимо изменилось в воздухе, остатки тающих запахов касались ноздрей. Не было летнего плаща у входа на вешалке, сменных домашних тапочек, в гардеробе платьев на плечиках. Постельное белье оставлено стопкой на узком диванчике. Ушла, ничего не объяснив, не оставив даже записки, прихватила свой чемодан с почти условным скарбом и нелепой, немой пластинкой.

Борис вдруг ощутил перепад — после приглушенных светильников виртуальной примерочной, современных геометрических плоскостей, после разреженного, музыкального журчания в ушах, вокруг головы. Вода капала однообразно из крана, слесарь который раз толком не починил, надо вызывать опять. Мысли были все не о том — озирался, пытался вспомнить нужную. Проступали на обоях пятна, проявлялась неощутимая прежде запущенность жилья. Давно пора сделать ремонт, настоящий, тот, который называют сейчас европейским. И куда-нибудь девать эти книги, проредить, раздать даром в библиотеки, покупать их сейчас никто не захочет, уже к мусорным ящикам то и дело выносят. Когда-то были богатством, валютой, сейчас их читают только такие, как эта провинциалка. Которым ничего не нужно. Недаром мама почуяла в ней родственную душу, рассказывала семейные истории. Однажды он подумал, что Анита из маминых рассказов знает о его семье больше, чем он сам. Кажется, она Аниту считала еврейкой. Он как-то сказал ей это, она откликнулась непонятно: если б я знала, кто я! Она росла в Казахстане без родителей, без достоверных документов, ее воспоминания начинались с детского дома. Он поневоле начинал замечать, что вокруг него словно подбираются люди с окороченными, обрезанными биографиями, сироты без прошлого. Не потому ли, что он то и дело о таких с некоторых пор думал? Может, хватит уже? Забредаешь вдруг куда-то, куда лучше не углубляться.

Чуть позже она сама неожиданно вернулась к оборванному разговору. Мне уже пытались навязать нацию, сказала вдруг безо всякого повода, среди молчания. Они допивали на кухне свою обычную вечернюю рюмку. И опять замолчала. Борис медлил с наводящим вопросом, он только бы помешал, могла бы сразу замкнуться. В ее институте вдруг увлеклись определением принадлежности по генетическому коду. А по генетическому коду можно действительно что-то узнать? — не мог не заинтересоваться Борис. Память крови, о которой так любят теперь толковать, это что-то из биологии или больше из области воображения? Не надо про биологию, оборвала она с непонятной резкостью. Тут кровью пахнет в самом прямом смысле. И замолчала уже безоговорочно.

Теперь придется еще маме рассказать об ее уходе, бесцельно бродил по квартире Борис. (В стаканчике возле умывальника не было ее зеленой зубной щетки, удостоверялся и тут.) Придумывать объяснения, чтобы не огорчить. Он, мужик в возрасте, все еще немного боялся маминого мнения. С юности чувствовал на себе ее властность, она затормозила его самостоятельное развитие, думал опять раздраженно, стала причиной неуверенности и разочарований. Сейчас опять, похоже, примеривала возможность устойчивой жизни для не вполне повзрослевшего мужчины. И вот снова не получилось. Может, Анита ей сама все рассказывала, они откровенничали по-женски, не с ним. Он сам уклонялся от ясности, от решения. Ведь назревало уже, только не завершалось последними словами. Два дня назад Анита вдруг спросила про того сдвинутого бродягу, которого Борис когда-то застал у мамы, та ей, оказывается, и про него рассказывала. Не могла отделаться от уверенности, что этот старик еще должен был вернуться, считала, что сын ей это обещал. Всегдашняя путаница в голове. Борис рассказал Аните, как было на самом деле, как он проводил беднягу на вокзал, тот не мог вспомнить, куда ему надо, спрашивал билет в какой-то Келасс. Келасс? — переспросила Анита, ему показалось, что она слегка изменилась в лице. Да, Келасс. В кассе сказали, что такой станции нет. Станции нет, сказала Анита, но такое место действительно существовало, название осталось от мифического селения, потом там учредили какой-то закрытый институт, огороженная обширная площадь до сих пор оставалась недоступной. Неизвестно, что там теперь, она про эти места знала. И ты ни о чем его не расспросил? — смотрела как-то странно. О чем? — он пожал плечами, раздраженно, потому что сам об этом однажды подумал. Старик же ничего не мог толком вспомнить, неуправляемая болтовня. Она замолчала, замкнулась, что-то опять осталось недоговоренным. Повторялось уже привычное чувство.

Они целыми днями не виделись, Анита возвращалась с работы поздно, с некоторых пор приходилось спать в разных комнатах. Ее самочувствие стало ухудшаться, все чаще повторялись приступы, задыхание, кашель, к врачам она не обращалась, говорила, что это бывает с ней только дома, в больнице все проходит. Что у нее могло вызывать в доме аллергию? Ему все чаще казалось, что она связывает свою неуправляемую астму с его новой работой, точно он приносил на себе из этого центра какие-то неявные, раздражавшие ее запахи, только не говорила вслух, а он и не спрашивал. Обычное дело: люди живут вместе, вдруг оказывается, им не о чем говорить. Обмениваются житейскими междометиями, больше молчат. Муж и жена не всегда рассказывают друг другу о прежней жизни. О прежних женщинах, прежних мужчинах. Да и спрашивать не особенно хочется, лучше не надо. Она, между прочим, из моих книг узнает обо мне больше, чем я могу сам рассказать, подумал однажды Борис. Хотя прямо он о себе вроде и не писал. Странное чувство: в себе самом что-то впервые обнаруживаешь, когда пишешь. Даже не о себе. Особое пространство жизни. Воображение на этот раз, будем считать, не сработало.

Как раз накануне вечером Борис, наконец, вдруг не выдержал, сорвался. По пути домой он решил купить вино —

отметить первый аванс, выбрал самое дорогое, французское, шато какой-то, на такое раньше бы не раскошелился, презирая себя за скупость затянувшегося безденежья. Не все же покупать ей. Чувство, что перешел сразу через ступеньку в другую денежную категорию. Она неожиданно покачала головой: «Мне нельзя». — «Почему? Это же хорошее, настоящее». — «Потом скажу», — посмотрела на него, на губах держалась неясная тихая улыбка. «Потому что куплено на другие деньги?» — чуть не съязвил он, сумел удержаться. (Может, готова была произнести что-то еще, медлила, подумалось сейчас, он ее опередил?)

— Я чувствую, тебе чем-то не нравится моя работа? — высказал все-таки.

— Что ты! — откликнулась не совсем уверенно, пришлось уточнять. — Мне только кажется, ты из-за нее перестал писать то, что хотел.

— Почему ты так думаешь? — возразил. — Может, я там пробую что-то действительно другое, почему бы нет? И я там, наконец, зарабатываю. Хочешь, чтобы я отказался от заработка?

— Ты начинал писать настоящее, я чувствовала, — Анита страдальчески схватилась за грудь, под горлом, сдерживая подступавший спазм.

— Как ты чувствовала? — Она промолчала. — А сейчас что, чувствуешь, не настоящее? — настаивал он.

— Не знаю. Я не знаю, что ты пишешь, ты не показываешь мне.

— Но чувствуешь, что не то? — не отпускал он. Надо было все-таки прояснить до конца, что она хотела сказать. Рассказывать о своих последних находках почему-то действительно не хотелось. — Интересно, как? Да, я пробую искать что-то новое, но думаю о том же. Чувствуешь! Я, что ли, должен был просто продолжать то, что начал и не закончил? Дописывать про твоего кинорежиссера?

Она все-таки засипела, закашлялась, держась за грудь. Пересилить приступ не удалось, ушла в свою комнату. Борис раскупорил на кухне бутылку, продолжал разговор уже сам с собой, раздражение питалось собой же. Что она может знать о его занятиях? Чувствует! Испуганный, почти с мольбой, взгляд: зачем ты так? Что так? Что не так? Как ей было объяснить, что там оказался не просто заработок, приоткрылись, предлагали себя уровни, о которых он прежде не подозревал? Предчувствие игры, легкости, ярких красок, возможность современной фантазии, а там, глядишь, яркой встречи? Вообразила, что он зачем-то ей нужен. Это начинало уже тяготить, как чувство непонятной зависимости. Будем считать, не получилось. Не первый раз.

Вспомнилось, как первая жена, уходя от него, намазывала напоследок лицо, убирала с тумбочки свои мелочи, заколки, баночки, между делом объясняя неопровержимо, что он просто не умеет любить. Ей это стало вдруг совершенно ясно, повторила, как будто сама, наконец, поняла, остановила похлопывание по щекам: ты не умеешь любить. И добавила, усмехнувшись: у тебя для этого не хватает воображения. Тогда он это слово пропустил мимо ушей, вообще, казалось, не слышал, но вот, оказывается, удержалось где-то, всплыло. Не хватало ей. И этой, второй... как ее звали?.. о господи, не мог же забыть? Увидел ее случайно в метро, она стояла спиной к дверям, держала перед собой зеленое, с красным боком, яблоко, приподняла в ладони, как на блюдце. Лада...

Лада ее звали... господи! Ровный нос переходил в лоб без переносицы — античный профиль. Вам это яблоко дал Парис? — подкатился. Она переспросила: кто? Ну вы же знаете легенду про суд Париса. Напомнил ей вкратце. А, что-то учили в школе, наморщила лобик. Нет, не надо задним числом допускать несправедливость, лоб был тоже красивый, выпуклый, светлые волосы казались естественными, прическа вызывала мысль о шлеме Афины. Самое занятное, что она действительно оказалась королевой красоты, пусть областного масштаба, уже признали, пленился не только он. Что это было на самом деле? Иллюзия, глупость, болезнь? Прописал ее, как идиот, у себя. Полтора года спустя она согласилась уйти без размена квартиры, если он уплатит деньгами, двенадцать тысяч долларов, у него тогда оставались, последние. Смотрел на чужое, лоснящееся косметикой лицо, не мог понять, почему эта откровенная дура, крашеная стерва могла казаться ему красивой. Какие критерии могли быть у жюри областного конкурса? А у всемирного? Помнишь, как три страховидных индийских дэва предъявили первому встречному своих не менее уродливых жен, потребовали рассудить, какая из них прекрасней? У восточного простака ума оказалось больше, чем у легкомысленного грека, погубившего собственный город, тут любой выбор грозил мгновенной смертью ему самому. Чудовища только попробуй себе представить: наплыв на наплыве, багровые рожи, кривые клыки торчат из страшных слюнявых пастей. Для каждого прекрасна та, которую он любит — вот в чем была единственная, великая мудрость, так казалось еще недавно. Какая, думалось, по сравнению с этим чушь — сантиметры бедер и талий, цифровые стандарты! Миллионный бюджет культового блокбастера, тираж упрощенного сочинительства, пластмасса доступных поделок. Легковесность недостоверных браков, выбор не по любви. Надо находить место в новой системе ценностей. Все до поры, прежняя мудрость устаревает, думал он, бесцельно вышагивая из кухни в комнату, из комнаты в кухню.

Чего ему до сих пор не хватало, какой основы? Женщины, с которыми жил, вспоминались все менее отчетливо, их существование казалось не вполне самостоятельным — проекция собственных мыслей, игра гормонов, уже и не вспомнить. Лада. Так до сих пор, кажется, и не понял. Не складывается, распадается примерещившийся сюжет. Для окончательного отчуждения не хватало, как это бывает, случайного толчка вроде новой встречи. Любил ли он Аниту? Что это вообще такое?

В кухне на полу стояла вчерашняя бутылка. Остаток темно-красной жидкости засох на дне. Накануне вечером он не заметил, как всю ее выпил один, не смакуя, не чувствуя роскошного вкуса, как будто это было не сказочное шато не прочесть сразу какое. Так в юности пили портвейн, называемый чернилами. Только чтоб опьянеть, доступно, другого тогда было не купить. Знакомый однажды пролил это зелье на страницы Борисовой рукописи, и бумага обуглилась. Как и сегодня, капала вода из неплотно закрытого крана, беззвучный дождь стекал по окну, рыба прижалась к стеклу белыми губами, таращила выпуклые глаза. Он допил последний глоток — и вдруг услышал тихую мелодию из-за стены.

Босиком, мягко ступая, вышел из кухни. Дверь в комнату была приоткрыта, он осторожно заглянул. Анита сидела боком к нему, на коленях ее лежала пластинка. Она держала ее в левой руке, правая была приподнята над черным диском. Живой отсвет заоконного, растворенного в дожде света подрагивал, колебался на трепетной черной поверхности.

Женский голос, перекликаясь со скрипками, пел на незнакомом языке. Чистая неизвестная музыка была свободна от скрипов, стуков. Ему показалось, что он без слов понимает незнакомый язык. Это была песня любви, расставания, грусти, надежды. Голос омывал прохладой, восходил по медленным ступеням, изливался прозрачной спокойной струей...

Борис попробовал тихонько, чуть-чуть открыть дверь пошире. Нечаянный скрип спугнул музыку — она оборвалась.

ГЛАВА ЧЕТВЕРТАЯ

1. Перемещение

Очнулся или еще досматриваешь сон, пытаешься в него вернуться, вспомнить, поставить в связь обрывки. Две белые круглые колонны лежат вдоль стен, справа и слева, дорический ордер, уперлись основаниями и верхом в поперечные стены, как распорки, чтоб удержать их, поверхность колонн исписана мелкими знаками, издали они кажутся узором, надо наклонить голову, чтобы прочесть, неудобно, проще лечь рядом. «Снотворческое снотворное», — с трудом разбирал он почерк. Дотронулся пальцами — колонна оказалась податливой, из свернутой плотной бумаги. «Рецепт на другой стороне». Вставать, перебираться на другую сторону было лень, расслабленность, повернулся на другой бок. В полу за колонной, совсем рядом, засветилось матовое стекло — не заметил раньше. За ним что-то могло быть. Люк вниз или дверь вбок? Не поднимаясь, лежа, уперся ногами в плиту дорического основания, мысленно, а впрочем, на самом деле переместился вместе с колонной в вертикальное положение. Смещалось представление о верхе и низе. От нечаянного движения или нажима перегородка ушла в сторону, тело переместилось в неясно освещенное пространство. Перегородка или дверь за спиной сдвинулась...

Он сидел в мягком удобном кресле, руки на подлокотниках, голова на подголовнике, справа мрак в непрозрачном круглом стекле. Ровный рабочий шум наполняет невнятный полусумрак, отдается в теле сонной урчащей дрожью. Можешь считать себя поднятым над землей. Помнится судорога колес, еще не оторвавшихся от земли, освобождение и легкость — полет. А еще до этого? Затылок таксиста, одного из прежних, без разговора, без примет, не скажешь, когда это было, затылки очереди, регистрация без недоразумений, лица без черт, все безразлично, вне времени, как десятитысячный утренний туалет или поездка на службу. Голос стюардессы, зачем-то берешь напиток, не раскрывая глаз, а лучше бы досмотреть сон. Сон запечатлевается явственней, чем автоматическая повседневная деятельность, все исчезает в провале без времени, дни, часы неосознанной жизни. Не годы, не месяцы — выдели, отбери хотя бы минуты, прожитые осознанно, полноценно, жизнь ужмется короткой новеллой. На переходе от яви в дрему, незаметном, как на вывернутой вокруг себя ленте, всего плодотворней работает мысль, вдруг приходит решение, не скажешь откуда. И ведь померещилось только что... не успел, не задержался, и не на чем. Голос, вплетенный в гул, напевал, убаюкивал.

> Миг назад миг назад только что...
> Промелькнул, перелился куда-то
> Через грань, которой не видно,
> Не заполнив бездонную бездну,
> Ей не выйти из берегов.
>
> Призрачно время за гранью,
> То, что еще не прожито,

Призрачно тает, тускнеет
То, что уже за гранью.
Грань не увидеть совсем.

Мгновения не растянуть, вспышка погружает во мрак предварительный путь, логика перехода исчезает из памяти, до понимания еще добираться и добираться. Блуждаешь, воображая, что движешься по жизни целенаправленно. Полет внутри непроницаемой мглы, в ночном стекле не увидеть даже своего лица. Ты едешь с Анитой? — откликнулась неожиданно мама, когда сказал ей, что срочно понадобилось в командировку. Вы вместе привезете папу? Она обещала. Скажи ему, роза, которую он принес, ты помнишь, кажется, оживает. Пустила побег. Так не бывает, я понимаю, но ты просто скажи. Бедная головка. Оставалось поддакивать — и как ей сказать правду про эту женщину? Огорчится, когда узнает. А может, переиначит все внутри на свой лад, спасительная способность болезни. Как насмешничал один философ, если мир становится все более абсурдным, надо мыслить абсурдно, чтобы его понять. Это что за философ? Это Мукасей обезьянничает, пересмешничает. Тише, он может услышать. А он и так слышит. Это же все для него. Напевный голос, перешепоты в полумраке, может, на креслах сзади, а может, у него в голове. Эй! Эй! Не спи, художник, не предавайся сну! Вы хотите сказать, что мне это сейчас снится? Вполне может быть. Какая разница? Сон тоже реальность. Чувствуешь себя его персонажем, и при этом сам его сочиняешь. Вариант той же идеи. Персонаж, который считает себя автором. И при этом сам удивляется, что с ним происходит. Знакомые слова, я про все это уже писал, надоело, хватит. Сейчас я делаю выбор сам, живу своим умом, ни с кем не сверяюсь. Вот так. Ну, на этот счет есть разные мнения, есть, как говорится, инстанции. Впрочем, сам так сам, я просто понаблюдаю со стороны. Другая система измерений — как новое любовное приключение. Надо не бояться открытых, небывалых возможностей. Перестраивай самого себя изнутри. Хотя тут свои ловушки, не так просто оставаться самим собой. Эта дама... забыл, как ее зовут... она, кстати, вполне может быть тут, на одном из кресел, ты даже не полюбопытствовал, не огляделся. Не высыпался, должно быть, последнее время, да еще после выпивки, что ли, сомлел? Но вот она летит с тобой, за тобой, вместе с тобой, захочешь, теперь всегда будет с тобой. Как фантом. Юмор, что ли? Встретимся, когда проснусь. Я же просил, не надо встревать в мои мысли, да еще во сне. Сколько можно? Молчу, молчу, больше не буду. Просто привычка фиксировать рабочие идеи, перебирать возможности. Помогает определиться...

Медленные туманные очертания понемногу высвечивались за окном или на телевизионном экране. Громадные доисторические чудовища со вздернутыми хоботами, похожие на танки, вдруг пронеслись навстречу, один за другим, звук отключен, но дрожь беззвучного рева наполнила тело тревогой. Документы, пожалуйста. Это еще что? Здесь вся группа в Келасс. Вот список. А этот, который спит? Его фамилия Мукасей. А! Пожалуйста, не надо человеку фонариком в лицо, он и во сне работает, пусть досматривает, что еще не досмотрел, сам проснется.

2. Программа конференции

Он проснулся в постели, голый, некоторое время еще пытался задержать, соединить казавшиеся осмысленными фрагменты, бумага расползалась вместе со значками. Яркий свет процеживался сквозь синтетическое сито, воздух, пропущенный через кондиционер, был невыразительный, незнакомый. Наконец, Борис встал, с наслаждением потянулся, вспоминая ощущение тела, подошел к окну. Вид был закрыт глухой бетонной стеной. В шкафчике стандартной белизны лежал пакет, перевязанный золотистым бантиком. Он узнал цветастую рубашку, презентованную ему в Центре, под ней те самые бермуды. Поверх рубашки лежали темные противосолнечные очки. Усмехнувшись, примерил рубашку, надел очки. Воздух сразу наполнился золотистым сиянием. Зеркала в комнате не оказалось. Повертел в руках бермуды, надел.

Сразу прояснилось желание искупаться. Он высунул за дверь голову, еще с полотенцем на плече — без уверенности, примериваясь, с мыслью, похожей на предчувствие. Вспомнил женщину, которую не сумел увидеть ни в самолете, ни в автобусе, не нашел в себе сил очнуться от промежуточной дремы, но если до конца поверить в новое состояние, она не могла не появиться. И действительно, словно поддавшись ожиданию, по ступенькам лестницы сверху зацокали каблучки, появились на уровне глаз сверкающие босоножки, загорелые длинные ноги, спустилась Адриана, одетая умопомрачительно. Под полупрозрачной блузкой просвечивали торчащие острые соски, коралловое ожерелье на шее. У него перехватило горло. Почему я не видел вас? — приготовился он спросить, но заколебался, не правильней ли сказать ей «ты». Она его опередила.

— О, твой номер как раз под моим, — сказала, поздоровавшись. Значит, этой проблемы не было, на ты. — И сразу, вижу, решил войти в атмосферу, я даже не ожидала. Мои бермуды тебе, кстати, очень идут,   показала большой палец. — Можешь так ходить даже на конференцию. Тут нравы свободные. Хочешь сразу купаться?

— А ты? — он справился с комком в горле. Они медленно спускались по лестнице рядом.

— На море, говорят, сегодня шторм. И здесь, предупреждали, плохой пляж, какое-то течение. На хороший нас повезут завтра, если утихнет. А потом будет экскурсия на винзавод. У нас большая программа.

Прохладный полусумрак встретил их в холле. За стеклом синело небо, из бассейна доносились возгласы купальщиков. В ушах еще держался механический ночной гул (или это был шум близкого прибоя?)

— Может, в бассейне? — спросил он. Ему хотелось увидеть ее, наконец, в купальнике, в новом, солнечном свете.

— Мне сейчас надо по делам.

— А потом?

— Пока не знаю.

— Почему?

— Мужчины бывают на удивление бестактны, — засмеялась Адриана. — Подожди до вечера... может быть, — обещающе махнула она рукой, уже удаляясь.

Ах, эта улыбка! Он проводил ее взглядом. Холл был полон мужчин в цветастых рубашках и бермудах, это было похоже на униформу или наряд танцевального ансамбля, разнились только узоры. Блузка удаляющейся Адрианы выделялась светлым пятном. Те же фигуры перемещались на большом электронном табло, свисавшем с потолка, светлое пятно двигалось прерывисто, удаляясь. Он попробовал найти на этом табло себя. Вот стойка рецепции, служащая в синей блузке. Поднял руку, чтоб различить себя среди таких же, никто на табло не откликнулся. Изображение на нем сменилось крупной надписью: «Вас приветствует Келасс!». Надпись тут же сменилась рекламой: «Артефакты Келасской культуры. Уникальная экспозиция».

Борис, оглядываясь, двинулся дальше по холлу, многолюдье обтекало его, не соприкасаясь. Вскоре открылась и обещанная выставка, для нее было выгорожено обособленное пространство у стены. Разных размеров каменные объекты стояли на серых постаментах, они лишь могли казаться абстрактными — что-то вроде модернистских скульптур, похожих на предметы домашнего быта: утюг, телефон, чайник. В искривленной большой раковине, поставленной на ровный камень, можно было узнать очертания старинного граммофона, миниатюрная модель ступенчатой ацтекской пирамиды была похожа на каменный муляж старомодного фотоаппарата с кожаной гармошкой. Был объект, напоминавший очертаниями школьный микроскоп, был напоминавший пишущую машинку. Очертания местами огрублялись наростами, вроде известковых отложений, в камне были различимы крохотные морские ракушки. Эти странные объекты словно предлагали себя принять скорей за природные курьезы, без всяких следов обработки. Что значили, однако, слова об артефактах неизвестной культуры?

Борис качнул головой и вышел из холла, ощутив себя вдруг внутри ожившей рекламы. Синело небо, несколько человек плескались в ярко-синей воде. Задерживаться тут не захотелось, лучше было поискать выход к морю, держа направление на его шум. Увитая зеленью высокая решетчатая ограда перегородила дорогу. У ворот была проходная будка. «Выходить нельзя», — движением руки остановил Бориса человек, тоже в рубашке с пальмами. «Почему?» — спросил тот. «Безопасность», — ответил охранник коротко. Борис только тут заметил, что под рубашкой на его поясе оттопыривалась кобура. Шевельнулось неприятное чувство, погасло.

Он вернулся в холл, почему-то опустевший. На стойке лежали брошюры. «Голоса Келасской пещеры», прочел он, «Мукасеевские чтения». Однако, задержался он на последней, но взял обе. Сначала открыл «Мукасеевские чтения». Это была программа конференции. Борис пробежал глазами перечень тем.

Алгоритмы романтических иллюзий
Механизмы примирения с действительностью
Виртуальная безопасность
Защита от реальности
Фармакология безопасности
Между наукой и паранаукой
Иллюзия нового аристократизма
Национальные фантомы
Понижение порога чувствительности: роль катастроф
Роль насилия в жизни и в сказках
Конструирование прошлого

Все фамилии докладчиков были незнакомы, некоторые могли быть однофамильцами известных людей. Перелистнул страницу, и тут сразу нашел себя.

Феномен Мукасея. Борис Мукасей

Однако, вскинул он бровь. Меня, что ли, назначили докладчиком, не предупредив? Но что такое этот феномен Мукасея? Я даже не знаю. Или это я феномен, о котором пока не имею понятия? Тогда кто же докладчик? Не сумели по-человечески сформулировать. Ни аннотации, ни тезисов при перечне не было. Почему, однако, холл вдруг так обезлюдел?

Огляделся опять. Наконец, до него дошло: конференция уже началась. Завтрак он, очевидно, проспал, но есть совсем не хотелось. Ничего, наверстаю.

Зал был тут же, на первом этаже, можно было войти на балкон. Там совсем никого не оказалось. Слушателей внизу отсюда не было видно, на освещенном подиуме сидели, видимо, участники. Все были одеты в одинаковые безрукавки, может быть, с разным узором, издали не различить, похожи на игроков одной команды. Один уже стоял перед кафедрой, что-то говорил. Экран за спинами сидевших показывал его укрупненно, только на экране его и можно было разглядеть. Короткая курчавая шевелюра, большой бритый подбородок, темные очки. Правда, голос сюда не доходил, но Борис сразу обнаружил перед собой пульт с тумблерами, тут же лежали наушники, он надел их, включил звук.

— Можно с цифрами в руках доказать, что рост наркомании, самоубийств, немотивированной преступности — следствие упадка коллективных иллюзий, — говорил курчавый. — В мире одних лишь полезных, материальных благ человек просто нежизнеспособен. Обратите внимание на график парадоксальной дополнительности. Рост цен на психотропные средства совпадает с ростом насилия...

Борис попробовал вслушиваться, но долго не выдержал, скоро почувствовал, что его одолевает дремота. Все-таки ночной перелет еще сказывался. Чтобы не заснуть, он открыл вторую брошюру, «Голоса Келасской пещеры», не снимая наушников, убрал звук, стал читать.

3. Поток и пещера

«...Очертания давней истории создаются на наших глазах, если угодно, с нашим участием, они наполняются плотью непрозрачных подробностей, как дух, освобожденный после тысячелетнего заточения. Можно бы сказать: возникающий, словно из горловины Аладдинова сосуда, но ведь никакого сосуда, никаких достоверных, как теперь говорят, исторических артефактов на месте мифического Келасса, считай, не найдено до сих пор. Захудалое, полувымершее селение, не отмеченное ничем, даже названием на известных картах, было бесследно выкорчевано вскоре после войны вместе с обитателями, безвозвратными выселенцами: место, удобное своей обособленностью, понадобилось для секретного института. Народ, якобы давший название местности, считался давно исчезнувшим, в свое время уже прозвучало мнение, что он скорей всего никогда не существовал и по разным причинам лучше о нем вообще не поминать. Еще несколько лет назад слово Келасс не сказало бы ни о чем никому, кроме грезящих легендами краеведов-энтузиастов.

Нужна была, как всегда, случайность: именно такой энтузиаст, купив однажды на городском базаре кулек черешни, заинтересовался листом, из которого этот кулек был свернут. Известное состояние, когда, пристроившись на скамейке в тени и отплевывая в сторону косточки, утыкаешься взглядом во что угодно, лишь бы заполнить избыток бездельного времени, хоть в газетный обрывок, хоть в линялую от времени машинопись. Слово Келасс — вот что вдруг уловил он среди букв, неудобных для чтения, к тому же испачканных ягодным соком.

Машинопись на листе была строками поэмы о мифической стране Келасс, очевидно, перепечатка фольклорной записи, подстрочный перевод с неизвестного языка. Энтузиасту не стоило труда выйти на старичка-инвалида, который зарабатывал свои копейки, снабжая оберточной бумагой рыночных торговцев. Где он эти листки раздобыл, допытаться у инвалида оказалось невозможно, тот ссылался на поврежденную память, а может, не желал выдавать, делиться добычей. Пока удалось отыскать и спасти от уничтожения лишь одиннадцать разрозненных листов. Но и этого оказалось достаточно, чтобы вместе с названием в наше сознание вернулся, а по сути, стал возникать из небытия эпизод легендарной истории.

Не так ли история Трои началась для европейского мира задолго до ископаемых черепков и бижутерии, найденных среди малоазиатских холмов немецким любителем-археологом? Предметы, что говорить, убеждали своей весомостью, их можно было пощупать, но ведь они, как оказалось, имели меньше отношения к подлинной Трое, чем эпос — он остается для нас первичной реальностью.

Изучение текстов только лишь началось, мы не знаем имени сказителя или певца, донесшего до наших времен творение келасского Гомера и, вполне возможно, исчезнувшего вместе со слушателями-земляками где-то в казахских степях. Как остается пока неизвестно, кто и когда сделал запись, а потом перепечатал ее на старинной, судя по шрифту, машинке. То, что до нас дошло — перевод без оригинала, оставшиеся не растолкованными слова даны в латинской транскрипции, с вопросительными знаками, иногда с комментариями переводчика.

Наличие в непереведенных словах корней, которые можно считать семитскими, навело некоторых исследователей на мысль, не обосновались ли на здешнем побережье в глубокой древности потомки одного из утерянных колен Израилевых, тех, что не вернулись из Вавилонского плена, то ли растворились среди других, то ли разбрелись почему-то в разные стороны. Претенденты на звание таких потомков, как известно, заявляют о себе до сих пор то в Индии, то в Африке, то где-то даже в бразильских джунглях. Сторонни-

169

ки этой версии обращают внимание на строки поэмы, где живописуется бурный поток, отделяющий жителей страны от остального мира:

> Ворочает камни, кипит, с течением не совладать,
> Не переправиться, не переплыть — верная смерть.

Строки эти заставили исследователей вспомнить известную талмудическую легенду о реке Самбатион (или Саббатион), которую невозможно было перейти в обычные дни, она затихала лишь по субботам, когда евреи не вправе были ничего предпринимать. В дошедших фрагментах нет прямых упоминаний о субботе и религиозных запретах, но герои поэмы, как можно понять, ощущают себя обреченными оставаться в местах, для них чуждых.

> Течение неумолимо, как время, бесполезно сопротивляться.
> Не вернуться, не двинуться дальше — как мы попали сюда?
> Заблудились, забыли дорогу, забываем сами себя.
> Что там, на другом берегу, нам никогда не узнать.

Легенды не уточняют подробностей, нигде, например, не говорится, был ли обитаем другой берег Саббатиона. Если поток иногда затихал, что мешало перейти его с той стороны тем, для кого запретов не существовало, хотя бы для того, чтобы поживиться, пограбить, просто полюбопытствовать? Некоторые места поэмы позволяют предположить, что герои задумываются о такой возможности. Кто-то из них, как можно понять, готов даже нарушить запрет:

Надо искать дорогу, здесь будущее закрыто.
Мы сами себя запираем, придумываем запреты.

Другие на это им отвечают:

Не ищи пути через бездну. Ушедшие не вернутся,
Забудут прежний язык, переменится память.

Здесь уже начинаются неясности. Как понимать слово
"бездна"? Идет ли речь о неизбежной физической смерти
в потоке ("неумолимом, как время")? Или речь идет о смерти духовной, когда народ или племя, пренебрегая запретом,
утратит прежнюю память? Немного дальше возникают, пожалуй, самые загадочные строки поэмы:

Там, под сводами темной [nahpela?], открывается выход в мир,
Где покоились наши [onimas?], когда мы еще не родились.

Оставшиеся непереведенными или не растолкованными слова в квадратных скобках вызывают действительно
немало вопросов. Слово "нахпела", предполагают некоторые толкователи, на самом деле следует читать как иска-
женное еврейское "махпела" — так называлась легендарная
пещера, где были захоронены библейские предки, начиная
с Адама. Кто-то вспоминал другую апокрифическую легенду — о подземном пути, который ведет на родину: не туда
ли открывается выход через пещеру, не этот ли путь кажется
другим "бездной"?

Толковать темные места можно как угодно, остановим-
ся на самом убедительном. Созвучие другого непереведен-

ного, с вопросительным знаком, слова с греческим anima позволяет думать, что речь здесь идет не о покоящихся в пещере предках, а скорей о душах, которые до рождения жили где-то в другом мире. Такое представление, как известно, ближе к греческой философии, нежели к иудейской религии.

В одном из дальнейших фрагментов уже определенно описывается пещера, в которой, видимо, побывал кто-то из рассказчиков.

Свет засиял за спиной. Страх не давал обернуться.
Каменный свод впереди растворился, исчез, стал прозрачным,
Голоса или музыка, не переводимые на словесный язык,
Говорили: смотри и вникай, здесь открыты врата
В мир другой, несомненной, утраченной, подлинной жизни.

Возникающие дальше образы не могут не вызвать в памяти другую легендарную пещеру — знаменитую пещеру Платона. В ней, как известно, за спинами неподвижно сидящих людей сиял источник света, передвигались, как над ширмой кукольника, фигуры — зрители могли видеть лишь их тени на своде или стене перед собой. Тени эти, согласно Платону, и были для них реальностью, о другой они могли только догадываться. Философ уточняет, что обитатели пещеры, то есть мы, люди, от рождения лишены возможности обернуться к источнику света. Лишила ли их такой возможности неназванная сила? Нет, люди не хотят этого сами, они боятся, что сияние подлинного мира, мира идей, окажется слишком болезненным для их неприспособленных глаз или душ. Заглянуть в него способны лишь немногие, философы, остальные довольствуются смутными образами. (Становятся, между прочим, понятны некоторые загадочные вне контекста выражения, которые можно встретить в поэме: "тень опередила его", "тень его надломилась" и некоторые другие.)

Комментаторы поэмы из числа местных краеведов поспешили с утверждениями, что именно отголоски этой древней легенды могли донестись до Эллады, подсказав греческому гению основополагающий образ его философии. Где-то в здешних местах, установили они, мог задержаться по пути домой кто-то из древних аргонавтов. Не будем сейчас углубляться в версии, скорей патриотические, чем научные.

Сюжетную связь между сохранившимися фрагментами поэмы можно только реконструировать. Судя по некоторым, она повествует о какой-то неизвестной нам катастрофе.

Обрушились в бездну врата, соединяющие миры.

Геологи подтверждают, за последние три тысячи лет в здешних местах произошло несколько землетрясений разной силы, вполне, однако, достаточных, чтобы обвалилась часть прибрежных скал, сложенных из непрочных вулканических образований. Где-то здесь, говорят они, проходит разлом земной коры, с ним связана, как выражаются некоторые, аномалия, которую можно назвать энергетической. Склонные к другой терминологии говорят о неких "вратах небес", где взаимодействуют миры физический и духовный.

Воды смешались с водами, поток растворился в море.
Где мы? Блуждаем мыслью, не двигаясь с места.
Память не сохранить, не вернуть, только творить ее заново.

Имеется ли здесь в виду ушедший под воду легендарный поток? (У побережья, между прочим, действительно отмечено течение, которое тоже можно назвать аномальным, настолько сильное, что его не могли преодолевать даже старые парусные корабли, а пловцу попасть в него вообще рискованно — можно не вернуться обратно.) Или речь идет о чем-то другом, о смешении несовместимого? Исчезла, выродилась цивилизация, доживают остатки народа, не сумевшего сохранить память. Поэзия многозначна, она говорит о реальности по-иному, чем научные документы. Пробелы, неясности ставят больше вопросов, чем утверждения — потому они всегда продуктивнее, богаче.

На побережье указывают несколько пещер, которые можно считать прообразами легендарной или хотя бы ее остатками. В одной из них не так давно были найдены странные предметы, напоминающие то ли архаичные скульптуры, то ли модернистские, вполне реалистические поделки. Вы можете сейчас увидеть их экспозицию в нашем холле. Считать ли их рукотворными, или перед нами прихотливая игра природы? Со стороны моря можно увидеть в скалах очертания фигур, которые и впрямь наводят на такую мысль. Горные породы у берега порождают иной раз необычайные, прихотливые формы, некоторые из находок явно обкатаны морскими волнами. Сходство их с известными предметами нашей цивилизации не могло не породить, как теперь бывает, версии о неземном происхождении. Указывают даже площадку с как бы обожженной породой, откуда мог стартовать межпланетный корабль. Не заставило себя ждать и ученое обоснование. Как известно, некоторые океанические народности, впервые увидев привезенные европейцами предметы, сочли их божественными и стали воспроизводить непонятные формы в доступных материалах, уверенные, что деревянная имитация самолета, скажем, будет летать. Может, и найденные объекты были предметами неизвестного культа? Остается тогда объяснить, как тысячу лет назад сюда могли попасть камешные подобия микроскопа или мясорубки.

К самодеятельным концепциям можно, как видите, относиться с юмором, однако не всегда они безвредны. Достаточно упомянуть недавнюю деятельность печально известной здесь секты Потомков Келасса. До поры она, как всякая секта, держалась обособленно, скрытно, допускала в свои ряды лишь подходящих по генетическому коду. (Поистине, только в наше время кому-то могло прийти на ум отбирать единомышленников по принципу биологического родства! И ведь зародилась секта не где-нибудь, а в научном, биологическом институте.) Эти претензии оказались небезобидными для мест, где реальная история смешала разные племена и народности. О сравнительно недавнем кровавом конфликте, начавшемся со столкновений на национальной почве, вы достаточно знаете из газет. До сих пор, впрочем, еще не совсем прояснена роль мафиозных структур, оставшихся в тени провокаторов, подлинная цель которых была утвердить свои претензии на никем еще не оцененную собственность, в том числе на имущество и земли уже упомянутого здесь Института.

В заключение несколько слов о самом этом институте. До недавнего времени весьма немалую территорию, которой теперь возвращено имя Келасс, нельзя было найти на доступных картах. В эпоху былой засекреченности

175

на картах, предназначенных для открытой публикации, умышленно, как вы знаете, искажались проекции, чтобы в случае военных действий потенциальный враг не мог ими воспользоваться, так что обширнейшие пространства сплющивались, узкие территории расширялись, самим картографам для своих нужд приходилось пользоваться зарубежными изданиями. Время давнее, стали уже доступны фотографии космических съемок, но искаженные карты остаются до наших дней в широком обиходе, вынуждая путаться и блуждать не гипотетических врагов, а нас же самих.

Институт был секретен настолько, что даже теперь, когда он прекратил свое существование, о нем сохранились лишь слухи, похожие на легенды. Одно из зданий этого института, то самое, в котором вы сейчас находитесь, когда-то использовалось в качестве гостиницы для приезжих. Допуск же на основную территорию для нас до сих пор закрыт. В институте (неофициально он мог называться Институт счастья или Институт памяти) исследовались возможности того, что теперь называют условно иногда актуализацией, иногда расширением реальности. Для участия в разработках привлекались не только специалисты разных областей науки, от электронщиков до биологов, но и практикующие гипнотизеры, иллюзионисты, люди, которых сейчас назвали бы экстрасенсами. Здесь исследовались свойства химических препаратов, разрабатывались экспериментальные технологии, позволявшие влиять на психику и сознание человека. Об этом сейчас немало говорят и пишут в популярных, чересчур популярных изданиях, чаще всего в духе квазинаучной фантастики. Подлинные же результаты институтских работ остаются до сих пор недоступны. Сотрудники разбрелись, растворились неизвестно где. Это, естественно, породило волну версий, будто никаких результатов и не существовало.

Не будем сейчас ничего подтверждать и опровергать. Ведь так же можно отрицать и существование древнего Ксласса. Между тем, листы с остатками великой, возможно, поэмы были найдены именно здесь, в местах, где мы сейчас собрались, среди оборудования и бумаг, брошенных за ненадобностью или по небрежности. Каких здешних специалистов и чем могла заинтересовать эта легенда? А может, место для института было когда-то выбрано не без мысли об особых свойствах Келасса? Оставим поразмышлять об этом собравшимся.

Надо полагать, наше изложение не только развлечет вас перед началом конференции. Достоинство легенд в том, что они дают мысли настрой, подобный музыкальному. Цель нашей конференции — обсудить возможность цивилизации, которая существует в измерении мысли, не нуждаясь в материальном запечатлении, поговорить о наследственности духовной, культурной, восстановить нарушенные связи, синхронизировать разные уровни реальности и сознания, чтобы можно было совместить так необходимое всем счастье с полноценной жизнью, индивидуальной и коллективной. Реальность усложняется буквально с каждым днем, современные технологии позволяют пока прокормить человечество, но счастье остается проблемой. Чтобы создать надежную основу для существования, важно соединять новейшие достижения с утраченным знанием древних.

Нетрудно заметить перекличку легенды о Келассе с тематикой нынешних Мукасеевских чтений. Наш краткий очерк лучше всего будет завершить многообещающим фрагментом поэмы.

Оживают на сводах блики, набухает напев без слов,
Струятся в луче по течению рыбы. О, эта струнная дрожь,
Это дыханье эфира, мир блаженных видений!..»

4. Спор говорящих голов

Брошюра соскользнула с колен. Борис машинально прихлопнул ее рукой, очнулся от дремоты. Пока он читал, голова оратора на экране перевернулась вокруг темных очков посредине лица, шевелюра стала бородкой, голый подбородок бритым черепом или лысиной, на рубашке сменился, пожалуй, лишь узор с лианами и попугаями, а впрочем, не вспомнишь, какой был прежде. Борис вернул звук.

— Позволю себе немного уточнить мысль предыдущего докладчика, — говорила бритая голова. — Вся наша жизнь, личная и общественная, вся человеческая культура, история строится на индивидуальных и коллективных фантомах, грезах, иллюзиях. Когда мы говорим о конфликте между реальностью и иллюзиями, — рот в бороде иронически искривился, — это, как ни смешно, уже иллюзия. Реален лишь конфликт между разными иллюзиями. Нации, государства порождаются системами коллективных иллюзий, они исчезают, когда система распадается, рушится. Великий некогда Рим погубили не нашествия вар-

варов, пришельцы прекрасно вписывались в могучую империю, становились ее гражданами, даже правителями. Рим погубила всего лишь другая религия, новая система иллюзий, мечтаний, грез. Не сразу, постепенно, из десятилетия в десятилетие забывались прежние боги, предания, мифология, язык, прекрасные изваяния становились идолами, бессмысленными, неприличными, здания и сооружения разрушались, зарастали травой, покрывались песком. История человечества — это, если угодно, история зарождения, борьбы и распада коллективных фантомов, коллективных иллюзий, возьмем ли мы государственные установления, философию, этику, искусство, да и науку, если угодно. Мы не могли бы жить, — с подъемом завершила речь бритая голова, — если бы постоянно не преображали реальность в своем мозгу, создавая иллюзии смысла и красоты.

Вроде бы о том же, что я, в сомнении качнул головой Борис, но что-то здесь не то, не поймешь сразу...

— Я не сразу сумел понять, что меня все время смущало в построениях уважаемого коллеги, — сменила бритую голову другая, умеренно стриженая. — И кажется, под конец догадался: подбор слов. Фантомы, грезы, иллюзии? Не правильней ли говорить здесь о знаковых системах, которые можно обнаружить не только у нас с вами, но и у социальных животных? Их отношения, поведение определяются не одной лишь физиологией, но еще и символами, ритуалами. Когда самцы и самки привлекают друг друга оперением, пением, танцами, они недаром напоминают людей. (Кто кого, впрочем, напоминает?) Могли бы совокупляться и производить потомство без излишеств. Как женщины могли бы

179

не украшать себя кольцами, бусами и серьгами, а мужчины перьями и татуировкой. Социальная иерархия в стае, символика верховенства у вождей рождаются не в головах, они заданы природой. Грезы, фантомы, иллюзии — что-то придуманное, необязательное. То, что называют знаковыми системами, бесконечно обогащает возможности живых существ приспосабливаться к жизни. Для каждой группы, сообщества существует своя система знаковых конструкций, религиозных, национальных, по интересам, не перечислить...

Вот это, пожалуй, мне ближе, невольно кивал Борис. Смертельным схваткам у людей, как и у животных, продолжала стриженая голова, предшествует ритуал устрашения, у животных шерсть или перья встают дыбом, чтобы они казались противнику страшней, люди, как могли, им подражали, когда устрашающе раскрашивались и наряжались. Эти ритуалы ведь еще и заводили самих воинов психологически, делали их бесстрашными. Викинги-берсеркеры достигали той же цели варевом из психотропных грибов. Грибы, курения, бой барабанов — такая же реальность, как и видения, меняющие психику человека. Чтобы убить зверя, надо было сначала убить его изображение на своде пещеры. Война за территорию и прокорм утверждала у людей торжество племенного бога. Но что мы знаем о животном, которое трубит подобие гимна и совершает танец торжества над телом поверженного противника? Назвать грезой, фантомом, сказкой то, что реально определяет жизнь?..

Вот, вот, мысленно соглашался Борис. Тут я тоже мог бы что-то сказать. Язык возвысил человека над животным миром. Но если животные способны ощущать стыд и даже кончать из-за этого самоубийством? Если они могут умереть от тоски по подруге? Если многое в их поведении нельзя объяснить физиологией самосохранения? Фантом ли человеческое понятие чести, греза ли чувство любви, отличной от секса? Знаем ли мы, что грезится собаке, когда она вздрагивает во сне? Волкам, воющим на луну? Когда-нибудь люди узнают, возможно, и это, вот чему я действительно готов завидовать. Реальность мысли, реальность воображения, вот о чем сейчас должен помнить пишущий. Неточные слова могут вводить в заблуждение, мешать. А могут и отозваться бедами, если станут реальной силой. Войны начинаются от недостатка воображения, стоило бы тут об этом напомнить, усмехнулся Борис...

— Войны, как вы знаете, начинаются от недостатка воображения, — словно прочла его мысль новая голова, козлиная эспаньолка без усов и длинные волнистые волосы делали ее живописной. — Зачинатели просто неспособны заранее представить, чем обернется их тупое движение, в том числе для них самих. Трагедии, которые время от времени потрясают мир, — это меньше всего землетрясения, засуха, моровые поветрия или войны, это катастрофы сознания, отзвуки этих катастроф, развитие которых не всегда проследишь. Люди продолжали жить, пережив ужасы концлагерей, могли даже улыбаться, получать удовольствие. Но они буквально теряли дар речи, падали в обморок, когда им предлагали рассказать о пережитом. Травма боится артикуляции, она блокируется сознанием, возвращаясь только бессознательно — в виде снов, преследующих образов, фобий, этим приходится заниматься медикам, но они способны не столько исцелять, сколько заглушать болезненные чувства, а вместе с ними полноценное восприятие жизни. Тут нам не обойтись без искусства.

— Охотно продолжу тему, — подхватила новая голова, с коротко подстриженной бородкой. — Здесь надо сказать об особой, терапевтической роли искусства в новое время. Очнуться от реальности — как проснуться, избавиться от кошмара, вырваться из тревожного, неупорядоченного, неуправляемого хаоса. Новое искусство дает возможность подключаться к системе безопасных трагедий, осмыслить успокаивающую роль катастроф. Мы привыкаем созерцать их на экране, наши нервы приятно щекочет, когда в жизнь вторгается что-то, порожденное нашим же воображением, ужасы принимают вид нарисованных чудищ, малодостоверных инопланетян, вампиров, каких-нибудь гигантских горилл. Страдания превращаются в аттракцион. Воображение позволяет сконструировать мир, в котором мы чувствуем себя укрытыми, — вот несравненное приобретение новой цивилизации. Важно, что при этом остаются не поколебленными жизненные ценности, поддерживаются и даже пропагандируются достойные, пусть и несколько упрощенные представления о добре и зле...

Борис начинал слушать уже рассеянно, пытаясь уточнить что-то свое — так, отвлекаясь, перестают следить за мелодией. Все, что и я мог бы сказать здесь, считать близкой темой, становится общими местами едва ли не в момент написания, никуда от этого не деться. Новыми, неповторимыми могут быть лишь емкие поэтические образы, способные разрастаться в умах, оставаясь до конца не исчерпанными.

— Мне кажется, я попал на собрание каких-то литературных пенсионеров, — заставил его прислушаться темпераментный молодой голос. На экране возникло, румяное, круглое лицо, клочковатая шевелюра, должно быть, создана мастером, полные губы кривились насмешливо. — Для вас литература — все еще что-то вроде светской религии. Ее, видите ли, должны волновать проблемы социальные, философские, политические. Она должна, все время почему-то непременно должна предлагать читателю ориентиры, систему ценностей. Вы не заметили, что пришла пора другой литературы, другого искусства. Вижу, как вы уже морщитесь: ах, то, что вы называете вашим искусством, не имеет отношения к нашей жизни, в нем нет непосредственного, теплого, жизнеподобного содержания, заботы о смысле и подлинности. А я вам скажу, что нет ничего страшнее вашей подлинности. Поиски смысла для нас — верный способ заполучить бессонницу и депрессию. Молодежь давно ищет что-то другое, как животное ищет нужную лечебную травку в лесу. Она ищет то, что у нас называют скольжением, освобождением, драйвом. Можете называть нас наркодельцами от искусства, не стану возмущенно открещиваться. Мы полезны хотя бы тем, что отвлекаем молодежь от наркоты биохимической. С наркотиками все-таки могут возникнуть проблемы, начнутся неуправляемые последствия. Вы как будто не хотите заметить, что сам человек, его существо уже незаметно меняется не только внешне — внутренне. То, что называли еще недавно извращениями, за что судили, признается, наконец, допустимым...

— Вот с таких речей и начинается вырождение! — экран закрыла сплошная возмущенная тень. — Жизнь, упрощенная до уровня хватательных, питательных, сексуальных рефлексов, в которой нет чувств, нет чуда и тайны. Мир, в котором нет бесконечности, вечности. Отказ от культуры, которая тысячелетиями обогащала, усложняла, утончала наше существование, нас самих. Человек уже сейчас перестает себя понимать, не справляется с собой и готов отказаться от понимания. Путь к незаметному угасанию, забытью, мягкому, приятному самоубийству. Почитайте, что пишет об этом Мукасей. Он, кстати, обещал завтра здесь выступить...

Борис неслышно встал и, пригибаясь, на цыпочках поспешил к выходу.

5. Верьте фильмам и снам

Игра неустойчивых огней, разноцветное перемигивание, наряды танцующих менялись, соприкасаясь с попавшими на них лучами, отсвечивали подвижными узорами. Борис подливал себе из грушевидного графина что-то крепкое, местный напиток, названия не запомнил, но чувствовал себя все еще до обидного трезвым. А ведь вторую ночь казалось, что почти не спал. Никак не удавалось сравняться с окружением, с толкотней музыкальных ритмов, беспорядочным мельтешением, погрузиться в это колобродящее, дурманящее варево всем существом, с головой. Голова оставалась над поверхностью, наблюдала, оценивала. Адриана курила напротив, кольчужная кофточка на ней разноцветно искрилась, подхватывая неустойчивые вспышки, искрилась заколка в волосах, неуловимо менялось лицо. Лица и фигуры танцующих казались отсюда неразличимы, сколько ни вглядывайся, искусственное перемигивание обобщало их, не давало наполниться объемом, ожить, как оживали для тебя, бывало, встречные на улице, в вагоне метро, раскрывались, готовые обрасти историями, подробностями. Теоретизирующие головы на недавнем экране различить можно было лишь по речам да по условным, как набросок, прическам, по узорам на однотипных рубашках, и тут вот — неразборчивая толкотня, синтетический фон. Впрочем — кто это из танцующей толпы машет сейчас приветственно рукой, как знакомому? Неужели та самая Дарья? Не сразу отсюда узнаешь, убрала косички, лицо как будто нарисовано заново. Но все-таки, хоть можно кого-то выделить, приглядеться. Кто, интересно, с ней, этакий картинный красавчик? — спросил Адриану. Ты как будто телевизор не смотришь, она выдохнула дым сигареты. Это же восходящая звезда, новый секс-символ, он уже прошел кастинг в сериал на роль Казановы. А... может, нашла свое счастье? — вяло предположил Борис. Скучно сочиняешь, Адриана сморщила нос. А если я тебе скажу, что, во-первых, этот Казанова импотент? Во всяком случае, с женщинами. Откуда ты знаешь? — он немного растерялся. Уж я-то знаю, посмотрела на него насмешливо. А во-вторых, гомосексуалист. Ты мыслишь ужасно несовременно. Роль есть роль, символ есть символ, содержание может меняться, как меняются представления об искусстве. Это, между прочим, моя тема, я завтра буду об этом говорить, ты же видел программу.

Борис заинтересованно вскинул бровь. Он до сих пор не поинтересовался ее фамилией, впервые об этом подумал, хорошо, что не пришлось признаваться. Адриана выпустила из ноздрей дым, указательным пальцем стряхнула с сигареты длинный пепел. (Эта очаровательная хрипотца, нога закинута на ногу, сдвинутая туфелька покачивается на пальцах — все полно было необъяснимого соблазна.) Вариативность гендерных ролей как способ расширения реальности, так называлась ее тема. Новое время предлагает нам новые уровни свободы, новые возможности игры. Навязанные традицией нормы закрывают доступ к альтернативным возможностям, делают жизнь вялой, стерильной. Для художника это бывает особенно губительно, он становится неинтересным. Новейшие философы пришли к выводу, что в современном мире перестают работать прежние убеждения, эстетические ли, сексуальные. Мы исповедуем все убеждения без исключения...

Борис с трудом вникал в смысл ее слов. Взгляд казался подмигивающим, лукавым, было чувство, что она его дразнит. (И все покачивала туфелькой на носке, поводила плечами, увлеченная возобновившейся музыкой.) Вдруг обнаружила, что сигарета погасла, поискала взглядом зажигалку. Неожиданно из-за спины Бориса возникла рука с уже готовым огоньком. Please, — сказал голос по-английски. Адриана, усмехнувшись, прикурила, рука исчезла. Борис запоздало оглянулся, не в ту сторону, иностранец успел юрко обогнуть его, склонился выпяченными губами к уху женщины. Круглая бритая голова, один из всех, обезьяна, не таясь, перебиралась с ветки на ветку. Адриана вернула ступню в туфельку, поднялась, чтобы пойти танцевать с ним.

Переливы огней расползались в голых черепах, в напомаженных глянцевых волосах. Идиот, оценил себя Борис, смешной идиот. Не догадался сам. В таком возрасте — чего вдруг смутился, в чем засомневался? Музыканты на возвышении изображали страстные судороги, длинноволосый солист тряс гитарой, уставленной на танцующих, как автомат, бедра его подергивались независимо от смысла слов.

Верьте фильмам и снам
Смерть всегда не взаправду...

Он взглядом выискивал Адриану. Она танцевала, слегка отстраняясь от попыток партнера изображать что-то, напоминавшее половой акт. Шпильки делали ее еще выше коротышки. Все были втянуты в общий подчиняющий ритм, даже официанты подергивались, продвигаясь с подносами. Борис не замечал, что сам начинает подергивать плечами. Коротышка сумел вернуть женщину к себе, прижался опять тесно. Та оглянулась через плечо на Бориса, вскинула длинные ресницы. Ей нравилось его дразнить. Нужен кто-то другой, чтобы ты, наконец, ощутил, понял. Ничто так не возбуждает, как ревность.

Раскидистые пальмы вырастают из углубленных в землю кадок, притворяясь настоящими. Вокруг пузырится, вздымается, бродит, не вмещается в тесной кваше, переваливается через края. Трезвость, умственная перепроверка не дает распробовать вкус, углубиться в него, почувствовать на языке, всем существом. Калейдоскоп выдает узор за узором, один не хуже других, бесполезно следить. Пока будешь артачиться, этот коротышка уведет от тебя женщину, он моложе, наглей, современней.

Танец с собственной тенью,
Кто кого направляет.
Верьте… верьте… —

уже не пел, а хрипел длинноволосый. Музыка не останавливалась, не отпускала. Ритм, вытесняющий мысль, завораживал, повторялся, обволакивал сладкой слизью. Надо же, наконец, решить. Борис встал, неожиданно пошатнувшись. Но на ногах утвердился, направился к танцующим. Коротышка что-то нашептывал в ухо женщине вытянутыми губами. Как сказать этому солитеру, чтобы отлип? Не мог вспомнить английских слов. Поймет без перевода, решил Борис. Приблизился, потоптался рядом, как третий, неожиданно для себя снял его руку с плеча Адрианы. Тот остановился, удивленно залопотал, Борис не разбирал слов.

— Пшел, пшел, — сказал ровным голосом, пальцами поясняюще сметая с невидимой поверхности невидимые крошки.

— Ты что, окосел? — обиженно фыркнул иностранец и тут же растворился в водовороте, оттесненный телами.

Адриана качнула головой, положила руку Борису на плечо. Наконец-то показал себя мужчиной, говорил ее взгляд. Бедром в повороте слегка углубилась между его ног, улыбка тронула ее губы. Она почесала нос о его шею.

Верьте ласковым снам…

Танец становился все медленней, не нуждаясь в музыке, а может, она звучала теперь только в ушах. Воздух сгущался дурманящим ароматом. Клейкие струйки растекались по полу. Они незаметно перемещались в танце к выходу, в полуосвещенный вестибюль. Адриана остановилась и вдруг прикоснулась к его губам, впилась. Кислый табачный привкус на языке — он не думал, не знал, что это может быть так сладко.

— Нет, нет, не сразу, — остановила его, отодвинула рукой, — мне надо сначала привести себя в порядок. Подожди у себя. Я прямо над тобой, помнишь?

И зацокала каблучками по лестнице.

Она права, в таком возрасте быть нерешительным дураком, так томиться! — повторял он, открывая горячий кран. Струя взбивала в ванне ароматную пену. Задержавшийся хмель теперь, наконец, давал себя знать. Манящий поворот жизни, поворот сознания, надо ему поддаваться, хочешь не хочешь, да конечно же хочешь, еще как хочешь, только стыдишься признать. Стыдливые отстают от жизни. Что-то путается, додумаю потом. Только бы не заснуть, не закрывать глаз...

Потом он ощутил прикосновение прохладного воздуха. Кто-то, войдя, склонился над ним, теплая женская грудь коснулась подбородка, предлагая себя. Значит, пришла сама. Он жадно стал искать губами сосок, все еще ощущая на языке кислый табачный привкус. Нашел — и тут же, не удержав равновесие, соскользнул по ванне вниз. Вода попала в рот, чуть не захлебнулся. Все-таки незаметно заснул, понял Борис, откашлявшись. Сколько прошло времени? О господи!

Он вытерся поспешно, не до конца, надел прямо на голое, еще влажное тело бермуды, они сразу оказались оттопырены. Выглянул за дверь — никого, поднялся этажом выше, огляделся. Еще одна лестница спускалась по другую сторону коридора, сложная планировка. Не ошибиться бы комнатой. Борис потянул ноздрями, удостоверяя верное направление. Прошел, мягко ступая, по безлюдному сумрачному переходу, постучал. Ответа не было слышно. Неужели уже заснула? Потянул дверь к себе, потом догадался толкнуть — она легко и бесшумно открылась. Значит, все-таки не ошибся, она не заперлась.

Из ванной доносился шум воды. Он приоткрыл дверь.

Адриана обернулась к нему, улыбнулась все еще накрашенным ртом. На крючке рядом с париком висело что-то вроде лифчика, имитирующего грудь с сосками. Лобок под животом был голый, побрит, небольшой орган, который у некоторых бывает детородным, начал увеличиваться в размерах.

6. Выход не там, где вход

Не осмотрелся, скатился, позорный беглец, не по той лестнице, выскочил, полуголый, в неясное подсобное помещение. Предрассветный сумрак едва освещал дремлющие предметы, плоские щиты на стойках, похожие на задники театральных декораций, посапывали друг другу в затылок, поставленные повзводно, в них была подлинность нераспознанного испода, лишь прикрытая гладкими обманчивыми раскрасками, грубая, шершавая подлинность, с ранящими остриями, заусеницами. Откуда-то повеяло свежей прохладой, через несколько шагов в отдалении, сбоку, предложила себя приоткрытая дверь. Борис огляделся, не нашел взглядом ту, через которую вошел сюда, и не хотелось тем же путем возвращаться, искать. Есть же еще выход. Если бы вообще не возвращаться!

Открытый воздух за дверью был свеж, но туман делал его непрозрачным. Похоже, здесь был хозяйственный двор, беспорядочно валялись ящики, упаковочные картонные коробки, грузовые, на низких тяжелых колесах, тележки. Пробираться, лавировать среди них приходилось наугад, почти на ощупь, стараясь не только ни на что не наткнуться — не наколоться босыми пятками на гвоздь или осколок стекла, внутренне матерясь и высматривая проход.

Наконец Борис уперся в бетонную стену — она, должно быть, огораживала двор. Прошел вдоль нее направо, скоро уперся в такую же, поперечную, решил попробовать налево. Стена была все-таки ориентиром, надо было ее держаться, не могло в ней не быть выхода на простор, куда угодно. Суетливость беспорядочного тыканья — только бы не стоять на месте, попытка заглушить движением чувство стыда, чувство жизненной ошибки, отдающей предательством, шум крови в ушах вместо мыслей. Не туда подался, возникало из шума, не распознал подмены — как теперь вырваться из дурного издевательского сна, из фальшивого, поддельного состояния, порожденного безответственностью собственного ума, произвольной, чужой, кем-то подсунутой игрой, не возвращаться, не возвращаться? Невозможность, насмешка, безвыходность, глухота непроницаемых, серых, как воздух, стен...

Из пролома в бетонной ограде торчали ржавые, загнутые наружу концы арматуры, но протиснуться между ними было можно. Нога, ступив по ту сторону, сразу скользнула по гнилой банановой кожуре — должно быть, через эту дыру выплескивали кухонные помои. Хорошо, что удалось удержать равновесие. Босиком по слизи, заслужил, что заслужил. Движение воздуха подтверждало чувство освободившегося пространства. Понять бы, в какой стороне море. Прибоя не было слышно, штиль, направление угадывалось лишь по слабому ветерку. Прохладное прикосновение напоминало о полуголом теле. Окунуться, вот что сейчас было нужно Борису, смыть с кожи ощущение, липкое, как болезненный пот, как воспоминание, от которого передергивало. Воды из душа не хватит. А может, и моря... не хватит, не хватит...

Мусорные кучи возникали из тумана, инсталляции бредового пробуждения, слизь, обломки, очистки, обертки, осколки, бутылки торчком. Тишина пульсировала в висках. Он продвигался в полупрозрачном молочном воздухе, под ногами был теперь вязкий песок. Выход не там, где вход, стучало бессмысленно в голове. Выход где-то не там... Движение все же действовало целительно, оно заглушало тоску в крови, возвращало в нее доброкачественное очищенное вещество, помогало собрать мысль. Обманное низкопробное измерение, подыскивал он слова, с усилием вытаскивая из песка ногу, надо бежать из него, вырваться, но куда? Освободишь одну, вязнет другая.

Туман медленно таял, в воздух возвращалась прозрачность. Он, оказывается, уже шел вдоль моря. Гладь воды была неотличима от воздуха, линия горизонта растворялась в нем, небо сливалось с морем, было его продолжением. Берег, перевоссозданный вчерашним штормом, состоял из крошеных раковин, разнородного мусора, топырчатого плавника, песка, нутряных черных водорослей, слизистых бугорков. Сандалий, обросший ракушками, розовый зубной протез, как причудливая раковина, предлагали себя в объекты художественной экспозиции — готовые, без доработки.

Входить здесь в воду показалось противно. Борис прошел по берегу дальше. Слева в полусотне метров от воды тянулась все та же бетонная ограда в полтора человеческих роста, поверху выложенная завитками ржавой колючки, конца ей не было видно. Он, наконец, выбрал место почище, скинул на песок мерзкую ткань — ощутил вдруг странное облегчение. Почему не сделал этого раньше? Вода была теплой, как суп с медузовыми клецками. Борис лишь слегка сполоснулся, не плавая, но вышел все-таки освеженный. Осознанная, наконец, брезгливость не позволила вернуть на тело липкую, как насмешка, оболочку. Оставить ее здесь, на песке. (Только подальше от воды, чтоб не слизнуло случайной волной, тут же поймал он себя на подстраховочной слабости. Зачем? Но если не возвратиться нельзя — окажешься нагишом. Бесполезно было решать, как-нибудь прояснится само собой.)

Взошедшее солнце проложило по воде чешуйчатую дорожку, воздух быстро прогревался, день обещал быть жарким. Стало легко шагать по кромке, влажный песок здесь не был вязким. Дорога без выбора, озирался Борис. Справа море, туда не подашься, бесконечный простор не осилишь, слева непроницаемая сплошная ограда — что оставалось скрыто за ней? Одичавшие заросли, остатки неизвестных строений, развалины, обжитые обезьянами, экспериментальными существами, декорации для фантастического фильма?

Я заблудился, думал Борис. Ты, говоривший когда-то со мной, наблюдающий откуда-то, может быть и сейчас, я перестал слышать твой голос. Покинул меня, и я сбился с пути... нет, наоборот, сбился с пути, захотел по-своему, сам, и ты покинул меня. Сделанного не исправить, вернуться стыдно. Вот я, видишь, какой есть, — что же теперь? Как говорили другие, не я: направь меня, укрепи.

Берег неожиданно уперся в отвесную высокую скалу, она, соединяясь с оградой, выступала глубоко в море. Борис за своими мыслями заметил ее, уже почти приблизившись, обращенный вовнутрь взгляд оказался невосприимчив для окружающего. Вот и все, остановился он, ощутив опустошенную расслабленность. Значит, пришел. В природной преграде не было умышленности, хорошо хоть не колючая проволока. Теперь, значит, все-таки назад, другого ничего не придумаешь, не преодолеть, не вскарабкаться. Огляделся еще. Разве что попробовать хотя бы поплыть дальше, обогнуть эти скалы, посмотреть, нет ли за ними открытого берега, на который можно выбраться... А дальше что?

Море приняло тело, как на теплые руки, предложило поддерживать на плаву само, почти не требуя усилий, понесло легко, все быстрей. Вода в тени скал была черная, цвета антрацита, прозрачная до глубины. Он греб размеренно, плыл, как в медленной невесомости или во сне, с чувством, что так можно плыть бесконечно. Как это пели когда-то здешние обитатели? Отдайся на волю течения, куда-нибудь вынесет. Не может не вынести хоть куда-то... ну, это как сказать, обернуться может по-всякому. Что-нибудь будет. Без конца не бывает. Пока только бы плыть...

194

только бы плыть. Течение безвозвратно, как время, напев в ушах. Миг назад, миг назад, только что... через грань, которой не видно... перелился, тает, тускнеет. Скалы были отвесны, выйти некуда, за изгибом берега открывались такие же. В очертаниях каменных складок проявлялись фигуры, целая толпа застыла, подняв к небу короткие руки, прощались ли с кем-то или приветствовали, бородатый проповедник держал перед ними переломленные бруски книг, на камнях морщинистые узоры письмен, издалека не разобрать... пронесло мимо.

Он поворачивался лицом вниз. Длинные водоросли колыхались между камней, зеленые, бурые, серебристые. На донной выпуклости шевелилась влажная поросль, мохнатый пук, зазывающая дыра, сладкая гибель. Медуза сжимала и разжимала прозрачный зонт, дышала, питалась. Стайка рыб, плоских и круглых, как блюдца, метнулась в сторону единым телом, уклоняясь от обглоданного, без плоти, рыбьего остова, плеснул мощный костистый хвост, зубастая пасть опасна. Заготовки необработанных изделий угадывались на дне, среди водорослей почудился запечатанный высшей печатью сосуд древней сказки, заточенный джин потерял счет векам, дожидаясь освобождения, наполняясь взрывчатой яростью — мимо, мимо, лучше не трогать неизвестное, пусть все происходит естественным чередом, без вмешательства неуправляемых сил. Течение ускоряется, как ускоряется с возрастом время. Хотелось длить и длить чувство медленного, без усилий, полета.

Ты мне напишешь про море, какое оно? — возник откуда-то голос мамы. Течение плавно завихрилось, развернуло, понесло теперь куда-то назад. В легком прибое играли дети, убегали от набегавшей волны, вскидывая тонкие ноги, их голоса перекликались, как музыка, с плеском воды. Борис моря в детстве не видел, оно тогда было маме не по карману, сама до сих пор так и не увидела, не успела с отцом, а там уже не захотела. Он впервые попал к нему уже взрослым, это ведь было где-то в здешних местах, в городе, где жила Анита, она говорила, что это неподалеку от Келасса, потом он еще приезжал туда, мог ее встретить еще тогда, а может, тогда уже и встречал, только не знал об этом.

Он плыл над улицами, заполненными морским шумом, над асфальтом, еще хранившим следы детского мела, над сквером, где возобновили свои баталии шахматисты, один снял очки, поднял вверх лицо, насторожился, ощутил ветерок невидимого движения. Собака, сев на хвост, вскинула морду, залаяла без причины. Женщина в легком платье спускалась к морю по тесной улице, уклон дороги поощрил ее закружиться без причины, просто от чувства внезапной легкости и свободы, руки сами собой взлетали, взметался колокол сарафана, тело обретало невесомость. Внезапно остановилась, тоже подняла голову, щурясь на солнце, улыбнулась, опустила взгляд... кто-то впереди читал объявление на столбе, в русой бороде светились белые зубы, рубаха расстегнута на безволосой груди, на плече синяя сумка... Не ты, тебя она не увидела, пронесло дальше, опять, слишком быстро, течение уносило, как жизнь, назад не допустит. Миг назад, миг назад... промелькнул, перелился, не задержался. Недодуманные мысли, недочувствованные чувства. Течение неумолимо, бесполезно сопротивляться, никто не подскажет путь, только чувство, что он тот самый, подлинный. Чье чувство? Странный вопрос. Не такой уж странный, если не побоишься вникать. Человеческий улей, геометрические жилые ячейки, воздух кружит остатки обгорелых листов, уносит, разносит. И все еще мерещится безотчетное понимание, приближение к полнотс, о которой лишь догадываешься, без уверенности, но ведь она есть, должна быть, иначе невыносимо, может быть, рядом, только бы еще плыть и плыть. Невесомость тела, скользящего над поверхностью сна. Солнечные брызги переливались радугой, слепили. Из грота выглянула сирена, водоросли распущены, прикрывая плечи, плеснула хвостом прибоя...

Он невольно хлебнул воды, не удержался в забытье размеренного, непроизвольного, не контролируемого сознанием движения. Ритм сбился, он вдруг ощутил усталость. И тут с облегчением увидел у берега перед собой уступчатый камень с плоской, как будто срезанной верхушкой. За ним открывался еще один отвесный выступ. Безнадежное, бесконечно размноженное обещание. Оплывать его сейчас не стоило, легче было выбраться на уступ. Это оказалось несложно. Борис поднялся выше, лег на спину, раскинулся на плоской верхушке. Шум в голове был шумом волн. Из каменной стены перед ним явственно проступило лицо бородатого гиганта, легкие волны заплескивали в отверстие под усами, словно он прополаскивал рот. Из-под надбровья вылетела небольшая птица с ярко-синими крыльями, села на скалу напротив, совсем близко, непуганая, рубиновые круглые глазки смотрели с интересом.

Неожиданно откуда-то сзади послышался шум мотора, Борис приподнял голову, оглянулся: из-за отдаленной скалы показался катер защитного цвета. Не хватало еще, чтобы здесь патрулировали окрестности. Меньше всего ему хотелось, чтобы его тут застали. Потому ли, что вспомнил и осознал свою наготу? А может, дала себя знать и давняя опаска оказаться застигнутым в запретном месте. Просто не захотелось. Не поднимаясь, Борис сполз на уступ пониже, загороженный от взглядов с моря.

Звук мотора возник теперь вверху, он все усиливался, приближался. В небе появился небольшой вертолет, завис, нащупал под собой что-то нужное, стал целенаправленно снижаться. Неужели увидел его? Борис спустился на уступ еще ниже. Птица с синими крыльями, почти касаясь воды, влетела под усы великана, словно показывая дорогу. Он соскользнул в воду, заплыл, поднырнув, под каменный свод, и, вынырнув, увидел, что оказался перед входом в пещеру.

7. Свет из глубины

Чтобы войти в пещеру, надо было вскарабкаться на скользкий, в водорослях, уступ. Волны сюда не заплескивали, дно пещеры было выше уровня моря, сухое, ровное, плоское, как искусственная плита, своды терялись в неожиданной, непроглядной высоте. Глазам пришлось привыкать к полумраку. На дальнем своде слабо колыхались отраженные блики невидимой отсюда воды, но где там была вода, и откуда исходил этот свет? Куда исчезла влетевшая сюда птица? Точно растворилась во мраке под сводом.

Борис ощущал теперь не усталость — слабость, дрожали колени. Держась, как слепец, правой рукой за каменную стену, сделал неуверенный шаг, другой, прошел, уже не держась, немного еще, наткнулся ногой на выступ. Он оказался ступенью к другому, горизонтальному, гладкому, как будто предназначенному для сидения. Сесть оказалось действительно удобно. С правой стороны предложил себя, как подлокотник, еще один невысокий, широкий выступ. Рука, опустившись на него, нечаянно погрузилась в теплую жидкость, она собралась в ровной, как чаша, выемке. Борис зачерпнул ладонью, попробовал, сначала осторожно. Возможно, после соленого моря вода показалась сладковатой. Пробудилась жажда, он зачерпнул воду горстью, стал пить. Удивительно, вода не убывала, точно сочилась изнутри. Удовлетворившись, Борис откинулся назад, коснулся затылком камня — и вдруг услышал совсем близко голоса, они отдавались гулко, усиленно, как будто за стеной.

Он там, переговаривались лениво мужчины. А где же еще? Может, заглянуть? Лезть, что ли, в воду? Подождем, пока сам выберется. Там долго не выдержать. Это почему? Воздух, говорят, вредный, можно спятить. Это все разговоры. Отпугивают, чтобы посторонние не лазили. Перекурим пока. Уйти-то отсюда некуда.

Борис отдалил голову от камня, голоса смолкли. Зато явственней стал шум в ушах. Глаза все больше привыкали к пещерному сумраку, на своде проявлялись слабые колеблющиеся очертания, светлые дома среди гор, фигуры мужчин и женщин в белых одеяниях, прозрачные тени, переменчивые кристаллы среди кристаллов. Размноженное эхо отдавалось внутри головы музыкальным бормотанием. *Переборы невидимых крыльев, встревоженный воздух.* Пузырьки вскипающей крови, переплеск волн, шум пены. Иллюзорные очертания лопались, переливались. Что-то с моей головой, оценил смутно Борис. Переутомление, перегрев. Тяжело поднялся с каменного седалища, двинулся к отдаленному краю пещеры, туда, где продолжали играть на своде отраженные блики.

Неожиданно он оказался перед широкой расщелиной, с отдаления ее не было видно. Скалистая стена по другую сторону уходила отвесно в воду — там, в глубине, стал виден источник света. Он исходил из сквозного отверстия в скале, за ним, вероятно, был выход в открытое солнечное пространство.

Сердце гулко забилось. Не легендарный ли геологический катаклизм породил эту расщелину, вглядывался он в сияющее отверстие. Окно, соединяющее миры, ушедшее под воду. За легендой всегда можно искать реальное обоснование. А если сквозь него пронырнуть, выбраться по ту сторону? До отверстия на взгляд было метра два, может, чуть больше, в воде расстояния искажаются, но ему на такую глубину случалось погружаться и без маски. Что если в самом деле попробовать? — примеривался Борис. Невелик риск — в случае чего, вернусь сюда же.

Он набрал в грудь воздуха, наклонился, поднял над головой руки и нырнул, не закрывая глаз. Сделал сильный гребок, другой. Встречная рыба с широким ртом уставилась выпученными перламутровыми зенками, оттолкнулась мощно хвостом, ушла в сторону. Еще гребок. Скала оказалась не просто отвесной, внизу она была изогнута, он это понял, уже погружаясь, отверстие словно удалялось. Теперь, однако, его несло к нему, подхватив, невидимое течение.

Он погружался долго, на удивление легко, не ощущая задержки дыхания. Струение в ушах или напев крови... Светящееся отверстие в глубине втягивало, оно лишь казалось достаточно широким для тела...

Потом Борис безуспешно пытался восстановить, вспомнить череду, цлый мир видений, вместившихся в неисчерпаемый миг, пока он замедленно, без усилий, вытянув перед головой руки, проходил сквозь ослепительное сияние, не чувствуя, как острые края скалы царапают, обдирают ему плечи и спину, помнилось лишь чувство неописуемой полноты, понимания, открывшегося внезапно — и погасшего прежде, чем его удалось удержать.

ГЛАВА ПЯТАЯ

1. Шлагбаум на пустыре

Звук капель из кухонного крана. Лопаются пузыри на волнах, исчезают, сменяют друг друга, как непрочитанные, пропущенные взглядом строчки — но если запечатлелся хоть гребешок пены, попытайся его задержать внутри, зацепиться, воспроизвести, нарастить. Влажная прохлада осталась позади, как тающее воспоминание. Солнце пылает знойно. Поднимаешься по каменистому берегу. Галька сменилась песком, он обжигает босые пятки, такой раскаленный, что плевок испарился бы, не долетев до поверхности. Но какой там плевок! На движение пересохших губ не хватает сил, и нету слюны во рту.

На море с высокого берега отчетливо выделяются трассы проплывших когда-то лодок, гладкие среди ряби. Опять попал не туда, а ведь только что как будто привиделось, вспыхнуло озарение. В другом сне, должно быть, только ободранные плечи саднят, напоминая не скажешь о чем. Низина среди выгоревших холмов раскатана следами танковых гусениц. Глинистые комья затвердели ровными брикетами. О том, что здесь шла когда-то дорога, напоминал лишь полосатый шлагбаум с будкой, бессмысленный среди ровного простора. Его можно было обойти с любой стороны — почему же неодолимо тянуло по разбитой, болезненной для пяток тверди к этому единственному ориентиру? Неизбежность советского бреда, несвобода в крови, неспо-

202

собность обойти официальный требовательный ориентир. Впрочем, свобода бесцельна, она никуда не обязана привести, в ней растворяешься. Глупые разговоры, есть еще и судьба, советское воспитание ни при чем. Мудрец понимал, почему человек может стоять перед воротами, предназначенными для него одного, да так до смерти в них и не войти.

Из будки выглянул парень в выгоревшем камуфляже и сандалиях на босу ногу — солдат нерегулярного войска. Плоское лицо его было цвета глины вокруг, как будто сделано из нее, узкие глаза казались припухшими. В руке он держал раскрытую доску с нардами. Посмотрел на приближающегося, потом протянул руку назад за собой, в дверь будки, вытащил за ремень автомат, волоча его по земле.

— Здесь зона, проход закрыт, — сказал с азиатским акцентом.

— Мне надо, — с трудом вспоминались нужные слова.

— Без документов через границу нельзя.

— Какие документы, через какую границу? — вернулось ощущение тела, он, наконец, вспомнил, что стоит голый. Преимущество человека, с которого нечего взять.

— Тебе куда? — после молчания спросил плосколицый.

— Не знаю, — честно ответил он. — То есть пока не знаю, — спохватился. Опять попал не туда, вертелось в уме. — Но если туда попаду, хотя бы случайно, узнаю, вспомню. Я ведь и эту дорогу, кажется, узнаю, но каждый раз заносит в другое место... даже в другое время.

Он почувствовал, что начинает сбиваться. Солдат смотрел на него, кивая, как будто понимал, что ему говорят.

— Играть умеешь? — показал взглядом на доску.

— Не пробовал, — ответил Борис и тут же почувствовал, что снова сказал не то: как бы не предложил научить. — Как-нибудь в другой раз.

— Ищешь кого?

— Да, — обрадовался подсказке — точно прояснил вдруг что-то для себя самого. — Я женщину ищу.

— Какой нации? — спросил солдат. Этого вопроса он не ожидал.

— Кто? — спросил растерянно.

Солдат посмотрел молча, ворочая что-то в голове.

— Рената знаешь? — спросил наконец.

— Рената? — сообразил он. — А как же!

— Документ заполнять надо, — сказал, помедлив, часовой. Полуобернулся плечом внутрь будки, не заходя в нее, достал откуда-то бумажный лист, протянул, зевая, голому человеку.

Тот посмотрел. Это был бланк анкеты с нумерованными вопросами на непонятном языке. Засомневался, признаваться ли, что не понимает. На оборотной стороне заголовок, однако, был написан по-русски: «Краткая биография».

— Мне писать нечем, — сказал он.

Солдат опять сунул руку внутрь будки, протянул огрызок карандаша.

— Хватит?

— Только на очень короткое описание жизни, — усмехнулся. А куда положить бумагу? — чуть было не спросил, но удержался, осознав бессмысленность любых вопросов, излишество любых слов. Солдат, все не в силах сдерживать зевоту, снова скрылся внутри. Он сделал вид, что собирается писать, прислонил лист к стене будки. Лишь тут, в ярком свете, стало различимо написанное под заголовком бледным карандашом, столбиком, перевод с неизвестного языка, пункты анкеты:

Как зовут женщину?

Какой она нации?

Что ты о ней знаешь?

Что ей здесь нужно?

Как звали ее прежнего любовника или мужа?

Глупости, бред, почему я ему подчиняюсь? А если просто пойти дальше? — сообразил, наконец. В жизни мы постоянно выдумываем себе препятствия. Никто уходу не помешал, даже его не заметил, достаточно было просто не оглядываться, чтобы шлагбаум и будка исчезли за спиной. Он шел теперь среди стволов горелого леса, по черной выжженной земле, под ногами был не песок — горячая зола. Вы меня слышите? — вмешался откуда-то голос. Обугленные остатки, поколебавшись, сохранили очертания. Не прикасаться, даже не дышать, чтобы не рухнуло, не развеялось. Саднящие, ободранные плечи напоминали о чем-то, сияющем, как озарение, наполненное, неисчерпаемое, тающее. Внизу, над морем, как оправданное ожидание, показался беленый дом, тень исчезнувших ветвей проявилась на стене, набралась силы, обогатилась деревом, это была шелковица. Корни под ступнями оживали, прорастали на глазах побеги, ветви, возрождалась зелень исчезнувшего оазиса. Над головой пролетела, подтверждая дорогу, птица, почти сливаясь с небом цвета выгоревшей синевы. Вы меня слышите? Бормотание, напев, услышанный неизвестно где.

Переборы невидимых крыльев, встревоженный воздух.
Щуришься, прикрывая глаза, боишься ослепнуть.
Или боишься увидеть?
Зажмурься, увидишь яснее.

2. Голоса в темноте

Вы меня слышите? — повторял мужской голос. Узнаваемый комнатный воздух. Вы можете открыть глаза? Домашние запахи, книжная перхоть. Не можете или не хотите? Разрешите, сделаю сам. Прикосновение теплых пальцев. Пододвиньте поближе лампу, нет, вот сюда. Что с вами все-таки было? Вы можете рассказать обстоятельно? Постарайтесь вспомнить.

Вспомнить... если бы вспомнить. Что было? Нырнул, втянулся в сияющее кривизной отверстие, протиснулся сквозь скалу, потом вынырнул по другую сторону, ободрав об острые края плечи и спину. Это он помнил. Нырнул и вынырнул — сколько это могло длиться? Но в промежутке вместилось, произошло что-то, готовое высвободиться, разрастись... не получалось, мешали голоса кто-то похлопывал по щекам, тормошил. Эй, ты что? Открой, наконец, глаза. Что он бормочет? Не можешь или не хочешь? Безнадежная попытка удержать, вспомнить, увидеть, не надо было поднимать веки, налитые тяжестью. На мгновение ослепил свет, голоса стали зарастать густыми черно-зелеными водорослями.

От других можно было узнать, что его нашли голым на плоской скале, обнаружил патрульный катер, он лежал навзничь, раскинув руки, его, как положено, похлопали по щекам, привели в чувство. Потом рассказывали, что он спросил: «Меня долго здесь не было?» Сам он своих слов не помнил, не помнил, как выбирался на скалу по скользким уступам, как ему это вообще удалось, как бормотал, что не может открыть глаза. В темноте, поглотившей или раздвинувшей пространство, теперь совершали свои невидимые манипуляции такие же невидимые люди в белых халатах, а может, и не в белых, он их не видел, они явились уже сюда, в домашний воздух. Остальное можно домыслить. Двое мужчин, судя по разговору, были врачи, третья, женщина, была Юлиана, жена Ефима, она пришла вместе с врачами, которых пригласил брат, он тоже был здесь, но голоса не подавал. Врачи были не простые, не из районной поликлиники, из каких-то заоблачных институтов, каждая их минута оценивалась суммой с несколькими нулями. Они держали за щеки лицо, поворачивали, как живой сосуд, придерживали веки пальцами и направляли в глаза тепло, но не свет, требовали прижаться подбородком к какому-то устройству, их дыхание пахло коньяком Remy Martin и трубочным табаком, название которого известно только тем, кто курит трубку. Что вы сейчас видите? А что я должен видеть? Ни в роговице, ни в склере, ни в хрусталике, ни в сетчатке никакой патологии, травма головы пока не подтверждается, тут нужно еще специальное обследование. И, конечно, проверить внутричерепное давление. Истерическая слепота? У мужчины в таком возрасте? Церебральный амавроз? Не то. Заблокирована в мозгу структура, отвечающая за зрение? Надо посмотреть литературу. Был какой-то непонятный случай, кажется, в Португалии, массовая слепота, я слышал от коллеги из Стэнфорда. А, вы про это. Я тоже слышал, но это, кажется, роман, не научная работа. Пусть роман, художники иногда что-то могут угадать. Вы тоже, я слышал, литератор? Почему всё молчите? Как будто что-то скрываете. Не просто от нас, от себя? Человек, бывает, не видит того, что ему неприятно, и провоцирует чувство вины или стыда. Возможно, следует искать патологию не соматическую, а психическую, для этого надо понять личность пациента, обстоятельства, подробности жизни, каким-то путем войти в подсознание. Можно попробовать гипноз. Рэмсфилд из Иллинойса предлагает искать подсказку в некоторых обстоятельствах внутриутробного развития. Ну, так мы начнем вспоминать даже мифологию. Тоже совсем не лишнее. Мифологической этиологией я бы не стал пренебрегать. Знаете эту замечательную историю про Тиресия, который побывал и мужчиной и женщиной? Ослеп или был ослеплен в наказание я не помню за что, но зато обрел способность видеть то, чего не видят другие, узнавать судьбы, прорицать будущее. Или этот жрец Келасской пещеры, про которого я недавно читал. Есть версия, что он тоже был незрячим. Слепые недаром бывают ясновидцами, или, если угодно, ясновидцы недаром бывают слепыми. Могут не отвлекаться на внешние раздражения, мельтешню, обращать духовный взгляд, как говорится, внутрь. Или улавливать особые сигналы, робко подала голос Юлиана. Я имею в виду, из других сфер, уточнила, чтоб быть понятней. Ну да, ну да, мало ли что, может быть, хотя это уже не совсем наша область. Не стоит сразу называть все чепухой, вот что я хочу сказать. Есть люди со специфической организацией, этого нельзя отрицать.

Сигналы могут поступать в мозг по альтернативным зрительным трактам. Посмотрите-ка, вот... зрачки как будто реагируют... или это мне показалось? Будем разбираться, бывают удивительные случаи. Вот я вам сейчас расскажу, прочел в английском журнале. Один молодой итальянец ослеп, представьте себе, от любви, действительно от любви. Вначале заподозрили просто сужение артерий...

Слова становились безразличным журчанием, не хотелось на них отвлекаться. Ушли, наконец, ушли. Только бы не мешали. Капли звучно падают в воду. Опустить веки на влажные яблоки слепых бесполезных глаз — по привычке, чтобы не сомневаться в полной темноте. Как в кино, где, погасив свет, надо задвинуть шторы, чтоб было видней. Глазам становилось тепло, как под одеялом, но ощущение недостоверного туманного света в глубине глаз не давало проявиться чему-то. Это было похоже на бессонницу — невозможность перейти в другое состояние. Намеренное усилие лишь удаляло от него. Разогретый воздух колебался, оживлял трепетную поверхность. Ты это уже видел, не сумел прояснить. На беленой стене еще держится тень стоявшего здесь когда-то дерева. Из-под грязной облезлой штукатурки местами выглядывает дранка. После солнца в душной прихожей оказалось совсем темно, глаза понемногу начали привыкать... На нас кто-то смотрит, послышалось из-за приоткрытой двери... нет, подожди, там действительно кто-то есть...

3. Невидимый глаз

Возникало время от времени это чувство, что тебя опять кто-то видит, слушает... вот сейчас. Кто? Она не могла сказать. Кто-то невидимый, но существующий. Не могла объяснить. Возможно, это неосознанное ощущение было у нее и прежде, но отчетливо оно коснулось ее однажды, когда она спускалась к морю по еще безлюдной утренней улице. Внизу, в просвете между невысокими тесными домами, на горизонте, как из розовой десны младенца, проступала рассветная припухлость. Скользкий от росы булыжник сдвинул, скривил ступню, напрягся и оборвался ремешок босоножки, она сняла обе. Гладкая прохлада камней, шершавость асфальта еще хранила остатки вчерашнего тепла, уклон дороги поощрил вдруг закружиться, радуясь свободе дыхания после непонятной болезни, свободе запоздало обретенного одиночества, свободе от обязательств, от вынужденных отношений, возможности хоть на время не думать о будущем, связанном с другими людьми. Облегченные кружением руки сам собой взлетали, тело обретало невесомость.

Внезапно она остановилась в смущении, ощутив словно бесплотное прикосновение к лицу, к оголенным плечам. Впереди, чуть ниже, молодой мужчина уставился в объявление на столбе, на нее не смотрел, даже не оглянулся, когда она совсем приблизилась, может, поэтому она замедлила шаг. Солнце вдруг засветило прямо в глаза, на миг заставило остановиться. Тогда лишь он обернулся. В бороде светились белые зубы, рубаха расстегнута на безволосой груди, на плече синяя сумка.

— Заметили, что я вас снимаю? Все-таки заметили.

Не заметила, ощутила, как шевеление воздуха от крыльев бабочки, пролетевшей мимо лица. Камера подсматривала сквозь отверстие в сумке. Оператор провинциальной киностудии, приказавшей долго жить, подхалтуривал последнее время на телевидении, оказался очередной раз без работы, вынужденную паузу решил использовать, приехав к морю, чтобы опробовать тут забрезжившую идею, не вполне еще ясный замысел: фильм, снятый скрытой камерой. Хитроумные приспособления, самодельные устройства позволяли включать ее на расстоянии, пультом, отдельно включать микрофон, чуткий, как шпион, аппарат сам настраивался на объект. Оглядываешься вот так на улице, говорил он, размахивая руками и спускаясь с ней под уклон дальше, каменные стены непроницаемы, но за ними жизнь, множество жизней, закрытых, никому не известных — каждая, как загадочная вселенная. Невидимый глаз заглядывает в окна, в одно, в другое. Занавеска чуть отодвинута, на ней чья-то тень, сейчас проявится... нет, закрылась совсем. Замысел уже несколько раз видоизменялся. Представилось вначале что-то вроде художественного сюжета про мойщика окон, продолжал он, не замолкая. В какой-то стране, ему рассказывали, кажется в Голландии (сам за границей еще не был), не принято занавешивать окна, нехорошо, говорят, таиться, скрывать нечего, занавески только для новобрачных. Фасады там, как ему объясняли, строились узкие, от ширины фасада зависел налог, но пространство жилья расширялось внутрь, и света хватало. Лестницы там могли быть узкие, но окна во всю стену, через окна поднимали мебель, спускали больных. И вот ты, мойщик, видишь все, что застигнешь, оказываешься нечаянным свидетелем. Никому, конечно, не рассказываешь... ну, то есть как не рассказываешь? А фильм разве не рассказ? Тут уже, конечно, противоречие. Померещился такой сюжет и отпал. У нас и окон таких нет, и мойщиков, у нас надо по-другому. Ненадолго вообразился дом, вот вроде этого, три этажа, вообще без фасадной стены, все квартиры, ячейки открыты для взгляда, как в театре, без четвертой стены, но по-настоящему, все разом. Это можно только вообразить. Но здесь он окончательно решил обойтись без сочинительства, жизнь сама по себе богаче. Ходит, смотрит, снимает пока впрок, мысль в процессе начинает проясняться. Вот, идут люди навстречу, их лица лишь кажутся открытыми, на самом деле непроницаемы, как те же стены. Проходят мимо, скользят друг по другу поверхностным взглядом, не глубже, ничего друг о друге не знают, не могут или не хотят. Чудовищная непроницаемость, отгороженность. Так мы устроены, можно ли перегородки убрать? Или ты скажешь, не убирать? И не только потому, что сам не хочешь все открывать. Совсем без загадки, недосказанности, без тайны другая жизнь окажется неинтересной. Вот наша встреча сегодня. Объектив нечаянно задерживается на женщине, она почему-то закружилась на мостовой. Почему? Уже, можно считать, начало, дальше не знаю. Жаль, что ты все же заметила (он давно уже, не замечая, перешел на ты). Когда человек видит, что его снимают, в нем что-то меняется, он перестает быть искренним, начинает внутренне прихорашиваться, да? как перед зеркалом. Хотя что значит искренний? — тут же возразил себе сам. Когда встаешь, опухший от сна или запоя, и говоришь себе в зеркало: ну и рожа, разве ты искренней, чем умытый, причесанный, глаженый? Тем более женщина — с всклокоченными волосами, в затрапезном халате? Разве сама природа не позаботилась о привлекательном оперении, о соловьиных серенадах, ради откровенной цели — продолжения рода?

Она шла с ним, слушая безостановочное философствование вдохновенного болтуна. Пристроились на попутной скамейке в сквере посмотреть на маленьком мониторе уже отснятые кадры, пока, можно считать, только черновой материал, без сюжета, без связи, изображение на мониторе мелкое, но для понимания масштабом можно пренебречь, главное войти. Столик в кафе у набережной, двойные шахматные часы, пальцы дотронулись до короны ферзя, взялся — ходи, вопрос куда, соперник задержал у губ чашку, почтенная седина, брови приподняты выжидательно, вокруг зрители, кто-то покачивает головой, неслышно переговариваются, оценивают. Смуглые парни сидят на корточках у края дороги, наблюдать можно часами, не двинутся, тонкие лица южан кажутся интеллигентными, пока не вглядишься. Отрешенные, небритые, без работы, сплевывают в сторону, поза промежуточной устойчивости, сесть на землю значит расслабиться окончательно, встать — значит идти, куда? Ждут, пока их подхватит волной — какой? Кто был каждый из них, кем становятся вместе? — спрашиваешь сам себя. А вот и женщина спускается по наклонной улице, закружилась... все. Россыпь пока про запас, сюжет должен дозреть сам собой, составиться, соединиться из лоскутов, обрывков. И разговоры такие же обрывочные, ищут соединения. Вчера он мимоходом прислушался к одному, какие-то верхние опять потребовали дань с нижних, а по какому праву? О чем это, о ком? Местные денежные разборки, напряженные отношения, да? Он был здесь второй день, нездешний. Самое плодотворное состояние, когда чего-то не понимаешь — как с другой планеты. Начинаешь снимать, вроде бы случайно, а мысль уже продолжает работать направленно...

Он говорил, говорил, а она шла с ним куда-то, не думая о направлении, прислушиваясь к странному чувству, будто что-то похожее с ней уже было в каком-то другом времени. Два человека, только что не знавших о существовании друг друга, сошлись в одном месте и в одно время, можно сказать, оказались соединены самозародившимся, без автора, сюжетом — называть ли его случайностью, совпадением или, может, судьбой?

Его звали Руслан, он оказался обладателем ключей от уединенной хибары за городом, на отшибе. Полусторожка, полусклад над морем, прежняя собственность студии, заброшенная или временно забытая за ненадобностью. Там было все необходимое для жизни: чайник, алюминиевая посуда, раскладные брезентовые стульчики, воду можно было носить из близкого источника. Анита первым делом стала искать тряпку, веник или щетку, что-нибудь, чтобы прибраться, вымести чужой мусор, смыть нежилые, чужие запахи. Справа от входа обнаружилась дверь в чулан, закрытая на защелку. Она неосторожно ее открыла: из двери прямо на нее вывалились жуткого вида неживые тела, матерчатые чучела или манекены в камуфляжной военной форме, испачканные красной краской, отдельные части тел, руки, ноги.

Это были муляжи, манекены, припасенные, видно, для съемок смертоубийственных сцен, объяснил Руслан, человеку такого вида не придашь, там, наверно, было еще много всякого реквизита, можно посмотреть. Анита не разрешила, не захотела, ее и от этого ужаса чуть не трясло. Вдвоем они поскорей стали запихивать муляжи обратно в чулан, неаккуратно, мешала брезгливость, те не умещались, выпирали, с трудом удалось прижать дверь, закрепить защелку деревяшкой. Еще долго не оставлял ее страх перед вторжением из какого-то нездешнего, на время упрятанного мира. Проходя мимо этой двери, она невольно каждый раз отворачивалась.

В доме им нечего было делать, большая часть дня проходила под небом, среди зеленых гор, в тени раскидистой шелковицы. Камера запечатлевала панораму, провода электропередач танцуют между опорами, спускаясь по склону, и дальше вниз, к синеве моря, над морем райский сад, из которого еще не изгнана пара влюбленных. Давно не беленая штукатурка непорочно сияет на солнце, тень шелковицы отдыхает на ней, слегка обмахивая ветвями. На траве чернеют упавшие ягоды, на одну, раздавленную, садится пировать пчела, интересно, в какой мед может преобразиться сок этой ягоды. Муравей пытается утащить веточку, она цепляется за траву, трудяга долго не оставляет усилий, поворачивает поудобней, наконец уползает, бросив.

Берег внизу не был приспособлен для купанья, маленький пятачок гальки среди камней. Плавали нагишом, и дома не до конца одевались. Стая дельфинов появлялась неподалеку, резвилась, то и дело один, другой выпрыгивали по высокой дуге над водой. Оба подплывали к ним совсем близко, сами чувствуя себя дельфинами, кружили друг вокруг друга, подныривали. В раковине, приложенной к уху, слышались голоса необъятной, нездешней жизни, нынешней и прошлой, наверно, вслушавшись, можно было узнать, вычленить что-то свое. Нет, свое прошлое она вспоминать не хотела, и его ни о чем не расспрашивала. Все происходило только сейчас. Солнце позволяло есть мало, без заботы о завтрашнем дне. Однажды спустился откуда-то сверху по пути на городской рынок старик в сванской фетровой шапочке, седая щетина не росла и не сбривалась, навьюченный мул на узде, предложил козий сыр и мед. Из подручного материала Руслан соорудил под шелковицей стол, две скамьи. Очаг из камней, сложенный кем-то до них во дворе, топили плавником. Свечи заменяли электричество, но ни к чему было их зажигать. Была не еда — трапеза, не посуда — утварь. Чай, заваренный в медном восточном чайнике, лаваш цвета нежности, мед цвета любви. Выползали на солнце ящерицы, синяя птица пела в ветвях над головой.

От жаркого полуденного солнца они укрывались в устоявшейся темной прохладе жилья, единственная кровать была узка для двоих, да и металлические колючие пружины нечем было смягчить, они лежали, постелив на полу одеяла. Она приподнималась на локте, смотрела на его лицо, на розовый шрам над бровью. Кудри темнели на подушке, брови-крылья, темный рот окаймлен усами, русой неухоженной бородкой, пора уже было ее подстричь. О чем бы он только что ни думал, она знала, о чем он будет думать сейчас, когда этих пересохших губ коснутся ее губы, увлажняя, увлажняясь, и пальцы лягут на грудь, скользнут медленно к животу. Потом они лежали, расслабившись, освежившись глотком вина, бутылка стояла тут же, на полу, на расстоянии протянутой руки. Счастье было, свернувшись бездумно калачиком или эмбрионом внутри его большого обнимающего тела, слушать, как он философствует, обаятельный, прекрасный болтун. Он был младше ее на шесть лет. Если бы ты знала, какие картины возникают сейчас за этим лбом, говорил он. Что превращает бесформенную повседневность в осмысленный сюжет? Взгляд. Реальность сама по себе не осмысленна, смысл создается кем-то, кто видит. Глаз становится взглядом.

Она слушала, не слишком вникая в смысл, преображая его по-своему. Снимать себя она больше не разрешала — хватало первых случайных кадров; по какому-то суеверию не хотелось, чтобы эти невыразимые трепещущие мгновения превращались в затверделое вещество пленки, и смотреть не хотелось, казалось, в изображении омертвеет, исчезнет главное. Но время от времени, когда она была одна и когда вместе с ним, здесь, в тенистой прохладе жилья или под открытым небом — возобновлялось это необъяснимое, странное чувство, будто на них кто-то смотрел неизвестно откуда, с высот или был рядом, будто все это, пылинки в луче, пробившемся сквозь щель самодельной бумажной шторы, они оба, обнаженные, на полу, застеленном одеялом, эти ее слова, его дыхание, лицо, этот вот лоб, этот темнеющий на нем прочерк подсохшей царапины... все кем-то сейчас запечатлевается, снимается или записывается где-то там, но об этом не надо знать, даже думать.

Только продлить, продлить это безразмерное, остановившееся время. Ничего подобного с ней до сих пор не было, даже шевелить воспоминания не хотелось. Впервые ей было дано испытать то, чего она была лишена и в сиротском детдомовском детстве, и в годы студенческой нужды, когда надо было лишь пробиваться к осуществлению, и в обеспеченном, солидном, хотя и не оформленном браке — она могла ощутить беззаботность, когда можно было не думать о завтрашнем дне, часов у обоих не было.

И лишь на мгновение подступало, посасывая неясно под сердцем, сознание, что бесконечно это продолжаться не может, но ведь то же самое можно сказать вообще о жизни. Таяли деньги, кончались привезенные однажды запасы, чтобы возобновить их хоть напоследок, надо было все-таки съездить в город.

Невозможно было объяснить, отчего возникла тревога, похожая на предчувствие, когда она утром провожала его к дороге. Не следовало разрываться, отпускать его одного, надо было поехать с ним в город вместе, но сдерживала мысль о возможности встретиться там с людьми из прошлой отодвинутой жизни. Как будто вдруг испугалась, что этот день для обоих окажется последним. Стемнело, а Руслан все не возвращался, хотя обещал не задерживаться. Она сидела на раскладном стульчике так, чтобы видеть одновременно дорогу вверху и внизу море. Взошла полная луна, одна за другой стали проявляться звезды. Первой засветилась над морем Венера. Когда стали по очереди возникать звезды Медведицы, сначала крайняя на ручке, потом слева на ковше, и вот уже все, она поняла, что он задержался на ночь. Прошла в дом, зажигать свечу не хотелось, лунный свет проникал в окно. Подняла с пола его рубашку, на ходу задетую ногой, ее надо было давно постирать, не успела. Легла на одеяло, уткнулась в рубашку лицом, дышала запахом родного пота и плакала от счастья и ревности. Конечно, сейчас к нему уже там липнут длинноногие, юные, как же могут не липнуть, не могли не встретиться на его пути и, конечно, не могли устоять перед этой белозубой улыбкой, перед этим запахом, который был ей оставлен на память. Бывает ли мучительным счастье? Прежде она такого не знала. Прежде она вообще ничего не знала.

Руслан возвратился из города за полночь. Почти всю дорогу ему пришлось идти пешком, под луной, погоняя перед собой свою удлиненную тень, лишь последние километра три его подвез мотоциклист, как оказалось, нетрезвый, без шлема. Опасно оборачиваясь, он время от времени что-то возбужденно выкрикивал, требуя от седока подтверждения, языка Руслан не понимал, но соглашался, угадывая интонацию, лишь бы тот смотрел на дорогу. Дважды почудилось слово «мобилизация», звучало оно недостоверно — так могут казаться осмысленными случайные совпадения чужих звуков, он переспрашивать не стал, чтобы лишний раз не рисковать, да и не было времени, быстро доехал. Из сумки сначала вынул непонятные предметы: старинную виниловую пластинку с отклеившейся этикеткой, которую здесь не на чем было играть («сейчас, сейчас расскажу»), за ней диковинные песочные часы, они восхитили Аниту без объяснений, одним своим видом — заполненные песком до отказа, так что ему некуда было сыпаться, эти часы выглядели обещанием исполнить мечту об остановленном времени. Две бутылки деревенского вина, сыр, помидоры, лепешки лаваша напомнили о забытом голоде. Вино, черное при свете уже высокой луны, разлили в стаканы, она прильнула к горячему плечу Руслана, готовая бесконечно слушать его рассказ о городских приключениях.

За дни, что он не был в городе, там что-то успело произойти. Ни в одном магазине не оказалось хлеба, даже муки, все казались встревоженными, настороженными, неразговорчивая продавщица на вопрос ответила хмуро: ты что, с луны свалился? Сам он расспрашивать не был настроен, спешил, помня обещание вернуться не поздно, направился на рынок. И у самого входа задержался возле старьевщика — не мог не задержаться, такой фактурный, как у нас в кино говорят, персонаж, давай покажу. Сумка с камерой оставалась лежать рядом, пришлось убрать голову с его плеча, освободить ему руку. На мелком кадре не рассмотреть было подробностей, гречишных пятен на коже рук, но вот выпяченная нижняя губа, за ушами седые космы, а вот его товар, пояснял Руслан, шурум-бурум исчезнувшей жизни разложен на одеяльной подстилке, крупно: дверные ручки, старые выключатели, мотки проволоки, вышедшие из употребления детали, полупроводниковые платы к давно не существовавшим приборам. Некоторые названия пришлось спрашивать, Руслан никогда не видел, например, вот этот предмет, оказавшийся ежиком для примуса, про другие старик сам не знал, что это такое. Кому надо, узнают, есть такой анекдот про очередь, слышали? Стоит очередь, а за чем, никто не знает. Какие-то, говорят, фигли-мигли, непонятно что, но раз другие стоят. Не успели дойти до прилавка, в очереди говорят: фигли кончились. Какие фигли? Теперь уже не имеет значения. Но мигли, говорят, остались, можно стоять дальше. Вот у меня такая коммерция, покупать не покупают, пусть хоть видят, что я торгую, да? Нищенствовать в этих местах не было принято, традиция не позволяла, Руслан это уже раньше понял. Местные цыганки, и те не промышляли обычным обманным ремеслом, здесь их гадания не имели силы, вот они, стоят тут же поодаль, приторговывают изделиями местной табачной фабрики, дешевыми, могли бы снабдить пол-Европы, если бы там кто соблазнился, местные покупают отчасти из патриотической необходимости, других просто нет. Но к сигаретам любого не допустят, словоохотливо объяснил Руслану старик, тут во всем своя конкуренция.

Брать деньги просто так он тоже не захотел, но что у него можно было купить? Разве что эту старую пластинку — Руслану смутно вспомнилось, будто среди реквизита в кладовке есть древний патефон, надо будет поискать. А потом еще старьевщик обратил его внимание на эти часы. Но когда Руслан достал из кошелька пятисотенную бумажку — единственную, что у него оставалась, тот снова развеселился. Знаете, как один скупой сказал нищему: рад бы подать, но нет при себе мелких денег, только большие купюры. Так нищий сразу предложил ему дать сдачи или разменять любую. Нет, мне до такой коммерции надо еще дожить. Сколько вы знаете анекдотов, удивился Руслан. Старик оживился: о, раньше, наверно, знал больше, я много чего знал, все забыл, прежнюю память совсем отшибло, вы себе не представляете, какие бывают болезни, вообще ничего не мог вспомнить, даже как меня зовут, кто я, откуда, пришлось наполнять память заново, и то как дырявая посудина, одно появляется, другое пропадает. Держатся, как ни смешно, анекдоты, вдруг выскакивают сами собой, неизвестно откуда, где хранятся, надо бы врачам рассказать этот случай, может, им было бы интересно. Только он к врачам сам не хочет, не совсем идиот, у них он уже побывал, хватит. Против чего бы он не возражал, так если бы молодой человек расплатился с ним не деньгами, а едой, купил бы ему тут же на рынке хлеба, там и бумажку разменяют.

Кроме лаваша, сыра и помидоров, Руслан купил три бутылки вина, да, было три. Ему показалось, что старик на них покосился, предложил ему налить. Тот замахал в испуге руками: что вы, мне это нельзя, но чувствовалось, что колеблется. С некоторых пор, объяснил, уступая все-таки слабости, это ему нужно было для храбрости, он боялся возвращаться домой, там его теперь мог поджидать один опасный человек, такой, знаете, горбун, в кепке.

— Горбун? — переспросила, невольно вздрогнув, Анита.

Да, не заметил ее реакции Руслан, старьевщик тогда же про него и рассказал. Руслан помог ему убрать шурумбурум в старый рюкзак, погрузить на тележку, сделанную из детской коляски, одеяло они сворачивать не стали, пристроились тут же неподалеку, расстелили на сухой, в меру замусоренной траве. Вино окончательно развязало старику язык. До последнего времени он приторговывал здесь, на рынке, среди прочего старой бумагой для обертки, пока этот горбун (вроде бы он местный краевед или как их тут называют) не обнаружил в этих бумагах что-то для себя ценное, велел ничего больше не продавать, все сначала показывать ему. Допытывался с пристрастием, где он эти бумаги нашел, пробовал вначале припугнуть, показал штамп в уголке некоторых листов: «Для служебного пользования», на одном было даже «Совершенно секретно». Ты что, не посмотрел, какие это бумаги? За разглашение могут посадить. Потом сообразил, что разглашением такому инвалиду грозить смешно, только отпугнешь, переменил тон. Тут, имей в виду, может быть что-то и про тебя. Это были бумаги института, где среди прочего занимались такими вот пациентами. Искали, говорят, способ вывести породу счастливых идиотов, скалился он, развеселившись, перекачивали память из головы в голову. Теперь этот горбун то и дело наведывается, требует искать новые, обещает платить больше, чем могут дать за обертку на рынке. Хорошо, что хватило ума не показать сразу все, не совсем был идиот. Сумел сообразить, что сначала надо самому посмотреть, может, и вправду удастся найти что-то про себя. Этот горбун все отобрал бы. Только не говорите ему, что я вам рассказал, внезапно спохватился старик, совсем захмелел, растекся.

Руслану уже пора было на автобус, пьяненький инвалид не отпускал, стал беспокойно канючить, повторять, что ему страшно одному возвращаться. Удалось бы, наверно, все же найти способ от него избавиться, но тут вдруг совсем неподалеку громко лопнула автомобильная шина, потом другая, он, понял, что это выстрелы, лишь когда с другой стороны раздались в ответ автоматные очереди. С рынка стали разбегаться люди, сталкивались тележки, покатились по земле абрикосы, полетели в воздухе куриные перья, закричал козленок, хмель, пусть и легкий, превращал происходящее в сцену из непонятного фильма. Пришлось старика все-таки проводить, к последнему автобусу еще можно было поспеть. Когда они подошли к его дому, уже почти стемнело, свет в городе отключился, все окна были темными, лишь в некоторых мерцали слабые фитильки. На ощупь спустились в полуподвальное жилье. Оно было освещено керосиновой лампой, тени беспокоились на стенах. Руслан, вглядевшись, увидел, что за столом, у лампы, уже кто-то сидел, перебирал бумаги.

— Наконец... Ты кого привел? — повернулся недовольно всем телом. Глаза, вобрав отражения керосиновых язычков, сверкнули грозно, голос был скрипучим, тень головы на потолке стала тенью громадной птицы, козырек широкой кепки был ее клювом. Он весь стал разрастаться, поднимаясь с табуретки, оказался тем самым горбуном — знаешь, какие бывают: маленький, голова из-под плеч, острые черты, острый взгляд, из-под кепки опускались на плечи артистические длинные волосы. Жаль, что нельзя показать, камера в темноте была бесполезна. Начал было ругать старика: это что за бумаги ты оставил для меня на столе? Значит, что-то нашел, прячешь? Но тот уже рухнул на железную кровать, в одежде, похоже, больше изображал себя пьяным — пригодилась возможность не отвечать. Руслан оказался кстати, горбун мог перекинуться на него: ты зачем его спаиваешь, что тебе от него нужно? Уж не заподозрил ли конкурента, охотника за бумагами? Руслан поспешил его успокоить, зачем-то без надобности упомянул, что он телеоператор, даже продемонстрировал камеру.

Тут горбун неожиданно заинтересовался. Надо же так совпасть, телеоператор ему был как раз нужен. Не далее как сегодня утром, пояснил, у него был разговор с одним большим человеком, тот сказал, что неплохо бы организовать для важного мероприятия не совсем официальные съемки.

У нас ведь назревают нешуточные события, вы уже почувствовали (горбун теперь перешел на «вы», уловил ситуацию), очень бы надо кое-что документировать, камера прямо как по заказу. Местное телевидение захвачено чужими, удачно, что вы нездешний. О деньгах, добавил, можете не волноваться...

Тип оказался действительно хваткий, в Руслана он вцепился всерьез, слова о последнем автобусе пропустил мимо ушей. Вышел вместе с ним на улицу, у телефонной будки попросил подождать, позвонил, как он сказал, тому самому важному человеку, кому-то из местных руководителей, если хотите знать, министру местного правительства, не более не менее. Разговор они вели на своем языке, Руслан не понял, но потом горбун передал трубку ему. Вежливый интеллигентный голос безо всякого акцента сказал, что завтра с утра в городе весьма понадобится его камера, посоветовал не уезжать, остаться тут, ему организуют хороший ночлег с ужином, с завтраком. Говорил, при всей вежливости, категорично, возражений не слушал, так говорит человек, действительно имеющий власть.

— Пока я ему не сказал, что меня ждет женщина, ее нельзя оставлять ночью одну. Восточный человек, — улыбнулся Руслан, — это он понял. Даже поинтересовался, как тебя зовут. Спросил, где меня завтра искать. Сказал, чтобы сам я в город не ездил, могут перехватить неизвестно кто. Что значит неизвестно кто? Что у них тут происходит?

Анита слушала в нараставшей тоскливой тревоге, она уже предчувствовала, чье имя сейчас прозвучит. И все-таки побледнела, когда он его назвал — царапнуло, как ножом по стеклу.

4. Фантом на крови

Человек, именовавшийся теперь министром провинциального, но все-таки правительства, директор института, в котором работала Анита, еще недавно был ее мужем, пусть не более чем гражданским, неофициальным. С законной женой Ренат не жил, но развод оформлять не спешил, отчасти, возможно, из соображений политической несвоевременности — предстояли выборы, но больше, хотелось считать Аните, из чувства виноватого долга перед пятилетней дочкой-дауном, перед ее слюнявой беспомощностью, идиотической щенячьей ласковостью. Он их с женой содержал на расстоянии. Анита его понимала. Нельзя было не отдать должное этой мужской порядочности, хотя ей от нее уютней не становилось. В институте об их связи все знали, они и не таились, жили, считай, вместе: Ренат устроил ей служебную квартиру в том же доме, где жил этажом выше сам.

Свое чувство к нему Анита не могла назвать ни влюбленностью, ни любовью. Тогда она просто не знала, что это такое — еще не понимала, что не знает. В нем было победительное мужское обаяние, обаяние щедрой галантности. Красиво седеющие усики, прямая челка, зачесанная на лоб — он шутя называл это прической Гегеля. Мягкие крокодиловые мокасины, золото часов под чистейшей белизны манжетой, запах неизвестного в здешних местах парфюма был запахом превосходства. Он мог в этих краях считаться аристократом, вычислил среди своих предков каких-то давних князей — злые языки намекали, что не без натяжек, но не одна родословная бывает свидетельством происхождении. Врожденная осанка, повадка, унаследованная застольная велеречивость производили впечатление не только на подчиненных. Появляясь с ним в ресторане или театре, Анита сама ощущала себя человеком непростым. Для таких выходов у нее имелись наряды, привезенные им из-за границы, хотя ни к косметике, ни к высоким каблукам она до конца не привыкла.

Это был не тот случай, когда женщина может уверенно сказать, что нашла единственного человека — но обязательно ли это, чтобы прожить вместе долгие годы, а то и всю жизнь, и неплохо, между тем как вспышка уверенности, называемая любовью, долго не держится, как всякая вспышка? С возрастом понимаешь, что не надо предъявлять к жизни теоретических претензий, это залог одиночества.

Сама Анита своих родителей не знала, воспитанница детского дома в казахском поселке, приобщенная к секретам восточного массажа ссыльным стариком-корейцем, диплом официальных курсов добавил к этим знаниям мало существенного. Внутренних сил хватило, чтобы пробиваться по жизни самой. Был медицинский техникум, биологический факультет, аспирантура у Рената. Кандидатская диссертация, которую она готовила у него, была посвящена физиологическим изменениям в мозгу у мышей под воздействием стрессов. Бедных зверьков часами держали в тесных боксах, звуковые угрозы заставляли их метаться, искать выход. Выяснялось, что в ответ на стресс вырабатывалось вещество, которое активизировало область мозга, отвечавшую за способность обучаться, распознавать, получать удовольствие от поисковой деятельности. Эту способность можно было считать крайне полезной с эволюционной точки зрения, она позволяла избегать опасности, обеспечивать выживание вида. Анита целые дни проводила в лаборатории, в виварии, в город выбиралась редко, да и незачем было. Ренат обеспечил сотрудникам института особое снабжение, ведомственный магазин привозил заказы прямо на дом.

Когда прежний заведующий отделом перевелся в Москву, Аните предложили занять его место, временно, до близкой защиты, но она от административных обязанностей предпочла уклониться, как уклонялась вообще от служебных и всяких посторонних отношений. Времени и души не хватало ни на что, кроме бедных мышек, перед которыми не могла не чувствовать себя виноватой. Заведовать пришел некий Гелиа, вежливый бровастый южанин с большим черным перстнем на безымянном пальце. Говорили, что он прежде был сотрудником секретного института, здания которого, раскинутые по неизвестным просторам, до сих пор оставались скрыты за глухой бетонной оградой с завитками колючей проволоки поверху. У Аниты имелись основания подозревать, что он был из тех сотрудников, которые имеют отношение не столько к науке, сколько к другим службам, к науке приставленным. Такие получают докторскую степень, но о предмете своей диссертации рассказать внятно не могут. Похоже, и теперь наукой для него занимался немногословный лысеющий сотрудник, которого он привел с собой, выделив для него специальную лабораторию неясного назначения, она не собиралась вникать.

Однажды этот Гелиа оказался рядом, когда Анита нечаянно порезалась стеклянным осколком, бережно подобрал один со следами ее крови и унес, ничего не объясняя, предупреждая вопрос отстраняюще вскинутой бровью. Лишь потом до нее дошло, каким необычным исследованием занимались они с помощником. Время назад в труднодоступной пещере на побережье было найдено захоронение человека с сохранившимися тканями и седыми волосами не только на голове, но и на теле, из-за них он был назван вначале «Седой обезьяной». Находка удачно совпала с появлением в городской газете сенсационной публикации местного краеведа, который обнаружил поэтическую легенду о племени или народе, будто бы населявшем когда-то окрестности исчезнувшего селения Келасс. Это название не вспомнили бы даже старожилы, если бы то же имя, оказывается, не носил упомянутый в поэме легендарный жрец. Почести, с которыми была захоронена Седая обезьяна, непонятные предметы, положенные в гробницу, позволяли заподозрить в ней именно этого жреца. Местность ли была названа по его имени или наоборот, предстояло спорить историкам. Гелиа, не дожидаясь их мнения, надумал, оказывается, исследовать генетический код останков, чтобы затем сравнивать его с кодом местных жителей. Его помощник подходил то к одному, то к другому сотруднику, с мягкой вежливостью просил разрешения взять у него мазок, проводя ватной палочкой по внутренней стороне щеки. К Аните у Гелиа оказался особый интерес. Однажды он заговорил с ней о том, что в ее анкете прочел название ее родного казахского поселка — ему, оказывается, было известно, что именно в эти места были после войны переселены или сосланы последние обитатели Келасса. И стал толковать что-то про гаплотипы и гаплогруппы, про то, что в ее анализе первый, третий и шестой маркеры всех гаплотипов совпали с гаплотипом Седой обезьяны, или, если угодно, Келасса. Понимала ли она, что это могло означать? — многозначительно вскидывал он кусти-стую бровь.

Анита пожала плечами. Она не было специалистом по генетике, но могла по крайней мере сказать, что гаплогруп-пы определяются не по виду гаплотипа, а по уникальным мутациям в нуклеотидах, тут нужен специальный анализ ДНК, и вообще это мало что доказывает. Гелиа выслушал ее, улыбчиво кивая, не возражал, но отходя, вдруг наклонился поцеловать ей руку, еле успела отдернуть, немытую. Вкрад-чивая, с оттенком подобострастия, вежливость этого чело-века была ей всегда неприятна, она знала ей цену: все-таки была женой шефа, пусть и неофициальной. Но с некоторых пор он, приветствуя Аниту при встрече, не упускал случая с восточной игривостью назвать ее королевой.

Горбуна она впервые увидела в небольшом банкетном зале приморского ресторана, куда они пришли вместе с Ре-натом. Намечалось, как она скоро поняла, что-то вроде вече-ринки или неформального собрания для узкого круга. Еще не разошлось застолье, когда объявили выступление этого горбуна. Руслан узнаваемо его описал, в ресторане при нем не было лишь кепки: острый профиль, голова из-под плеч, артистические длинные волосы. Поднявшись из-за стола, он оказался едва виден, двое соседей, справа и слева, подхва-тили его, воздвигли на стул — бесцеремонно, а может, тор-жественно. Но по ходу речи он сам стал словно подниматься еще выше, голос перестал казаться скрипучим. Загораясь от собственного красноречия, он говорил о народе, которому пришло время вспомнить себя, о мифах, способных творить новую память, возрождать утраченное, древнее чувство жизни. Из небытия, провозглашал он, готово восстать со-общество, до поры затаенное, само еще не осознавшее себя, о нем пока никто не подозревает, но ему суждено стать новой влиятельной силой...

Что он несет? — прислушивалась издалека Анита. Газетная публикация открыла человеку, только что неизвестному, терзавшемуся чувством ничтожества, доступ в круг людей, к которым он до сих пор не мог бы даже приблизиться — теперь он говорил им о возможности новой опоры, подтвержденной авторитетным преданием. Когда все места под солнцем заняты и распределены, хуже всего оказаться не своими, таким не дадут возможность пробиться. Мифология не для всех — вот что предлагает время способным осознать свое избранничество и воспользоваться им. В период потрясений, общей растерянности важно оказаться готовыми, снаряженными к схватке за верховенство. Недостаточно одной идеологии, восклицал горбун, открывая желтые лошадиные зубы, возникающему сообществу требуются ритуалы, воссоздание иерархии, ему нужна своя эстетика, красота.

— Экономика! — подсказал голос с другого конца, вызвав веселое оживление.

Поднялся Гелиа, заговорил о возможностях современной науки, которые позволяют находить родственных себе не только по духу — по крови. Не будем оглядываться на произвольные, дискредитировавшие себя попытки, прежде не было объективных доказательств. Теперь можно утверждать, что есть генетические структуры, поощряющие особые способности, есть категория людей, которых отличают скрытые, не всегда проявленные особенности, у них особое устройство, особая наследственность, особый метаболизм. Хватит смущаться природного неравенства, это ведет к вырождению, мы его уже наблюдаем вокруг. Равенство хорошо юридически, но мы же тут знаем, что не может быть природного равенства между женщиной и мужчиной, зачем? Избранными не становятся, избранными рождаются. Нас не устраивают те, кто самозванно объявляет себя сейчас элитой. Не побоимся осознать свое превосходство, сказать о себе: мы особые. Биология, помноженная на древние мифы, мифы, подкрепленные генетическим анализом, вот что может возродить избранную, более высокую породу людей, обеспечить этим людям действительно достойное их положение.

Только сейчас Анита отметила, что за столами, кроме нее, сидели одни мужчины, вместе с Ренатом она оказалась допущена на собрание то ли мужского ордена, то ли секты, оформлялось что-то вроде новой здешней элиты, «келасской» аристократии. Заиграл оркестр, прежде незамеченный или отсутствовавший, в дальнем конце стола еще произносились невнятные тосты, в пространстве между столами уже плясали. Горбуна пронесли, как на троне, высоко подняв на руках вместе со стулом, он что-то продолжал сверху провозглашать, показывая желтые крупные зубы. Ренат речей не произносил, молча улыбался, кивал, но чувствовалось, что он здесь главный. С разных сторон к ним подходили чокаться, что-то говорили. Громадина с квадратным подбородком кинематографического громилы с разбега опустился перед ним на колено: «Я недостоин быть сидением твоего унитаза», — воскликнул в приступе преувеличенного восторга. С другой стороны тянулся к Аните с бокалом Гелиа: королева, призывал восхищенно.

На открытых окнах колыхались легкие занавески, завевал вечерний морской ветерок. Она отметила это колыхание, потому что впервые тогда вдруг ощутила, что ей стало нечем дышать. Музыкальный присвист, как будто альвеолы слипались и пропускали воздух на разных нотах. Никогда прежде такого не бывало. Подумала вначале, что причина, возможно, была в духах «Шанель», которые накануне ей подарил Ренат, настоял, чтобы она ими сразу же воспользовалась.

Вспомнилось, как говорил когда-то ее учитель, кореец Пак: дышать надо своим воздухом. Казалось как будто понятно, тогда не очень вдумывалась. Чего вдруг стало не хватать?

В какую компанию тебя угораздило? — уже дома, немного придя в себя, попыталась она заговорить с Ренатом. С кем ты связался? Почему позволяешь увиваться вокруг себя таким типам? Этот громадина с квадратным подбородком — по физиономии видно, что он просто бандит. Этот жутковатый карлик — он что, предлагает вам себя в идеологи? А твой Гелиа с его сомнительными анализами! Ты же ученый, ты же знаешь цену этому бреду, он опасен в конце концов. Какое ты имеешь к ним отношение? Как не видеть, что это жулики, если не сумасшедшие? Для чего ты даешь себя использовать?

Кто кого использует, отвечал он со снисходительной усмешкой человека, не просто понимающего — знающего что-то большее. Идеями пусть занимается хоть горбун, вполне возможно, что он сам в них верит. Простодушное интеллигентское воспитание мешает ей распознать за этими декларациями куда более важное: борьбу за собственность, за территории, за денежные потоки. Еще год назад, пока власть над местными делами оставалось в Москве, тут не всегда можно было заявлять о своих претензиях, сейчас спохватились: надо поспеть первыми. Время неразберихи, нельзя упускать открывающихся возможностей. Ты думаешь, здесь, как в России, решают суды, законы? (Впрочем, и там не решают.) Здесь важнее более древние структуры, называй их национальными, племенными, семейными, да хоть мафиозными. Помнишь, как тебе нашли украденную в прошлом году сумочку? Обратились ведь не в милицию, а к нужным людям, называй их бандитами, найти могли только они, порядок держался, а теперь еще откровенней держится на них. Плохо, когда эти понятные, привычные структуры дают сбой, перестают работать, всего хуже, когда начинают враждовать, забывают прежние понятия. Имеет смысл выстроить новые, расставлять в нужных местах своих людей, внедряться, не афишируя своих целей, наоборот. Люди, прошедшие школу спецслужб, знают технологию. У Гелиа на всех есть компромат, на них, на нас, на меня. А у меня есть свой на него, он это знает, поэтому не будет делать глупостей. Угроза взаимного уничтожения — лучший залог безопасности. Смейся сколько хочешь над генетическими анализами, объяснял он Аните, но знала бы ты, какие деньги готовы дать некоторые за нужный результат! И легенду о Седой обезьяне можно как следует раскрутить, пещеру сделать объектом паломничества, а значит, понадобятся отели... ну и так далее. Люди, успевшие записаться в келассцы, уже начинают прибирать к рукам пустующие земли, бесхозные санатории, эти места когда-нибудь станут международным туристическим центром. А пока под вопросом немереная секретная территория, тут, не так далеко, за бетонной оградой, она вообще все еще остается бесхозной, вот чем он был в данный момент озабочен. Кто не понимает, как устроена эта жизнь, тот сидит сейчас на корточках возле обочины...

Она слушала — и видела перед собой не европейского интеллектуала в белой рубашке с золотыми запонками и швейцарскими часами на волосатом запястье, тем более не российского интеллигента в стираных джинсах. Это был человек, сумевший проявить хватку хозяина жизни. Институтскими помещениями он давно распоряжался как собственными, в нем обосновались десятки фирм. Аниту он просто держал в стороне от подробностей. Твое дело заниматься наукой, сказал он тогда, моя обязанность заботиться об институте, о людях.

Анита про себя усмехнулась, говорить ничего не стала. Институт дышал на ладан, зарплаты с нового года перестали платить, обезьяны в институтском питомнике голодали бы, если бы Анита сама не покупала им на рынке овощи, она уже начинала подрабатывать массажем. В лаборатории то и дело возникали ссоры, громкие объяснения. Кричали, что мегрелам дают мешок муки, русским килограмм, сванам килограмм сахара, абхазам стакан. При ней такие разговоры обычно замолкали. С ней не были вполне откровенны — она была почти начальство. Но доходили и тревожные городские вести. Рассказывали, как в университете до хрипа, до рукоприкладства спорили, на каком языке вести преподавание. Убили директора самого большого городского универмага. Толковали о самоуправстве «верхних» — так называли группировки, обосновавшиеся в горных селах, они спускались все чаще к морю, чтобы собирать дань с приморских, получивших ничем не обоснованное право обогащаться за счет курортников, среди которых еще были даже иностранцы. А по какому праву они нас обирают, начинали роптать те, кого верхние называли шашлычниками и чебуречниками. Курортники с мая почти не приезжали, ощущая накалявшуюся в этих местах атмосферу.

До Аниты еще раньше дошло, что с учеными амбициями Ренат расстался давно, да и наука ли на самом деле его интересовала? Мы только думаем, что понимаем непохожих на себя.

«Шанель» оказалась действительно некачественной подделкой, от ее запаха не удавалось избавиться еще долго, сколько она ни мылась. Отнесла платье в химчистку, мыла с мылом пол своей однокомнатной квартиры, запах, наконец, перестал чудиться, и тогда пришлось признать, что дело все-таки не в духах.

Болезненные приступы продолжали возобновляться. Спазмы стали вдруг возникать то на заседании ученого совета, то на собраниях отдела, она не сразу отметила, что происходило это, когда начинали звучать слова о генетических особенностях наций. Научная добросовестность не позволяла ей утверждать, что странная аллергия могла быть реакцией на слова, такого она в литературе до сих пор не встречала, но и никакими очевидными, физиологическими причинами объяснить свои приступы не могла.

Желание уйти от Рената совпало с решением отказаться от защиты. Ее диссертация была почти готова, когда обнаружилось, что над схожей темой работали техасские исследователи. Они тоже подвергали подопытных мышей стрессам, но результаты прослеживали за более долгий период. А там оказывалось, что длительная перегрузка защитных систем делает то же самое вещество причиной угнетенности, порождает хроническую депрессию. Странным образом Анита вдруг стала чувствовать себя едва ли не так же, как угнетенные мыши.

Ренат убеждал ее не делать глупостей, говорил, что выводы американцев совсем не пересекаются с ее результатами, защиту можно было считать практически гарантированной. Она не стала говорить ему, что вдруг словно потеряла интерес к научным занятиям, продолжала их по инерции, с чувством, что никому это на самом деле не нужно. Заботу о мышках можно было поручить сотрудницам, они оставались, им некуда было деться. Анита же могла просто уйти из института, не зря судьба позволила ей рано овладеть хлебной профессией. Частная практика давала не просто заработок — чувство независимости, клиентов хватало.

Когда она пришла к Ренату сказать, что от него уходит, он минуту-другую молчал, задумчиво опустив голову. Потом поднял на нее взгляд: останься, сказал, не уходи. Ты мне нужна. Мне нужен рядом такой человек, как ты. Чтобы не совсем уж разувериться в человечестве, добавил, в усмешке скривив губы. Обошлось без объяснений, свободные люди. Анита знала, что была у него не единственной, до нее доходили сплетни про его попутный роман с молоденькой секретаршей, в институте нельзя было не знать, никакого значения это не имело.

Но какой же прекрасный поворот, казалось, тут же сумела предложить ей жизнь! Сама она не могла бы такого счастья даже вообразить. Почему подступило вдруг и все ощутимей сгущалось чувство непонятной угрозы?

Она еще пыталась отогнать от себя тревогу в ту ночь, когда они с Русланом устроили себе восхитительный пир под звездным ночным небом. Зачем тебе обязательно завтра ехать в город, говорила она, не надо, побудем здесь еще хоть немного, сколько удастся, пока есть хлеб и вино. Пожалуйста, скажи им, этим людям, что ты не поедешь, тебе не нужны их неизвестные, может быть, сомнительные дела, зачем в них вмешиваться. Они уже допивали первую бутылку, она не хотела, чтобы здесь еще раз звучало чужое имя. Он ее тревог не понимал. Это жизнь, мотал головой, тут начинаются какие-то события, мне это интересно, я должен их снимать, просто снимать жизнь. Не вмешиваясь, что бы ни происходило. Я всего лишь свидетель, объектив, глаз. А если на твоих глазах будут убивать? — вдруг спросила она. Отшвырнешь камеру, бросишься на убийц, закричишь: не стреляйте, и сам получишь пулю? Не знаю, помолчав, растерянно признал он. Я думал, моя служба: запечатлевать, чтоб оставался документ, память... А впрочем, уже соглашался он, ему действительно не обязательно было в город завтра, что это они придумали спешку? Уходить из рая тоже значит упустить неизвестно что. Продлить мгновения здесь, не интересоваться ничем другим.

Они опустошили первую бутылку, раскупорили другую. Луна плыла среди звездной россыпи. Звезды кружились вокруг нее в танце. Им тоже захотелось вдруг танцевать, была бы музыка. И тут Руслан вспомнил про пластинку и про патефон, который, может быть, еще хранился в чулане. Они в темноте стали искать, раскидывали чей-то забытый реквизит, жуткие манекены, муляжи, фрагменты тел, выбрасывали их из чулана в темноту, не глядя, на ощупь, в нараставшем хмелю, ощущая руками не более чем мешки, набитые опилочной трухой.

Наконец, Руслан наткнулся на твердый ящик, это оказался действительно старинный патефон. В каких-то фильмах на нем, наверно, еще продолжали крутиться пластинки, надо было только понять, как он работает, вспомнить, с какой стороны вставляется заводная ручка, она обнаружилась тут же внутри. Нечаянный нажим пальца выдвинул угловую коробочку, в ней нашлись даже запасные иголки (как в старинном волшебном повествовании, когда нечаянно угадывают, где нажать, и получают желанное). Руслан сумел вставить и ее, подкрутил ручку.

С пластинки, преодолев скрипы, зазвучала музыка. Женский голос, неизвестный, непонятный язык. О чем была эта музыка? О встрече ли пела женщина, о разлуке, о том ли, что не бывает одного без другого? Слова неизвестного языка временами казались понятны. Анита подпевала без слов, откликался мужской голос. Они танцевали под луной, нагие.

Если бы кто-нибудь мог снять фильм о силах, которые определяют судьбы людей, а они не подозревают об этом, танцуют под луной, прижавшись друг к другу теплыми телами, и кто-то со светлеющих высот смотрит на них, грустно усмехаясь людскому неведению! Кто мог сказать, как долго продержится это блаженство? Нельзя было не знать, что это должно было кончиться, как неминуемо должно было кончиться лето. Никуда не уезжай, не уеду, буду здесь снимать жизнь манекенов, у меня появилась прекрасная идея.

А сверху, с дороги, уже доносился гул отдаленной грозы, похожий на громыхание военной техники, — но здесь была слышна одна только музыка.

5. Пляшущие манекены

Под утро она никак не могла проснуться. В сон навязчиво лезли манекены, высовывались отовсюду, прятались, возвращались, торчали из навала камней, лежали, задрав ноги на стену дома, стояли, прислонясь к стволу шелковицы, по брови раскрашенные в камуфляжные цвета, расцвеченные кровавыми красками. Она с усилием пыталась кого-то узнать, лиц было не разглядеть, вдруг одно проявилось из тени, показалось похоже на лицо Рената, оно склонилось над ней, заслоняя слабый утренний свет, сквозь слипающиеся ресницы можно было различить затененные усики и ровную челку. Шевельнулось желание посмотреть, есть ли на нем вместо элегантного пиджака такая же, как у всех, пятнистая форма, но не было сил скосить взгляд, удостовериться, глаза безвольно закрывались. Она только успела подумать, что лежит сейчас голая, может быть, неприлично раскрылась, ну и пусть, пусть видит, с кем мне хорошо, натянула на себя, не просыпаясь, простыню и повернулась на бок.

Разбудило ее заглянувшее в окно солнце. Поднялась, увидела на полу рядом с собой прикрытую салфеткой плетеную корзинку, в ней оказалась еда: лаваш, сыр, помидоры. Как они могли вновь появиться за ночь? И тут же ее кольнуло болезненное понимание, что муляж или человек со знакомым лицом ей не совсем привиделся. А следом так же ясно почувствовала, что Руслана в доме уже нет, можно не проверять, он все-таки уехал, несмотря на обещание не уезжать, не мог не уехать, его увезли, и незачем было гадать кто.

Она вышла во двор, жмурясь от ослепительно яркого света. Из этого света, как из неправдоподобного сияния, стали, сгущаясь, возникать разбросанные там и сям манекены, кровавые муляжи, заготовленные для съемок смертоубийства, безоглядной войны, а может, бандитских разборок — пригодные для любого употребления. Они лежали в разных позах на камнях, на песке, вместо голов у некоторых были черные чехлы с безглазыми прорезями — обугленные головешки. Ошметки убоины, расчлененные руки, ноги в лохмотьях мяса предназначены были для того, чтобы торчать из песка или из травы, антураж правдоподобия, мертвая натура, пейзаж после мясорубки. Непонятно было, как далеко иные смогли разлететься, у них с Русланом не хватило бы сил их так разметать — можно было подумать, что за ночь они успели расползтись сами и продолжали на глазах сдвигаться в разные стороны. Некоторые скатились под откос, к морю, один уже лежал у самой воды, тянулся к ней обугленной головой.

Аните стало не по себе. В необъяснимой тревоге она то расхаживала перед домом, то заходила внутрь, не способная ничем заняться, боролась с желанием тотчас поехать в город — как бы дорогой не разминуться, и где его там искать? Патефон, оставленный на столе, напомнил ей о пластинке. Она подкрутила ручку, опустила на диск иглу и вместе с пластинкой стала медленно кружиться, прижав к телу руки. Синяя птица уселась на нижнюю ветку шелковицы, удивленно смотрела сверху на танец одинокой женщины. Кружилось небо над головой. Она подняла руки к небу. Нечаянное движение опрокинуло стеклянные часы, оставленные на столе. Песок высыпался на землю — высвободилось все время сразу.

Тревога ощущалась уже физически, опустилась в низ живота. Все новые манекены скатывались с обрыва, продолжали движение к воде. Один уже плыл головой вперед, покачиваясь на волнах, поодаль она увидела еще один, успевший раньше. На миг ей показалось, что он похож на Руслана. Не надо было трогать эти бесчувственные подобия беды, высвобождать из темноты, выбрасывать под открытое небо. Не послушалась вчерашнего чувства.

Минут через пять предчувствие объяснилось прозаически: оказывается, начинались месячные. Руслан детей не хотел, ему надо было сначала профессионально осуществиться, она его понимала, говорила, что будет беречься сама, надеялась его обмануть, не получилось. Он был младше ее на шесть лет, а ей перевалило уже за тридцать, еще немного, и у нее уже не будет детей. А может, дело даже не в возрасте, с Ренатом они тоже не береглись, проверяться она не спешила. Что значат измерители времени, если иссякло тело, оказалось не способно к воспроизводству, продолжению жизни?

Наконец она поняла, что не сможет все же не поехать в город. Взяла на плечо лишь холщевую легкую сумку, пошла вверх, к дороге и не просто вышла к ней — но словно вдруг переместилась из состояния недостоверного сна, где даже тревога могла казаться блаженной, в реальность, которую нельзя было считать неожиданной, просто не хотелось ее до себя допускать. Асфальт был разбит гусеницами. Машины двигались только из города, обгоняли медленно пешеходов. Шли целые семьи, толкали перед собой груженые скарбом тележки. Незачем было их останавливать, задавать вопросы, не было времени, у Аниты было чувство, что она и без разговоров, сама знает, что происходит в городе. Пошла по дороге пешком, поглядывая то и дело вниз. На море был штиль, на воде проявились и стойко держались светлые следы от проплывших только что манекенов, они направлялись вместе с ней в сторону города, не отставали.

Потом она услышала за спиной шум машины, обернулась, подняла руку. Остановились обшарпанные жигули. Сидевший справа оказался в камуфляжной форме, она с трудом заставила себя отделаться от чувства, что перед ней опять манекен. Оскалил золотой зуб, узнав, что ей в город. Все из города, а она в город. С ума, что ли, сошла? Оттуда не знают, как уехать, посмотри. Анита молча протянула деньги, мужчины переглянулись. Рассчитаемся, усмехнулся золотозубый. На заднем сиденье подвинулись, она устроилась с краю, повернулась к окну, ощущая за спиной острый, звериный запах мужского пота. С поднятым стеклом в салоне было душно, и все же оно защищало от пыли, стоявшей вдоль всей дороги. Стадо коров заставило притормозить, животные обтекали машину равнодушно, лениво, не торопясь, одна корова разлеглась на асфальте, пастухи проехали на лошадях. Анита опустила стекло, дохнуло теплым молоком. Мужчины слева от нее обсуждали на своем языке, где лучше всего будет остановиться, один вспомнил удобное место прямо тут, за вторым поворотом, там неплохая травка, обсуждали без стеснения, не предполагая понимания. Анита, не обернувшись к ним, ровным голосом, без эмоций сообщила по-русски, что сегодня ее здоровье не позволит им сделать то, ради чего согласились ее подвезти бесплатно, пусть лучше возьмут деньгами. Ответа она не услышала, только сопение за спиной.

Ее высадили, не доезжая до ближних домов, недалеко от берега. Захлопывая за собой дверцу, Анита оглянулась на попутчиков: у манекенов на головах появились черные колпаки с прорезями. И только тут она увидела, что у них между колен было оружие, у двоих автоматы, у одного винтовка.

Дорога вела ее в город мимо незнакомого пляжа внизу, неухоженного, без зонтов для тени, она туда обычно не ходила, там путались в ногах водоросли, те, что сейчас оплели зелеными жгутами прибившийся к берегу манекен, он колыхался на волнах легкого прибоя, прямоугольно подняв над водой ступни мертвеца. Улицы были безлюдны, замусорены. На тротуаре валялась белая женская босоножка, соломенная мужская шляпа. Раскрытая дамская сумочка заставила Аниту остановиться, она была наскоро выпотрошена, из нее на асфальт выпали цветные фотографии. Улыбалась семья, девочка с бантом обнимала плюшевого медвежонка. Анита, наклонясь, дотронулась до фотографии пальцами, но поднимать не стала, не смогла, пошла дальше, вдоль забора, ограждавшего новостройку. Чувства были как под наркозом. С предвыборных плакатов на нее глядели знакомые лица, одно с элегантными усиками, прической Гегеля, другое сухощавое, бровастое, значит, оказались соперниками, не успела заметить. И осознала, что ноги сами ее несут в сторону своего бывшего дома, там можно было застать Рената.

Пахло дымом и гарью, где-то впереди, за домами, поднималось зарево пожара. И тут же, за углом, на клумбах, развороченных гусеницами, она увидела горящие цветы. Горели георгины, розы, петунии, олеандры, из них поднималась обугленная рука манекена. Это все манекены, подтвердила она себе, не было сил вглядываться. Потом увидела посреди дороги мула, он лежал на боку в луже темной крови, она уже свернулась на шее, рана копошилась крупными мухами. Остановилась, боясь оглядеться и увидеть где-то здесь же, поблизости небритого старика в сванской шапочке.

— Эй, женщина! — окликнул ее голос. Мужчина в синем когда-то халате магазинного грузчика, теперь весь, до волос, белый, в муке, с белым мешком на загривке, задержавшись, скалил зубы в напряженной улыбке: — Эй, женщина, мука надо?

Звук выстрела заставил его вжаться мешком в стену, все глубже, глубже, пока не исчез совсем. Из-за угла выкатил бронетранспортер, облепленный манекенами, они сидели в разных позах, с автоматами, кто в камуфляже, кто без, у некоторых черные головы с безглазыми прорезями были повязаны белыми лентами, знаками неизвестного различия. Анита едва успела посторониться, бронетранспортер промчался мимо, ничего перед собой не щадя, затормозил резко перед вывеской «Универмаг». Манекены ссыпались с брони, прикладами начали сбивать замок, с третьего удара сбили, один за другим стали просачиваться в двери.

Анита, не в силах сдвинуться с места, смотрела, как они выходили. Черный чулок вместо лица, в одной руке хрустальная ваза, в другой автомат. Кто-то свободной от оружия рукой волочил по асфальту за крыло тяжелую бронзовую статуэтку ростом с ребенка, античный бог, шар под ногами. Зачем взял это, куда несет? Безумный взгляд. Дорогая вещь, трофей, придумает, как приспособить. Кто-то прижимал к груди картонную коробку с рулонами туалетной бумаги, на улице опомнился, бросил коробку, нырнул обратно в дверь за добычей получше, рулоны покатились по асфальту. Вытаскивали ящики с бутылками, тут же и откупоривали.

На улице выставили портативный телевизор с уже включенным футбольным матчем на экране, окружили плотно, пьяные еще до вина. Гол! Наши забили, наши выиграли! Заплясали среди трофеев, став в круг, хлопали в ладоши, со счастливым смехом стреляли в воздух. Музыкальный манекен приспособил среди улицы вытащенную неизвестно откуда арфу, сопровождал безумную пляску ошалелой игрой.

Анита шла дальше, плохо понимая направление, онемелая, оглохшая, волны утерявшей звук музыки подталкивали ее в спину. В сторону из-под ноги откатился уроненный банан, она зачем-то его подняла. Беззвучная автоматная очередь срезала ветку над ее головой. Выстрелы, раздавшись однажды, обречены были множиться, разрастаться, как эхо, начиналось то, что останется в памяти у всех, кто хотел бы увиденное забыть, а в памяти тех, кто не видел, будет обрастать легендарными подробностями. Если снять чулки с голов манекенов, можно будет обнаружить под ними лица знакомых, совсем мальчишек, тех, что еще позавчера сидели на корточках у дороги, молчали часами, курили или перебрасывались ничего не значащими словами, пили вино, гуляли на свадьбах соседей, не считаясь с национальностью. Пожизненные неудачники получали наконец право припомнить соседу нечистоты, по недосмотру вылившиеся на его участок, отомстить за незаконное увольнение, за поражение в драке, да важно ли, за что? — незабываемое торжество обойденных жизнью, подхваченных внезапной волной, редкостное право убивать без лицензии, завладевать чужим имуществом, право дорваться до желанных винных подвалов и там упиваться пьянящим чувством принадлежности к племени победителей, чтобы, утеряв равновесие, свалиться вниз головой в чан и в нем на вершине торжества утонуть, захлебнуться, пока обреченные на изгнание, уходя, будут поджигать свои дома, пусть не достаются убийцам, грабителям, вернуться все равно не дадут, а кто-то уже сам держал в руках автомат...

Анита оглянулась на шорох в придорожных кустах, из них выглянула обезьяна-шимпанзе, в спину ей уцепился детеныш. Анита узнала ее, позвала по имени: Марта, Марта. Непонятно как высвободилась из институтской вольеры. Обезьяна тоже узнала ее, остановилась, готовая подпустить. Анита приблизилась, протянула банан. Марта взяла, подержала его в коричневых пальцах и передала детенышу. На правом глазу проступила совсем человеческая слеза — слеза голодной самоотверженности.

— Пойдем, пойдем, — сказала Анита и тронула обезьяну за мохнатое плечо. Она увидела, что они находятся уже близко от института, а значит, от прежнего дома. — Лучше вам вернуться, — потянула Марту за руку. И тут же засомневалась: куда ее возвращать, зачем, если животных днями скорей всего не кормили, и сама она ничем помочь не могла?

Внезапный автомобильный сигнал вывел ее из задумчивости, спугнул Марту, она мгновенно ускакала на трех лапах, четвертой придерживая мохнатого младенца. Анита резко обернулась. Машина затормозила в метре от нее, из открывшейся дверцы выглянул, махая призывно рукой, Ренат. На мгновение она словно оцепенела, надо было что-то его спросить, забыла. Да скорей же, скорей, торопил ее Ренат, нельзя стоять на виду, сумасшедшая. Перегнувшись, открыл противоположную дверцу. Прежде чем сесть, она увидела, что он один, на нем была камуфляжная форма, не досмотрела во сне. И на заднем сиденье успела заметить знакомую синюю сумку.

— Где он? — сумела, наконец, вытолкнуть.

— Кто? — переспросил, не сразу понял или сделал вид, что не понял. — А... не сейчас, не здесь, отсюда надо скорей уезжать... ч-черт... — Что-то в нервной спешке сделал не так, мотор сразу не завелся. Наконец, тронулись. Сволочи, все же не удержался он от рассказа, все его предали, переметнулись. И этот Гелиа первый. Не захотел возвращать два миллиона, решил просто захватить себе все, нашлись свои люди, мало того что устроили вооруженный захват, еще и провокацию с убийством, чтобы потом его же, Рената, обвинить. Даже свою телекамеру привезли, спецслужбы знают свое дело. — Они думают, что я не знаю, — Ренат нервно хохотнул. — Им не пришло в голову, что я тоже кое о чем позаботился.

— Где Руслан? — нетерпеливо оборвала Анита, она плохо воспринимала смысл нервного словоизлияния, задержало только слово «убийство».

— А... Не знаю, я с ним рядом не был, — Ренат говорил все более раздраженно. — Горбун передал мне вот эту сумку, но тоже еще неизвестно, что видел, что теперь захочет рассказать. Его уже взяли в оборот, я знаю... Чего ты на меня смотришь?.. Это все ты, все из-за тебя, — он неожиданно сорвался. Оглядка на нее, на ее интеллигентское чистоплюйство, вот что ему мешало, не позволяло вести себя с этими людьми, как надо бы, как делали они сами. Неравные условия, их ничто не сдерживало, это он, как дурак, оглядывался... — Прости, я, может, тебе сейчас наговорил ненужное, — он все же опомнился. — Прости. Это чудо, что ты здесь оказалась, теперь на тебя надежда. Вот, — достал из нагрудного кармана, протянул ей маленькую кассету. — Может, здесь что-то увидишь, я сам еще не смотрел. Только сейчас сразу отсюда уходи, тебя никто не должен со мной видеть, никто об этом не должен знать. Это будет мой козырь... они даже не подозревают... они еще попляшут... еще посмотрим, кто кого...

Она вышла из машины, маленькая кассета согревалась в руке, и лишь когда машина Рената ее обогнала, вспомнила про сумку с камерой, которая осталась там на заднем сиденье. Хотела было махнуть ему вслед рукой, может, увидит в зеркальце, но не успела. Раздался вдруг визг автомобильных тормозов. Две большие машины, сверкающие, как жуки, черным лаком, перегородили дорогу Ренату, развернулись, как в фильме, из обеих, как из пружинных шкатулок, одновременно выскочили по два манекена с автоматами, распахнули его дверцу. Анита прижалась к стене ближнего дома. Ренат вышел, на Аниту не обернулся. Он сохранял княжескую осанку, лишь повел плечом, желая освободиться от руки, направлявшей его к другой машине. На манекенов с автоматами это не произвело впечатления, они существовали в системе других отношений, подтолкнули в спину неубедительного для них князя, отработанным движением наклонили ему перед дверцей голову.

Моторы взревели, машины сорвались с места, исчезли. Все произошло мгновенно, как в бандитском боевике. Машина Рената осталась посреди улицы, эти манекены не позаботились даже отвести ее на обочину. Сердце Аниты забилось. Может, и дверца там осталась не захлопнута как следует, подумала она. Подошла к машине, тронула ручку передней дверцы — та действительно открылась. Перегнулась через спинку, без труда извлекла синюю сумку, родную, знакомую. Мысль о возможности сейчас же посмотреть, что там на пленке, увидеть, что же случилось, заставила ее задержаться. Надо было, конечно, отогнать машину в более удобное место, где бы никто на ее не обратил внимания, но она водить не умела. Улица была пустынна, безжизненна, воздух шевелил на мостовой клочья черного пепла. Нетерпение не позволило удержаться, она устроилась на заднем сиденье машины, достала из сумки камеру, вставила кассету, после двух проб сумела включить.

В крохотное изображение на мониторе надо было постепенно войти, увеличить его вокруг себя, сравняться. Перед глухой оградой с закрытыми въездными воротами стояли группками камуфляжные манекены, из проходной вышли еще несколько таких же. Она не сразу распознала среди них Рената, различила сначала осанку, потом усики, прическу, его плотно окружали, видимо, телохранители. Кадры были неустойчивые, камера в сумке подрагивала неспокойно. Объектив дернулся в сторону. Там появились два бронетранспортера, прибывшие манекены ссыпались с них, подались к проходной, оттесняя других, в неразберихе трудно было различить, где кто, все смешались, Ренат на время растворился в общем месиве. Когда объектив сумел поймать его снова, перед ним оказался человек, в котором можно было узнать Гелиа, оба ожесточенно жестикулировали. Звук был слабый, почти не слышный, слова можно было, наверно, разобрать потом, усилив, не имело значения, она могла представить их себе и так. Чья-то безразмерная тень приблизилась к объективу вплотную, закрыла его — догадались о съемке? — успела подумать Анита. Нет, взгляд объектива освободился, ворота уже открывались изнутри, манекены хлынули в них.

Раз-другой на мониторе появлялся горбун с широкой кепкой на голове, он, похоже, держался рядом с камерой, что-то показывал сдержанным движением руки. Нельзя было увидеть только самого Руслана, конечно, объектив не мог показать себя в кадре, глазу положено было оставаться невидимым. Зато он показал человека с большой, откровенной камерой, соперники или конкуренты не подозревали о присутствии скрытого взгляда. А тот ненадолго вобрал в себя пустую голубизну неба, поправился, опустился на крышу, там неустойчиво поискал, задержался на манекене, который появился из слухового окна, вот, лег, обосновался удобнее, приспособил у плеча винтовку, игрушечную, но можно было различить на ней совсем крохотный оптический прицел, микроскопическую точку, дуло, оно уставилось прямо в объектив... нет, сдвинулось чуть в сторону... вернулось опять. Камера споткнулась о воздух, дернулась. В кадре на миг появилась тень, взметнулась, удлиненная, по асфальту, вскинула руки...

Дальше ей досмотреть не дали. Анита не могла увидеть, услышать тех, кто уже подъезжал, приближался сзади, слишком была вся не здесь, только инстинктивно успела вцепиться в ручку камеры, когда дверцу машины рывком распахнули. Ее вытащили вместе с камерой, проволокли шаг-другой по мостовой, она не слышала своего крика, не ощущала боли в раскровавленном о камень колене, пока, наконец, ее не стукнули рукояткой пистолета по пальцам, заставив рухнуть на булыжники. Черный жук, такой же или тот же, что увез только что Рената, рванулся с места, исчез.

Некоторое время она пролежала на мостовой ничком. Почему не ушла отсюда сразу, как сделало бы животное? Отказал инстинкт безопасности. Недосмотренная кассета где-то еще крутилась. Она ковыляла по улице, не ощущая разбитого колена, грязная ссадина кровоточила, как в детстве, двигалась почти бесчувственно, неизвестно куда. В висках стучало, ворочалось: где-то его теперь надо было искать... его или его тело? Петух без головы летел низко над улицей, оставляя ленту кровавого следа. Из простреленного коровьего вымени текла не кровь — молоко, смешанное с кровью. Грузовик заехал на тротуар, трещины расходятся по лобовому стеклу белой паутиной от пулевого отверстия.

Водитель еще держит руль, покачиваясь на сиденье, на лице мертвый оскал. Танк выехал на перекресток, остановился, стал медленно разворачивать башню. Беззвучно.

Воздух стал вдруг непрозрачен, заполнившись белой пылью, белые бумажные листы зависли в ней, кружились медленно, не могли опуститься. Беззвучно оползала, обрушивалась стена дома, открывая соты жилья. Семья обедала за столом, ничего не замечая, только девочка подняла голову от тарелки, повернула лицо к камере, в нем ничего не изменилось, еще не дошло. Потом небосвод пошел неровной трещиной, черный свет хлынул сквозь нее.

6. Память Голема

Листы с обгорелыми, оборванными краями, расплывшиеся чернила, слепая, выцветшая машинопись, типографский шрифт, страницы, вырванные из журналов и книг, без начала и без конца. Он не врал подозрительному въедливому горбуну, он действительно не мог рассказать, где нашел эти бумаги, подобрал для продажи на обертку, не помнил, мало ли что он подбирал на свалке, у мусорных ящиков, просто по дороге, про запас, автоматически, уж этим он свою память не загружал. Да и бесполезно было стараться, так прихотливо она была устроена, из нее могло улетучиться происшедшее полчаса назад, а если время спустя возвращалось, то забывалось что-нибудь другое, словно все одновременно не умещалось в ограниченном хранилище, надо было освобождать место. Почему при этом задерживались анекдоты, не объяснили бы даже специалисты, если бы, конечно, заинтересовались этим клиническим случаем, а то, глядишь, обнаружили бы в человеческом мозгу особый отсек для анекдотов, каморку вроде полуподвальной, в которой обитал он сам, или даже бомбоубежища, защищенного от опустошительного вторжения, организму это было, может, зачем-то нужно. Для себя он ответ мог предложить сам: потому что доставляло удовольствие.

Штамп «Совершенно секретно», протоколы испытательных экспериментов или допросов, расшифровка магнитофонных записей или документация болезней, страницы научных статей, случайные, посторонние тексты, непонятно почему сюда попавшие, он даже не подозревал, что это такое, не полюбопытствовал, хотя мог бы прочесть, этого навыка он не утерял, но если и пробегал взглядом по безразличным строчкам, не задерживался, не пробовал зря вникать, пока ему не стал объяснять довольный находкой горбун. Тут ведь может быть про тебя, скалился, открывая коричневые лошадиные зубы, смакуя нечастую возможность говорить «ты» человеку ниже себя, да еще старше. Это были бумаги института, где среди прочего занимались такими вот пациентами, смотри, вот, может, как раз про тебя. Повреждение гиппокампа (что это такое? неважно) не мешает пациенту быть совершенно нормальным в общении и даже сохранять чувство юмора... ладно, это из какого-то доклада, оставь себе, торгуй, но для меня давай ищи, если что найдешь стоящее, я уплачу лучше. Наведывался, в покое не оставлял, поощрял вспомнить место, поддерживая тревогу, похожую на тоску. Попытки проникнуть в написанное только усиливали это чувство. «Случай индукции, то есть непосредственной передачи информации от объекта к объекту...», — читал он наугад, перебирая разрозненные листки, «...если написать настоящее имя, известное только создателю»... «Обнаружилось, что от работы мысли увеличивается количество железа в зерне». Дальше случайной строчки продвинуться не удавалось, застревал, слова, составленные из черных, фиолетовых, синих значков, не заполнялись ничем, ни смыслом, ни голосами, ни очертаниями, шелестели и отлетали, безразличные, как шелуха.

О себе он больше мог бы узнать, наверно, с чужих слов, но зря не спрашивал. Да и кто бы ему стал рассказывать, когда и как он появился в этой полуподвальной каморке, предназначенной не для жилья? Как будто даже и не заметили, не сразу обратили внимание, документами никто не интересовался. Безвредный инвалид, разумный в повседневности, даже веселый, с юмором, он проводил целые дни на рынке, там его могли снабдить непроданными под вечер остатками, соседи тоже подкармливали, предлагали даже постирать, подштопать, народ добрый, но тут он умел справляться сам, следил за собой, брился, хотя и не каждый день, ходил чисто. Ему передавали одежку, ставшую ненужной, не все одевались, как он. Живет и живет, пока не умер или пока никто не положил глаз на его конуру, хотя кому она могла понадобиться? У него и ключей не было, чтобы запереть дверь, и что у него украсть?

Недостаточность памяти его, в общем-то, не беспокоила, он к ней приспособился. В ее беззаботном устройстве было, как пояснили бы люди сведущие, свое преимущество. Всех память щадит по-разному, не заставляет пожизненно мучиться душевными язвами, болезненными переживаниями, милосердно гасит их, уводит в непроглядные глубины, как будто насовсем отключает. Жить стало бы невозможно, если бы она заставляла нас вновь и вновь ощущать корёжившую когда-то зубную боль. Хотя совсем отгородиться от воспоминаний унизительных, постыдных удается немногим, тем, кому дано не углубляться в себя слишком — да и таким случается просыпаться от собственного крика, в холодном поту. Не благо ли просыпаться, не запоминая снов, с легким чувством пустоты, избавленной от тревог?

Теперь ожидание визитов горбуна бередило в нем смутное, пугливое беспокойство, непонятные, тревожные видения навещали его наяву. Он мог отломить кусок хлеба, но не успевал поднести его ко рту, вдруг оказывался где-то не здесь, перед глазами белел колпак, похожий на круглый горшок, провода или толстые черви сосали, тянули из чьей-то головы текучее бормочущее содержимое, чтобы перекачать в другую, которую нельзя было увидеть, как невозможно увидеть изнутри самого себя. Смотри на меня, смотри, говорил чей-то мягкий голос, слушай, не меня, ты слушаешь себя, это думаешь ты сам. Теплые пальцы прикасались к вискам, большие печальные глаза казались увеличенными. Видение таяло, становилось призрачным, возвращались, твердея, стены, штукатурка в сырых разводах, свет, густея, продавливался сквозь оконную решетку, в руке вновь оказывался кусок хлеба.

Он не мог бы потом сказать, в какой связи так же явственно перед глазами однажды возникли проплешины бугристого, почти ставшего землей асфальта, он увидел себя на заросшей дороге, каменные стенки по ее сторонам, траву между камнями, ощутил, что место ему не просто знакомо — он может пройти к нему. Это было похоже на попытку вернуться в увиденный однажды сон, по наитию, без участия сознательной мысли, попутная примета (павильон автобусной остановки, искривленное дерево) подтверждала, пробуждала ожидание следующей. Наяву узнавался почти скрытый зеленью поворот, уводящий в сторону от шоссе, узнавались ящерки на солнечных камнях, глухие металлические ворота, за ними бетонная ограда с прорехой, а дальше другая, повитая колючей проволокой, узнавался ушедший в землю бункер или бетонный погреб, ржавый, почти рассыпавшийся замок на одной петле. Таким же ржавым был мусорный контейнер, бумаги и свалены были в него, как мусор, их, возможно, пробовали раз-другой поджечь, у огня хватило запала полизать лишь поверхностные края, не разошелся, кто-то не проследил. Чтобы очистить контейнер, понадобились две экспедиции с туристическим рюкзаком, подобранным, как и большая часть имущества, не вспомнить, где, люди позволяли себе теперь выбрасывать вполне пригодные вещи. Не без труда забравшись внутрь контейнера, он запихивал в рюкзак рассыпчатые порции. Должно быть, в свой первый приход он отобрал большую часть относительно целых, пригодных для обертки листов, теперь брал все, не отбрасывая, не оставляя обгорелых, рваных. Осмотрительности хватило, чтобы каждый раз не встретиться с горбуном, тележка, сделанная из детской коляски, позволила довезти все благополучно.

Место, где можно было укрыть бумаги от хищного взгляда, было присмотрено заранее: в кирпичной кладке под потолком имелась обширная выемка, возможно, предназначенная для неизвестного устройства, отчасти заделанная наружной фанерой. Оттуда пришлось сначала выгрести обильную пыль, замешанную на паутине, мышиный помет вместе с высохшей мумией мышки (как она так высоко забралась?), бумаги втиснулись туда с трудом, фанера вначале не возвращалась на место, ужал, приспособил. Дождавшись позднего времени, когда огни в окрестных домах гасли и можно было не опасаться вторжения горбуна, он занавешивал зарешеченное оконце одеялом, включал свет, взбирался на табурет, извлекал из-под потолка рассыпчатую кипу бумаг, раскладывал на столе, слишком узком, чтобы можно было разместить рядом больше пяти-шести листов и обрывков, приходилось перебирать, перекладывать из кучки в кучку, пытаясь вникнуть то в один, то в другой. Слова лишь по отдельности казались понятны, пока они соединялись друг с другом, смысл ускользал. «Прилагается список оборудования, которое лаборатории нужно в первую очередь»... «Методы вживления искусственно созданных воспоминаний первоначально отрабатывались на насекомых»... «Акт на уничтожение документов хранится в Первом отделе»... «Если в имени перепутать хоть букву, прах останется прахом»... Высветившиеся строки, слова, фразы оставляли в затемнении другие вокруг, выше и ниже, читать все подряд было не просто утомительно, зудящее нетерпение мешало сосредоточиться.

«Вы перешли границу по документам, оформленным на чужое имя», читал он, «прежнее имя потом себе так и не вернули». Смутно вспоминалось, что про имя где-то уже было, казалось важным найти, он начинал перебирать недавно отложенную стопку, нужного листка так и не находил, зато терялся только что недочитанный. Вместо него попадался другой, как будто о том же: «Меняющий имя меняет судьбу», читал он, пробовал неуверенно соединить. Прочитанные без понимания слова ничего не открывали, но порой вызывали вдруг как бы неясный отзвук — так дрожь струны заставляет отозваться другую, настроенную на ту же частоту. Так кто-то из первых людей, наверно, пытался составить в созвездия тревожную небесную россыпь, чтобы не мучиться непонятным.

Больше повседневных событий, которые проходили незаметно, ничего не оставляя в памяти, его теперь будоражили сны. Он оказывался на тесной улице среди каменных, деревянных, незнакомых домов, возникало лицо молодой женщины, пышные волосы ореолом светились вокруг головы, остальное терялось. Утром он не всегда мог уверенно сказать, спал ли, нет ли, но выходил на свет из подвала, не ощущая бессонницы. Что-то, однако, уже мешало внутри, продолжало зудеть — ожидание ли тревожного визита, нетерпеливое ли желание перебирать листы дальше? Как просто было прежде, когда не мучило беспокойство о неизвестном, утраченном, не надо было возвращаться к бумагам, что-то искать, пытаться удержать, разместить, соединить в уме! Невозможной стала недавняя беззаботность.

Было ли сном неизвестно откуда всплывшее однажды видение? Он стоял на брезенте, явственно ощущая под пятками ненадежную хлюпающую жижу, как будто брезент был постелен на болоте. Круглолицый нарумяненный человек движением фокусника раскидывал на пальцах веер карт, протянул одну, вокруг были улыбающиеся лица, солдатские гимнастерки, пилотки, пальцы ощутили знакомую упругость плотной пластинки... Внезапный грохот все опрокинул, взорвался над головой или в голове. Он ощутил себя лежащим — очнулся или перешел в другой сон? Грохот еще отдавался в теле затихающими раскатами, перед глазами было бело. Во сне или наяву он поднялся, на ощупь нашел дверь, все еще не соображая, обогнул стены, вышел на улицу — и там увидел свои листы, парящие в белом воздухе, в известковой клубящейся пыли.

Вот когда показалось, что он действительно сходит с ума. Беспорядочно стал их ловить, прижимать к мостовой, руками, животом, ползал, хватал то тут, то там, не мог удержать. Оседала белая взвесь, чернела дыра в стене, чуть выше тротуара. Безумный ли снаряд разворотил ненадежное хранилище памяти, сам непонятно куда исчезнув, отвалился ли просто от сотрясения хлипкий слой, кирпичи валялись на тротуаре, в голове шевелилась такая же непроглядная муть, как вокруг, и в ней все кружились, кружились испещренные значками листы, не могли опуститься, успокоиться, соединиться.

Горбун больше не появлялся, исчез, прежние тревоги потеряли значение, а вместе с ними и нетерпеливое беспокойство, надежда найти непонятно что в окончательно рассыпавшихся бумагах. Для них пригодился просторный мешок из синтетической, в голубую клетку, рогожи, его можно было завязать бечевкой, засунуть, умяв, под кровать — и почти тотчас забыть, надолго ли, он потом не мог бы сказать. Время для него растекалось, не имело значения, да он его никогда и не отмечал. Что-то в нем самом оказалось потрясено взрывом. Утеряна была прежняя живость, разговорчивость, он продолжал заниматься привычными делами, о которых к вечеру едва что мог рассказать. (Кто, впрочем, хранит в памяти автоматически непрожитые минуты, часы, дни?) Он не замечал улиц, по которым каждый день уходил, однако неизменно возвращался обратно, как мог не замечать голода, пока соседи сверху не заносили ему поесть, кивал с благодарной улыбкой. Можно было удивляться, что при этом он не опустился, от него не пахло, лишь седая щетина разрослась в бороду, сделав лицо благообразным.

Бумаги возникли из небытия однажды, когда он собрался подшить порвавшийся на локте рукав, из пальцев выскользнула катушка с нитками, закатилась под кровать. Пришлось лечь на пол, чтобы ее оттуда вытащить, протянутые вглубь пальцы нащупали среди мусорной пыли незнакомую, чужеродно хрустящую оболочку. Он вытащил забытый мешок, развязал расслабленную бечевку и, открыв его, обнаружил, что бумаги оказались изрядно порчены мышами. Их ночное шуршание давно казалось привычным, оно ему не мешало, не имело к нему отношения. Самих мышей он не видел, остатки еды на столе прикрывал миской, без холодильника в подвальной прохладе вполне обходился. А вот о листках не подумал.

Былая тревога не просто вернулась, в ней появилось что-то лихорадочное. Дыра под потолком была заткнута старой подушкой. Окно, оставшееся без стекла, приходилось в плохую погоду плотно занавешивать даже днем. Светом и темнотой он распоряжался у себя сам, электрическим светом, когда он не отключался, светом вокруг керосиновой лампы, когда бывал керосин, или свечи, огарков всегда хватало. Мыши, невидимые, заполняли по ночам жилье все более тревожным, ускоряющимся шебуршанием, заставляли спешить, наперегонки с ними или со временем.

Было чувство, что самое нужное, так и не найденное оставалось теперь на измельченных клочках. Однажды пришла мысль подбирать их один к другому по схожему шрифту. Сразу же почудилась возможность удачи. На неполной странице рассказывалось про человеческое существо, созданное кем-то из глины. Чтобы его оживить, вдохнуть в него мысль, чувства, память, надо было вложить в губы неподвижного истукана листок с именем, известным только создателю. Шрифт был книжный, к листку почти сразу подобрался клочок с такими же, подходящими буквами. «Неподвижное тело раздели догола, отнесли на чердак, забросали тряпьем, чтобы никто его не мог увидеть, найти». Вдруг он явственно увидел этот чердак, ощутил себя этим телом, скорченным, неподвижным, такое же тело лежало напротив, волдыри на коже сочились, волосы на голове, в бровях, в бороде шевелились от вшей. И почти тут же под руку попал обрывок как будто о том же, хотя с совсем другим, машинописным шрифтом:

«Она оставила его на чердаке, думала, ненадолго, не знала, что больше его не увидит.

Это был ваш сын? — спрашивал кто-то.

Сын женщины, которую я любил.

Вы уходите от ответа»...

Нет, дальше начиналось уже что-то не то — почему же нарастало, заставляя спешить, чувство близкой находки? «Пациент говорит о прочитанном или услышанном так, как будто это происходило с ним самим, — вчитывался он, склоняясь над свечным огарком, — приводит подробности, убежденный, что все это действительно видел»... Может, это было как раз о нем, горбун не зря говорил... может быть... Вновь возникало лицо привидевшейся однажды женщины с ореолом пышных волос, однажды показалось, что она движется с ним в танце. Включившееся вдруг электричество разгоняло видения, по столу растекался парафин от оплавившегося огарка, возникшие было фигуры и лица начинали таять, совсем исчезали, зато предлагал себя совсем уже непонятный клочок со строкой знакомого книжного шрифта: «...был возвращен в глину за то, что влюбился в жену своего создателя».

Один листок задержал его внимание. «Если правильно уложить дрова, огонь загорится сам собой», написано было на нем. Сам листок с двух сторон уже обгорел: значит, один раз получилось уложить правильно, подумал он и сам почему-то собственной мысли улыбнулся. Захотелось переписать эти слова на чистом целом листе. И тут же пришло на ум выписывать хотя бы коротко то, что показалось важным для памяти. Потом проще будет находить нужное, не придется разгребать измельченный навал, вспоминать, может, на хорошем листе все соединится само, лучше, чем в уме. Как не додумался до этого сразу? Среди рыночных запасов нашлась тетрадка, уже начатая каким-то школьником, без обложки, в клетку, надо было только вырвать первую страницу: незавершенный пример столбиком, расплывчатая синяя клякса, двойка красными чернилами и теми же чернилами требование привести в школу родителей. Нашлись и авторучки, или как теперь называют эти чернильные карандаши со стерженьками?

На первой странице он переписал про дрова и огонь, получилось крупно, как заголовок. Отвыкшие от письма пальцы выводили буквы медленно, коряво, но было чувство, что мысль, собственноручно закрепленная в веществе, вытекавшем из-под кончика стержня, обещает уже какую-то определенность. «Женщина, которую я любил», выписывал он дальше. «Вернуть имя — все равно, что вернуть прежнюю жизнь»...

Если бы в такие минуты к нему в подвал кто-нибудь заглянул, он бы услышал, как старик то и дело бормочет, словно разговаривает сам с собой, произносит вслух то, что читал или выписывал, не всегда вполне понимая, на всякий случай. Сеанс № 23 от 14.3.1952... где-то еще было про сеанс. Утерянный листок возникал перед глазами, как сфотографированный, вместе с густой кляксой, закрывавшей буквы, из-под нее вытекали слова: сеанс окончен. Он продолжал с кем-то разговор, читая его или уже не нуждаясь в буквах. Я положил ей кольцо в сахарницу. Слушай, слушай себя, это думаешь ты сам, повторял ему голос. Яркие лампы светили в глаза, уводя в темноту ряды неразличимых лиц. Постарайся вспомнить сначала мелодию, слова потом... А, вот он где, этот листок... Их хоб дих либ, их хоб дих либ...

«Говорите по-русски! — вмешивался дознаватель или врач. Белый халат, белые ресницы, без шапочки, черные гладкие волосы казались приклеенными. — Что вы сейчас мурлычете?

Это песня. Такой мотивчик. Когда мы с ней танцевали.

С кем с ней?

С женой, конечно.

Вашей женой? Как ее звали?

Не помню.

264

Не помните свою жену? Вспоминайте, вспоминайте.

Я не был женат. Я устал.

Сеанс окончен».

Машинописный листок, расшифрованная стенограмма, запись диалога или протокол допроса, этого или другого, номер и дата оборваны. Сердце начинало биться болезненно.

«В прошлый раз вы сказали, что ваша фамилия Мукасей.

Я так сказал? Да, фамилия Мукасей.

А имя?

Имя? Дан. Она меня так назвала. Даниил.

Кто она?

Женщина, которую я любил. Мы с ней гуляли в саду. Он мне это сам рассказал.

Кто он?

Даниил.

Даниил это он или вы?

Он. И я тоже. Она меня назвала Даниил.

Он про это вам рассказал?

Не рассказал, я сам видел. Просто сначала забыл, он говорил, чтобы я вспомнил. Мы гуляли по саду, она хотела сорвать розу. Но я сорвал ей сам. И когда она проснулась, у нее была роза в руке...

Роза?»

Роза! Имя было написано не на бумаге, оно вспыхнуло, замкнутое мгновенной проясняющей дугой, засияло, расцветало в уме, в памяти. Он вспомнил название города, вспомнил лицо, комнату, до нее надо было только добираться, как, не имело значения, это можно было считать пропущенным, дорогу, на автобусе, поезде или в метро, блуждания, недоразумения, случайных людей — все сжалось потом неразличимо, исчезло — добрался, увидел, все главное вернулось, восстановилось. В уме снова рухнуло что-то, лишь когда она его назвала Цыпа. До него не сразу дошло, не доходило еще долго. Имя было знакомо, он его вспомнил, это соединилось, но остальное стало опять двоиться, путаться, а главное, где-то забыл или потерял тетрадку, объяснение оставалось там.

В вагоне поезда он еще пытался упорядочить, собрать мысли, приходилось заново напрягаться, не получалось. Попутчики выкладывали на столик у окна провизию, обращались к нему, он не сразу вспомнил про угощение Розы, что-то говорил в ответ, наверно, смешное, потому что они смеялись, он тут же свои слова забывал, отзывался так же механически, как отправлял в рот кусок помидора или хлеба. Хорошо, что хватило соображения отказаться от выпивки. Разболтанный вагон трясло. Хотелось лечь, он готов был пристроиться без постели, если бы проводница сама не положила белье, забыл. Сумасшедшие договорились бежать из больницы... хорошо хоть тетрадка осталась дома, на нее оставалась надежда.

Мягко дрожала подушка под головой. Выцветшие зеленоватые глаза неуверенно смотрели на него. Круглое лицо, на этот раз без румян, щеки в склеротических прожилках, жидкий рыжеватый зачес на лысину. Ты меня действительно совсем не помнишь? Ну конечно, что я говорю. Был младенец, стал почти взрослый. Тебе уже надо подарить бритву. И маму, значит, тоже не помнишь? Может, хорошо, что не помнишь. Не стану тебе объяснять. Я, конечно, виноват, такая была жизнь. Не все тебе надо рассказывать. Когда-нибудь, может, сам узнаешь, ребенок иногда бывает очень не ко времени. Тем более такой... нет, я ничего не хочу сказать. Не все надо знать. Но теперь смотрю на тебя... Если верно то, что я слышал, чудеса действительно существуют. Есть люди, которым это дано, нельзя не признать. Странно вспомнить, что я оказался соперником такого человека. Тогда я только слышал, что он занимался чем-то по медицинской науке, гипнозом и чем-то еще, не у нас, где-то в Германии. А может, даже в Швейцарии. Я не старался расспрашивать, зачем? И зачем к нам приехал? Угораздило встретить твою маму, имел такую неосторожность. Не знаю, назвать ли ее красавицей, у меня при себе нет ее фотокарточки. Но когда она пела, в нее нельзя было не влюбиться, это я могу подтвердить. Выступать с нами — это была его идея. Хотя на публику никогда раньше не выходил, но это нетрудно. Я был для того времени неплохой антрепренер, заказал ему концертный костюм, сам вел конферанс. И вот это, — карты веером в пальцах. Он был очень сильный гипнотизер, о, не все еще хотел показывать, нельзя! Такому ничего не стоило бы, между прочим, внушить женщине любовь к себе. Не стал этого делать, тоже можно понять. Это же как насилие во сне. А мама... ах, мама! Женщины бывают легкомысленны, ты когда-нибудь узнаешь. Мы были артисты, веселые, а он такой серьезный. Она еще была немного истерична, прости мне, господи, но это правда. Не знаю, что она могла найти во мне. Хотя я, конечно, тоже был не такой, как сейчас, не думай, о! Деньги тогда имелись, каких сейчас не бывает. Нэп, слышал такое слово? Ну, что теперь говорить. Не знаю, что у них было и было ли что, но она осталась со мной. Он сразу от нас уехал, опять куда-то к себе, не знаю. Она от меня ушла года через три, уже с тобой. Уехала к родителям в Литву, тогда еще было можно. Ничего про обоих потом не знал. А он появился, значит, опять у нас. Война еще не началась или, может, уже была, я не совсем понял. И как у него все это получалось, не знаю, не расспрашивал. Как он нашел тебя, как нашел меня. Могу только догадываться, но это же такой человек, ему ничего не стоило проходить куда надо. Вот, привел тебя ко мне и снова куда-то пропал, что я мог ему сказать? Только вернуть тебе свое имя, документы он сам устроил. Я его сразу не узнал: ни усов, ни бородки, ни шевелюры — другой человек. Обещал скоро вернуться, сказал, что, может, мы еще поработаем вместе. И ты с нами, третьим вместо мамы. А что? Как в американском кино. Ты удивительно хватаешь все на лету, кто бы мог подумать, уже кое-чему научился. Война скоро кончится. Надо бы ему только поторопиться, мне может не хватить времени. Я это без врачей знаю, хотя причем тут врачи, когда еще война?..

Никто в доме не заметил, как он вернулся, еще не начало рассветать. Дверь оказалась заперта, он не успел испугаться, тут же увидел оставленный в замке ключ, никогда его прежде не было. Вошел в полуподвал и снова смутился мысли, что все-таки попал не туда. Вдоль левой стены стояли один на другом, до потолка, ряды картонных ящиков. Но кровать у правой стены осталась не тронутой, узнаваемой, и маленький стол под окном. Ему уже было померещилось, что на ней он увидел оставленную тетрадь — нет, и это воспоминание обмануло, лежал какой-то чужой журнальчик. Неужели ее выкинули? Опустившись на корточки, он первым делом вытащил из-под кровати синтетический клетчатый мешок, с облегчением удостоверился, что хоть бумаги оказались на месте.

Все приходилось начинать заново. Теперь он боялся выйти, покинуть полуподвал. Никто сюда, кажется, не заходил, а если и заходил, он мог этого не заметить, как не замечал, ел ли сегодня или не ел. Для соседей старик стал кем-то вроде домового, которого надо подкармливать, даже когда не видишь, ему оставляли еду на скамеечке у двери.

Ватное одеяло на плечах не грело даже в жаркие дни. Мыши, невидимые, неуязвимые, заполняли жилье убыстряющимся неумолчным шуршанием. Жизнь за пределами углубленного в землю жилища становилась несуществующей, исчезало само жилище. Слушай, слушай себя, повторял голос, вновь возникали большие печальные глаза, это все должно остаться в тебе, даже если никто не запишет, главное, сохранить, передать, оживить.

«Вас не принудили работать в его институте, вы сами, добровольно предложили сотрудничество фашисту, — слышал он или читал.

Мальчик оказался у него, мне нужно было его спасти. Она оставила его на чердаке, думала, ненадолго, не знала, что больше его не увидит.

Это был ваш сын?

Сын женщины, которую я любил.

Вы уходите от вопроса.

Я не могу на него ответить.

Знаете ли вы, что с ней случилось?

Она попала в первую же акцию, так это у них называлось. Женщин отвезли в ближний форт, там большую часть расстреляли. Но она, я знаю, прошла еще и через концлагерь.

Вы ее больше не видели?

Я видел ее волос.

Волос?

Кончик волоса, он торчал из тюфяка. Я начал его тянуть и с каждым мгновением узнавал. Тюфяк был набит ее волосами. Материал для мягкой мебели, годился и для шляп.

Почему вы уверены, что это были ее волосы?

Их я не мог не узнать.

Ну, не будем об этом... Вернемся к нашему пациенту. Не спрашиваю, как вы проникли в гетто, как его нашли, я представляю себе ваши возможности. Что с ним там было?

Не буду описывать состояние, в котором я его застал. Он был истощен, неподвижен, не говорил, не реагировал на слова. Просто уйти с ним я не мог, надо было сначала поставить его на ноги. Долго прятать его там было невозможно. Этот мясник, сам того не подозревая, пришел мне на помощь»...

Узкие губы, очки без оправы, рука в лайковой перчатке, бокал в руке. Нетрудно превратить человека в животное — можете ли вы сказать, что из него при этом уходит? — усмехался, похлебывая из бокала. Что вы называете словом «душа»? Вы утверждаете, что способны ее вдохнуть? Он сейчас слушает нас — вы думаете, понимает больше, чем эта собака у моих ног?

«Его почему-то всерьез интересовала легенда о Големе, он меня про нее то и дело расспрашивал. Похоже, и впрямь верил в существование мистических тайн, магических знаков, формул, думал, я не хочу ему чего-то объяснить, открыть, угрожал, требовал. А мне надо было тянуть время, пока удастся хотя бы поставить мальчика на ноги, привести его в чувство. Он смотрел, как мне это удастся. Без химии, без хирургии, без электрических приборов, без радиоволн. А я отвлекал его вариациями на темы каббалы. Когда удалось притупить его бдительность, я с мальчиком ушел.

Да, профессор нам рассказал, как вам это удалось, история для хрестоматии. Не мог потом опомниться, как же он сам открывал вам двери. Смею заверить, отсюда вам уже не уйти, мы на этот счет подготовлены. Вас, считайте, нет, вы исчезли, перестали существовать для живущих. Но здесь вам предоставлена возможность продемонстрировать свои способности на том же объекте. В состояние он, похоже, вернулся прежнее. Мы не старались умышленно, получилось, как сумели. Датчики, надеюсь, вам не помешают, это нужно для нас. Нам надо все-таки отследить, зафиксировать процессы, чтобы можно было их воспроизвести, без этого наука не может.

Вы тоже называете это наукой. Сначала опустошить память, чтобы потом заменять новой? Если утеряно представление об основах мира, так называемые технологии способны лишь принести беду, и для вас самих в том числе».

Слушай, ты слышишь теперь не меня, ты слышишь себя, вновь смотрели на него внимательные глаза. Они не представляли, что слова, произнесенные при тебе, начнут оттаивать в твоем уме, когда говоривших уже не будет в живых. Я снова говорю для тебя. Ты был для меня мальчиком, взрослым, скоро начнешь стареть. Как ты улыбнулся мне первый раз, еще не понимая, что научился улыбке. У тебя стал появляться пух на щеках. Ты выйдешь отсюда без меня, надо постараться. Всей твоей памяти не вернуть, боюсь, что-то уже непоправимо, слишком много для этого постарались, и не однажды. Да всей ты бы не выдержал, не вместил. Я в чемто, видимо, виноват. Хотел переждать, расслабиться, просто пожить. Нельзя без постоянного сопротивления, только в этом надежда. Есть знание, которое дается лишь прожитой жизнью, усилием напряженной мысли, духа, чудом любви и веры. Но если сохранится хоть малость, она может быть передана другим, чтобы разрастаться в них, оживать, возникать заново, возрождаться...

Бумаги громоздились на столе кучей. Слова звучали в мозгу, как собственные. Выпутать сон из сна, нить из невнятной пряжи... Рука по плечо погрузилась в совсем уже опустевший синтетический мешок, пальцы на самом дне нащупали что-то еще. Он вытащил тетрадь без обложки, в клетку, с заголовком на первой странице. Сам ли припрятал ее поглубже и забыл, завалилась ли непонятно как?

«Если правильно уложить дрова, огонь загорится сам собой, — с бьющимся сердцем начал читать старик.

Женщина, которую я любил...

Я положил ей кольцо в сахарницу...

Имя — Даниил Мукасей...

Ее зовут Роза»...

Чувство голода заставило его, наконец, вспомнить себя, вернуться в свое тело, в свое обиталище. Было холодно до озноба. Дверь почему-то не открывалась, он не сразу понял, что оказался заперт снаружи, кто-то повернул ключ, неосторожно оставленный в замке. Даже голос его был заперт, не мог прорваться дальше оконной решетки.

7. Без четвертой стены

Возвращение после отсутствия, жизнь после жизни, склеенные концы пленки, вырезанный промежуток не здесь, остался в другом пространстве или в другом времени, сколько его прошло, можно при старании посчитать, но незачем, не совместишь. Через заржавелые, в бурьяне, железнодорожные рельсы, мимо рынка, где те же цыганки торгуют теми же сигаретами, загораживаются от солнца картонками, те же парни сидят у дороги на корточках, перебрасываются ленивыми, как пустые плевки, словами, от жвачки не осталось в слюне даже воспоминаний. Мимо заброшенного порта, разлагающихся кораблей, мимо пустынного пляжа, мимо кафе с лучшим в городе кофе, оно все еще силится не замечать времени. За столиками в тени старого платана неподвижные игроки, те же или такие же, вместо кофе, правда, у некоторых бутылка воды, по нынешним средствам, и зрителей вокруг поменьше, сменные персонажи вокруг единственно важного, застывшей позиции на клетчатой доске. Двойные шахматные часы, почтенная седина, пальцы дотронулись до короны ферзя, задержались, поторопился, неосмотрительно, теперь ничего не поделаешь, правила игры, взялся — ходи, вопрос куда, как выправить, осуществить на доске медленную неумолимую судьбу? За столиком неподалеку игроки в домино, перед одним на столе большие бухгалтерские счеты. Если задержаться, вглядеться, можно кого-то узнать, но не время застревать на подробностях — не дойдешь до намеченной цели.

Пыльный ветерок приподнял над мусором, понес, куда получится, сдвоенный газетный лист, расправиться уже не удастся, смялся, испачканный грязью ли, пятнами мелкого текста, заголовки еще разборчивы. Осуществим... слово прощания... распродажа... победа, счет 2:1. Год не имеет значения. Жизнь продолжает свое движение, не сверяясь с календарем. На стенах предвыборные плакаты, лиц не узнать, обновились. На воротах одноэтажного дома бумажное объявление, крупная неровная надпись: «Дом оформлен. Здесь живет казак». Остов разбитой машины обглодан, как ржавый скелет. Черный громадный хряк роется в черном жирном мусоре, по неровному асфальту бродят козы и куры. В конце безлюдной улицы женщина в черном толкает перед собой инвалидную коляску, грузный мужчина прикрыт пледом, на мгновение повернулось лицо, усики, седая челка на лбу... нет, показалось, скрылись за углом... дальше.

Дальше, по мосту через мутную, пахнущую сточными водами речку, вверх по булыжной улице, узнавая ли, нет ли, наяву ли, во сне. Одинокая, без пастуха, корова наклонила большую голову, мягкими губами сорвала одуванчик, желтый среди седых. Трава пробивается из трещин асфальта, между камней. Разрушенные обезлюдевшие дома, старой колониальной постройки и поновей, стены в выбоинах безумного обстрела, от некоторых остались каркасы, обнажились доисторические ребра, искореженная металлическая арматура. Буйная зелень прет изнутри, лезет через пустые глазницы, через черные проломы, над крышей поднялось сквозь прореху дерево с гроздями плодов, похожих на орехи, никому здесь до сих пор не известные. Некоторые были еще зелеными, на других уже растрескалась скорлупа. Сохранившиеся витые ограды увиты глицинией. Благословенный, пугающий климат, лианы или ветви на глазах разрастаются, переплетаются, как змеи, проникают внутрь жилья. Между ними и решетками обитаемых балконов протянуты подвижные веревки, развешенное на них белье лучше уличной одежды выбалтывает секреты внутренней жизни. Пододеяльники, наволочки, детские колготки, пеленки, старушечьи голубые рейтузы, отставшие от времени на полвека, да, впрочем, никогда и не заботившиеся о современной моде, как и мужские семейные трусы. Но кто-то, глядишь, сумел обзавестись импортом, уже преодолевшим закрытость, вот итальянский лифчик, вот безрукавка с иностранным названием. Женщина, перегнувшись с балкона, тянется повесить еще одно полотенце, снизу на халате видны полумесяцы потных подмышек.

Закатное жаркое солнце прорвалось в пролом, ослепило. Пронизывающее сияние. Обвалившаяся местами стена продолжает исчезать беззвучно, на глазах становится несуществующей. Взгляду открыты жилые соты, геометрические ячейки квартир на трех этажах. Исполненное видение, неосторожный, недосмотренный замысел, только между квартирами перегородки все же остались, соседям друг друга не видно, они и так друг про друга знают, можно заниматься своими делами, не ощущая на себе постороннего взгляда.

О том ли забота? Живем, значит, можно жить, что было, то было, прошло мимо нас, почти, можно сказать, не задело, хотя, конечно, кого как, всего не обязательно знать, лучше забыть. У некоторых квартиры здесь сейчас даже лучше прежних, считай, с удобствами, хотя не все пока подключены, но газ уже обещали. Грех жаловаться, климат теплый, топить не надо, предки и не так жили, телевизионная антенна обеспечивает чувство успокаивающего единства. Смотрим всей семьей сериалы, отключая на время способность сопоставлять экранные драмы с испытанным на себе — иной раз всплакнем, потом сами себя смутимся: о чем расчувствовались? Но без искусства совсем нельзя, искусство есть искусство, с жизнью незачем сравнивать, смотришь не ради правды, просто почему-то тянет, тянет подключиться к следующей серии.

Запахи булькающего варева, сковородного жарева странствуют между этажами, разгуливают по улице. На первом этаже угадывается фасолевый суп, на третьем тушится острый перец. Урчание прущей жизни. На втором этаже, слева, семья за столом уже заканчивает обедать, девочка дует на блюдце, мальчик оглядывается на телевизор, экран светится, машины, столкнувшись, переворачиваются. Мать не разрешает включать звук, у нее и так болит голова от выстрелов, взрывов. По телевизору сплошное насилие, стыда у них нет, надо написать на студию. Нельзя показывать детям столько жестокости. Слава Богу, у нас больше не стреляют. Ну, это как сказать, не стреляют, откликаются с третьего этажа. Слышали, позавчера Гиви, помните, киномеханика, того, что жил здесь когда-то в четвертой квартире, убили? Ну, это он сам виноват, хватило же ума, столько лет прошло, надумал вернуться, посмотреть, что с его машиной. И ведь сумел же пробраться. Удивительная психология, тут жизнь или смерть, а он о своей рухляди не перестал беспокоиться. Так бы о ней никто не вспомнил, стоит себе в ракушке и стоит, ржавеет с ней вместе, такое старье. И его бы не вспомнили, квартира ужс занята, обратно ничего не получит, людям надо жить, раз живут. Сами ведь поджигали свои дома, лишь бы нам не осталось. Такие люди. На винзаводе, это все говорят, перед уходом нарочно расстреливали цистерны, чтобы вино вытекло. Такой народ. В квартире у него оставалось еще старинное фортепьяно, Катя с третьего этажа сразу подняла его к себе, не пропадать же, Циммерман, это фирма. Все хочет найти настройщика, сделать из сына виртуоза, когда-нибудь он, наконец, сможет покинуть эти края, вырваться из здешней жизни. Это многие бы хотели, она только так говорит. Ей самой чем здесь плохо? Посмотри на нее, думаешь, откуда у нее во рту столько золота? Так и сияет, довольная, черная от рыночного солнца. Ей не настройщик нужен. А вот у Тамары из шестой дочь действительно вышла замуж за профессора, итальянца. У нее там теперь вилла, а мать к себе не берет. Та говорит, что сама не хочет. Ну да, не хочет. Еще не отучилась стыдиться богатства среди бедности, интеллигенция. А дочка сама приехала, не постыдилась всем показаться. Расфуфырена, платье вот с таким вырезом, плечи сдобные, не загорает там, золотая побрякушка на шее. Чтоб я эту побрякушку ей на гроб положила...

В восьмой квартире старик понуро сидит на табурете, как на стульчаке, время от времени покачивает головой, лицо напрягается гримасой, мучают то ли мысли, то ли боли внутри. Когда-то мог себя чувствовать большим человеком, прокурор, пусть районный, не здесь, здесь никому до его грозных званий нет дела, жена уговорила переселиться, дожить после пенсии у теплого моря. Жены больше нет, пенсия превратилась в ничто, остатки сбережений растаяли, и страны больше нет, рассыпалась, бессонница мучает даже во сне. На втором этаже у окна мальчик сидит над тетрадкой с формулами изобретения, которое позволит человечеству добывать энергию хоть из камней, но смотрит он во двор, между страницами спрятана записка с тремя словами: «Я тебя люблю», без подписи. Кто это мог написать? Сегодня во дворе Фаина с верхнего этажа покраснела, когда он взглянул на нее, это было уже второй раз — не она ли? Раньше он на нее внимания не обращал, но вдруг такими показались милыми углубления в уголках губ, может, из-за улыбки, и брови взметнулись, такие черные. Мама за его спиной гладит белье на доске, голова обмотана полотенцем, поглядывает на сына. Совсем стал худой, как ни старается его подкормить, может, глисты. Найти бы денег. У сестры в селе был урожай мандаринов, но как их продать, не пропускают, чтобы просто выехать, нужно платить взятку, опять деньги, а где их взять? Стоило получать высшее образование, разбираться в тонкостях химических реакций, никому это теперь не нужно, продавщица лучше умеет обеспечить себе жизнь. Интеллигентов по привычке еще вежливо слушают, но сами они уже не принимают себя всерьез, не проявили достойной уважения хватки, не сумели приспособиться к не предсказанному повороту жизни, натуру не исправишь. Муж попробовал было, уехал на заработки, устроился. До сих пор невозможно поверить, что в самом деле он мог там присвоить какие-то деньги. Это ведь тоже надо уметь, подставили. А может, все же попробовал, стало перед ней стыдно, что не может кормить семью. Через три месяца вернется, увидит, как она постарела за эти два года. Вычески на гребне, двухцветные пряди, неудачно покрасила волосы, шампунь оказался поддельный. Все равно держать себя надо, белье должно быть глажено с обеих сторон.

Женщины без мужчин. Молчаливая красавица из верхней квартиры с уцелевшим балконом продолжает годами носить черное платье, оно смотрится как мрачный упрек другим, тем, кто позволяет себе еще радоваться жизни. Как будто у других нет проблем. Нет, столько лет прошло, она одна не снимает траур, ходит на митинги, вскидывает кулак. Кроме детей и старика, мужчин в доме в этот час нет. Впрочем, к Тоне из седьмой с утра опять кто-то наведался, сотрясают сейчас оба кровать, постанывают, как молодые, все не могут рассоединиться, уже и простыню откинули. Закрылись бы хоть от улицы, хоть бы ширму поставили. Такие теперь никого не стесняются. Да еще на первом этаже пришедший рабочий обивает изнутри белым глазетом гроб, поставленный на две табуретки, покойница еще на кровати, лицо прикрыто от мух белым платочком. На кровати по другую сторону гроба полулежит на подушках старуха, беззубый рот недоуменно приоткрыт, соображает с трудом, не понимает, как это могло получиться, месяцами сама каждый день жаловалась, что умирает, уже вот-вот подступало, не переставала напоминать дочери, чтобы начинала заранее готовиться, прикупать для поминок вино, все что нужно, неизвестно, будет ли потом в магазине, та кивала, послушная, как всегда, и вот сама ухитрилась вдруг умереть раньше, бутылки, значит, остались в холодильнике, для нее, что ли?

За стеной беременная, ее клонит в сон, сравняться с той частью себя, что время от времени вздрагивает, ворочается в водах внутри тела. Муж устроился в Москве дворником, расписывается в ведомости против цифры, проставленной карандашом, начальник поставит потом чернилами цифру в пять раз больше. И то, можно считать, повезло. А она без него рожать собралась. То и дело прислушивается: не начинается ли? Первый раз, не знает, как это бывает, сказать некому, мать приехать не может. Кто ее отвезет в роддом, на чем везти? Обещали соседи.

Из рассохшихся щелей, из налетевшей в них пыли прорастают цветы, прежде таких здесь не видели, узнать бы, как называются. От диабета, говорят, помогает цветок, называется Ванька-мокрый, может, тот самый. Или еще есть такое растение, золотой ус, каждое утро, говорят, надо жевать натощак листик, сначала половинку, потом целый. И от чего он? От всего. Надо спросить аптекаршу. Да много ли она знает, в аптеке у них ничего теперь нет, достать можно только на рынке.

Постанывание беременной, стоны любовников, чей-то еще скулеж, кто это словно канючит, подвывает так жалобно, не собака ли? Безумное, опасное желание заглянуть в жизнь других, в их мысли, лучше не надо. Отбросить его, ничего не слышать, отгородиться, уйти дальше, сделать громче, на всю улицу, звук приемника. Голос женщины или ангела. Итальянская ария. Меццо-сопрано. Воче ди донна о д'анджело. Будто откуда-то снова стон, так жалобно. Беременная, похоже, с первого этажа? Вроде, начинается, в роддом бы ей надо. Подождет, пока у меня доварится, потом схожу, позвоню. Сама, в случае чего, могу пришить роды. Вот кто-то опять. Может, все же собака? Нет, человек. Воче ди донна о д'анджело. Может, старик из подвала? Он, что ли, опять вернулся? А он что, опять уходил? Не поймешь? Еду сколько дней не берет, дверь закрыта, ключа нет... вот, снова...

Виджили ля мио, виджили ля мио. Который раз прорывается, откуда так жалобно? Виджили ля мио бенедицион. Ария взмыла ввысь, завершение назревает. Помоги мне, благослови. Из радиоприемника, со всех этажей разносятся, раскатываются по улице аплодисменты. Чей-то взгляд не отсюда, с высот, не дает удалиться той, кто еще продолжает идти по местам полуразрушенных, не совсем исчезнувших воспоминаний, надеется вместе с ней восстановить, склеить разрывы, соединить сюжет, как надежду на разрешение — хватило бы воображения и любви. Воздух, не дожидаясь сумерек, пересекают стремительными зигзагами летучие мыши, их здесь стало, как никогда, много, развалины удобны для обитания.

— Девушка! Эй, женщина! — донесся до нее слабый жалобный голос. — Выпустите меня отсюда.

Анита остановилась. Что-то она пропустила, забылась, расслабленный взгляд позволил пройти мимо. Призыв повторился, заставив ее вернуться на несколько шагов. В зарешеченном, без стекол, окне, вровень с дорогой, между прутьями она увидела безжизненное, словно заплесневелое лицо, на голом черепе прорастали не волоски — позеленелые травинки.

— Эй, девушка... скажите, чтобы меня выпустили. Кто-то запер снаружи дверь, не заметил, забыли или не слышат.

Может, там, наверху уже нет никого? Мне бы сейчас хоть хлебушка. Не знаю, сколько дней не ел. Здесь через квартал, на углу, должен быть магазин, был раньше, сходите, пожалуйста. Деньги я вам отдам, у меня есть, лишь бы на билеты хватило. Скажите им, девушка, пусть выпустят. Скажите, что мне в Москву надо... Я все вспомнил. Я нашел свою тетрадку... все вспомнил...

ГЛАВА ШЕСТАЯ

1. Гармония хаоса

Связана ли была неожиданная мужская слабость Ефима с бедой, обрушившейся на его брата? Переживал, разумеется, было родственное сочувствие, тревога, называй как хочешь, но психического потрясения не было, это тут ни при чем. Недолгое исчезновение сына переживал не так. Что поделаешь, надо признаться, давно отдалились друг от друга, разная жизнь. Можно бы считать, что просто совпало — если бы не очевидная озабоченность Юлианы. Она-то все связывала со всем, необъяснимой слепоте Бориса придавала какое-то свое, мистическое значение, хотя мужу прямо не объясняла, успокаивала по-женски. Обычное дело, пройдет, подождем, обращаться к специалистам незачем. А сама, конечно, пробовала что-то свое, жгла в фарфоровой курильнице пахучие корни, бормотала неслышно, делала руками энергетические пассы вокруг нужных мест. Передавалось лишь нарастающее смущение.

Сбой, всегда, что ни говори, унизительный, пусть даже временный, не может не порождать тревогу, пробуждая дремавшее, но давно уже наготове чувство жизненного поражения, оживляя известные мысли: насчет ушедшего поезда, не догнать, оглядывайся, перебирай, когда, как, в чем ошибся и ошибся ли вообще. Отстал, если угодно, не от науки, от молодых грез о ней, от мечты добраться до какого-то предельного знания, которое другим лишь кажется заведомо недоступным. Вспоминаешь, как утраченную сказку, времена, когда, засыпая, перебирал в уме отложенную, зудящую задачу, решение вдруг приходило на грани яви и сна — непередаваемое состояние, растворенность в сфере, где можно оперировать невещественными символами, не нуждаясь в инструментах, приборах, утром вставай и записывай. Возрастные фантазии: выделить для себя пусть частную, но свою, задушевную область, особенную среди других, тобой разработанную. Реальность вынуждает вариться в общем котле, добавлять год за годом свои расчеты в чужое, навязанное, уточнять траектории гарантированного взаимоуничтожения, выбивать дополнительные часы для работы на вычислительной машине, занимавшей целую комнату... ну, это сейчас надо объяснять тем, кто не застал логарифмической линейки, не крутил ручку устройства, называемого калькулятор. Какой-то смысл для себя можно было находить и в этом — до поры, до поры.

Объяснить ли теперь другим, какой унизительной тоской может отозваться случайная встреча на улице? Молодая пара всего лишь спросила дорогу, не сразу уловил, что это иностранцы, русское слово «баня» в их произношении изменило смысл, но как же славно было тут же проявить знание языка, редкая возможность, от таких контактов берегли, как от опасной инфекции. Об этом он тогда не подумал, не сработал предупредительный, вживленный под кожу сигнал. Девушка протянула для прощания руку, в другой руке торт в картонной круглой коробке, от неосторожного движения расслабилась тесемка, торт выскользнул на асфальт, к счастью, не повредился. Ефим кинулся помогать, заодно с наслаждением прополаскивая себе рот иностранной речью, потом прошел с ними по пути, так само собой получилось. Молодым англичанам на удивление нравилась Москва, здесь нет никакого consumption, которое так раздражало их на родине, нравилось идти по улицам, не испорченным киосками и прилавками, автомобилями, вытесняющими людей, вы не представляете, как это ужасно. Лучшего свадебного путешествия было не придумать. Ефим за разговором проводил их прямо до Сандуновских бань (занятный, однако, интерес) — за что тут было потом оправдываться в кабинете за двойными звуконепроницаемыми дверями?

Почему вы тотчас же не написали объяснительную о встрече с иностранцами? — смотрел на него бесцветными глазами, выковыривал из зубов щепочкой от спичечного коробка остаток спецпитания. Вытащил, посмотрел в пальцах, вернул в рот, проглотил — надо утилизовать, жалко. Вы же обязаны, знаете режимные правила. Вытянутая к губам мордочка обтекаемой саламандры, откуда он узнал про случайных попутчиков? Сам увидел, донес кто-то? Торжество осведомленности, ленивая уверенность всевластия — будь ты доктор наук, да хоть академик. Ведь вы член партии? Придется предстать перед паноптикумом рож, не способных к улыбке, ценящих право получать по праздникам для семьи апельсины в партийном спецраспределителе. Напрасно вы так легкомысленно улыбаетесь, дело серьезнее, чем вы думаете, вас, возможно, придется отстранить от проекта. И неспособность взбрыкнуть, высказать все, что вертелось на языке, вот что было постыдней всего.

Жизнь, противоестественность которой по-настоящему сознаешь, если попробуешь хотя бы мысленно объяснить ее иностранцу. Да что иностранцу? Поймет ли теперь сын, что значило не покупать, а *доставать* апельсины, тут же пришлось бы объяснять само слово, и что такое спецраспределитель, невыездной, треугольник, нет, не тот, про который ты знаешь, примерял он доступное толкование, «треугольником» назывались в учреждениях секретари партийной, комсомольской организации и профкома, которые подписывали работнику, например, характеристику, чтобы разрешить экскурсию хотя бы в Болгарию... но и тут каждое следующее слово требовало тоскливого, как ни усмехайся, комментария, в самом юморе сквозила постыдная униженность. Экзотика, проще описать древний мир или жизнь на фантастической планете. А ведь жили, как будто этого не ощущая. Вступление в партию кто-то назвал самоубийством личности. Какая там личность, какие убеждения! Не более, чем условие службы, ничего не стоило потом выбросить билет (ну, если честно, припрятать в нижнем ящике стола, мало ли что). Настоящим оставался лишь страх, он был таким естественным, что даже не ощущался, как не ощущается воздух вокруг. До сих пор, наверное, не совсем исчез, таился где-то в крови.

А невозможность привести женщину в квартиру, где жил с мамой! Своей до сорока лет не было, одалживал ключи у знакомых, отбывших в командировку, отношения на чужой жилплощади складывались криво, от женитьбы вяло уклонялся, да женщины сами долго не выдерживали. Крепкий, со стороны посмотреть, мужчина, разрядник по волейболу, доктор наук, он понемногу начинал выпивать, но из института сам бы уйти не решился, даже когда все проекты приостановились и зарплаты перестали платить   если бы не Юлиана.

Эту неяркую лаборанточку Ефим до поры в институте не замечал, по работе не пересекались. Как-то в столовой попросила разрешения поставить поднос напротив, ели молча, он не поднял от еды глаз, в таком был расположении. В следующий раз она уже поздоровалась, поморщилась, пробуя котлету: хоть бы мяса добавили. Он согласно хмыкнул, посмотрел, не уверенный, была ли она в прошлый раз брюнеткой. В круглом лице почудилось что-то кошачье. Почему у вас такой хмурый вид? Служебные неприятности? Покажите-ка ладошку, лучше обе. Прикосновение мягкое, непростое. Наклонилась к ладони, он увидел жемчужно-пепельный окрас опущенных век, длинные черные ресницы. Вот, смотрите, это линия сердца, это линия разума, да? они почти одной длины. А про вас-то говорят: интеллектуал. Нет, с чувствами у вас тоже все на месте. Только — смотрите — линия разума начинается на отдалении от линии жизни. Вам трудно бывает справляться с самим собой, нужно участие направляющей силы, чтобы энергия напрасно не тратилась... Подняла взгляд, глаза сверкнули зеленым. Вами надо серьезно заняться.

Только тогда он, наконец, поинтересовался, как ее зовут. Юлиана вызвалась привести его в порядок. Не в столовой, конечно, ей был известен пустовавший кабинет, узкий диван в черном служебном дерматине. Сведите пальцы, закройте глаза, сделайте сильный ноздревой вдох и выдох, отдайтесь потоку. Что вы чувствуете? Начинаете понемногу оттаивать?..

Много сеансов не потребовалось. Считай себя каким угодно рационалистом, строгим ученым, с этой женщиной нельзя было не поверить в реальность чар, называй их хоть сексуальной чакрой. Пусть наука объясняет, как хочет, известную испокон веков зависимость от существ, которые пленяют видимой слабостью, охотно приписывают тебе верховенство, стыдят своей обиженностью за необходимость тебе подчиняться — достаточно взгляда, прикосновения, губ, приблизившихся к губам, чтобы вся твоя воля, напрягшаяся вдруг сила оказались в ее власти. Сама деловито заложила ножкой стула ручки двери без ключа, неудобный пухлый диван едва обоих не скинул, он этого не заметил, уже летел, растворяясь в лунных соках ее тела. И только потом не без удивления обнаружил, что она захватила его и повела, наделила энергией, уберегла от сползания в алкоголизм, избавила от дурных мыслей, от бесперспективности и депрессии.

Нельзя было не оценить бескорыстности ее чувства. Успех, материальная состоятельность привлекает женщину, как запах, как что-то сродни мужской обаятельности, как ее заменитель. Но с человеком почти без заработка, да и без перспектив можно было связывать лишь другое, если угодно, аристократическое честолюбие. Мамино недовольство его на сей раз не смутило, тем более поселять Юлиану у себя не пришлось. Ее отец, тихий работяга с истощенным деревенским лицом, на удивление деликатно уступил им поначалу жилье, ему было где ночевать, а вскоре внезапно умер, и как нельзя, прости Господи, кстати: обманувшая было беременность Юлианы время спустя все-таки подтвердилась. У Ефима даже мелькнула мысль, не сработала ли и в отношении отца какая-то ее магия, особенного горя у нее он не заметил. Чушь, конечно, игра непозволительных мыслей, грешно было даже так думать, но с этой женщиной в иные минуты можно было поверить в любую мистику. Уже на подходе был ее салон магических услуг, сам он еще глупо держался за службу, не умел или не хотел ничего другого. Как-то, без хмеля одурелый, он стал бормотать ей в теплое ухо, легонько покусывая сладкую мочку: а можешь ты сделать так, чтобы этот институт, продукция которого имела, если вдуматься, не менее условный смысл, чем любая магия, достаточно ведь символической угрозы, чтобы обойтись без реального применения — можешь ты наколдовать, чтобы он куда-нибудь провалился, рассыпался, и она отвечала со смехом, что ради него постарается. Со службы Ефим ушел все-таки сам, а через полтора месяца услышал, что институт прекращает прежнее существование. Считать ли попутным результатом, что вместе с ним перестала существовать прежняя страна? — как в той истории про колдуна, который заговорил дом от тараканов, призвав на них огонь и воду, но забыл при этом обезопасить само жилье. В тот же день в доме лопнула труба, а когда слесарь стал сваривать ее, возник пожар — но тараканы исчезли.

Довольно долго еще он продолжал мысленно объясняться с былыми коллегами и знакомыми, представлял себе их ухмылки, сравнивал. Те, кто остались в науке, нищенствовали, уехавшие за границу там пока и пропали, большинство переключилось на бизнес — перед денежным соблазном так называемая интеллигенция не устояла. Новые занятия бывали небезопасны, одного из бывших технологов их группы, он слышал, прикончили по пути из Китая, высадили из грузовика с закупленным товаром и пристрелили прямо на месте, перешел, видно, дорогу местным челночникам. Ефим торговать и тем более воровать органически был не способен — семейное воспитание. Нишу, в которой он обосновался как бы нечаянно, можно было назвать межеумочной, но не постыдной. Предсказания ли, прогнозы, политические ли, экономические убедительно выстраивались на основе информации и здравого смысла, соображать он умел, а если Юлиана попутно украшала их астрологическими и прочими виньетками, обмана здесь не было. Не обязательно верить в приметы, но без них было бы просто скучней, и разве редко они оправдываются? Те, кто верят, получают психологическую поддержку, она прибавляет решительности, помогает жить. Его докторский титул тоже оказался чем-то вроде полезной для бизнеса виньетки. Жизнь с этой женщиной постоянно напоминала ему, что есть области, которых рационально не объяснишь до конца, математику это понятней, чем другим. Научная добросовестность не позволяла утверждать иных вещей без доказательств, но если угодно, абсолютно доказуемых истин не бывает, есть лишь приемлемые, условные, как реальности, существующие лишь в знаках и формулах, — для тех, кто готов, а значит, способен обосноваться в этом особом мире, доверившись чувству, что доказательство рано или поздно удастся найти, где-то оно существует.

Его мнительные сомнения Юлиана опровергала, похмыкивая: не выдумывай, на самом деле тебе все завидуют. Ненавязчиво, но умело она отдаляла его от прежних коллег, да и от семьи, от брата. Мне неинтересно с людьми, которые не имеют успеха, читают книжки на продавленных диванах да пьют пиво. Она все больше интересовалась антиквариатом, серебряные бокалы и хрусталь предназначались не для употребления, для демонстрации за стеклом серванта. Оба могли теперь ужинать в ресторанах, каких простой доктор наук представить себе не мог, да прежде таких, кажется, и не бывало. Среди их знакомых появились люди неведомых прежде профессий, визажисты, криэйторы, просто богатые дамы, решившие стать писательницами. Однажды в компании, собравшейся на загородной вилле, из тех, что стали показывать по телевизору, Юлиана по неопытности оконфузилась. Разговор зашел о новых холодильниках, в которых стало совсем не хватать места, и она решила проявить свою осведомленность, порекомендовала свой «самсунг», который как раз только что купила, большой, двухкамерный, очень вместительный. Ефим раньше нее уловил, как, усмехаясь, переглядывались другие, — они, оказывается, говорили о холодильниках для мехов, до такого уровня надо было еще дорасти.

Когда обсуждались моды, покупки, марки швейцарских часов, ассортимент японской кухни, Ефим помалкивал, кивал. Он сам пытался убедить себя, что ему нравятся сомнительные моллюски, куски сырой пресной рыбы, жгучие к ним приправы. Даже если удавалось уловить удовольствие, то не столько от выделения слюны, сколько от экзотических названий. Надо же, даже не знал, что такое существует, не надеялся попробовать; да еще цена — вот что больше прочего порождало сознание приобщенности к слою, который называл себя новой элитой. Хотя и эта еда выйдет тем же путем, что у всех.

Вспоминалась премудрость неведомой бабушки в мамином пересказе: что надо, то у нас есть, а чего у нас нет, того нам не надо, возникало что-то вроде ностальгии по былой жизни. Дворовый волейбол, стихи в институтском кафе со светомузыкой, интеллигентные технари, ухаживания на вечеринках, парусиновые туфли начищены зубным порошком, но было ведь хорошо, право же, хорошо! Конечно, такие вещи значат что-то лишь для тех, кто этим жил, для остальных не имеют смысла, не объяснишь, не расскажешь, все уходит. Но песни у костра в лесу, водка с черным хлебом, опьяняющие разговоры, чувство близости, женщина в одном с тобой спальном мешке! Важны ведь только чувства, жизнь проживается внутри.

Ему не раз хотелось сказать Юлиане, как сомнительны для него люди, называющие себя нынешней элитой, — потом до него дошло, что она к ним относится примерно так же. Ее интересовали другие возможности. Писать «потомственная колдунья» на визитной карточке ей, во всяком случае, не было надобности. Однажды у них дома появился низкорослый вежливый человечек, вместо галстука засаленная бабочка, не первой свежести рубашка, все не первой свежести, прозрачный зализ на черепе, пятнышко волос под носом. Это был специалист по генеалогии, готовый найти для заказчика достоверных и убедительных предков. У меня большой стаж в этой профессии, говорил маслянисто, ласково. Еще недавно родословными боялись интересоваться. Вдруг выяснится, что в вашем роду были дворяне или купцы... нет, купцы вас не интересуют, я понимаю. Ну, может быть, графы, князья, я говорю условно. Безопасней было этого не прояснять. Теперь многие поняли: картина с фамильным древом вот на этой стене — уже выход в историческое измерение. Для начала надо будет узнать ваши данные, поискать в архивах, в метрических книгах. Вы откуда родом? Услышав название деревни, на мгновение поскучнел, но не более чем на мгновение. Возможности могут обнаружиться совершенно неожиданные, надо лишь покопаться. Представьте себе, бухгалтер в провинциальной глухомани оказался прямым потомком последнего русского императора. Ему открыл это покойный отец. Мне удалось документально подтвердить, в 1916 году император Николай проездом действительно осчастливил своим визитом городок, где жила тогда матушка моего клиента, известная местная красавица, он вполне мог ею заинтересоваться. Обнаружилось поразительное сходство в чертах, в форме ушей, рисунке бровей. Для абсолютной убедительности хорошо бы, конечно, заказать генетическую экспертизу, теперь появилась такая возможность. Но случай, как вы понимаете, не рядовой, с экспертизой не так просто. Да клиенту уже и не обязательно, главное, чтобы заработала легенда, память — она ведь в крови.

Высморкался в нечистый платок, продолжал говорить неторопливо, голос был таким же маслянистым, как зализ на птичьем черепе. Вместе с документированной родословной, понял Ефим, можно было заказать и герб. Вынул из кейса внушительный том: вот образец, так называемый альбом-отчет, составлен дизайнером, переплет можно сафьяновый. Здесь заверенные архивами копии документов, фотографии, портреты. Открыл, стал осторожно перекладывать страницы. Когда появился портрет Суворова, чернобелая репродукция из школьного учебника, Ефим извинился, сказал, что ему нужно выйти. У него было чувство, что его присутствие мешает более откровенному разговору. Договорилась ли с ним о чем-нибудь Юлиана, он не знал, продолжения пока не последовало.

С некоторых пор у Ефима стало возникать чувство, что у Юлианы в уме все больше созревает мысль об аристократизме непростом, особенном — связанном с его собственным происхождением. Право, мама была к невестке несправедлива, однажды назвав ее шиксой. Юлиана ценила еврейство ее сына больше, чем он сам. Когда-то для поступления на работу Ефим готов был даже без особых терзаний поменять пятый пункт в анкете на «русский», не потребовалось, и обрезания в конце концов не отменишь. Кстати, Юлиана, не мама, спросила его, не сделать ли обрезание Илье (религия не религия, сказала она, это, кроме всего, очень красиво, мне у тебя нравится). Он пожал плечами, не спрашивать же у мамы, как это теперь делается. Когда Юлиана одно время стала обсуждать возможность уехать в Израиль, он объяснял ей, что не может оставить маму, а она никуда не поедет. Хотя главной причиной, наверно, было скорей нежелание что-либо менять. В свекрови Юлиана ощущала силу, родственную своей собственной, с ней надо было считаться, хотя и держась на расстоянии.

Особенно же интересовал ее, конечно, отец, Даниил Мукасей, его загадочные способности, о которых так мало было известно. Она пробовала расспрашивать про него Ефима, но что он мог сказать? Пробовал что-то выяснить, отступился, оставил брату доискиваться по-своему. Имя отца до поры лучше было просто не упоминать, спасибо, что в институте не прицепились к анкете. Теперь оно неожиданно становилось брендом, загадочность делала его лишь более привлекательным, многообещающим, Юлиана не зря воспользовалась им для своего бизнеса.

Для Института глобальных прогнозов Ефим как-то сделал обзор современных научных представлений о возможности предвидеть будущее. Для него оказалось неожиданностью узнать, что этой статьей заинтересовался едва ли не самый известный политик, который пожаловал к ним однажды. Они с Юлианой наблюдали из окна, как он выходит из громадного лимузина неизвестной им марки, дверцу перед ним распахнул такой же крупногабаритный бугай в черном костюме, другие обеспечили безопасный проход до подъезда. Прежде Ефим видел этого человека лишь на телевизионном экране. Он производил впечатление грубого, нахрапистого жулика, при другом раскладе судьбы такой мог бы стать спекулянтом, пройдохой, удачливым в любом случае. Речь у него была громкой, напористой, он мог говорить без остановки о чем угодно, не заботясь о логике, сыпал несовместимыми обещаниями, обещал квартиры бездомным, женихов незамужним женщинам, требовал изгнать из страны инородцев и призывал к национальной терпимости. Можно было лишь удивляться, как у слушателей словно отключалась способность к критике, они проглатывали эту болтовню, не замечая хамелеоновой способности меняться под цвет аудитории — менялись не просто убеждения, но как будто сам облик. А может, он саму аудиторию приспосабливал к своему цвету, она менялась вместе с ним. С подачи язвительных журналистов к нему пристало прозвище Брокер, оно было похоже на мафиозную кличку, ходили разговоры о его действительных связях в этом мире, о его нешуточном бизнесе. Видя его на экране, Ефим не мог отделаться от чувства какой-то липкой брезгливости, переключал программу.

Теперь, оказавшись с ним рядом, Ефим ощутил, что от этого человека, от его массивного тела исходит странный жар, как от запаренного большого животного. Составить для него прогноз Юлиане было нетрудно, с ней он задержался недолго. Брокера больше интересовала возможность увидеться с Мукасеем. Он, оказывается, обратил внимание на его статью о возможности предвидения или, если угодно, ясновидения с точки зрения науки. Очевидно было известное противоречие: если предвидение на самом деле возможно, значит, на будущее можно влиять, то есть можно его изменять. Но измененное, подправленное будущее, резонно уловил Брокер — это уже не то, что было предсказано, значит, само предсказание оказывается неверно. Что позволяет Ефиму Даниловичу говорить, что наука все же допускает возможность предвидения? Говорил он на удивление деликатно, как ученик с учителем, но суть ухватывал точно, это надо было признать. Ефим сказал, что здесь имеется в виду принцип дополнительности в работе двух полушарий мозга. То, что называется ясновидением, может возникнуть на уровне образного мышления (например, в сновидении), когда сознательное направленное воздействие на реальность невозможно. То есть, пояснял он, предсказывает как бы мозг, дополнительный к мозгу действующему...

Брокер слушал вначале внимательно, скоро стало, однако, чувствоваться, что ждал он чего-то другого, хмыкнул, едва дослушав.

— Твой отец мог обходиться без этих теорий, — перешел вдруг на ты.

Ефим осекся. Что этот человек мог знать про его отца? Перейти на взаимное ты у него не получилось.

— Да, наверно, больше, чем ты, — хмыкнул Брокер. И неожиданно, хлопнув по плечу, предложил Ефиму продолжить разговор с ним в ресторане поблизости. Он в этом ресторане был свой человек, для него там имелся особый кабинет. Не спрашивая, им сразу поднесли на подносе, в хрустальных рюмочках, охлажденной водки, дальнейшее обильное угощение прошло почти мимо сознания Ефима, запивал, жевал что-то, не замечая, так его ошеломило услышанное в тот день от Брокера.

По его словам, в спецслужбах уже много лет пользуются секретными наработками, которые называются «Эффект Мукасея». При его участии исследовались возможности влиять на сознание и поведение не только отдельных людей — больших масс. Те же исследования проводились в одном фашистском институте, он и с ними, оказалось, сотрудничал, причем во время войны, ты этого еще не слыхал? Затаиться потом не удалось, выдал прежний шеф, немец, попавший к нам в плен. Ну, идеология идеологией, наука наукой. Способности твоего отца позволили открыть такое, чего вообще-то лучше не знать, неизвестно, чем обернется, поэтому пока тему не рассекретили, а может, никогда не рассекретят. Я его уже не застал, мне рассказывали неофициально, как своему человеку. Вы имеете отношение к этим службам? — наивно спросил Ефим, он уже немного размяк, в голове шумело. Тот рассмеялся: а ты думал, кто меня выпустил в политику, зачем? Я был нужен, чтобы оттянуть на себя маргиналов, которые могут стать опасными, если их перехватят другие, это не всякий может, с ними надо уметь разговаривать...

Было чувство, что он импровизирует на ходу, сочиняет очередную свою байку, соврать ему было недорого — и, как всегда, трудно было решить, есть ли за этой болтовней какая-то правда. За полтора часа с этой тушей, пышущей непонятной энергией, Ефим понял в политике больше, чем за годы газетного чтения, даже не понял — почувствовал без суждений и доказательств. Не в той политике, о которой треплются офисные европейцы в галстуках. С насмешливостью, почти издевательской, этот человек относился и к своим идиотам-избирателям, и к партийным соратникам, да, наверно, сейчас и к нему, своему собеседнику. Вдруг стал приглашать Ефима к себе в консультанты, чтобы раскрутить имя отца по-настоящему, не как в этой конторе. А потом, захмелев не более, чем до выпивки, предложил ему даже пост министра науки в своем теневом правительстве и позвал завтра попариться с ним в сауне.

Расплачиваться наличными не потребовалось — в этом ресторане у партии имелся свой кредит. На прощание даже облобызались взасос, оба пьяные — Ефим, впрочем, мог определенно сказать это лишь о себе, нельзя было избавиться от подозрения, что собутыльник, хотя и пил вровень с ним, больше пьяного изображал. Уже дома, понемногу приходя в себя, он вспоминал болтовню про отца, вспомнил про завтрашнюю сауну, вдруг представил себя голым рядом с этим массивным, жарким животным — стало как-то не по себе, словно он заранее засомневался в своих мужских достоинствах. Надо было как-то избавиться от этого не-

298

приятного ощущения, Юлиана, как назло, задерживалась, с трудом ее дождался, поспешил к ней с ласками. В ту ночь и случился у него первый сбой, можно было только надеяться, что временный, — он еще не знал, что происходило с братом, может быть, в тот самый час, когда он сидел в ресторане с мерзким политиком.

Все было связано со всем, Юлиана была в этом глубоко убеждена. Борис сам так толком не смог рассказать о происшедшем, оставалось строить предположения, довольствоваться неясными подробностями, суждениями врачей. Брат вообще стал пугать своей молчаливостью, иногда казалось, он просто не реагирует на разговор, пребывает где-то не здесь. Болтовню Брокера об отце Ефим пересказал ему сразу же, ответ Бориса прозвучал для него неожиданно. Это не то, сказал тихо. Прояснить бы по-настоящему.

Юлиана к его редким словам прислушивалась с особым вниманием, за ними ей чудилось что-то непроизнесенное. Илью опять подселили к дяде не только для того, чтобы за ним ухаживать, делать нужное по хозяйству (благо были каникулы). Она то и дело сыну звонила, расспрашивала, что Борис делал, о чем говорил, требовала запоминать буквально, по телефону он не мог говорить громко.

Ефим все чаще думал о том, что, оказывается, мало представлял себе брата. Книги, полученные от него в подарок, казались, увы, скучноватыми, он вслух в этом, конечно, не признавался. Как-то Борис спросил, узнал ли он на его страницах эпизод из их детства: когда он спрятался на пустыре, а вместо него появился лось? Ефим соврал, что помнит, потом перечитал эту страницу: не вспомнил. Теперь стал перебирать в памяти разное. Он думал о том, что вообще почти ничем с некоторых пор всерьез не интересуется, и книг читать не хочется, обходится телевизором. О науке и говорить нечего, но ведь и потери тут он особой не ощущал. Можно было даже себя уважать за то, что не рвался ни к деньгам, ни к успеху, — почему бы не признаться, что ему это просто нравилось?

И вдруг все сложилось в мысль, что эта удовлетворенность приятным, непритязательным существованием родственна отсутствию желаний — не такова ли была и природа смутившего его бессилия?

Он теперь совсем перестал ходить в институт, Юлиана не требовала, понимала. Оставаясь дома один, Ефим включал интернет (восхитительный дар недавнего времени!), выискивал новости в своей бывшей области — и убеждался, что отстал уже непоправимо, понять способен был немногим больше простого любознательного читателя. Он и собственных давних статей, в которые попробовал заглянуть, не мог уже совсем понять, формулы стали китайской грамотой, смутным воспоминанием. Юлиане про свои занятия он не говорил, листки с выписками и формулами прятал в ящике своего стола и почему-то запирал на ключ — так скрывают, как измену, возвращение к первой любви.

Да и что он мог ей объяснять? Утраченное наслаждение: думать, неподвижно лежа, глядя в потолок и не замечая его, ворочать в уме возможности, не нуждаясь в бумаге, блуждать в мире бесплотных знаков, измерений внутри измерений, которые реальны только в уме, нащупывать взаимодействия, связи, не сопоставляя их с миром предметным. Не испытавшим не объяснишь. Женщина бывает по-своему гениальна, но у нее другое устройство ума.

Брат — вот с кем ему хотелось бы поговорить, он это бы понял. Наука ведь тоже оперирует допущениями, она так же служит желанию человека заслонить ужас и скуку реальности воображаемой гармонией, где есть иллюзия смысла. В ней, если угодно, больше фантазии, и при этом подлинности, чем в мистических построениях, она может объединить точное знание с недоказуемым.

Мысль, записывал он, придает хаосу видимость умопостижимого. Проникнуть в него по-настоящему нам не дано, мы довольствуемся статистическими приближениями. Изучив что-то, одновременно что-то в нем разрушаешь. Эпилептические судороги, писал один автор, могут быть формой самоорганизации хаоса, они возникают, когда сердце и мозг начинают работать слишком регулярно. Нездоровое, чрезмерно регулярное состояние вызывает кризис в системе, которая теряет вариативность. Хаос может быть конструктивным, он порождает новый порядок и не ведет к потере гармонии. Рождается новая картина мира, более тонкая форма реальности, вбирающая в себя и закон, и игру, как многомерное пространство может вобрать в себя сколько угодно трехмерных, преобразуя не только пространство, но и время. Мысль о нестрогой упорядоченности делает мир поистине бесконечным, пространство непредсказуемого возрастает по экспоненте. Вселенная неотделима от наблюдателя с самого своего начала, она была устроена так, чтобы сделать возможным его появление. Чудо существует, как существуют бесконечность и вечность, его рано или поздно удастся объяснить, не беспокоя астральную мистику, к желанному результату скорей может привести мысль, родственная художественному воображению. Бога вполне можно представить как математическую абстракцию и в то же время как реальность, обладающую атрибутами Бесконечность и Вечность.

Это было так божественно и в то же время так очевидно — почему не догадался сам? Только сделать шаг в сторону, преодолеть привычную инерцию мысли. Думать об относительности всех условных построений. О воображении, о компромиссе между иллюзией хаоса и иллюзией порядка, о необходимости вернуть науке исчезающее чувство аристократизма, то есть подлинности. Ефим сознавал, что нового слова не скажет, но каким наслаждением было перебирать, выстраивать расширяющееся пространство возможностей — и вдруг? Срабатывала ли унаследованная от неизвестных предков, за тысячелетия вошедшая в кровь готовность перебирать, вникать в путаницу частностей, искать решения неразрешимого, выхода из безвыходных умственных ситуаций?

Незнание всегда будет богаче нашего знания, записывал он. Оно заставляет искать, удивляться. Удивление наполняет жизнь смыслом, понимание ее иссушает. Когда у меня нет вопросов, значит, мысль просто остановилась. Когда вопросы появляются, мы преодолеваем инерцию нетворческого существования.

Жизненные ценности создаем и поддерживаем мы сами, без них просто не сохранить себя, записывал он. Для разных людей по-разному убедительны суждения о том, что будет после жизни с нашей мыслью, с нашим миром, с нами самими (не с телом, про тело мы, допустим, знаем, с возрастом оно для нас все менее важно, от него не жаль избавиться). Кто-то убежден, что не будет ничего, кроме пустоты, безмолвия и беспамятства, кто-то сошлется на опыт собственных вылазок в другой мир с удавшимся возвратом, распишет впечатляющие своей достоверностью подробности, большинство сошлется на поэзию древних вероучителей, каждый своего, ибо все описания запредельных сфер могут быть только поэзией, не более, но и не менее, впечатляет гениальность авторов, нам проверять придется самим, без возможности рассказать. И сетовать, обижаться не надо, возможность знать заранее самое главное не просто обесценила бы саму жизнь — прекратится время. Бесконечно вникать, опровергать прежний смысл, выискивать новый, не замеченный, бесконечно ускользающий, никогда не окончательный — смысл, радость и оправдание жизни в самом поиске. Не просто род занятий, инстинкт исследователя — тут способ существования. Страсть познания родственна религиозной, а может, одно из ее проявлений.

Бывали мгновения, когда казалось, что он приближается к чему-то — что-то в нем начинало оживать.

2. Через разбитое стекло

Проснулся опять от собственного крика, с чувством вины и утраты, сердце колотится, и пробуждение не облегчает, наоборот, возвращает к сознанию, что ты натворил непоправимое, это не приснилось, было на самое деле. Разлепив глаза, чтобы впустить свет, окончательно растворить, заменить разбившееся на осколки видение, Илья увидел над собой дядю. Тот возвышался над ним, загораживая окно, смотрел — или направлял в его сторону невидящие глаза, зрачки ориентированы неточно, а ведь дошел из своей комнаты сам, неслышно. Застал врасплох, как будто все-таки мог что-то различать, успел подглядеть, проникнуть, разбуженный нечаянным криком. Лицо дяди было красноватым, даже с оттенком коричневого, как будто обгорел на солнце.

— Ну Боб, где ты нашел солнце? — проговорил Илья, собственный сонный голос помог окончательно вырваться, переместиться в другое состояние. Утренний свет уже делал наполненным воздух. — Ты прямо обгорел.

Борис тронул пальцами щеку под глазом, под другим, покачал головой: в самом деле.

— Надо же, только сейчас почувствовал. Долго брел под солнцем, негде было укрыться. Вот... проявилось.

Илья смотрел на него настороженно: шутит? Вроде даже чуть хмыкнул, только лицо оставалось серьезным. Который раз возникало чувство странной неуверенности. Но эта воспаленная кожа... Поскорей спустить ноги с постели, предупредить движением встречный вопрос.

Потом они, позавтракав быстрой яичницей, пили на кухне кофе. Илья умел его заваривать, как учила Анита. Он смотрел, как Борис точно, почти не нащупывая, берет чашку за ручку. Родители подселили его к внезапно ослепшему дяде, чтобы взял на себя житейские хлопоты, ходил в магазин, разогревал еду из полуфабрикатов, да он умел и сам кое-что готовить, не зря околачивался на кухне с Анитой. Никто не подозревал, насколько дядина беда позволила ему отвлечься от собственной душевной неразберихи, даже намекнуть было нельзя...

— То, что привиделось, не так уж бесследно для нас, — произнес Борис, вновь трогая пальцами щеку, уже в щетине, отчасти седоватой (видимо, жгло). — Вдруг это осознаешь. Помнишь наш разговор про игру, когда сам автор не знает, чем его мысль обернется для персонажа. А потом не поймешь, кто на кого влияет.

Илья смотрел на дядю, опять не зная, как ответить. Ему не хватало Аниты, но он чувствовал, что нельзя даже спросить, где она, куда, почему ушла. А знает ли она, что случилось с Бобом? Молча допивали из чашечек кофе. Между тем исподволь возникало ощущение непроясненной, недоговоренной близости. Этот взрослый, непонятно потрясенный мужчина словно сравнялся с ним.

Который раз это знакомое чувство: только что не понимал ничего, месяц, неделю, два дня назад — понимание каждый раз было ярким, очевидным, несомненным, как откровение. Нет, как очередной потрясающий удар, который непросто было выдержать — чтобы время спустя обретенная премудрость опять казалась подростковой недоразвитостью. Компьютерные радости, программы, оливковый красавец с волосами длинными, резинкой собранными в пучок на затылке, учитель, который с тобой готов держаться на равных. Хай, Илья, хай, Тим, будем готовиться к олимпиаде, на тебя главная надежда. Первый взрослый, с которым, не стыдясь, можно было говорить обо всем, родители, располневшие, самодовольные, отгородились ороговелой оболочкой в своем устроенном мирке, ничего не способны впустить. Тим с улыбкой, дружески поправлял: не надо мерить старших своей меркой, у всех своя жизнь, у тебя должна быть своя. Предлагал настоящий взрослый заработок — простейший способ избавиться от зависимости. Станешь моим соавтором, у меня заказы на ролевые игры, входи понемногу. Графика тебя пусть не смущает, в прототипе она может быть какой угодно, лишь бы работала геймеханика, начинать надо с программных кодов. Темы найти не проблема, вокруг полно идей, сюжетов, подсказок, только всматривайся, читай, думай, как преобразовать, ввести в свой мир.

До сих пор взгляд Ильи был рассеян, он плохо узнавал даже тех, кого каждый день встречал. Ел поджаренные мамой на завтрак гренки с сыром, пил апельсиновый сок, ходил в школу, делал вид, что любит английскую группу «Led Zeppelin», по маминой просьбе мог вынести мусор или сходить за хлебом, но вообще она его от домашних дел берегла. Уходило в прошлое восхищенное щегольство игровым словарем: выполнить квесты, ввести шутеры с отработанной физикой, чтобы валюта конвертировалась в обе стороны. Для настоящего геймера, учил Тим, игра — составляющая самой жизни, мысли о продаже, деньгах опускают на нижние уровни. Думай, всматривайся, прокручивай возможности, варианты, в уме, перед сном, по дороге в школу. Какую ввести музыку, как станет меняться герой, его окружение, на одном уровне, на следующем. Это лишь кажется, что игра уводит от жизни, перед монитором от страстей можно умереть, были случаи. Пригласил для разговоров к себе домой, у него там оказалась целая студия, потрясающая аппаратура. Упругий ковер на полу делал бесшумными шаги в ноках, а можно и босиком, лиловые шторы на окнах создавали ласковый полумрак. Тим, сняв клубный пиджак, накинул поверх рубашки такого же цвета шелковый японский халат с длиннохвостыми птицами. Ничего, что по-домашнему? Чувствуй себя здесь свободно. Игра предлагает уровень свободы, в реальности недостижимый. Она не просто учит жизни — позволяет справляться с ней, осознавать ее. Она, как любое искусство, творит воображаемые миры и преображает реальность, открывает в ней неосознанные прежде возможности.

Никогда никто с ним не вел таких разговоров. Восхитительна была дружба старшего. Настоящей можно считать жизнь, проникнутую чувством игры, улыбался он, разливая чай по легчайшим, из лакированного дерева, чашечкам. В восточной чайной церемонии важен не просто вкус: приобщаешься к уровням, которые другим не даны, подключаешься к символике высокого наслаждения. Стрелялки, квесты — это для других, уже не для тебя. Не для нас с тобой. Я постараюсь тебя ввести в игры, где высший уровень называется уровнем любви, ты еще не знаешь что это такое?

Вопрос был неожиданным, родителям Илья бы ответил рычанием, но тут смутился. Любовь? Не мог же Учитель иметь в виду общеизвестное, если он что про это и знал, рассказывать не хотелось. Было детское воспоминание, девочка в третьем классе. Круглолицая, солнце в светлых кудряшках делало рыжеватые волосы золотистыми, тянуло на нее не просто смотреть — прикасаться, быть рядом, чувствовать не тепло — излучение, волнующее, необъяснимое. Она скоро перевелась в другую школу, забылась, как-то окликнула его на улице. Коричневая форма обтягивала толстые обтекаемые выпуклости, волосы не имели цвета, на лице отблескивала жирно кожа. Дома он посмотрел в альбоме фотографию класса, не сразу нашел ее, не мог вспомнить, понять, что могло привидеться в этой круглой, как колобок, и такой же бессмысленной мордочке. Потом ничего похожего не повторялось. Фотографии голых женщин под партой, в классе, слюнявые смешки на переменах, про какую-то девочку сказали, что от нее пахнет позавчерашними прокладками. Он не понял, что это такое, но когда эта девочка приблизилась, тошнотворный запах подступил к горлу, долго еще потом чудился, не сразу отпустил. Сам, наверно, что-то испортил в себе еще раньше, когда в родительском медицинском справочнике для фельдшеров зачем-то открыл украдкой раздел о женских болезнях. Непонятные термины едва не вызвали рвоту, с трудом удержался. Теперь интернет без спросу подсовывал порнографические картинки, они готовы были затянуть, если бы тошнота не заставляла их поспешно убирать.

Нет, Тим, конечно, говорил не об этом, оставалось только пожать плечами, не уточняя. Учитель с готовностью кивнул: я тебя понимаю, этого словами так просто не выразишь, разные люди имеют в виду разное. Видишь, я живу один, то есть без жены, без женщины. Женщины вообще о другом, ты когда-нибудь со мной согласишься. И что-то про философа Платона, про любовь, которую стали называть платонической.

Это потом, в воспоминании, частности составились вместе, все было не подряд, разговоры тут же возвращались к главному, вновь звучали пленительные слова: диздок, прототип, скринсейвер, мягкий голос, ласковая рука на плече, когда они сидели в креслах перед компьютером рядом, щека, безволосая, гладкая, иногда нечаянно касалась щеки. Текстовый мод для уже известной платформы на основе гениальных фантазий, что-то начинает проясняться. Нежное существо, милый зверек, смотри, как я его представляю, круглая мордочка, наивные глазки, прелесть, правда? Мир ему поначалу не очень понятен, поэтому он все время чего-то боится, смущается, тотчас ищет укрытия, ему кажется, будто его кто-то преследует. А может, бояться на самом деле нечего, наоборот? Может, на самом деле его кто-то ищет, чтобы открыть ему, показать такое, чего он еще не представлял, самое прекрасное? Проникновенная идея, сюжет сам собой выстроится. Не обязательно было вникать, непонятное затягивало. Тим предлагал вино из маленьких рюмок, некрепкое, сладкое, тебе можно, только на всякий случай родителям не надо рассказывать. На мягком диване, среди подушек, слова звучали как музыкальная разработка: томление, ожидание, когда прекрасно не спешить к цели, наоборот, растягивать желание, оттягивать разрешение. Музыка между тем тихо звучала, незаметно включалась сама собой. Умереть ради тайной любви, переводил учитель слова томительного напева. Вот что невыразимо. Пей, мальчик, пей. Что сравнится с тоской по возлюбленному, сладостью потаенной? Выдать имя желанного самурайской этикой запрещено. Голос все больше подчинялся ритму, следовал за напевом:

Избранничество и назначение —
Жить бесконечным, неутолимым.

Только поиск, загадка, тень,
Легкая, из ничего,
Яд, опьянение счастья...

В голове уже слегка кружилось, вдруг началось удивительное: по комнате полетела громадная узорчатая бабочка, затрепетала, приблизилась. Илья потянулся к ней — пальцы прошли сквозь воздух. Он такого еще не видал. Такого и в Японии еще нет, подтвердил Тим, тут и моя идея, у нас еще есть мозги. Тебе жарко, да? Сними рубашку, вот так. Жить бесконечным, неутолимым... О, у тебя соски чуть набухли, как у девочки. Наверно, еще болит, вот здесь, или уже прошло? Дотронулся нежно. Не стесняйся, прекрасное не стыдно, поверь мне. Самый волшебный возраст, больше не повторится. Яд, опьянение счастья. Можно и тут расстегнуть, хочешь?..

Беда была в том, что прикосновение подействовало на него, как страницы про женские болезни. Он слышал, что такое бывает, то есть как называется, но не представлял телесно, до тошноты: нет, нет! не надо, пожалуйста... не надо... пожалуйста... нет, нет, нет! Японский халат распахнулся, как бы нечаянно, то, что он увидел под ним, отозвалось омерзительным извержением. Его вырвало прямо на ковер, драгоценный, ворсистый, упругий, все было испорчено непоправимо, позорно.

Безысходность, убийственная безысходность, невозможность продолжать жизнь, только что понятную, как продвижение по компьютерным уровням, вот что навалилось неодолимо. Мысль лихорадочно искала решения.

Дома не укроешься, там, как в ловушке, только бежать из нее, вопрос куда? Очевиден был лишь первый пункт, вокзал. Деньги, запрятанные в поясном кошельке под рубахой, на животе, обеспечивали по крайней мере начало. Дальше воображаемое, как в еще не проработанном квесте, пространство открывалось во все стороны, разветвлялось по гулким рельсам, растекалось безразмерно, неопределенно, ничто в нем до сих пор не было опробовано, кроме ежелетней кратовской дачи, курортные Испания и Турция не в счет, попутные пейзажи, строения. Слово Рязань на вокзальном табло было из маминой биографии, за ним не виделось ничего, но для начала ведь достаточно двинуться хоть наугад.

Вопрос кассирши о паспорте отрезвил унизительно, как щелчок по носу. Не рассчитал первого шага, домашний мальчик, это тебе не передвижения на компьютерном мониторе. Ходу назад, однако, все равно не было, мысль продолжала искать. Двинуться дальше можно было и на электричке, неважно куда, лето позволяло спать на скамейке, укрываться курткой, на еду хватит долго, все, как игра, прояснится само собой, по ходу продвижения. Простота ближайшего решения позволяла не торопиться, перекусил пока вишневым пирожком с пепси. Вид игровых автоматов заставил по пути на перрон задержаться.

Эти рулетки и покеры еще в детстве опробованы были на домашнем компьютере. Илье временами казалось, что удается уловить алгоритм надежного выигрыша, пусть кто угодно такую возможность опровергает, у него получалось. Главное не поддаваться затяжному азарту, он это умел. Здесь, в утробе тяжелых, мигающих устройств заложены были деньги реальные, стоило себя проверить — на будущее, мало ли как придется. В американском покере заказал для начала пять линий, выигрыш сразу удвоил, и тут же словно по мановению выстроился Royal flush, посыпалась звучно лавина жетонов. Фантазия, весело возбужденная, стала рисовать возможности здешнего заработка, — а что? уезжать было не обязательно. Долго пофантазировать не удалось, щелчок по тому же месту отрезвил болезненней прежнего: паспорт потребовали теперь в кассовом окошке, несовершеннолетним не разрешается. А продать ему жетоны разрешалось, в этой же кассе? Небритая ухмылка из-за стекла: хочешь, скажи спасибо за половину, тоже немало.

Унизительней несправедливости было чувство собственной неприспособленности к неучтенным, оказывается, поворотам. Откуда-то сбоку вдруг возник малорослый, с голым черепом, толстячок, все мгновенно уладил, выигрыш был засунут Илье в наплечную сумку, весь ли, не весь, уже не стоило проверять, он ведь сам и не знал, сколько ему положено, благодарно, с готовностью согласился перекусить вместе с незнакомцем.

Его звали Валет, так он предложил себя называть. Пристроились за столиком тут же, неподалеку, носатый кавказец настругал для них ножом шаурму с жирного стержня. Уважительный, сочувственный тон поощрял раскрыться, довериться. Что, просто повезло, или умеешь? Не знаю, ответил честно. А если попробовать еще разок, а? Пришлось продемонстрировать опять, ставки он делал наобум, с искренней надеждой проиграть — не сумел, выигрыш пришел сам. Ого! — оценил Валет, болезненно раздутый гном, лицо мучнистое, белое, на подбородке одиночные волоски, бесцветные бородавки. Пойдем со мной, покажу нашу пещеру, ты будешь там Али-Бабой.

По пути они накупили три сумки разнообразной снеди, Илья не сразу понял, зачем так много. Старый привокзальный особняк числился на реконструкции, но продолжал лишь разрушаться все больше. Окна были закрыты снаружи толем, одно служило замаскированным входом, забрались через него внутрь. Глазам пришлось привыкать к полутьме, свечные огоньки впереди указывали направление. Кучи строительного мусора были отметены к стенам, расчищенное пространство завалено рухлядью, неясные тела возвышались над ней, как части ее состава, засветились, повернувшись навстречу, детские лица. Это мои сорок разбойников, представил разновозрастную компанию лысый. А это наш Али Баба, показал движением головы на Илью. Имейте в виду, обижать его — ни-ни, его надо беречь, как волшебную лампу, ясно? Вот, смотрите, он нам сегодня уже принес угощение.

Зажжены были все наличные огарки, на пиршественной клеенке разложены принесенные яства. Брали горстями нарезанную вареную колбасу, набитые рты не сразу позволили говорить — вполголоса, чтобы не слышали с улицы. К Илье подсел подросток с ангельским личиком, лет девяти. Тоже, что ль, убежал из дома? Отец его выгонял побираться, да хоть воровать, лишь бы приносил на выпивку. Если возвращался без денег, привязывал к ноге веревку, подвешивал на гвозде вниз головой (как это, переспрашивал Илья, казалось уже, что может представить все, но такое?), ну да, до потери сознания, матери не давал заступиться. Отца он теперь собирался убить, научился ничего не бояться. Если хорошо надышаться клея, перестаешь чувствовать даже боль. Вот — отвернул рукав, показал воспаленные сигаретные ожоги на коже. Удивился, узнав, что Илья этого даже не пробовал, незаметно перемещался на позицию старшего. Ползком отправился куда-то за тюбиком, Илья проводил его взглядом. На отдалении Валет, заголив руку, вводил в сгиб у локтя иглу шприца, мальчик, вернувшись, его заслонил. Деловито выдавил из тюбика змейку клея в полиэтиленовый пакет, показал, как дышать, погрузив в него лицо, протянул: попробуй.

Илья про клей слышал и раньше, однажды, уже очень давно, ему даже предлагали, он был в возрасте этого мальчика. Почему-то не захотел, как не хотел никогда пить даже вино, не говоря о наркотиках. Не то чтобы боялся — нет, ему просто это было незачем. Но клей — это вроде был еще не наркотик. Вдохнул, ничего особенного не почувствовал, подышал еще. Клей так и не произвел на него впечатления, но стало просто хорошо, куда-то ушла тревога.

Возникало чувство какой-то не испытанной прежде дружеской общности, обещание настоящей жизни. Без электричества здесь обходились, воду приносили с вокзала в прозрачных пятилитровых бутылках, зато курить можно было от души. Сладкий дым растекался в воздухе, растекались сладкие мысли о том, что он уже никогда не вернется домой, к родителям, сладким было чувство вины перед ними, нежность и жалость, кружилась голова от сознания, что прежняя жизнь теперь невозможна, он теперь останется здесь, никуда не уезжая, будет зарабатывать для новых друзей, выигрывать, его тут защитят, укроют. Зачем-то потянуло проверить на ремне кошелек, не нащупал. Почему-то не огорчился, наоборот, стало смешно. Фигуры и тени множились в сумрачном пространстве, плавали вместе с веществом ватного дыма, дранку под осыпавшейся штукатуркой можно было передвигать шевелением пальца. В кучах у стен проявились не только строительные обломки, подробные цветы на разбитых изразцах, мятые пластиковые стаканы, блюдца, пустые прозрачные бутыли, использованные шприцы, фрагменты гипсовых завитков. Лепные ангелочки с обломанными руками и крыльями зависали под потолком в углу, он парил рядом с ними, среди мягких белых облаков. Где-то внизу или над собой он увидел своего маленького приятеля, почему-то в странной неудобной позе, тот наклонился, выставив голый зад, на испачканном личике выражение безгрешной детской доверчивости, так не понимает щенок, когда ему делают укол. Валет возник сзади, расстегивал медленно, как во сне, штаны. Отвернуться не было сил, но хоть закрыть глаза. Что ж, это жизнь, убеждал Илью кто-то, похожий на Тима, тут нет ничего плохого, ты просто раньше не знал, ты ничего еще не испытал, жизнь начнется только сейчас, теперь будешь знать многое.

Он очнулся от прикосновения к лицу. Открыл глаза, увидел прямо перед собой громадную серую морду, усики на остром носу шевелились. В то же мгновение он понял, что его обнюхивает крыса. Дернулся, вскрикнул, когда открыл глаза снова, она исчезла. Потом Илья пытался убедить себя, что это было не на самом деле, приснилось — первый из повторяющихся снов. Непонятное пробуждение, похмелье без отрезвления, тоскливая головная боль, поиск отхожего места внезапно перерос в попытку панического побега. Двор оказался огорожен надежней, чем внутренность здания, его стащили за ногу с ограды, когда он уже почти через нее перелез, отвратительно было оказаться добычей малорослых, с каждым из которых мог бы легко справиться, скверный привкус был не во рту — в душе. Я е...у Али-Бабу, сказал мерзкий прыщеватый подросток и как-то отвратительно ткнул ему твердыми пальцами в низ живота. Ну зачем, так не надо, укорил лысый гном, но от повторного тычка не защитил.

Все дальнейшее совершалось еще в тумане, сквозь головную боль, вспоминалось потом недостоверно. Подневольное, под охраной грязноватой стаи, возвращение в игровой зал, а там издевательство жульнического устройства, невозможность объяснить, что ему перестало везти не из-за ошибки, не из-за просчета, не из-за умысла — если автоматы подкручивают, не помогут никакие расчеты. Валет, наконец, остановил его: так ты все просадишь, но азарт пожирал его, не Илью, требовал продолжения, делал опасным. Сумка и куртка оставались где-то в особняке, денег было не вернуть, но если бы хоть отпустили, ошеломленного, униженного своей неспособностью вырваться в самостоятельную жизнь. Милиционер показался поодаль, среди вокзального многолюдья, надо было найти способ незаметно приблизиться к нему, чтоб хотя бы услышал крик о помощи, но с ним уже беседовал Валет, как со знакомым. Илье показалось, что милиционер даже скользнул по нему взглядом... нет, отвернулся, прошел в сторону, как медленное безразличное судно, хуже, чем эта стая. Женский голос, окликнувший его по имени и еще раз, с фамилией, прозвучал, словно в обмороке наяву, из потусторонних спасительных сфер.

Казалось, за эти сутки на вокзале, в пещерном мраке полуразрушенного особняка, среди мусора и отбросов, среди подростков, выброшенных сюда, как мусор, на потребу скользкого гнома с бесцветными бородавками на подбородке, в ядовитом головокружительном опьянении он сразу повзрослел, понял и почувствовал в жизни больше, чем мог себе прежде представить — потому что представлять боялся. Страхи игрового воображения показались такими детскими, безобидными. Он должен был вернуться туда, где его не мог не поджидать человек, называвший себя наставником, никуда он не делся, от него было не укрыться, разве только на время, знать обычный почтовый адрес было не обязательно, расстояние не имело значения. Надо было только покончить с сомнениями, мучительной неопределенностью, понять наконец, чего же ты все-таки хочешь, и тогда принять игру по-взрослому, без сантиментов, не уходя от неизбежной жестокости — жизнь есть жизнь. Дядя подсказал возможность решения. Он вынуждал преследователя гнаться за собой, пробираясь через мусорные, провонявшие мочой катакомбы, где в мерцающем свете огарков белела нежная раздвоенная фасолина, подбрасывал на его пути шприцы с остатками жидкости, обещающей сладкие глюки — и чувствовал, что ходы преследователя становятся все неуверенней, расплывчатей, сбивчивей. Он добивал его трезвым вокзальным знанием, нечувствительным, жестким. Под конец ему особенно удалась крыса, ее насмешливо сморщенный оскал, большего не понадобилось. Ушел, так, что не отыскать, окончательно, не оставив возможности, наставник это признал.

Знать бы тогда, что он ничего еще не понял по-настоящему. Занятия в студии прекратились, от знакомого по телефону услышал, что у наставника, говорят, что-то с наркотиками, завис, подробности дошли потом, потрясли. Подлинное понимание открылось, лишь когда он опять поселился у дяди. Сразу пришлось спросить, что случилось с компьютером, и Борис пересказал ему прощальное послание Тимоти. Он пересказывал, до мелочей вспоминая подробности, сам впервые понимая вместе с племянником то, о чем когда-то лишь неясно догадывался. Послание завершенной игры, объяснение в запретной любви, поражение, невозможность, конец, не судороги милых существ, вывалившихся в реальность через треснувшее стекло, — настоящий, который надо было еще приблизить, каждой дозой не оттягивая его — делая лишь неизбежней, чтобы на вершине все-таки найти выход, освободиться, броситься в желанную глубокую пустоту без стекла.

Илья слушал, глядя куда-то вниз и в сторону, как будто боялся встретиться взглядом — с кем? с незрячим? но когда это случайно произошло, ему показалась, что дядя его видит, все время смотрит. Как можно было до сих пор всего этого не понимать — и что можно было поделать с природной несовместимостью, с сознанием вины и с чувством утраты, с невозможностью и неизбежностью, неизбежностью?

3. Другой конец пишет по небесам

Телефонный звонок, вздрагиваешь от затаенного ожидания: не она ли? Подошел, как всегда, племянник, аппарат обосновался в его комнате, родители обычно говорили с ним. Борис ничьих звонков не ждал, ни с кем говорить не хотел. Недостоверный Центр перестал для него существовать, перестали существовать друг для друга, взаимно. Маме было сказано, что он задерживается в командировке, оттуда нет связи. Уточнять пока не понадобилось, приняла, время прояснит, что придется говорить потом ей, да и другим... кому, впрочем, другим? Вздрагивать заставляла только мысль об Аните. Не сознавал, что ждет, не хотел себе признаваться, а вздрагивал. Почему-то никто с ним о ней не заговаривал, не спрашивал — из жалостливой деликатности или знали что-то без него? Вот и сейчас — не она ли?

— С кем, с кем? — переспрашивал за стеной племянник, прикрывал горстью губы у трубки, сдержанный полушепот звучал громче голоса. Отчитывался, что ли, перед матерью, почему так секретно? — Ты еще не знаешь?.. Я не могу отсюда говорить...

Нет, не с матерью, не с отцом. В воздухе на миг будто повеяло знакомой озоновой свежестью, голос из трубки проявился помимо слов, через закрытую дверь, как музыка, слепота обостряет слух.

— Хорошо, сейчас сам приеду, — сказал племянник.

Почудилось, воображение подыграло. Воче ди донна о д'анджело. Ария где-то в воздухе. Стук в дверь, повторно, она приоткрылась, высвобождая голос.

— Эй, Боря... Боб... мне надо ненадолго, жди. — Голос звучал непонятным веселым возбуждением, с чего бы это? — К телефону можешь не подходить, я оставил автоответчик. Хай!

Кудлатая голова, сияющие глаза, Борис сейчас, право же, видел его, до конца не обернувшись, не успел даже спросить, кто это сейчас звонил. Мать звонила сюда Илье постоянно. Приезжая к нему с Ефимом, она заводила разговор как будто ни о чем, об извержении вулкана, о погодных аномалиях, за всем этим ощущался косвенный, но прямо не высказанный интерес. Врачей он попросил некоторое время больше не приглашать, ехать в клинику даже на обследования пока отказывался, она убедила Ефима не настаивать.

Щелкнул в замке ключ. Борис вместе с креслом повернулся к письменному столу, ощутил под ладонью в раскрытой папке листы незавершенной работы, пальцы на ощупь опознавали знакомые наизусть строки. «Безотчетное понимание, приближение к полноте, о которой лишь догадываешься, без уверенности, но ведь она есть, должна быть, иначе невыносимо...» Перед лицом на стене — протянуть руку — книжные полки. На средней за стеклом фотография мамы с двумя сыновьями, старший стрижен наголо, в школьной форме с широким ремнем, большой пряжкой, как у былых гимназистов, младший еще в светлых кудряшках, глаза выпучены, рот приоткрыт, у мамы густые волосы уложены по-молодому, чуть вбок. Фотография отца рядом переснята с афиши, единственная, по которой можно было о нем судить. Большой, иронично изогнутый в уголке рот, грустные, затененные гримом глаза... подбородок как будто вдруг оброс седой щетиной... привиделось, набежало воспоминание о другом лице, попробовало соединиться. Если представить такую щетину, в самом деле может померещиться сходство с этим стариком. Упустил возможность вовремя расспросить. Может, еще вернется. Столько осталось непроясненного, не выявленного, не воссозданного. Так до сих пор и не знаю, кем отец был до войны. Эстрадный гипнотизер, чудодей-целитель, исследователь каббалы? А может, то и другое, в разное время или одновременно? Надо бы поискать, как другие, документы, свидетельства, есть же где-то архивы. Ты даже не пробуешь. Да, я это уже говорил себе. Но как, где искать, на чье имя? Пока просто не представляю, у меня нет опыта документальных поисков. Ведь даже фамилию, которую отец нам оставил, нельзя, видимо, считать достоверной, до меня уже начало доходить, что у него когда-то могла быть другая, обстоятельства вынудили сменить, потом не стал восстанавливать. И нетрудно понять почему: ее мог узнать кто-то, более сведущий в этих делах, чем я, с другими возможностями, опасно по тем временам, стали бы копаться. Что, похоже, и случилось. Он и маме не захотел договаривать чего-то. Она, допустим, сама не очень хотела знать про его жизнь до встречи с ней, ревнивая психология не нуждается в фактах, женщину можно понять. Ее семейные архивы тоже ведь все сгорели, вместе с местечком, в разбомбленном вагоне по пути в эвакуацию, погибли вместе с родственниками, восстанавливать, доискиваться не хватило сил, да, кажется, и не пробовала. Судьба многих в наше время и в нашей стране. В свое-то прошлое мне, может, дальше родителей не углубиться. Да и какие свидетельства, документы позволят выстроить полный, последовательный сюжет скрытой от взгляда жизни? Приходится домысливать, причины объяснять следствиями. Мама показалась отцу похожей на женщину, в которую он был когда-то влюблен. Ее волосы... Тот, кого она предпочла, обаятельный весельчак, безвестный остроумец забытой эстрады, от таких в лучшем случае остаются чернобелые кадры на исцарапанной пленке. И этот их бедный ребенок... их ли? тут вообще почти все закрыто мраком. Гетто... непонятная болезнь... приход в логово элегантного вивисектора, монстра... попытка излечить уже не подростка, юношу... тут почти сплошь пустоты. Как все удалось? Можно только довообразить, какие особые способности позволили отцу уйти вместе с ним, как переходили не границу, наверно, уже линию фронта, через леса, боясь встреч с людьми... так явственно возник однажды на языке пресный привкус картошки, испеченной в золе, накопанной где-то в попутном огороде. Пристроил, видимо, потом юношу у того, найденного отца? Сам обзавелся новыми документами, попробовал хоть на время осуществить обычное счастье? А этот юноша, ставший, как можно понять, Цыпиным, потом начал выступать и с моим отцом? Дальше, казалось бы, можно представить определенней. Так ведь нет, встречаешь реального, казалось бы, человека, видишь его перед собой — а воображение не срабатывает, растекается. Мама говорила, даже голос отца ей послышался, и он сам показался неотличимо похож. Допустим, с ее головой, с ее памятью не все в порядке. Но ведь и мне в его лице стало мерещиться вдруг сходство. Как, что, каким образом могло ему перейти от отца? Пытаешься вообразить, возникает, право же, сомнительный институт, провода или трубки сосут что-то из мозга, он ведь бормотал про что-то такое...

Ну, насчет этих проводов и трубок в самом деле что-то сомнительное, подтвердил снисходительный голос. Передача памяти из мозга в мозг, техника из старых фантастических фильмов, примитивные представления. Или чье-то жульничество. Лучше без этого. Но, может, тебе вообще не обязательно все прояснять до конца

Что значит не обязательно? — Борис не сразу понял, словно не очнувшись еще от задумчивости.

Да, может, просто лучше не стоит, ответил тот же знакомый голос. Есть многое, чего мы до конца объяснить не можем, этим жизнь бывает прекрасна. Она так недаром устроена. Нельзя, чтобы совсем не оставалось тайны, чуда, загадки. Понятое до конца, без остатка оказывается, считай, умерщвленным. Как рыба, вытащенная из воды. Только что переливалась всеми цветами, влажная, еще живая — а в руках у тебя вдруг тускнеет. Годится только на уху. Может, лучше так и оставить кое-что до конца не решенным. Вокруг неясности может возникать сколько угодно версий, догадок.

Я как будто с кем-то вслух разговариваю, спохватился наконец Борис. Опять сам с собой?

С собой, с собой, подтвердил насмешливо голос. Была у тебя, помнится, мысль назвать своего собеседника внутренним голосом. Или, пуще того, духом повествования. Нет, не надо меня выводить на своих страницах в качестве персонажа... Да, так вот, насчет этих трубок и проводов. Может ли этот старик без них знать что-то, чего сам вроде бы не испытал? Психиатры знают такой синдром, у меня где-то записано, как называется. Пациент начинает приписывать себе услышанное, прочитанное, воображать себя кем-то другим, чужую жизнь принимать за собственную. Есть известные случаи.

Да ведь не мог этот бедняга совсем выдумать, приписать себе то, что знали только отец и мама. Вдруг ему на самом деле что-то передалось, было передано? Каким образом, как? Считать это фантастикой, мистикой?

Темная область. Возможно, узнаем когда-нибудь. В воображении, как ты сам уже говорил, тоже ничто не рождается совсем случайно, душа принимает не все, отторгает неподлинное. Удивительны попадания, совпадения. Ведь и с тобой самим происходит что-то похожее. То, что тебе уже открылось — несравненно больше, чем ты мог видеть. Почему, как открылось именно это, через других, через их жизни, их мысли? Эти люди ни для кого не существовали, пока ты о них не написал. Но и сам ты обретаешь новое существование вместе с ними, благодаря им, входишь частицей в каждого из них, они вошли частицей в тебя. Пусть это будут фантазии персонажа. Ты ведь не пишешь документальное повествование. В чем, в чем, а в документальной достоверности тебя не упрекнуть. Даже точных названий предпочитаешь избегать, не говоря о датах, хронология у тебя сплошь смещена. Хочется чувствовать себя свободней, не бояться нестыковок, да?

Не пойму, что мы сейчас обсуждаем. Чью-то жизнь или чье-то сочинение? Чье, интересно?

Ты как будто заподозрил, что я претендую на авторство? Ну, может, соавторство?

Остроумно. Кто, по-твоему, на твоих страницах должен произносить эти слова?

Тот, у кого из нас есть чувство юмора.

Неплохо сказано. Будем надеяться, у обоих его хватит. Не надо мелочиться, ты не оценил, я ведь только что прямо сказал: на твоих страницах. Твоих, твоих. Во всяком случае, нет надобности расставлять знаки прямой речи, где кто говорит. Читатель поймет. Да если и не поймет. Важно, что кое-что тебе приоткрылось в процессе работы, сам ли ты постарался, кто-то вместе с тобой, через тебя? Изнутри всего не понять. Ни отца, ни ближних, ни собственной жизни, вообще самого мира. Нужен взгляд из другого измерения, только по-настоящему это нам не дано, можно лишь вообразить, додумать, осмыслить. Способность видеть другим зрением — как переход в другое измерение или состояние. Созданное начинает существовать, когда оно подлинно, по ту сторону реального и нереального. Есть, видно, все-таки память больше той, что мы способны осознавать.

Начнешь сейчас говорить про память крови?

Почему бы нет? Будем это считать образом. Высокое, наследственное знание, переданное неведомым путем, при особых обстоятельствах оно оживает. В минуты внезапного потрясения, творческого напряжения, иногда, говорят, во сне... Подожди, мне кое-что сейчас надо записать сразу для себя, пока не растаяло. Рабочие мысли, для памяти. Пусть будет от твоего имени... хотя на чем ты сейчас можешь писать? На компьютере, на бумаге?.. неважно...

Если описывать только то, что сам видел, не было бы не только литературы, — сами собой, легко побежали неизвестно где строки. — *Сотворение мира описывал не свиде-тель, но как впечатляюще, согласись. Смешно его обвинять в сочинительстве.*

Жизнь обычного человека так ограничена, она так мало вмещает. Знаешь себя, и то не сплошь, непосредственно близких, семью, детей, родителей, редко дальше деда, праде-да. Кто были те, дальше? Их могилы неизвестны или забы-ты, заросли вдоль дорог вынужденных перемещений, редко кто соотнесет с собой отдаленное имя на камне, сохранив-шемся по недосмотру в каком-то из устойчивых некрополей, без портретов, без фотографий. Нам остаются беглые при-косновения, раскопки, мозаичные домыслы — работа вооб-ражения.

История создается в умах людей вслед за условным вре-менем, в котором ее условно располагают, вместе с обобще-ниями, выводами, оценками. Перо, пишущее на бумаге, дру-гим концом пишет на небесах.

Удивительное состояние, когда из небытия, из воздуха сгущаются, возникают миры, города, люди, судьбы. Только что еще ничего этого не было. Пустое место, расплывшееся пятно, незамеченное, пропущенное, оказывается лицом, на-полняется чертами, обликом. Сколько мозгов одновременно перерабатывают жизненное вещество в создания творче-ства, в мысли, картины, мелодии!

Творческие способности, воображение, если угодно, не нужны для физического продолжения жизни, насекомые находят друг друга по запаху и прекрасно совокупляются. Человеку это почему-то необходимо. Для него реальным становится лишь то, что переработано его внутренним чувством, остальное лопается, как пенные пузыри.

Слова, не оставляющие вкуса в слюне. Неподлинное, правдоподобное мертвеет в момент написания. Листы в книгах желтеют, крошатся, знаки уже невозможно прочесть, и незачем.

Слова не могут жить, если они лишены веры в свою магическую силу. Есть фантазии более реальные, чем сама жизнь. Есть фантазии, чреватые гибелью. Безответственность не безобидна. Фокус — не волшебство.

Настоящего очень мало. Его и должно быть мало. Оно на самом деле не очень нужно. Оно неуютно, трудно. Немногие несут непонятную службу за остальных.

Это бывает и в жизни отдельного человека, и в жизни общества: утрачивается чувство связи между жизнью и пониманием. Возникают области пустоты, которая заполняется чем-то случайным, недостоверным: страхами, фантазиями, поиском опьянения, механическими порывами. Пустоту надо заполнять хотя бы суррогатом духовной деятельности, этого требует инстинкт.

Утрата ценностей, смыслов, памяти об основах мира, личное, пусть безнадежное сопротивление — вот твоя тема. Способность оставаться самим собой.

Можешь таиться, ни слова не говорить о себе — если получится настоящее, о тебе будут судить по тому, что ты написал. Ты связан со своим текстом сосудами, нервами, вы так проросли друг в друга — чтобы разделить, придется резать по живому.

Сон о прозе, которая проступала бы на теле, как вязь подкожных сосудов на коже младенца, в которой верующие готовы узнать строки Писания.

Телефонный звонок, возникло сбоку, на полях, чернилами, другим почерком. Кто-то вмешался, напоминал, подсказывал, сбил течение строк. Затяжной звонок повторился. Не было силы встать, хотелось еще перечитать или дописать незавершенную фразу. Кажется, там была пропущена запятая, перед «которая», надо вставить.

Нашел о чем волноваться, вернулся насмешливый голос. Найдется, кому вставить.

Борис, наконец, очнулся, некоторое время еще не мог сообразить, день сейчас или ночь. Звонок умолк. Из открытого окна доносились голоса играющих детей вперемежку с птичьим чириканьем, поодаль время от времени шуршали шины легких машин, изредка напрягал мотор грузовик. Тихая улица, день. Ветерок шевелил, перебирал листья легкими аккордами, арпеджио, ствол старого тополя покряхтывал, возраст, ничего не скажешь, недолго, видно, осталось, но не такой ветерок его свалит, еще постоит, еще напоследок порадуется. Зелень уже пахуче разогрета солнцем, каждое время суток обладает своим запахом, не обязательно открывать глаза. Из ветвей совсем рядом выделился знакомый пересвист, когда-то умел различать некоторых птиц по голосам, да и сейчас бы мог, только подождать, пока повторит... Ну конечно, синичка, желтая грудка...

Звонок повторялся настойчиво, не отпускал. Борис с усилием оперся на подлокотники кресла, поднялся, почти отжавшись, с трудом. Он все еще не окончательно вернулся к себе, но двигался уверенно, не нащупывая дверной проем, не стукаясь о косяк. Босые пятки ощущали прохладу паркета. Свет сквозь пыльные стекла, пятна солнечных теней, на обоях, справа от выключателя, вот тут, след от раздавленного комара. Все видно отчетливо, как никогда, запечатленное в памяти может обходиться без зрения. Порядок квартирного хаоса, в котором ориентируешься без труда, если сам годами его создавал, единственно живой порядок, не тот, что устанавливается однажды и навсегда, по каталогу дизайнера, вместе с доставленным гарнитуром, нет, тот, что наращиваешь вокруг себя собственной химией, как раковину... кажется, так говорила Анита... удивительно, как она поняла, как приняла. Вдруг это она?

Пока он шел, звонок прекратился. Подождал некоторое время еще, потом все же снял трубку, в ней был пустой гудок. Опять что-то упустил. Рукой нашел за спиной кресло, опустился в него обессилено. Да, ведь Илья говорил про автоответчик, вспомнил Борис. Нащупал по памяти кнопку.

4. Голос мамы

— Ты опять не берешь трубку, тебе некогда, все работа, разъезды, я понимаю. Но это не обязательно. Так даже

329

лучше. Мне Фима сказал, все, что я говорю, теперь будет записываться, услышишь, когда вернешься. Он поставил мне новый аппарат, показал, какую нажимать кнопку, чтоб соединялось сразу с тобой. Я плохо вижу, путаю номера. Такая теперь техника, кто мог представить? Ты можешь смеяться над техникой, я понимаю, тебе она зачем? Дети считают меня сумасшедшей. Но я еще не совсем сошла с ума. Одна женщина мне в больнице сказала: первыми сходят с ума волосы, они становятся ломкими. Но ты приедешь, увидишь. Остались, как были, правда. Я после твоего отъезда их ни разу не стригла, ты же так любил, когда я их распускала. Я вообще их почти ни разу не укорачивала, только совсем в молодости, но это еще до тебя. Моя бабушка не просто стриглась, она брила голову, мне это рассказывали, я сама не видела. Она носила парик, еще до меня, не представляю, что это такое. Наверно, смешно. Раньше женщинам так полагалось. Но ты говорил, что в волосах моя сила, да? Не как у мужчины. Как звали эту... не помню, которая у него их отрезала... ой, какую глупость я говорю, не смейся. У женщины сила называется красотой, помнишь, ты мне рассказывал? Я не могу повторять всех твоих слов в трубку, но ты же их сам знаешь. Хочу, чтобы ты увидел. Мне уже трудно самой расчесывать, эта женщина, которая мне иногда помогает, она говорит: какая густая волнистая грива, ни у кого такой не видела. Никто бы не мог расчесать. У нее волшебные руки. Немного остается на гребне, как же без этого, но почти нет седых, удивительно, правда? Анита говорит: как серебряные нити. Электрические. Я ведь тебе, кажется, рассказывала, ее зовут Анита, эту женщину. Рассказывала. Боря, дурачок, еще не понял, как ему повез...

Оборвалось на полуслове, щелкнуло, короткие гудки. Борис сглотнул слюну. Голос возобновился.

— Нас кто-то прервал, но я уже знаю, где нажимать. Да... о чем я. Они все никак не распишутся. Сейчас так принято жить, не расписываясь, я понимаю. Хотелось бы посмотреть еще на одного внука. Или внучку. Хорошо, если наконец в семье будет девочка, а то все мужчины. Твое семя. Но все-таки хорошо бы. Анита говорит, что у них будет девочка, она уверена. Женщины это умеют чувствовать, не все, но некоторые умеют. Только хочет еще выждать время, ему пока не говорит. Он тоже задерживается в какой-то своей командировке. Наверное, что-нибудь опять пишет, у него работа в уме, не всегда сразу получается. Но Анита его очень хвалит, говорит, он такой у вас талантливый, те, про кого он пишет, становятся у него как живые. Твой сын, другого нельзя было ожидать. Хотя все никак не станет взрослым, такой до сих пор глупый. Только на вид мужчина, уже бреется. Ты же сам его видел. Прости, что он не сразу тебя узнал, он тебя не мог видеть раньше, я и сама растерялась. Не знаю, что он там сейчас пишет. Я давно не могу читать, мне новые очки прописали неправильно, постеснялась сразу сказать. Если честно, я ведь наших детей немного стесняюсь, они с высшим образованием, а я даже десятый класс не успела кончить. Только смотрю телевизор. Не помню, был ли у нас при тебе телевизор. Надо же что-то смотреть, чтобы время проходило хоть как-то. Одни и те же люди там каждый день все кричат, разводятся, женятся, вдруг начинают зачем-то стрелять. Я переключаю другую программу, но там все то же: стреляют, кричат, обнимаются. Женщин, ты бы только посмотрел, теперь показывают совсем голых, в постели тоже...

Снова обрыв, пауза, наполненная биением сердца. Голос возобновился.

— Опять кто-то прервал. Как будто у них там, не знаю где, время ограничено. Мне надо столько тебе сказать, а я все какие-то глупости, глупости. Раньше жизнь начиналась с тебя, вдруг стала разрастаться назад. Сижу, лежу, днем, ночью, вдруг вижу себя как будто опять в своей Бавиловке, под босыми пятками горячая мягкая пыль, все так нежно чувствую. Между булыжниками сухие былинки, крохотные голубые цветочки. Мама намазывает мне голову керосином, от вшей, ничего, что я про такое? Завязывает туго косынкой, часа на два, потом моет волосы черным мылом... знаешь такое? запах у него, как у дегтя. Потом, когда высохнут, вычесывает их густым гребешком, сейчас такой моих волос бы не взял. Пальцы ее в черных засечках, трещинах, от мытья полов, от работы, на моем лице они были шероховатыми... я их сейчас чувствую на щеке. Ее улыбку вижу, бескровную, бледную, кровь ушла в чьи-то другие тела. Папу вижу в засаленном бухгалтерском галстуке, в сатиновых нарукавниках даже дома... резинки на лиловых подштанниках, не успела отвести взгляд. Не представляю, как он на своих узких плечах нес тяжелую винтовку. Всех вижу рядом, одновременно, никого не могу вернуть, и чувствую, это моя вина. Как будто жила, жила, а под конец время сжимается, как гармошка. Раньше понятно было, на что оно уходит: готовить, убираться, кормить, проверять уроки детей, копать картошку, подавать пальто в гардеробе. А теперь оно совсем, что ли, застряло. Если б ты знал, как трудно ждать! Нет, об этом не думай, у тебя хватает забот, я знаю. Хорошо, что я не смотрю на твои фотографии, они бы мешали, ты прав. Без них я тебя так ясно вижу. И себя лучше не видеть в зеркале, какая-то высохшая оболочка. Изнутри видишь не так. Как ты мне это говорил, я не могу вспомнить? Есть вещи, которые должны существовать, даже если их на самом деле не существует. Потому что они существуют для нас... Или я не так запомнила? В голове все время путается...

Пауза, сглотнуть комок в горле.

— Может, дадут еще немного времени, надо вспомнить что-то важное. Да, вот что я на самом деле хочу тебе рассказать: роза, которую ты принес, она после твоего ухода сразу стала сохнуть. Не вянуть, а именно сохнуть, хотя я сразу поставила ее в бутылку из-под кефира. Цветок усох, но под ним на черенке, сбоку, это я неделю назад увидела, высунулся такой бледный отросточек. Я сразу не поверила, но попросила соседку Клаву, ты ее тоже видел, принести землю в горшке. Детей я просить не захотела, опять скажут, что сумасшедшая. Посадила этот цветок, никому не показывала. Но ты не поверишь, вот, на этом отросточке стал набухать бутон. Приедешь, увидишь. Я попросила Аниту, она сказала, что сама за тобой поедет. Только слишком уж долго ждать. Мне надо с тобой так много еще обсудить, посоветоваться хотя бы по телефону. У Фимы тоже, я чувствую, проблемы. Я его жену вначале не приняла, но ведь живут сколько лет, и хорошо, что мне еще надо? Не знаю, как исправить. А надо еще что-то решать с квартирой, на кого ее записать. Ты же ответственный квартиросъемщик, я без тебя не могу. Нет, сейчас об этом не думай, я опять говорю глупости. Лишь бы дождаться, пока ты приедешь. Ты знаешь, я сама сочинила для себя молитву, потому что настоящих не знаю. Боже, не дай мне умереть, пока я не увижу его. Будь милостив, Боже, долго жить так трудно. Он обещал, что я не умру, пока не увижу его, поддержи мою веру в него. Ты слышишь? Я слишком устала, мне так надо успокоиться. Я не настолько выжила из ума, чтобы не знать: все должно когда-нибудь кончиться. Но как это трудно: ждать! Я не плачу, дети считают, что я никогда не плачу...

Писк аппарата обозначил конец. Борис на ощупь набрал мамин номер.

5. Салон магических услуг

— Салон магических услуг, — представился женский голос.

Вот те на! Не попал ли он невзначай в заведение Юлианы? Голос был не ее.

— Я вас слушаю, не смущайтесь, — подбодрил голос. — У вас какие-то проблемы?

— Можно у вас получить услуги по телефону? — неожиданно для себя решился Борис.

— Смотря какие.

— Мне надо найти женщину.

— Найти? Вам нужна подруга жизни? На время или для постоянных отношений? На время — это не совсем наша специализация. Но если вас интересуют связи не случайные, так сказать, высшего порядка, у нас в компьютере обширная картотека, с подробными гороскопами, все данные, алгоритмы и варианты соответствий. Научный подход на современном уровне, считается информация, которую несут планеты, аура, чакры, цифровой код имени и даты рождения, учитывается все, радужная оболочка глаз, родинки на теле. Стопроцентная гарантия... Мужчина! Алло! Алло, мужчина! Вы слушаете? Почему вы молчите?

Обладательнице голоса было лет двадцать пять, короткая стрижка, накладные перламутровые ногти на пальцах, державших трубку, название слабых духов было ему неизвестно.

— Извините. Я не совсем удачно выразился. Мы жили вместе, но она ушла.

— А! Так бы сказали сразу. Вот это уж совсем по нашей части. Вы, значит, хотите ее вернуть?

— Не знаю.

— Как это не знаете?

— Не знаю, хочет ли она этого.

— О господи! Мало того, что мужчина, вы еще интеллигент. Нам достаточно, чтобы вы хотели. Чтоб она захотела — это наша забота. Вернется, как влюбленная кошка, на шею кинется. Стопроцентная гарантия, на два года. Если захотите поддерживать с ней отношения дальше, мы и дальше поможем. Постоянным клиентам скидка. Вред для здоровья исключается. Приходите, не забудьте захватить фотографию.

— Какую фотографию?

— Ее, какую же еще?

— У меня ее фотографии нет, — Борис сам впервые осознал: действительно, нет. — Но я бы хотел пока, если это возможно, заочную помощь, по телефону.

— О! Это несколько видоизменяет задачу. Но в принципе все можно. Хотя надежней, конечно, личный контакт. И тариф будет, естественно, другой. Для начала нужны ваши данные.

— Я должен себя назвать?

— Паспорт мы не спрашиваем, налоговый номер тоже, телефонный у нас есть и так, вот он, светится. Нам нужен номер банковского счета.

— А... Я на память сейчас не могу назвать.

— Трудно с вами говорить. Зачем на память? Возьмите, если он сейчас при вас, посмотрите.

— Я не могу посмотреть.

— Почему не можете?.. Странный какой-то клиент. Извините, это я не вам... Что?.. Минуточку.

Сквозь ладонь, прикрывшую трубку, доносились звуки невнятного объяснения.

— Алло... простите, — вступил другой голос. — Насчет оплаты нет проблем, обойдемся без формальностей. — Из трубки повеяло дурманящими благовониями, как из Аладдинова сосуда, из запахов сгустилась вошедшая в тело, именно вошедшая в тело черноволосая женщина, можно было явственно увидеть свободное ниспадающее одеяние из легкой черной материи, в ушах длинные серебряные серьги с черным агатом. — Алло, вы меня слышите? Значит, говорите, от вас ушла женщина? Есть предположение, к кому?

— Нет, — сказал Борис. (Решила почему-то оставаться неузнанной, предпочитает на вы. В масках разговор получается свободней.) — Думаю, ни к кому. Похоже, просто разочаровалась во мне или обиделась.

— Ах, обиделась! На что? Вы, что ли, ей изменяли?

— Нет, — сказал, поколебавшись, Борис.

— Звучит, извините, не совсем уверенно. Может, мысленно?

— Разве что мысленно. Но это же не в счет.

— Ах, мысленно не в счет! Думаете, женщине этого мало, думаете, она это не чувствует? От мыслей много зависит. Люди обычно способны думать только о ссбс, а уж мужчины особенно. Вы представляете мир только мужским взглядом. Вы поставьте себя на место женщины, вообразите, если у вас есть воображение, не вообще, а конкретно. Когда она не может понять, что случилось с мужем, то ли он охладел к ней, то ли обманывает, чего-то не говорит. Нет контакта с ним, родственники тоже могут оказывать влияние, я имею в виду прежде всего мать.

— Нет, мать, думаю, ни при чем, — осторожно вставил Борис.

— Ах, ни при чем! Мужчина может не сознавать, как он зависит от матери, с детства, как эта зависимость может угнетать женщину. Начинает ему внушать: ах, она за тебя уцепилась, навалилась на тебя, как матрас, ты такой ученый, а она без высшего образования, бухгалтерский техникум, провинциалка, еще национальные предрассудки. Прожужжит ему уши, он их и распустит, мужчине много ли надо. Особенно если у матери сильная энергетика, я это уже почувствовала. Что же это теперь за мужчины, сами не умеют решать, не хотят, ждут, что решат за них. А потом у него вдруг пропадает желание, оказывается неспособен. Причины, что ли, космические? Нет, не надо так высоко. Просто ждут, как решит женщина. Скажете, я неправа? Думаете, мать ни при чем, виновата сама женщина? А женщина, может, его просто любит, не знает, что делается, мучается, сходит где-то с ума. Мужчина об этом способен подумать, вам это в голову не приходило?

Влажное сморкание в платочек. Волосы женщины понемногу теряли черноту вороньего крыла, становились невзрачными, но лицо делалось все понятней. Осушила покрасневший нос, постаревшая поселковая тетушка, по-своему милая.

— Что вы молчите?

— Все мы по-своему виноваты, но мысли вы мне приписываете не мои, я так не думаю. И насчет мамы вы зря. Немолодой человек, она может иногда не сдержаться, быть несправедливой, но потом всегда отходит. Она невестку хотела бы у себя видеть, не знает, как сказать, но я-то знаю. Она ко всем добра. А насчет мужчин... у каждого это по-своему. Но в одном вы, наверное, правы: изменил. Да. Изменил себе, заблудился, я ведь сам думал про это. Тут вы нашли действительно верное слово. Надо вспомнить себя, вернуться, только понять до конца... Вы знаете, у меня чувство, что ваш разговор на меня уже действует.

— Правда? Как вы сразу вдруг уловили. Значит, про маму я зря? Вы это действительно знаете? Тогда все легче Я тоже сейчас чувствую. Между людьми существует связь, они сами не догадываются, надо только войти в состояние, вы почти по-нашему выразились. В магии на самом деле ничего сверхъестественного, даже ученые не все отрицают, она и вам может оказаться доступна. Я сейчас попробую послать вам энергию заочно. Вы только сами начинайте думать об этой женщине, сосредоточьтесь, думайте по-настоящему, чтобы она перед вами возникла, вы же можете вообразить, мысленно вообразить, увидеть, какая она есть, думайте, представьте, как она, может, сейчас уже едет к вам или идет, прослеживайте ее движение, я вам посылаю ее образ, не отпускайте, держите и не отпускайте, сосредоточьтесь, чувствуйте ее все ближе, все ближе, думайте не о себе, о ней, еще ближе, еще ближе...

6. Возвращение

Дыхание, возникшее за спиной. Наверное, голос из трубки не дал услышать поворот ключа в смазанном замке, беззвучность открывшейся двери, мягких босых шагов. Движение воздуха, теплый, до прикосновения, ток. Тело приподняло со стула, парящая невесомость, без усилия, без опоры, беззвучно разлитая в воздухе музыка. Растянуть, оттянуть, замедлить, еще до конца не обернувшись. Не надо ничего спрашивать, ты уже сам мог сказать, что было с ней, с вами обоими, почему она ушла, не предупредив, не объяснив, и могла ли она тогда все объяснить словами? Искать слова — твое дело. Угадывать, называть что-то, чего оба до поры не сознавали в себе, друг в друге. Вообрази меня, попросила она когда-то, а ты не сразу сумел, не хватило уверенности. Да ведь и она не была до конца уверена, не вполне понимала, что с ней. Подсказала природа, так все совпало: болезнь, о которой ничего бы не сказали врачи, надежда, в которую еще надо было без сомнений поверить, трепетная тревога, зарождение жизни внутри, страх этой жизни повредить, — как было сказать отчужденному, не настроенному слуху о том, что могло оказаться лишь желанной грезой, ошибкой, просто насмешкой возраста?

Оставалось только положиться на время, чтобы удостовериться, переждать, отстранить болезнь, а пока отдалиться, отделиться, без объяснений, объяснение невозможно было себе даже представить. Не успели договорить единственного, так получилось, и вот сближаетесь, готовые соединиться, в надежде все-таки договорить — и заранее сознавая, что слова опять окажутся приблизительными, они всегда приблизительны.

Но разве мы сейчас не говорим, не нуждаясь в напряжении голосовых связок?

Растянуть, оттянуть, замедлить, соединиться, еще не коснувшись друг друга. Мы создаем друг друга своим существованием, мыслью друг о друге, пусть на расстоянии. Так совпало: неуверенность, надежда, болезнь, тревога, как бы она не повредила, твои слова совсем не о том, навязчивые видения мамы, Розалии Львовны, ее разговоры. Я бы не поехала в места, даже мысль о которых казалась невыносимой до ужаса, если бы не пообещала ей отыскать и, может, вернуть того, кого она продолжала ждать вопреки невозможности, ты знаешь, и ведь сумела, нашла, не имея точного адреса, ничего, кроме описаний, да, может быть, недостоверного кадра на исчезнувшей пленке, даже наводить справки на рынке не пришлось. Совпадения лишь могут казаться случайными, надо было только пройти заново через ту же самую жизнь, через встречу с человеком, обещавшим опору, на вид таким уверенным, устойчивым, через постоянное чувство вины перед насмерть перепуганными, обезумевшими зверьками, которых приходилось безжалостно гонять по безвыходным лабиринтам в уверенности, что это поможет их выживанию, через разочарование, разрыв и уход — чтобы на короткий миг очутиться вдруг в райском уголке над морем, испытать вспышку неправдоподобного счастья — а оно уже несло в себе неизбежность расплаты, в этой жизни почему-то не бывает иначе. Все, теперь возвращаться больше некуда и не к кому, только к тебе, только к маме, Розалии Львовне, к Илюше...

Соединиться, прильнуть, подключиться, чтобы ожить. Только теперь осторожней, не повреди... вот так, нежно, ты чувствуешь ее там? Почему ты говоришь: ее? Почему-то. Я знаю. Мягкая женская непреклонность поверх пугливой податливой неуверенности, обволакивающая основа. Я будто прожил это время с тобой. Мы разделены были не более, чем расстоянием, но оставались друг с другом, как сейчас, друг в друге. Мы создаем друг друга прикосновением, теплом, присутствием. Нежные углубления над ключицами, где собиралась утренняя прохлада, сладость для губ, соль подмышками для языка. Зрячими становятся пальцы, зрячей становится кожа. Отчетлива, как никогда, родинка на щеке слева, не отмеченная прежде сознанием, белизна шрамика у губы, крап зеленоватой радужины. Я боюсь открыть глаза, чтобы не побледнело, не помутнело.

Да они ведь уже открыты.

Заоконные голоса, запахи разогретой зелени и асфальта, исцеляющее слияние. Мы оживаем друг с другом, друг в друге. Остается совсем немного страниц — как непросто было проживать прежние, и какая грусть, что все неизбежно кончится, вот сейчас, уже скоро. Оттянуть, растянуть, замедлить. Невесомость парящего танца, назревающая мелодия.

7. Встреча — начало разлуки

Стол отодвинут к окну, чтобы освободить место для танца. Музыка наполняла небольшое пространство волнением, похожим на любовное, дрожь воздуха отзывалась единым чувством в телах. Рослый взлохмаченный юноша ощущал эту дрожь пальцами, трогая незнакомое старинное устройство, более удивительное, чем электронный плеер или компьютер, там не надо ничего понимать. Время от времени он подкручивал никелированную ручку, бережно возвращал остановившуюся иголку на край толстого, начинавшего быстро вертеться диска. Так мальчик эпохи автомобилей и самолетов просит дать ему подержать вожжи и впервые в жизни восхищенно смотрит на изъязвленный оводами круп лошади, на подрагивание подкожных жил, и живой запах навоза, выпадающего из-под хвоста, для него слаще бензина. Он не все пока понимал, только чувствовал необычность того, что происходило сейчас здесь, со всеми. Когда-то ему хватало словесного знания, что у него есть бабушка, пришлось довольствоваться, вспоминался вкус необычного домашнего печенья, которое однажды брал из сморщенной руки, от нее пахло огуречным рассолом, в незнакомой комнате не было игрушек. Больше они, кажется, не виделись, он и не спрашивал, не вспоминал. Теперь приходилось соединять слово «бабушка» с маленькой усохшей старушкой, по грудь ему, пришлось к ней нагнуться, чтобы она могла поцеловать его в щеку, здороваясь, как с незнакомым, сначала за руку, сама, кажется, была смущена. Смотрел, как она смешно топталась среди комнаты с неизвестным, таким же маленьким старичком, на нем топорщился мешковатый черный костюм с бархатными лацканами. О нем Илье пока ничего не сказали, может быть, предстояло считать его дедушкой? Слово из другой жизни. Давно когда-то он завидовал рассказам мальчиков, у которых были дедушки, одному такой дедушка подарил даже духовое ружье. Чувство, похожее на непонятную, невзрослую нежность, напряженность скрытой пружины, заставлявшей крутиться пластинку, чудо иглы, извлекавшей из невидимых бороздок звук голоса, невозможность прояснить это чувство, спросить, не у кого.

Родители танцевали среди других, как влюбленные, глуповатые улыбки застыли на их лицах, никогда он их такими не видел. Илья смотрел на них со снисходительностью взрослого. Ему ли было догадаться, почему так улыбался отец, что он заново ощущал сейчас в теле? Поближе прижимал к себе Юлиану, чтобы она тоже это могла почувствовать, когда в повороте, которого от него трудно было ожидать, ее ноге пришлось углубиться между его ног, и она улыбалась счастливо, удостоверяясь.

Дрожь музыки наполняла пространство, объединяла танцующих чувством, о нем пела с пластинки женщина, пусть не все понимали слова. *Их хоб дих либ*, пел голос, возвращенный к жизни иглой. Я люблю тебя. *Их хоб дих либ*, отзывался мужской голос. Розалия Львовна оглядывалась ошеломленно, направляющая рука поворачивала ее в танце лицом то к одному, то к другому. Юноша с розовыми щеками, кудлатой копной на голове подкручивал ручку патефона, она готова была признать в нем юного Фиму, но тут же увидела его, потолстевшего, с бородкой, и вспомнила, что этот мальчик, его сын, к ней уже подходил. Женщина, с которой танцевал Фима, была, конечно, его жена, они пришли вместе, а то бы могла ее не узнать, не вспомнила бы. Давняя неприязнь попробовала было шевельнуться, не успела, не разошлась. Розалия Львовна уже протянула невестке руку поздороваться, и та в неожиданном порыве наклонилась к ее руке, поцеловала, это она зачем, пальцы были в почерневших порезах, наследственных, неотмываемых. Другой рукой Розалия Львовна погладила ее по волосам, жестким от лака, сама себя не совсем понимая.

Илья незаметно для себя переместился поближе к Борису и Аните. Он, еще стоя у патефона, уже начинал притоптывать, танцевал среди всех сам с собой, но ему захотелось приблизиться, оказаться с этими двумя, и они приняли его третьим в свой танец. Женщина обняла обоих, руки мужчин легли на ее плечи и на плечи друг друга. Люблю тебя, люблю, мне не хватает слов. Музыка, звучавшая в этих стенах жизнь назад, дожидавшаяся своего часа в онемелых черных бороздках, напев без перевода, сопровождавший ночь под звездами, когда двое танцевали под луной, не видя, как по лунной дорожке уже уплывали в никуда безжизненные тела. Теперь мелодия заново оживала, соединяя всех здесь, и в животе у женщины созревала еще одна жизнь. Мне не хватает слов...

Борис вдруг оправился от задумчивости, замедлил движение. Странно, никто не замечал, что пластинка продолжала крутиться, хотя давно уж некому стало подкручивать патефонную ручку. Можно было подумать, что иголка не просто застряла в бороздке, но сама возвращалась к началу — способность, какой нельзя было ожидать от старинного устройства. Он увидел, что мама смотрит куда-то мимо него, через плечо того, с кем она сейчас едва топталась на месте. Оглянулся, следуя за ее взглядом.

Отец сидел во всегдашнем своем кресле, в углу, сбоку от тумбочки с патефоном, постукивал по колену пальцами непостижимой чувствительности, кивал в такт музыке головой, большой грустный рот его одобрительно улыбался. Он оставался похож на свою фотографию, почти одного возраста с запечатленным на ней, даже немного младше. Голый купол, обрамленный остатками густых волос, затененные глаза. Очередной раз возвратил иголку и возобновил завод, не давая мелодии остановиться.

Борис снял руку с плеча Аниты, высвободил плечо от руки племянника, переложил ее на плечо Аниты. На губах Ильи застыла напряженная смешная улыбка, он, может быть, впервые обнимал в танце женщину и ощущал так ее руку, с нежностью подумал Борис. Сам отошел в сторону, прислонился спиной к стене, отсюда было видно обоих.

Губы мамы шевелились, он понял, что она говорит с отцом. Ты совсем не изменился, не постарел, нас, наверно, не узнаешь, услышал Борис. Но танцевать я еще могу, правда? И у тебя тоже получается. Ты обещал, что научишься, и вот танцуешь, говорила она. Ее не смущало, что сидевший в кресле одновременно танцевал с ней, она только боялась поднять глаза выше его груди. Кружилась голова, приходилось прислоняться щекой к полосатой шершавой ткани. Родной узнаваемый запах не был испорчен ни нафталином, ни временем. Дан недолго носил этот свой последний костюм, старый насмешливый портной из пошивочных мастерских филармонии шутил, что в таком не стыдно пойти на прием к английской королеве. В запахе сомневаться было нельзя, хотя на том, кто сейчас танцевал с ней, он был, конечно, слегка мешковат. Ничего не поделаешь, мы все усыхаем с возрастом. Вот, пуговица на пиджаке ослабела, уже начинает болтаться, надо же, не заметила, только что держалась крепко, время, оказывается, и в шкафу не прекращает свою работу.

Да, видишь это кольцо у меня на пальце? — вспомнила вдруг она. То, которое Цыпа вытащил из сахарницы, узнаешь? Я совсем про него забыла. Сколько раз пыталась найти, не могла вспомнить, куда его засунула. Сегодня утром вдруг нашла в кармане твоего пиджака. Когда эта женщина, Анита, позвонила, что ты едешь. Стала проверять, не завелась ли моль, нет, все в порядке, и ладонью нащупала нечаянно, вот тут, в нижнем. Наверно, решила когда-то, что воры в таком месте не догадаются шарить, и на сам костюм вряд ли кто позарится, такой не продашь, не поносишь. Насчет воров я, может быть, ошибалась. Но вот оно, как раз к твоему приходу нашла, других драгоценностей у меня не осталось. Только боялась, вдруг опять не налезет на палец, помнишь, как не могла его когда-то надеть. Налезло, я же с тех пор сам видишь, как высохла. И до сих пор ведь не знаю, чей это подарок. Мне кажется, это не Цыпа мне подарил, ты дал ему, чтобы он подложил в сахарницу? Такой был смешной, все хотел что-то придумать.

Считай, подарили мы оба, кивнул, улыбнувшись, отец. Цыпа дарить сам смущался. У него есть на него право. Когда-то я подарил это кольцо его матери, на прощание, перед отъездом. Сказал ей, что это не простое кольцо, старинное. Его называют Кольцо возвращения. Есть легенда, что тот, кто его наденет на палец, посылает сигнал человеку, который его подарил, зовет его вернуться. И тот его зов слышит, идет на него.

Это та женщина, которая была на меня похожа? — догадалась мама. В голосе ее Борису послышалась ревность.

Да. Она тогда засмеялась, сказала, что кольцо ей пока великовато, не держится.

Какие у нее были тонкие пальцы, не без усмешки признала мама. Я и без кольца тебя столько лет звала, знала, что ты вернешься. А теперь, наверно, уже не смогу снять, смотри, оно как будто приросло к пальцу. И что, эта женщина тебе его вернула, ты получил кольцо обратно?

Ее угнали в гетто, она взяла его с собой вместе с другими драгоценностями. Все драгоценности, конечно, у нее отобрали, но кольцо она вовремя догадалась надеть на палец свого сына, и палец забинтовала, чтобы никто не видел.

На палец сына? Это была мать Цыпы?

Да. В гетто она погибла, он остался один. Там я его нашел. Он был еще совсем подросток, с младенчества очень болел. Но не надо про это тебе сейчас все рассказывать.

А потом кольцо на его пальце увидел один мерзавец, эстетствующий мясник, знаток древностей. Он мне сам его показал, хвастался. Снять его было невозможно, мальчик успел вырасти. Он взял это кольцо вместе с пальцем.

Борис вздрогнул. Это ему в голову не приходило. Время назад показалось, что он словно готов догадаться о чем-то подобном. И ты его сумел забрать, ушел с ним?.. хотел спросить, не решился. Да что было теперь спрашивать? Он с тревогой перевел взгляд на маму — и с облегчением убедился, что последних слов отца она как будто не расслышала, губы ее шевелились, подпевая пластинке.

Их хоб дих либ, о, как кстати подоспели слова, *их хоб дих либ*. Представляешь, мне однажды пришло в голову, что эта пластинка треснула. Могло же такое привидеться, наверно, во сне. *Эс фэлн мир вэртер*, продолжала она вторить голосу, мне не хватает слов, чтобы сказать, как сильно я люблю... Да, чтобы совсем не забыть, хочу, наконец, спросить: что это за слова в припеве? Вот, сейчас будут... Ты почему не хотел мне их перевести, отмахивался, улыбаясь.

А-пгиша и а-тхала шель а-преда, вступил мужской голос. Встреча — начало разлуки, перевел отец.

А-а, кивнула она, как будто всегда это знала. Музыка была так прекрасна — вот почему в ней такая печаль. Встреча — начало разлуки. Теперь ты вернулся, вернулась и музыка, пусть под конец, ненадолго, не навсегда. Музыка нашей жизни, нашей любви.

Я любил тебя всю жизнь, отвечал голосу голос. Мы будем до последних дней друг друга любить. Пока ты будешь любить, будет жить тот, кого ты любишь, с ним будешь жить и ты. Я вернулся, чтобы закончить свои дни вместе с тобой. Я буду присутствовать в крови и дыхании сыновей, внуков, рожденных и еще зарождавшихся, в памяти, которую сумел передать, даже если они о ней еще не подозревают, пел голос. Дальше будет искать способный услышать.

А-пгиша и а-тхала шель а-преда, слились оба голоса. Встреча — начало разлуки. Это соединено в жизни, как рождение и смерть. Кончится, как у всех, раньше ли, позже. Нельзя все время подкручивать ручку, надо когда-нибудь успокоиться, освободиться. Дано ли нам что-то больше, чем успокоение? Но встретиться вновь хоть напоследок, хоть ненадолго, хоть на кратчайший миг. Никогда еще мы так прекрасно не танцевали. Как удивительно ты научился. Изменилась лишь оболочка, внутри мы те же...

Ей показалось, что он собирается, как было когда-то давно, перевернуть ее вокруг своей ноги и чуть опрокинуть, придерживая рукой, на спину, она даже как будто начала прогибаться... Неужели это было возможно?.. если бы не головокружение...

Борис вдруг перестал видеть отца. В кресле уже никто не сидел. Подожди, озирался он, где ты, мне надо тебя еще о многом спросить. В горшке на черенке засохшей розы набухал бутон, распускался на глазах, вместе с ним распускались поблекшие цветы на обоях, наливались полноценным цветом, вновь растекались, змеились по стенам лианы стеблей, и между ними трепетали крыльями птицы былых лет, невесомые, как мотыльки.

Он едва успел подхватить маму, она была совсем легкая.

Перо, пишущее на бумаге, другим концом пишет на небесах, сказал мудрец. Благодарение тому, кто имел власть свести в этом пространстве не случайных друг для друга людей. Ничья прихоть не соединила бы их убедительней жизни.

Кто может знать, как связано все в этом мире? Нам дано лишь распознавать, разгадывать шифр, затаенный в потоке событий, улавливать мгновения, когда музыка готова его подсказать. Слушайте! Она продолжает звучать.

2007—2010

УЗЕЛ ЖИЗНИ

повесть

Может быть, это точка безумия,
Может быть, это совесть твоя —
Узел жизни, в котором мы узнаны
И развязаны для бытия.

Осип Мандельштам

1

Милиция не упустила возможности испортить настроение в самом начале поездки, подняли жезл среди пустой дороги: обгон в неположенном месте. Какой обгон, какое место? Жанна удивлялась, поначалу лишь приопустив стекло, не до конца, потом возмущалась, не забывая продемонстрировать журналистские корочки и, конечно же, неотразимую даже в нынешнем возрасте улыбку. Не помогло. Старшина со снисходительным добродушием предложил перейти в патрульную машину. Рита со своего пассажирского места наблюдала, как там, не торопясь, доставали бланк протокола, с демонстративной медлительностью раскладывали, готовились заполнять. А нарушение-то было, она сама успела заметить. Километра за полтора отсюда Жанна обогнала черепашьи «жигули» с поклажей длинных пружинящих досок на крыше, пришлось пересечь сплошную линию. Но участок пути там был прямой, просматривался насквозь, ни одной встречной машины, никакого риска, не тащиться же унизительно, вынужденно, и как они могли это видеть? Прояснилось, когда к патрульной машине подкатила еще одна, ее серенький вид показался Рите знакомым. Стояла на обочине при выезде из леса, почти съехав колесом в неглубокий кювет, неприметная мышка, дежурила в засаде с видеокамерой, спорить, опровергать бесполезно. Сторговались на пятистах рублях. Нарочно сделали в безопасном месте сплошную линию. Известная практика, денежный конвейер. Они еще не успели отъехать, как улыбчивый старшина уже останавливал следующую добычу. Сделаю для журнала сюжет, нервно закуривала Жанна, понемногу успокаивалась. Перегнулась через заднее сиденье, достала из сумки фотокамеру, щелкнула раз, другой. Чтобы номера были видны. Компенсирую побор гонораром.

Не задерживаться, отвлечься. Было начало мая, земля дышала, воздух прозрачно струился. Еще не зелень — дымка окутывала молодые деревца, трава пока не поднялась, местами чернели палы, открывалось множество мышиных холмиков. Оголенный замусоренный простор был все же прекрасен. Не пройдет и недели, как сиротская серость окажется прикрыта цветением. Неуютное, обманчивое, недостоверное время года, разогретый трепет, обещание и надежда. Коттеджи новых богачей среди убогих домишек, разрушенные усадьбы, церкви без куполов, развороченная, не до конца погубленная природа. Что с того, что в этих особняках, изображающих замки, обитают бандиты разного происхождения, в лучшем случае телевизионные прохиндеи, не толковать же о честных деньгах. Но желтизну травы и теплоту суглинка нельзя не полюбить... как там дальше? Чьи-то стихи. Своевольное устройство памяти, вдруг возникает непонятно откуда, непонятно почему. Нельзя не полюбить за этот слабый пух... нет: за этот жалкий пух. Нельзя не полюбить... кто это ей читал? Не доберешься, не проследишь. Но вот, оказывается, задержалось. Сквозь этот жалкий пух. Нельзя не полюбить сквозь этот жалкий пух. Но желтизну травы и теплоту суглинка... почему вспомнилось вдруг сейчас?.. чем-то связано с поездкой?.. На миг померещилось, готовое проясниться... погасло...

Жанна, журналистка популярного глянцевого журнала, позвала ее с собой за компанию в ближнюю командировку, с ночевкой, вдвоем не так скучно. Познакомились в прошлом году, пришла к Рите за психотерапевтической помощью. Непонятно было, что делать с сыном, что с ним происходило. Когда-то парню грозило исключение из института, армия; отец, после развода укативший в Америку, позвал его к себе — и вроде бы утряслось. Обосновался неплохо, не при отце, в другом городе, зарабатывал самостоятельно, компьютерщик в банке, жениться не собирался, казалось, все о'кей. Жанну стал, однако, смущать обычай сына с некоторых пор говорить о себе в женском роде, электронные письма он подписывал Lady Valja. Можно было считать это игрой, молодежным приколом, она в шутку даже пробовала подыгрывать. Не сразу догадалась поискать в интернете это имя и с усилием узнала на фотографии в густо накрашенной, пышноволосой даме прежнего русобородого красавца. Он был не просто переодет в женщину — вошел в роль женщины. Смачно описывал, как, надев украшения, выходит в бар какого-то отеля и начинает кадрить молодых людей, оставляя им на листках из блокнота номер своей комнаты. Продолжение не описывалось, да и какое могло быть продолжение?

Жанна еще надеялась, что это все-таки несерьезно, модная забава, заскок, проба. По телефону Валя говорил с ней вначале немного смущенно, однако твердо, тенор становился женским меццо-сопрано: она хотела постепенно приучить мать к новой мысли. Она. Хотела, а не хотел. Леди Валя. Да, она теперь женщина, и пусть мать говорит с ней, как с женщиной. У нас это обычное дело, никто не обращает внимания. Вышла из непроходимого болота жызни прикольно и плевать на паучьи права! Он и писал теперь на нынешнем молодежном жаргоне, с умышленными ошибками.

По-настоящему до нее дошло, когда сын впервые приехал в Москву. Парик, густо подведенные глаза, накладной бюст, прозрачные колготки с разводами, внешность дешевой проститутки. Он этого даже не понимал, не видел себя со стороны. В Москву его позвали такие же подружки по переписке, провел с ними неизвестно где несколько дней. Кончилось тем, что однажды утром Жанну пригласили в отделение милиции забрать загулявшее чадо. Попал туда ночью после пьянки, поднимал перед старшиной юбочку, показывал свои трусики: «Папочка, ты самый красивый».

Он уехал несчастный, злой, говорил, что больше в эту страну не приедет. У вас нет свободы, здесь просто не понимают, что это такое. А у них, при свободе, он, что ли, счастлив? — требовала Жанна ответ от психотерапевта, осторожно обмакивая уголки глаз и сморкаясь в бумажную салфетку. Хотя какой ей был нужен ответ? Она до визита сама начиталась специалистов. Родители бывают виноваты, в детстве хотят видеть вместо мальчика девочку, наряжают в платьица, ну и все такое. Но она ведь ничего подобного себе не позволяла, если в чем и могла себя винить, так в том, что отпустила сына к безответственному мужику, а тот бросил его на произвол судьбы, теперь где-то в Австралии.

Рите не надо было даже задавать вопросы. Умная женщина сама все понимала. Таким достаточно дать выговориться, уже помогает. Разве что рассказать в ответ про собственного шестнадцатилетнего отпрыска. Обычная возрастная история: отдалялся, чужел, огрызался, отталкивал, когда она пыталась по старой памяти поцеловать его при всех. Мятый, вечно полусонный, после школы то сидел целыми вечерами у компьютера, заткнув уши музыкой, (тем, что ему казалось музыкой), то пропадал в неизвестной компании, с расспросами лучше не подступать. Хорошо хоть, к наркотикам она успела внушить мальчику физическое отвращение, он даже не курил и, кажется, не пил, можно было не беспокоиться. До поры, пока он однажды не привел в дом девицу, по виду можно понять, какого рода. Крашеная безвкусно, юбочка выше попы. Приехала из Моршанска, не поступила в институт, говорила, что устроилась где-то секретаршей, но ведь ни слова нельзя было принимать на веру. Закрывались в Мишиной комнате, ладно, тут не о чем говорить, их дело, но когда эта Алла однажды задержалась там после полуночи, Рита решила все-таки постучаться, напомнить о времени. Сын взвился бешено, разорался на нее, заявил, что уйдет вместе с Аллой, если мать будет ее прогонять. Хорошо, что девица оказалась умней, успокоила дурачка, он с гневным видом ушел ее провожать, вернулся под утро. И Рита ведь знала, что он не просто грозит, вполне может из дома уйти — а куда, к кому, во что превратится или его превратят, какими доводами вразумить не по возрасту инфантильного, вздернутого оболтуса? Отца на него не было, та же история. Ждать, пока призовут в армию? Тоже не радость. Оставалось надеяться на время и напоминать себе о своей интеллигентности, чтобы все-таки не сорваться. Психотерапевтические советы легче давать другим. Возвращаясь вечерами с работы, она заставала у сына эту девицу, отпускать мальчика та явно не собиралась, неглупая, цепкая, держалась с Ритой вежливо, обращалась по имени-отчеству, одеваться стала скромней, с косметикой сориентировалась, даже в магазин Мишу убедила ходить — вместе с ней, уточняла у Риты, что купить, — а в глазах насмешливая готовность к скандалу.

Пожалуй, не было у нее более успешного сеанса. Жанна оживилась мгновенно. У нее незадолго перед тем в журнале как раз прошел материал о провинциальных девочках, которые, как во все времена, приезжали в столицу осуществлять свои представления о прекрасной жизни, совмещать не по возрасту трезвое знание с красочными телевизионными картинками. Только теперь картинки соблазняли откровеннее. Проституцией это не всегда можно было назвать, плату за секс брали и хорошим местом работы, и жильем, вариантов хватало, это теперь было в порядке вещей. Приходится привыкать к новым отношениям, к новым нравам, новой, если угодно, культуре. Сами воспитывались на школьном чтении, хотим, чтоб мальчики до сих пор, как в пушкинские времена, ориентировались на античные доблести, честь, достоинство, славу, подвиг?..

Случай, когда лекарь и пациент оказывают друг другу взаимную услугу. Обе могли считать себя современными женщинами, дважды разведены, еще не старухи, одной под сорок, другой за, но обе уже не могли говорить на равных с подросшими детьми, тем более сыновьями (с девочками были бы свои проблемы, но все-таки понятней), не могли подпевать их хитам, дергаться под их музыку на их дискотеках, восхищаться их идолами. Вспомнили и родителей, растерянных, старомодных интеллигентов — навещая, едва находишь с ними тему для разговора, о внуках правды не расскажешь, те для стариков и вовсе почти инопланетяне.

Славно тогда поговорили, а там и знакомство стали поддерживать. Предложение Жанны проветриться в свободный день оказалось для Риты как нельзя кстати. Как раз накануне она убедилась, что ее отпрыск обеспечил эту Аллу отдельными ключами от квартиры. Что тут можно было поделать? Только припрятать мало мальски ценные вещи да запирать, уходя, ящики и шкафы. Да еще поставить пароль на собственный компьютер. Жениться ее оболтус по возрасту еще не мог, прописывать у себя эту авантюристку она в любом случае не собиралась, даже если предъявит однажды беременность. Время, только время могло что-то решить.

2

При въезде в город пришлось остановиться у постовой будки: попросили документы, с чем-то сверяли или регистрировали, за стеклом был виден компьютер. Слева, на встречной полосе, за разделительным барьером, осматривали выезжавшую машину, нешуточно, шарили под днищем зеркальцем на длинной палке: не провозят ли что запретное? Как на границе. Рита знала, что Жанна едет в Институт каких-то экспериментальных пищевых технологий, подробностей расспрашивать не стала, ей было все равно. А тут вон, оказывается, какие строгости. Слышала когда-то про закрытые научные городки, что-то читала... не совсем фантастику, другое?.. Попыталась вспомнить, не успела, пропустили, проехали.

Прямо от гостиничной рецепции Жанна позвонила в институт сообщить о своем приезде. Посещение экспериментального производства намечено было на завтрашнее утро, сейчас они собирались с дороги перекусить. Рита со стороны по долетавшим фразам могла понять, что Жанну кто-то убеждал насчет обеда не беспокоиться, ее ждали в институте прямо сейчас. Но я приехала не одна, с подругой, — объясняла та, уже направленно глядя на Риту, движением бровей призывая прислушаться. — Нет, не журналистка... Прийти прямо с ней? — повторила для Риты. — Я думаю, не откажется. Не откажется, — уловила взглядом согласие.

Дойти недалеко было пешком. Этот Жучков, с которым она сейчас разговаривала, директор института, рассказывала по пути Жанна, занимался вначале какими-то пищевыми добавками, не знаю, какая там наука, но бизнес сумел развернуть успешный. Теперь весь институт обещает производство уже не добавок, а полноценных заменителей пищи, проект мирового значения, начинает кампанию в прессе, ее журналу предложил первое эксклюзивное интервью, обворожил начальницу, он это умеет. Георгий Георгиевич, засмеялась почему-то. Слишком длинно звучит, неудобно, я его про себя зову Жорик, ему очень подходит, ты увидишь.

Время от времени она останавливалась, отмечала камерой попутную добычу. Русские буквы *Кафе Чилл Оут* позабавили ее, афиша, объявлявшая представление «Маленьких великанов», лица то ли детские, то ли стариковские, одно в клоунском гриме. Одиночная сосна перед деревянным двухэтажным домом с опоясывающей дачной террасой, остаток исчезнувшего пейзажа, отражалась в черной пластиковой панели кинотеатра *Синема-арт*. Здание по соседству было задрапировано полотнищем с архитектурной картинкой: фасад двухэтажного особняка, классический фронтон, четко прорисованные окна — декорация или проект. Пешеходная улица была малолюдна. Рита щурилась, подставляя лицо оживающему солнцу, не задерживая внимания на встречных, прислушивалась к чему-то в себе. Сосна перед окном, белка на ветке... где это было? На давней даче?.. прохлада влажного после мытья пола, радость пяткам... нет, не то. Отражающие панели непроницаемы не только для взгляда — для воспоминания, для души. *Нельзя не полюбить*... Почему показались знакомыми слова о заменителях пищи? И этот неприятный запах, время от времени касавшийся ноздрей, запах разложения, прели, доносил ли его ветерок, чудился ли он, совсем слабый, как воспоминание о другой тошноте?

Она хотела спросить, чувствует ли Жанна запах, но тут оказалось, что они уже пришли. Те же тонированные стекла задержали их отражения на фоне глубокого темного неба, раздвинулись, впустили. Входной турникет открылся с готовностью, без проверочных вопросов. Невесомая, как будто нарисованная секретарша процокала навстречу на высоких тоненьких каблуках, светясь готовой улыбкой: их ждали, провела по изогнутому пандусу в бельэтажный холл. Рита, в задумчивости подходя к зданию, не отметила даже его масштабов, да вплотную, с близкого расстояния их было, наверно, не оценить. Под светящимся матовым потолком на немереной высоте колыхался в потоках воздуха трехцветный скрученный вензель, красно-желто-зеленое произведение искусства, что-то вроде пластиковой колбасы. Белая мебель, столы, стулья, кресла в незаполненном пространстве производили впечатление кукольных (Жанна не забывала щелкать камерой), и направлявшийся к ним мужчина в твидовом вальяжном костюме, с элегантно седеющими висками, показался в первый момент миниатюрным.

Георгий Георгиевич Жучков наклонился губами к рукам дам, каждую задержал со значением. Сразу две таких очаровательных женщины — это сверх программы. Вас зовут Маргарита? Рита? Потрясающе! Бывают же такие совпадения, я вам поздней расскажу. Да вы садитесь, садитесь, — показал на кресла у обособленного стола, сделал кому-то в сторону знак.

Жанна извлекала из сумки портативный магнитофон, налаживала. Официант в куртке цвета мебели, с колбасным фирменным вензелем на груди, расставлял на столе приборы

— Не будем тратить время на предисловия, начнем, как принято у хороших хозяев, с угощения, верней, дегустации, чтобы сразу ввести вас в курс дела, — начал директор. — Само производство мы посетим завтра, оно не здесь, пришлось вынести за черту, требования экологов, сами знаете...

— А-а, — кивнула нечаянно сама себе Рита. Запах, видно, ей все-таки не почудился.

Жучков повернулся к ней всем корпусом:

— Что вы хотели сказать?

— Нет, ничего. — Рита смутилась, она лишь подумала, что говорит про себя. — Мне по пути сюда почудился запах, — вынуждена была все-таки пояснить.

И тут же почувствовала, что ничего более неуместного сказать за столом не могла.

— Да? — вскинул брови Георгий Георгиевич; маленькое лицо его казалось заостренным. — Вы, надеюсь, не эколог? Экологи, как журналисты, любят что-то вынюхивать, особенно то, чего нет...

Ему пришлось сделать паузу. Вернулся официант с подносом, стал расставлять на столе небольшие тарелочки, блюдца, плошки, каждая укрыта была непрозрачным стеклянным колпаком с шишечкой.

— Буду комментировать дегустацию сам, — не стал продолжать тему Жучков. Знаком отпустил официанта, жестом фокусника, тремя пальцами, поднял колпак с первой плошки. В ней оказался небольшой круг сыра. Директор ножом нарезал острые дольки, сам положил дамам. — Попробуйте и скажите, что это, по вашему, такое?.. Совершенно верно, — оценил он догадку Жанны, — мягкий сыр, похож на бри, у нас пока без названия. А это, — поднял следующую крышку, — ну, конечно же, икра, и разгадывать нечего, здесь паюсная, есть и зернистая, вот тут. Пробуйте, пробуйте, — он заметил, что Рита едва прикасается к угощению, — все абсолютно безвредно, проверено, видите, и я вместе с вами. Но, главное, оцените вкус... а? Особенно вот это, грибной жульен, как вам?

Рита не воспринимала ни вкуса, ни слов, какой-то сумбур не мог уложиться в голове. Нельзя не полюбить... восхищенный голос, выпирающий, плохо выбритый кадык, на скатерти фотографии грибов, причудливых, ярких, таких не увидишь в природе. Трехцветный колбасный вензель колыхался над головой, музыкальный призрачный звук мешал воспоминанию явственно проявиться, соединиться.

— А теперь — внимание — посмотрите вот это, — Жучков поднял крышку с глубокой фаянсовой чашечки. Она была заполнена массой светло-бежевого цвета. — Возьмите на кончик ложечки сами, понюхайте. Никакого запаха, совершенно верно. И все-таки попробуйте, попробуйте для интереса, вы тоже, — опять обратился он к Рите. — Вам кажется, немного пресно, безвкусно, да? Не стану спорить. Однако даже такой небольшой порции достаточно, чтобы у человека возникло чувство сытости, на долгое время. Так вот, — торжественно провозгласил Георгий Георгиевич, — перед вами не более не менее как исходный продукт всех деликатесов, которые вы только что вкусили. И знаете, как его у нас назвали? *Паста Маргарита.* — Жучков удовлетворенно посмотрел на Риту, не заметив, как она вздрогнула. — Предложил один из сотрудников. Возможно, вспомнилась булгаковская героиня, была в своем роде колдунья, да? Ученым тоже не чужда литература, поэзия. Название прижилось. Но оно не скажет, какая простая и в то же время удивительная структура легла в основу сначала самой пасты, а затем и всех этих деликатесов. Не буду сейчас утомлять вас учеными терминами, есть популярная брошюра...

— Грибы, — тихо вспомнила Рита.

— Что? — переспросил Жучков. — О, Рита, Рита, Маргарита, с вами надо держать ухо востро. Вы и про грибы знаете, откуда? Я привык не спрашивать женщин о роде занятий, вы не эколог и, кажется, не биолог?

— Психотерапевт, — ответила за нее Жанна, что-то дожевывая; она увлечено продолжала дегустировать угощения на столе.

— Да? Еще одно совпадение. Меня эта профессия, представьте, тоже интересует. В основном как любителя. Интересно будет при случае поговорить с вами. Но сначала завершим нашу тему... Да, вы угадали, в основе первоначального, исходного продукта лежала генетически преобразованная структура до сих пор мало кому известных грибов. Не тех, которые мы любили когда-то собирать в лесу. Эти грибы привычней называть плесенью, ее обнаружили здесь в старинных погребах. Возможно, вы знаете, грибы для биолога — это по сути та же плесень, только на вид не такая привлекательная...

...без микроскопа не оценить, о да, он мог говорить о них, как о стихах, ягодки, белые шарики на стебельках, разветвленные причудливые кораллы, фантастические создания, что-то промежуточное между растительным и животным миром, они могут передвигаться, искать пищу, улавливать, захватывать, усваивать...

— ...способность этих структур имитировать другие, — возобновился голос Жучкова, — приобретать их свойства, использовать для самовоспроизводства. Микроскопическая доза, добавленная, например, в тесто, увеличивала его массу, как не могли никакие дрожжи, механизм другой. Обогатить продукт вкусовыми, питательными качествами, добиться полного внешнего сходства было лишь делом времени....

Как раньше не прояснилось? Нет, еще другое... если бы чужой голос не мешал вспомнить...

— Результат превзошел ожидания... можно только представить, какие открываются перспективы... решение мировой продовольственной проблемы... включая космонавтику, межпланетные путешествия...

— Нобелевская премия! — охотно признала Жанна. Она уже оценила все блюда, делала пометки в блокноте. — Секундочку, — что-то проверила в магнитофоне, все оказалось в порядке.

— Скажите, — решилась, наконец, воспользоваться паузой Рита. Она все готовилась спросить о своем, не сразу решилась. — Скажите, вам знакомо такое имя: Лев Горин?

Жучков поднял на нее медленный взгляд.

— А-а... ну конечно... вот оно что. А я-то: психотерапевт... Рита... Маргарита. Вы, значит, та самая. Были с Левушкой знакомы? Или это назвать иначе?

— Встречались когда-то. Давно. — (Что значит: та самая?)

— Встречались... — повторил задумчиво. — Давно. Рита-Рита-Маргарита... Да, Горин одно время у нас работал.

— Одно время? — не отпускала Рита. — А сейчас он где?

— Ушел в монастырь, — хмыкнул Жучков, что-то ногтем счистил с зуба. — Шутка. Болезнь, проблемы с психикой, не совсем понятный случай. Наверное, перенапрягся, переработал, он был такой, знаете. Работоголик. Стал говорить, что близок к какому-то открытию, вдруг сам все свои материалы уничтожил. И не только свои. Перевозбудился, доходило до приступов агрессивности. Потом, как бывает, впал в депрессию, специалистам, думаю, такие истории знакомы. Возникли проблемы с памятью. Кое с чем удалось справиться, привести в норму, относительную, к сожалению. Теперь стараются поддерживать. Я упомянул монастырь. Тут у нас, на территории бывшего монастыря... впрочем, теперь можно сказать, действующего, время назад как раз был создан центр для реабилитации определенного рода больных, своего рода санаторий. Там развернула свою деятельность община типа религиозной, хотя к известным конфессиям она отношения не имеет. Взяла на себя уход за пациентами. У них своеобразная методика, лечение ритмом, вы не слышали? Или восстановление ритмов. Похоже, дает результаты. Мы с ними сотрудничаем, по-своему помогаем. Я вам, кажется, намекал, что сам не совсем чужд этой области, жизнь требует. Наш продукт, кроме питательных свойств, неожиданно обнаружил способность благотворно воздействовать на психику. Оказалось, он не только насыщает, в известных дозах может успокаивать, умиротворять, я бы сказал, ублаготворять. Устанавливать комфортное равновесие.

— Я уже по себе чувствую, — согласилась весело Жанна. Она даже немного порозовела. — Как после бокала легкого вина.

— К вину мы еще перейдем, — улыбнулся Жучков. — Если это вам интересно как специалисту, — обернулся теперь к Рите, — или не просто как специалисту, — добавил понимающе, — мы можем заглянуть туда в свободное время. Вместе. Посторонних там, естественно, не очень приветствуют. Не сегодня, конечно... Да, так насчет напитков, — он щелкнул пальцами официанту, дожидавшемуся в отдалении приказа. — Мы сумели, среди прочего, восстановить рецепт здешнего монастырского пива...

3

Уже и не вспомнишь, где, когда увидела его первый раз, и какая разница? Появился, проявился однажды среди других, за столом, на какой-то вечеринке, сколько их тогда было, лица растворились, пятна без имен на серой любительской фотографии, саму себя не сразу узнаешь. Обращалась она к нему, наверно, по имени, — в разговоре, конечно, по имени, — но в памяти задержалась почему-то фамилия: Горин. Когда потом папа спрашивал ее про Леву, надо было соединять в уме. (Она, между прочим, и собственное имя не очень любила, окрестили когда-то родители, детей не спрашивают, пристало обиходное Рита.) Как-то оказался у нее дома, сразу стал зачем-то рассказывать о слизистых грибах, не нашел ничего умней. Раскладывал на столе, на маминой плюшевой скатерти цветные фотографии, фантастические создания, это запомнилось: ягоды, объемные яркие грозди, разветвленные голубые кораллы, под микроскопом, конечно, без микроскопа такого не увидишь, а если что увидишь, поморщишься, захочешь убрать, обычная плесень. Не было для него темы увлекательней. Сотни тысяч отдельных особей при встрече способны слиться в одну-единственную гигантскую клетку. Бесформенная масса, слизь превращается в похожее на слизняка существо. Оно обладает подобием разума: может осмысленно двигаться туда, где тепло и сыро, пожирать на своем пути, что попадется, находить выход из лабиринта, а если выходов несколько, находит кратчайший...

Она слушала терпеливо, перестала даже вставлять автоматические междометия. Он, наконец, спохватился, опомнился, забормотал что-то смущенное, невнятное. За-блудился. *Заблудился я в небе, что делать.* Это стихи, не всегда можно было уловить переход. Горин их не читал — начинал словно говорить ими, знал множество наизусть. Своими словами ему объясняться было как будто трудней, получалось сбивчиво, весь какой-то нескладный, неловкий. Если бы стихами становилось понятней. Принес как-то са-модельную книжицу, машинописную распечатку, перепле-тенную в ситец с ромашками. В магазинах Мандельштама было тогда не купить, как и многое, книги служили валю-той. Для него эта самоделка значила больше, чем покупной раритет, он, собственноручно перепечатывая, смаковал строки медленно, по слову, переживал, трогая клавиш-ные буквы пальцами, стихи оказывалось бездонными, не-исчерпаемыми. Пытался причастить ее к своему чувству. Мандельштам был для него, как Бах в музыке: если бы не осталось всех других, его одного оказалось бы достаточно. Здесь всё — природа, любовь, история, мироздание. Вос-хищенность внезапным открытием, ограниченность одно-люба. Прозой он не особенно интересовался, работа не оставляла времени. Бытовых историй, житейских отноше-ний, разного рода событий хватало и в жизни, и на телеви-дении, которого он, впрочем, не смотрел. Про это читать проще в газетах, не в книгах, он называл это литературой. Поэзия для него была чем-то другим, без нее он бы не мог так полноценно ощущать жизнь.

Та ситцевая тетрадка осталась, наверно, у папы, сам Лева мог обойтись, все знал и так наизусть. Вот в ком он нашел понимающего слушателя, они оба нашли друг в друге собе-седников, биолог и ведущий научный сотрудник исчезнувшего оборонного института, оба, хоть и с разницей в поколение, из тех, кто согласен месяцами не получать зарплату, воспринимать ее как великодушную добавку к счастливой возможности заниматься любимым делом. Работали бы и вовсе без поощрения, только бы разрешали пользоваться аппаратурой, лабораторией, да хватало бы на прокорм, одежку, на крышу над головой, это разумеется. Новые дорвавшиеся до благ деловые люди не прочь сейчас усмехаться над инфантильностью поколения, которое ничего для себя не сумело добиться, над чудаками, способными совершать, между прочим, поступки, ставить, как отец, рискованную подпись под письмом, за которое могли уволить (удивительно, что не стали, был, наверное, нужен), над романтиками, которым когда-то хорошо было, представьте, ночевать в палатках, петь у костра задушевные наивные песни, перепечатывать запретные тексты на папиросной бумаге, восемь закладок — и многим ли теперь дано ощущать, подобно этим людям, как наполняет несравненным смыслом жизнь подлинная поэзия, как оберегает ее от пустоты. *За радость тихую дышать и жить кого, скажите, мне благодарить?* Когда такое читаешь, повторяешь наизусть про себя, начинает казаться, что жизнь имеет смысл, ведь правда? А если не читаешь? — подначивал папа, уже слегка подвыпивший. Тогда приходится самим думать, весело соглашался Горин. Только самим не хватает времени, души, таланта, жизнь, работа закручивает. Поэты занимаются этим по службе — ищут слова за нас, для нас. Окуджава, чокался рюмкой папа, не дожидаясь, пока женщины принесут закуску. Мандельштам, соглашался Горин. Мама покачивала головой, прислушиваясь, они с Ритой готовили на кухне салат оливье.

Сама Рита этого Горина, Леву, не принимала совсем всерьез. Понимала, конечно, что он в нее влюблен, присматривалась по-женски, на всякий случай, прикидывала теоретически, а как же без этого. Но не более. Он был из тех, кто не видит себя со стороны. Казалось, донашивал всю жизнь дешевые вьетнамские джинсы, даже в годы, когда уже было где купить настоящие. Сине-белая ковбойка навыпуск, растоптанные кроссовки на громадных ступнях, выпирающий, никогда не добритый до конца кадык. Приносил дешевые букетики, луговые цветочки. Даже пригласить никуда не мог, жил, как она поняла, со старой тетушкой, почему-то без родителей, — она не расспрашивала, он не рассказывал. А какие могли быть встречи в родительской двухкомнатной квартире? Папе с мамой надолго деваться было некуда, кончилось время лесных ночевок, даже садовым домиком не обзавелись, на какую-нибудь Турцию уже не было денег. Разве что деликатно выйти, чтобы оставить их одних, прогуляться по ближнему скверу, остальное после замужества. (Как бы сейчас фыркнул сын! Для него этих проблем нет, он уже знает больше, чем нужно бы в его возрасте, ему по телевизору показывают рекламу женских прокладок... да что там!)

Однажды они с Гориным все же остались наедине. Она была в растрепанных чувствах: как раз накануне вечером убежала из ресторана, тип, называвший себя референтом министерства культуры, самоуверенный красавец, позволил себе пьяную выходку... нет, она запретила себе вспоминать даже имя. Лицо было еще опухшее от ночных слез, ждала телефонного звонка — с извинениями? Нет, чтобы сказать ему окончательно, что о нем думает. Горин завалился, как всегда, кстати, с букетиком, кажется, ландышей и опять с неизбежными своими стихами. Вот уж чего она тогда совсем не воспринимала, все сильней закипала злость, не разберешь, на кого, беднягу обижать не хотелось, но стоило проучить другого. *Тянуться с нежностью бессмысленно к чужому...* бормотал что-то такое. Она ли подвинулась, его ли пальцы нечаянно коснулись ее руки (кофточка была без рукавов), задержались. Прикосновение было неожиданное, такого она, право, не испытывала, ни до того, ни после, нежное, проникающее, как излучение... вот, даже сейчас как будто ожило на коже. Пальцы поднимались от локтя к плечу (наконец-то сообразил, дурачок, осмелел), достаточно было замереть, не убирать его руку *(и шарить в пустоте, и терпеливо ждать)*, проникли под рукав, дотронулись до шеи, до открытого выреза, опять замерли, все-таки решились. Она еще вслушивалась... какие необыкновенные излучающие пальцы... уже разрасталось, растекалось по телу чувство, что сейчас поддастся, растает, откликнется... Нет, все же опомнилась, наконец, этого, сказала, не надо — отвела руку. Он сник мгновенно, как будто даже испуганно: не обидел ли ее, совершив недозволенное? Даже этого не понимал, естественного женского движения, невозможности допустить сразу. Бывают такие, до позднего возраста не обретают зрелой мужской стати, той, что обещает женщине уверенность и опору. В девичьей компании над такими хихикают, пока одна, деловитая, умненькая, не сообразит подхватить, взять под свое крыло. Из таких получаются примерные мужья, безвольно влюбленные, счастливые доставшейся удачей.

Рите было не до него, ее романы уже разворачивались на других территориях, там, где у людей были свои квартиры, загородные дачи, машины, этих людей она стеснялась пригласить в свое жилье, внезапно оказавшееся убогим — постыдное чувство, когда пришлось знакомить первого мужа с родителями. Беда была не только в том, что к этому бедняге она не испытывала никаких чувств — временами начинало казаться, что она вообще не способна их испытывать. Сама лучше других знала, как это называется, все-таки профессионал, знала, как с этим справляться, как преодолеть, изгнать из памяти возникшую после первой душевной травмы зажатость, у ее клиенток получалось, благодарили. Сколько людей прошло потом через ее кабинет, сколько она наслушалась чужих историй! Историй несовместимости человеческих устройств, непонимания, насилия, одиночества. Других проще понять, другим проще советовать.

Правильней было этого беднягу зря не томить, не мучить, все боялась его обидеть, да он никаких слов и не требовал, готов был терпеть безропотно. Где-то в своих областях такой чайник мог что-то значить, но не для нее. Пришла пора все-таки сказать ему, наконец, что беременна. Он как будто не сразу понял, потом все же спросил: ты что, выходишь замуж? Она кивнула (хотя тогда еще не совсем была в этом уверена). Пробормотал что-то невнятное, можно было разобрать только «желаю».

Потом была новая квартира, переселилась к мужу. Если бы не папа, Горин бы, наверно, тогда же исчез для нее окончательно. Папа передавал от него приветы, тот к нему продолжал приходить. Лучше было не поощрять мучительных для него отношений. Какой может быть разговор о бескорыстной дружбе между мужчиной и женщиной, в которую остаешься влюблен? Разве что когда это уже совсем пройдет.

Вспоминаешь, как будто не о себе. Человек из другой жизни. Он, помнится, еще все же приходил к ней однажды, принес журнал с каким-то романом, стихов, кажется, ей больше не читал, говорил о своей новой работе. На что-то как будто еще надеялся, после ее развода. У нее уже был тогда сын. Ни разу с тех пор не вспоминала, надо же! Вдруг неожиданно поднимается из погасших глубин переставшее, казалось, существовать. Жизнь до жизни. И вот снова строки стихов... паста маргарита... что-то неожиданно связанное с ней... психическая болезнь... монастырь. И это прикосновение пальцев, способное, оказывается, ожить спустя годы.

4

Жанна не могла, конечно, не полюбопытствовать: что это за человек, о котором ты спрашивала... как его? Горин? Один из твоих романов? Какой там роман, отмахнулась искренне. О чем тут рассказывать, что объяснять? Необходимость общаться с Жанной не давала самой задержаться, разобраться в возникшей внезапно сумятице. А откуда ты знаешь про эти грибы? У Жучкова с этим Гориным что-то было, тебе не показалось? Что-то неприятное, по интонации чувствовалось. А ты его, между прочим, заинтересовала, я же видела. Интервью давал мне, а взгляд все косил на тебя, поворачивался. Явно положил на тебя глаз, будь начеку. Да ты не отмахивайся, зря морщишься, у меня на такие дела чутье.

Они сидели в гостиничном ресторане, перед возвышением для музыкантов, играть еще не начали. Ужинать совершенно не хотелось, еда в институтском офисе и впрямь оставила на удивление стойкое чувство сытости, хотя Рита, в отличие от Жанны, к ней едва прикоснулась. Ресторанное меню в разбухшем кожаном переплете было тяжелое как книга, в нем сразу не сориентируешься, названия незнакомых блюд аппетита не вызвали. Зеленая икра летучей рыбы, ого! есть даже такая. Не из той же ли пасты изготовлена? — комментировала, хмыкая, Жанна. Она была непривычно возбуждена. Тут все блюда, может, из нее, фирменные. Салат из папайи, никогда не пробовала. Ишь как в этом городке живут! Салат «Благочестие»... черт знает что. Нет, обе захлопнули неподъемные тома, решили ограничиться коньяком и чем-нибудь к нему, на усмотрение официанта. Хоть солеными орешками.

Жанна неожиданно быстро захмелела. Ей, оказывается, не давал покоя этот Жучков, Жорик. Успела даже каким-то образом разузнать, что он с женой недавно развелся. В нем есть обаяние, мужское сексуальное обаяние, как по-твоему? Ты же психологический специалист, ты можешь объяснить, что это такое. Бывает, на вид замухрышка, а мужик оказывается как раз о-го-го. Что пожимаешь плечами? Не надо было брать с собой подругу на десять лет младше... До Риты не сразу дошло: она ее ревновала — к кому? Да разве можно меня с тобой сравнить, принялась уверять, посмотри, как ты выглядишь и как я, как ты одета, я рядом с тобой провинциалка. Жанна смотрелась действительно эффектно: белое вязаное болеро с коротким рукавом, длинное колье с бирюзой. Это Рита взяла с собой в дорогу лишь наплечную сумку, та привезла в машине целый гардероб. И за лицом, за кожей не забывала следить, еще угадывались на шее следы недавних подтяжек. А у Риты лицо чувствительно горело от коварного майского солнца, не позаботилась с утра о креме.

На эстраде уже располагались трое музыкантов, волосатый гитарист подключил инструмент к усилителю, пробно тронул струны, синтезатор подал вкрадчивый голос. Поодаль в зале, сдвинув четыре стола, устроилась странная детская кампания, на некоторых малышах были пионерские галстуки, тонкие голоса доносились неразборчиво, как шум птичьего двора. Лилипуты, не сразу разобрала Рита, остановились в том же отеле. Ансамбль вслед за ударником вошел в ритм, вступил, встряхнув гривой, гитарист:

Будем, как дети, жить надо проще.

Будем, как дети, жить надо проще, —

поддержали двое других.

Страшные сказки лучше не слушать,
Это для взрослых, пусть разберутся
Нам перескажут, так, чтоб понятней,

— Что они поют? — прислушалась Жанна. — Они что, издеваются?

Будем, как дети, жить без заботы, —

настаивал певец. Будем, как дети, опять согласился ансамбль. Голоса звучали не бог весть как, почти гнусаво. Нашли артистов. Жанна осушила свой бокал до дна. Вдруг достала из сумочки бумажную салфетку, стала сморкаться. Будем, как дети! Что они знают про детей? Какая у них жизнь, какая перед ними неизвестность? Как им может быть страшно? Как страшно за них, с ними? Скомкала использованную салфетку, достала другую. Неделю назад она дозвонилась до сына, до этого больше месяца ни телефон, ни электронный адрес не отзывались, уже сходила с ума. Оказалось, у него нечем было оплачивать интернет, телефон отключили. Так совпало, в банке сократили штат, долго искал работу. Искала. Все, что было, пришлось тратить на препараты, они там дороже всего, операция дешевле. До Жанны не сразу дошло: он несколько месяцев принимал препараты, гормональные, решил на самом деле стать женщиной. Ты понимаешь, о чем я? Не понимаешь? Ты не можешь этого понять. Не просто наряжаться — изменить пол. На самом деле. То есть сделать настоящую операцию, все там изрезать, исполосовать... о-о-ой, нельзя этого даже представить. Но внешность уже изменилась. Вот, достала из сумочки цветную фотографию, распечатанную на принтере. Белокурая красотка — ну, красотка, это на чей вкус, мужские черты проступают, но есть ведь женщины с мужскими чертами, лицо чистое. Волосы настоящие, длинные, разве что крашеные. Рассказывала, какой ураган застал ее однажды на улице: сережки в ушах встали дыбом. Так ты косыночку надевай! — вырвалось у Жанны. Что делать, надо было смириться, принять, перестроить что-то в самой себе. У кого-то она прочла, что неудовлетворенность такого рода у молодых людей бывает чревата самоубийством. Уж пусть хоть не самоубийство. Он сказал по телефону: я счастлива... Сказала.

Будем, как дети, жить надо проще...

На лбу гитариста вдруг вспыхнуло красное пятно, стало расплываться, мясистая помидорная мякоть струями потекла вниз, на левую бровь, закрыла глаз, он смахнул ее кистью руки, игру, однако, не останавливал:

Новые игры, жизнь не взаправду,
Смерть не взаправду, чтобы не плакать...

Еще один маринованный помидор расплылся на светлой блузе певца, в щеку ударника шмякнулось, как в старых кинокомедиях, кремовое пирожное. Лилипуты из-за своего стола приветствовали каждое попадание восторженным воплем. Правильно! Так их! — поддержала Жанна. Гнать этих гнусавых идиотов! Зачерпнула с блюдца оставшуюся горсть орехов, швырнула в сторону сцены, не добросила. На возвышение взбежал кривоногий большеголовый коротышка в пионерском галстуке, стал, подпрыгивая, сдергивать с певца микрофон, росту не хватало. Тот долго не сопротивлялся, сам помог, отдал микрофон, отошел с гитарой в сторону, продолжая, однако, играть. Теперь запел лилипут, голос его был немногим мелодичней, то ли дискант, то ли высокий тенор:

Будем, как дети, жить надо смело,
Детское дело — бунт против правил...

Лилипуты откликнулись приветственными криками, стали один за другим выбегать на сцену. Короткие штанишки, юбочки, толстые ноги уродцев, лица — сморщенные плоды, одновременно детские и стариковские. Что они делают? — с испугом смотрела Рита. Она все-таки тоже слегка опьянела. Почему эти большие мужики сразу уступили?

> Время сломалось, жизнь непонятна,
> Стыд — дело взрослых, дети бесстыдны.
> Пусть отдыхают, мы будем править.

Наконец, Рита впервые за вечер оглянулась. Занятые своим разговором и происходящим на сцене, они не заметили, что зал позади них успел наполниться публикой. В ресторане давали представление «Маленькие великаны». Высокорослые музыканты были, очевидно, из той же труппы. Жанна подергивала плечами, вместе с другими подчиняясь подмывающему ритму.

> Новое время, пищи хватает.
> Мы поиграем, пусть нас накормят,
> Дайте нам кашки, дайте нам соску...

— Дайте нам сиську! — неожиданно вскочила с места Жанна. Лилипуты приветственно отозвались. «Ну, баба!» — восхитился мужской голос позади. Рита постаралась усадить Жанну, та уже рвалась на сцену. А там начиналось невообразимое. Грудастая коротышка в балетной пачке делала лихой шпагат, другая переворачивалась колесом. Маленький толстобедрый атлет в трико, на груди изображение летящего супермена, легко подкидывал, переворачивая в воздухе, громадную черную гирю с цифрами 32 кг. Трое в пионерских галстуках, в коротких штанишках, вскидывая ноги, гонялись за пестрой курицей, та убегала, истошно кудахтая, роняя на бегу перья. Откуда-то с потолка в зал посыпались не бумажные конфетти — цветочные лепестки, материал был непонятен на ощупь. Ритмичные, в такт музыке, аплодисменты терялись в одобрительном общем вопле. Лилипуты стали раскланиваться вместе с высокорослыми музыкантами, один подбежал, аплодируя, к Жанне, хотел потащить за собой на сцену. Рита с трудом ее удержала. Показала издалека жестом официанту, что оставляет на тарелке деньги, повела подругу из ресторана, мимо аплодирующих поклонников.

Она счастлива, то и дело останавливалась на ходу Жанна. Ты можешь понять, что это такое? На самом деле? Я старалась. Старалась понять. А что остается делать? Я современная женщина, да. Но как совместить это со своей прошлой жизнью, с воспоминаниями, с детскими фотографиями? Как представить встречу не с сыном — с незнакомой чужой бабой?

Рита завела ее в номер, усадила на кровать, сняла туфли, начала раздевать, Жанна вяло сопротивлялась. Они думают только о себе, эти дети, эти мужчины, размазывала тушь под глазами. Все оказывается ненастоящим. Вместо детей лилипуты, вместо домов декорации. Нет настоящей любви, вот нам чего не хватает. Не нашлось кому приласкать мою Валечку, мальчика неприкаянного, бабы-дуры его не поняли, всё от этого. Только я его и любила. Хмельная речь становилась все путаней: про какого-то артиста, красавца, который то ли жил с ней, то ли в жизнь играл, не поймешь. Как он уходил в запой и без конца ее мучил. Его все время надо было спасать, и можно было, наверно, спасти, да, я бы могла, но для этого пришлось бы отказаться от себя, жить только ради него. Будем, как дети! Что они понимают? Жить надо проще, — плечи ее невольно подергивались в привязавшемся ритме. Скорей бы совсем постареть, чтобы уже не беречься — такое облегчение. Мне «маргариту» хочется, не считай меня лесбиянкой, бормотала все невнятней, бессмысленней. Рита, наконец, уложила Жанну в кровать, двойную, супружескую, взяла ее сигареты (сама уже совсем бросила, но было надо прийти в себя), долго курила в ванной.

Чего-то никак не удавалось уловить, соединить внутри. Все, казалось, могла понять — умом, ясно, четко, но чувства оставались какими-то приглушенными, сглаженными. Как под анестезией. Как запахи при насморке. Как очертания сквозь полупрозрачную пленку. Есть женщины, всю жизнь так и прожившие, не до конца, что ли, пробужденными, даже не подозревая об этом. Сколько она наслушалась разных историй, сколько начиталась литературы, могла объяснять другим игру гормонов, любовную тягу, пробные прикосновения, раздевания, надежду, неизбежные разочарования — к ней приходили те, у кого не получалось ожидавшегося восторга, с воплями, как в фильмах, приходится изображать, чтобы не разочаровывать, а больше, чтобы обманывать себя. Да может, эти экранные красавцы и красавицы так же изображают то, чего на самом деле не бывает, разве что на короткие мгновения, у кого-то на часы, дни, у немногих дольше, приходится утешать:

так у всех. Искусство, поэзия и кино для того и существуют, всего сама не придумаешь. Верьте фильмам и снам, как пели в другом ресторане. Пожившие умудренные старухи могут объяснить лучше психотерапевтов, без всяких концепций. Рита иногда чувствовала себя старше своего возраста, но не могла даже сказать, что понятна себе, как понятны бывают клиенты. Есть знание, которое счастья не прибавляет...

Странная путаница, опьянение без хмеля, паста маргарита без вкуса и свойств, а может стать чем угодно, свойства надо еще проявить. Или имитировать? Но прикосновение этих пальцев...

5

Возникает без связи, проявляется без последовательности, и так ли уж важно, что было раньше, что позже, в каком году. Он пришел, во всяком случае, уже после ее развода, появился в новой квартире. Растоптанные кроссовки, оставленные в прихожей, у вешалки, чужеродно бросались в глаза на сияющем паркете. Как будто оставались все те же, не выбросил, бомжи в таких теперь уже не ходили, у мусорных баков можно подобрать получше. И та же ковбойка навыпуск, джинсы, протертые до дерюги, так же не замечал, во что одет. Как не заметил ни высоких потолков квартиры, ни мягкой мебели, ни итальянских светильников, не оглядывался с любопытством по сторонам, не расспрашивал ни о чем. О разводе он скорей всего узнал от папы, потому, надо полагать, и пришел. Для него, похоже, и впрямь ничего не изменилось, не прошло лет, месяцев, дней, наполненных другой, особой для каждого жизнью, заговорил, как будто вчера вечером только расстались. Принес завернутую в газету выдирку из какого-то толстого журнала, стал возбужденно восхищаться напечатанным там романом. Удивительно, это почти что про меня, ты не представляешь, какие бывают совпадения. Там в закрытом городке производят загадочный продукт, называемый в обиходе «паста», что-то особенное, секретное, о нем ходят недостоверные слухи. Герой, болезненный подросток, выстраивает вокруг недостоверностей фантазии, почитай, это своеобразная философия. Катастрофа в сознании оборачивается катастрофой реальной. Местами такие переклички!

Произносил ли он тогда именно эти слова, или они предлагали себя памяти уже сейчас, как бывает, задним числом? Помнится, сказала ему: для нее неожиданно, что он стал восхищаться романами. Раньше признавал только поэзию, да и то не всякую. Нет, стал горячо убеждать Горин, поэзия не обязательно там, где рифмы и ритмы. Здесь, в этом романе, главное не сюжет, не история, а чудо, тайна, вещество языка, особое измерение жизни, ты послушай. Стал перебирать растрепанные страницы, читать наугад или на выбор. Что-то о способе одинокого осмысления жизни, о том, что привносит в нее многомерность, и запахи, и слюну, натекающую под язык. О книгах, которые читаются второй и третий раз, словно впервые. Не тех, что исчерпываются разовым использованием, как раскрытие убийства в детективе: сколько ни перечитывай, ничего не прибавится. Как в телефонном справочнике, напоминающем тот же, пусть и забытый номер. Нет, читал он, есть книги, где, открыв в любой раз любую страницу, озираешься, словно в преображенной местности, обнаруживая прежде не виденное или не отмеченное сознанием. Где-то вокруг целая страна, Вселенная чьей-то жизни, которая становится твоей Вселенной... Вот, прервал наконец чтение, вот что я называю поэзией. Можно перечитывать с любого места, несколько строк — начинает разрастаться в тебе... ты послушай...

Он собирался уже читать дальше, но тут в комнату вбежал Миша, голенький, проснулся от голосов. Сколько ему было? Пять или уже шесть? Еще спал днем. Увидел гостя, сразу заговорил с ним: меня зовут Миша, а тебя как? Детская непосредственность, ничем нельзя было больше подкупить этого человека. Стал смотреть Мишины рисунки, изображавшие вымышленных существ, их приключения, делать ему из бумаги кораблики, надувных чертиков, запускать бумажных голубей — не забытые умения детства. Родственная душа, им бы между собой и общаться.

Рита ушла на кухню заваривать чай, когда вернулась, Горин показывал Мише фокус: отправлял в рот обнаруженные среди игрушек пинг-понговые шарики, все новые, они пропадали, неуловимые движения длинных чувствительных пальцев зачаровывали. Вдруг посмотрел на часы: надо было поспеть на служебный автобус, последний, рейсовые совсем ненадежны, обычный бардак, да и денег на билеты нет. Он обитал теперь, оказывается, не в Москве, работал в каком-то областном научном заведении, только что возникло. Тетушка, с которой жил, умерла, ему предложили обменять их комнату в коммуналке на двухкомнатную квартиру как раз там, в области, он с удовольствием решил оформлять обмен. Погладил Мишу по вихрам, вдруг сказал — не ей, ему: может, приедешь с мамой ко мне? У меня там сосна перед самым окном, по ней белка прыгает, ветка прямо у подоконника, я кладу ей орешки. Мальчик восторженно загорелся, Рита покачала головой с грустной улыбкой. Горин все понял, стал торопливо прощаться, точно смутившись собственных слов, вдруг вспомнил, вытащил из кармана проглоченные недавно шарики, их оказалось всего два, вернул Мишеньке. Тот цеплялся за полу его ковбойки, не хотел отпускать. Потом несколько раз спрашивал: когда фокусник придет еще? Жил ли Горин все эти годы один, была ли у него женщина? Не спрашивать же было. Прозвучало бы слишком по-матерински.

Робеющий несовершенен в любви, прочла она однажды. Про мужчин ли это сказано, про женщин ли? У женщин робость другая. Мужчин, которых она знала, робкими назвать было нельзя, вот уж нет, но при чем тут любовь? Самого первого и вспоминать не хотелось, мерзко, оглушил на годы вперед. Если бы все худшее можно было забыть, вытеснить окончательно, как она учила потом пациентов. И с другими потом не пробуждалось чувств. Призрачные тела или тени, с которыми соприкасалась на время. Экономист-международник, ставший ее первым мужем, за год-другой сделал ее жизнь невыносимой. Не столько его постоянные измены, сколько унизительная ложь заставляли презирать саму себя. Сама сказала ему: уходи. Держаться за него ради сына? Унизительно, она бы и клиентам так сказала. Но другим всегда советовать проще. Обычная, в конце концов, история. Нашел себе другую. Вышел на орбиту, где не считают денег, она в его новое окружение не вписалась, не захотела, и претензий не предъявляла. Он сам оставил ей с сыном не только одну из своих квартир, но снял помещение для приема клиентов, в самом центре (на паях с коллегами), помог на первых порах утвердиться не просто в профессии — в бизнесе, с парнем до сих пор поддерживал отношения, без денег не оставлял. Если б еще хоть поинтересовался, на что он их тратит. Сын явно пошел в отца, любвеобилен не по возрасту, и своенравия не занимать. Второго ее мужа он категорически отказался принять, да у них и без того совместная жизнь не сложилась, хорошо, что поняла быстро, сын помог. И что теперь об этом?

С мужьями было все же понятней. Но что делать с инфантильностью взрослого человека, научного работника, у которого не оказывается денег на рейсовый автобус и которого это не угнетает? Довольствоваться поэтическими радостями, восхищать малыша превращениями бумажного листа — для жизни всерьез этого недостаточно. О чем говорить? Ей действительно больше всего хотелось тогда пожить одной, отойти, отдохнуть.

Журнальную выдирку, завернутую в газету, Горин впопыхах то ли забыл, то ли оставил для чтения, за ней так и не вернулся. Куда она потом затерялась? Упала, застряла в какой-то житейской щели, незаметно, одна из пропавших вещей, которые обнаруживаются потом при переезде или капитальном ремонте.

Рита попробовала роман читать, запомнилось только начало. Где-то на первых страницах описывалась очередь людей, мечтающих сдать макулатуру, чтобы взамен получить не деньги — талоны, они давали право получить не всем доступный продукт, ту самую загадочную пасту. (Вот что смутно померещилось, наверно, еще по дороге сюда, не могло проясниться. Жанна, должно быть, успела упомянуть это слово, паста, сразу не зацепило, не ожило... и почему-то возникли стихи, но еще не имя. Скрытая работа памяти.) Родители героя надеются, что она поможет исцелить их бедное чадо от непонятной психической болезни, но его организм панацеи не принимает, исторгает... В этом месте Риту стало тоже подташнивать. Она сама еще застала эти макулатурные очереди, где в обмен на бумагу можно было получить дефицитные книги, времена, когда все было дефицитом, Моруа или Пикуль заменяли валюту, жаждущие занимали места с ночи, писали на ладонях чернильные номера, жгли для сугрева костры из магазинной тары. Сюрреализм выморочного советского быта описан был впечатляюще, она могла подтвердить. Навещая родителей, Рита каждый раз ощущала словно атмосферный перепад: пятиэтажка без лифта, неровные черные швы изоляции между панелями, две тесные комнатушки с болгарской расшатанной мебелью, с поблекшими обоями — после новой квартиры во всем проступала унизительная убогость. А ведь когда-то не замечала, радовалась жизни, ей здесь было хорошо. Пока могла не сравнивать. Это родителей долго еще восхищало чудо жизни с горячей водой, теплым туалетом, жилье, где не надо было, как прежде, топить печку, носить воду, бегать зимой через двор в холодный сортир, где на потолке не вздувалась беленая пожелтевшая фанера, а между половицами не дуло из щелей. Успеваешь забыть, отвыкнуть, после недолгого пребывания у родителей ощущение постепенно выравнивалось. Но однажды увидела, как на кухне у мамы сушатся вымытые полиэтиленовые пакеты, и что-то подступило внезапно к горлу — нежность ли, жалость ли, похожая на тоскливый ужас? Словно задерживался, возвращался ушедший, казалось, абсурд.

Только зачем было запечатлевать, удваивать, увековечивать этот абсурд на бумаге? Тошнота, возникавшая при чтении, подтверждала способность литературы производить впечатление, о да, читать дальше она, однако, не стала. Тем более что сюжет становился все более расплывчатым, казался иногда зашифрованным, требовал чьих-то комментариев, сам автор до них не снисходил — надеялся от кого-то дождаться?

Рита ценила литературу, которая помогает что-то узнать, понять, объяснить в собственной жизни и в жизни других. Она поставляет не просто образы — модели поведения, образцы человеческих типов, комплексов, их можно применить для иллюстрации, пояснения в беседе с клиентами, можно и пофилософствовать на темы общих, объединяющих основ. Среди ее пациентов преобладали, естественно, женщины, существа более уязвимые, с более чувствительной, требующей постоянной настройки организацией. Глобальные проблемы или политика могут их, конечно, волновать, некоторых даже профессионально, и все же не так, как мужчин, упертых читателей газет. Их жизнь при любой системе держится больше на другом, внутреннем, на состоявшейся или не состоявшейся встрече, совместимости, с родственниками ли, с начальством, на надежде прорваться к чему-то более настоящему, чем получается — а почему не получается, кто виноват, тут уж найдется, на что жаловаться, кого ругать, чье проклинать непонимание, очевидную несправедливость, вот тут-то специалист как раз и поможет.

Вспомнилось, с каким брезгливым испугом жаловалась ей одна молодая женщина на свекровь: она совсем сходит с ума, стала подкармливать крыс. Как-то поднималась к себе на второй этаж по лестнице, увидела на батарее варежку, подумала, кто-то ее потерял или положил сушиться. Вдруг варежка зашевелилась. Протянула к ней руку, а сверху голос свекрови: не трогай ее, не надо. Из варежки выбежал маленький крысенок, женщина чуть не упала в обморок, она этих крыс боялась до омерзения. Свекровь, оказывается, спускалась, чтобы крысенка покормить. Она уже не раз выносила ему еду, обустроила вот это жилье. Зачем его бояться, виновато пробовала объяснить невестке, он такой умница, хитрюга, еду сразу не берет, ждет, чтобы я сначала попробовала, боится отравы. Но что было делать с брезгливостью, которая переносилась теперь на свекровь? Одного сеанса Рите с ней не хватило, надо же было расспросить, что знает невестка про эту бедную старую женщину, объяснить, что той может не хватать в семье внимания, самой обычной ласки, внуком-то ее не порадовали. Неизвестно, помогло ли, женщина приходить перестала.

Любви не хватает, любви, обнаружила вдруг Жанна, во всем такая успешная, самостоятельная. Какой такой любви? Последнее время к Рите все чаще стали приходить люди, добившиеся положения, заработка, благополучия, о котором могли прежде только мечтать. А вот радости почему-то не было. Хроническая усталость, изматывающая бессонница — известное дело. Проще всего было рекомендовать отдых, до этого додумались бы и без нее. Жизнь вроде бы чем-то занята, заполнена сверх головы, вдруг возникает чувство, что от всего остается лишь пустота. Ужасное чувство, Горин, помнится, однажды об этом заговорил. Одна поэзия от него спасает, без стихов, без гениальных стихов можно заболеть. Надо все время их про себя повторять, восстанавливать. Ну, кому что. Кто как умеет.

Пора было уже честно признать, что какая-то степень или какое-то качество чувств ей самой оказались недоступны, когда-то еще надеялась. Если что и было, ушло. Так упругая резинка со временем превращается в веревочку. Может еще послужить, если подтягивать, завязывать бантиком или узелком, но упругости не вернешь. Кто-то однажды сказал ей, что у нее мужской ум, думал сделать ей комплимент. Если и была умна, то без надобности, для других, себе способность понимать помогала мало, скорей наоборот.

В чем он могла не сомневаться, так это в любви к сыну. Его существование — рождение, чудо постепенного пробуждения, лепет, тепло маленького тельца, открытие мира вместе с ним, возможность вместе с ним проживать забытое — вот что наполняло жизнь безотчетной поэзией, содержанием. Существовать начинает то, что возникло и зажило однажды внутри.

6

За утренним завтраком Рита сказала Жанне, что смотреть с ней запуск экспериментального производства не поедет, зачем ей? Лучше прогуляться по городу, посмотреть, подышать свежим воздухом. Жанна ответила не сразу, она между глотками кофе изучала в карманном зеркальце обвисшие круги под глазами, вполне замазать не удалось.

— Ужас, ужас, как ни старайся, — трогала мрачно указательным, средним пальцем. — А ты, значит, оставляешь меня одну?

— Ты прекрасно выглядишь, — неискренне уверяла Рита, — через час засияешь, как новенькая.

— Ну да, — не давала себя обмануть Жанна. — А сама пойдешь в монастырь? Обновить романтические воспоминания?

Женская проницательность, усмехнулась про себя Рита. Только что она сама отчетливо о своих намерениях не думала, после этих слов прояснилось без сомнения. С собой у нее была только легкая наплечная сумка, договорились днем созвониться по мобильнику.

Дорогу к монастырю указали сразу, тут прямо, уточнять не понадобилось. В ушах или в воздухе держался, навязывался в такт шагам вчерашний ритм: будем, как дети, там-там, тата-там, не позволял ни о чем думать, вытеснял мысли, заглушал неясное, неуютное чувство, тревогу, смешанную со смутным стыдом. Та-та, тата-та, жить надо проще. Шла, не замечая города вокруг, как не замечаешь мест безразличных, еще не начавших для тебя жить (или слишком знакомых, пока не бросится в глаза перемена.) Да и не на что было смотреть. Вдоль длинного забора, закрывавшего от взгляда бесконечную стройку слева, справа улица еще лишь намечалась. Та-та, тата-та, жить без заботы. Взгляд задержали крупные буквы: «ПОМОГИТЕ!» — бумажное объявление на заборе. Нельзя было не остановиться. «В НАШЕЙ СЕМЬЕ ТРАГЕДИЯ!». Принтерный шрифт помельче пояснял: «Пропала кошечка». Еще ниже, под цветной фотографией, перечислялись приметы. Та-та, тата-та, ритм поступал в воздух из невидимого источника, подчинял, приспосабливал к себе шаг. Чти. Молчи. Терпи, читала Рита призывы на прозрачных листках, они казались не приклеенными — оттиснутыми прямо на заборе. Спи. Слушай. Молчи. Та-та, тата-та. Чье-то возрастное философствование. Время сломалось, жизнь непонятна. Та-та, тата-та. В ней что-то происходит все время, скрытно, неощутимо, вдруг оживает, жизнь разрастается, заново наполняясь, задним числом обнаруживаешь в ней больше, чем только что казалось. Вот, вспомнилось сейчас, что Горин ведь еще звонил ей по телефону, совсем забыла. По междугороднему, в трубке шуршали мыши, голос звучал возбужденно. Она сначала даже не поняла, кто звонит, фамилия прозвучала незнакомо, вспомнила, лишь когда он упомянул про самодельную книжку, с ромашками, она ему зачем-то понадобилась. Было немного неловко. Сослалась на плохую слышимость, но ведь в самом деле забыла: Горин? Ответила что-то, обещала, наверное, поискать, необязательные слова, искать, конечно, не собиралась, не знала где. Что ему вдруг так понадобилось, не мог больше нигде посмотреть? Что-то забыл и не знал, как вспомнить. Жизненно необходимо. Когда это было? Кажется, не так давно. Годы в памяти слипаются, пробуешь их разделить, развести, сопоставить, нарастить прожитое. В нашей семье... жить без заботы... нету любви... слушай, молчи...

Забор кончился, хилые посадки вдоль дороги начинали зеленеть. Монастырь открылся впереди на невысоком холме. Стены и угловые башни были в ремонтных лесах, сквозь них проглядывала разрушенная местами кладка. Обширная прореха сияла небесной голубизной, дощатая заплата пониже прикрывала, видимо, другую. Над дальней башней еще держались остатки деревянного шатра. Маковка надвратной часовенки была скособочена, как у паралитика. Слева от входа, на стене, красным спреем по трафарету было выведено: «Россия превыше всего!»

Кованые ворота, снятые с петель, стояли внутри часовни, прислоненные к стене. Сам проход лишь показался открытым: при выходе его загораживала легкая решетка в рост человека. Глазам пришлось привыкать к полумраку. Справа, в нише, Рита не сразу обнаружила на щитке большую черную кнопку. Нажала — ни ответа, ни звука. Подождав, нажала еще раз, собиралась нажать третий, но тут устройство наконец отозвалось электронным кашлем.

— Вы к кому?

Рита помедлила, готовая уже произнести фамилию, но неожиданно для себя ответила:

— Я от Жучкова. От Георгия Георгиевича.

Голос не откликался, она уже начинала сомневаться, не отключился ли.

— От Жучкова, — повторила в щиток настойчивее.

— Подождите, — не сразу отозвался голос. Как будто медленно соображал спросонья или с похмелья. Хриплый щелчок дал понять, что связь отключилась.

Взгляд, приспособившийся к полумраку, начал различать облупленную фреску на своде. Проступала едва различимо корзина с продолговатыми бурыми плодами, рядом такая же, поменьше, с мелкой рыбой. Что это был за сюжет?

Почему заставляют ждать, как будто забыли? Может, лучше и не дожидаться, зачем? Сама не могла бы сказать внятно. Нажать, что ли, последний раз, будь что будет?

Через невысокое оконце нечаянно проник луч солнца, вспыхнул на своде, засияли стертым золотом нимбы вокруг пропавших голов. Створки решетки вдруг беззвучно сами собой ожили, медленно разошлись, пропустили. Рита поспешила выйти на свет, решетка за ее спиной так же медленно закрылась. Она стала, щурясь, оглядываться.

Просторный монастырский двор показался вначале совсем пустым. Посредине приземистая церковь, строительные леса на месте куполов обещали начало восстановления. Стены изнутри казались не такими высокими, как снаружи, вдоль них тянулись обычные двухэтажные постройки, служебные помещения, трапезная ли, братские ли корпуса. Наличники на спаренных окнах выщерблены, обшарпаны. За дальними корпусами, полускрытая котельной, дымила металлическая черная труба. Поясняющих табличек нигде отсюда не было видно. Вдоль дорожек лежали кучки убранного мусора, прошлогодней листвы, над одной, дальней, поднимался белый дым. Возле нее возились с граблями трое мужчин в темных куртках поверх оранжевых, до пят, балахонов — то ли непонятных ряс, то ли странных больничных одеяний.

Рита направилась к ним. С другой стороны, от церкви, к работающим мужчинам быстрым, слегка пританцовывающим шагом шла женщина в таком же оранжевом балахоне. До слуха вдруг вновь стал доходить ритм, отчетливый, как из приглушенного репродуктора, без слов. Та-та, тата-та. Женщина подошла к работникам, стала им что-то говорить, указывая рукой на церковь. Те прислонили грабли к ближней скамейке, пошли в указанную сторону. Женщина, так же пританцовывая, возвращалась вслед за ними. Рита заспешила по поперечной дорожке перехватить ее, пока не ушла. Не успела, та уже поднималась по лестнице, пришлось окликать все же с расстояния, повысив голос.

— Не скажете, где здесь администрация?

Женщина обернулась, задержала на Рите короткий взгляд.

— Сегодня без билетов, — отмахнулась, словно досадуя, что ее сбили с ритма, и поднялась по ступеням дальше. Не расслышала, что ли? — не поняла Рита. Или пациентка? — пришло тут же на ум. Забыла, в каком заведении оказалась. Как здесь больных отличить от персонала... и у кого все же спросить?

Звучание в воздухе смолкло. Рита приблизилась к церкви, поднялась. Дверь была открыта. Она вошла в полутемный притвор, остановилась у входа, заглянула внутрь.

Небольшое помещение было слабо освещено свечами, пахло незнакомыми благовониями. Вдоль стен, торцами к входу, справа и слева от него, тянулись два ряда широких пустых столов, за ними с обеих сторон сидели мужчины и женщины в оранжевых одеждах. Головы мужчин были обриты, взгляды всех обращены к возвышению, которое когда-то следовало считать алтарным. Да и сейчас на нем стояло подобие престола, укрытое ярким оранжевым покрывалом, издалека можно было различить шитый золотом геометрический орнамент, переплетение линий. За престолом стояла женщина в таком же, как все, одеянии, только на ее голове был убор, напоминающий епископскую митру. За ее спиной сидели два музыканта в таких же оранжевых балахонах, перед одним был большой барабан, похожий на глубокий горшок, перед другим электронный орган. Женщина только что кончила говорить, Рита опоздала к началу. Колотушка ударила по барабану, все поднялись из-за столов, органист тронул клавиши, запел красивым баритоном:

> Ангел дыханья, тело очисти,
> В кости проникни, душу наполни...

Мелодия была торжественной, мерно звучали удары — почему же не удавалось отделаться от вчерашнего, неотвязного ритма, он словно проступал сквозь этот, замедленный?

> Дай мне свободу, дай мне отраду,
> Дайте мне кашки...

Пришлось встряхнуть головой, отогнать издевательское наваждение.

— Космос земной и космос небесный, — начала свою проповедь женщина, — вся наша жизнь, все клеточки наших тел, всё, до мельчайших атомов, пронизано и наполнено, словно невидимым излучением, единым ритмом. Он сопровождает движение звезд и солнца, течение дня и ночи, времена года, обновляется непрестанно вместе с дыханием космоса. Благодать человека — в способности распознать свой истинный ритм, проникнуться, слиться с единственно благотворным. Выпадение из космических ритмов несет людям и странам катастрофы, несчастия и болезни. Совпадение с благотворным ритмом обещает избавление и победу, превозмогает чужие, губительные вибрации, исцеляет и наполняет покоем. Наше дело, наше служение — приобщить людей к ритму счастья, ритму удачи, ритму слияния с ближними. Проникнитесь же высшим из доступных человеку ритмов, ритмом благодати.

Ритм благодати, счастье покоя, —

запел баритон, его поддержал орган.

Ритму доверьтесь, радуйтесь жизни, —

присоединилась женщина, поддержали хором другие. Теперь все покачивались в такт общему пению, женщины вскидывали над головами руки, все упоенней, самозабвенней. Только мужчина, стоявший в ближнем к Рите торце стола, справа, подергивал бритой головой судорожно, не попадая в такт, он все пытался дирижировать рукой сам себе в каком-то другом ритме. Бедняга, болезненно подумала Рита. Он оглянулся беспомощно. Одутловатое лицо заросло небольшой бородкой или неухоженной, слегка поседевшей щетиной, губы шевелились. Дохнуло скорбным заведением. Мужчина встретился с ней взглядом, поспешил отвернуться, продолжая так же невпопад, слабо, сам себе дирижировать. Кисть руки, длинные утонченные пальцы были музыкальными, изящными... что-то они вызывали в памяти.

Крылья расправьте, в выси взлетите...

Мужчина обернулся к Рите опять. Выражение глаз его было страдальческим.

Ритм-излученье, ангел гармоний...

— Тата-та, тата-та, татата-та... — шевелились губы мужчины. Он снова мотнул головой. — Мешает, — сказал для нее, словно жалуясь или оправдываясь, указал себе за спину.

Навязчивые звуки умолкли, воздух освободился. Мужчина замер, не отрывая от нее взгляда, плечи были напряжены.

— Тата-та, тата-та... — попробовал продирижировать опять, без музыки. — Узел тата-тата-та... место безумия. Нет, — мотнул головой, — нет...

7

Неуверенные, замедленные движения, тело в бесформенном балахоне казалось разбухшим. Подходил, все еще перепроверяя себя, навстречу взгляду без слов, и вот уже подтверждающему, притягивающему кивку. (Кто-то оглянулся на них с ближнего места.) Она взяла его за руку, повела за собой, как медлительного ребенка.

Расположились на отдаленной скамейке за неубранной клумбой, вдоль дорожки желтела полусгнившая прошлогодняя трава. Непонятно, как было начать разговор, слова уворачивались, не те, молчание растягивалось невыносимо. Вдруг он словно вспомнил:

— Как вы здесь? — спросил тревожно, голос прозвучал незнакомо.

— Ты, — поправила мягко.

— Да. Как ты сюда попала?

— Сюда? — не сразу сообразила Рита. — Приехала, с приятельницей. У нее была сюда командировка...

— Нет, — перебил нетерпеливо, — а сюда, вот сюда? Кто вас сюда направил? Кто про меня сказал?

— Про тебя, — подчеркнула, — мне сказал в институте директор, Жучков...

В тот же миг она поняла, что допустила какую-то неосторожность.

— А!.. от Жучкова! — Горин откинулся на спинку скамейки, удовлетворенно, как будто этого и ожидал.

— Почему от Жучкова? — Рита все больше пугалась. С ней говорил действительно больной человек, надо было подбирать слова осторожнее. — Я только вчера с ним познакомилась, сама про тебя вспомнила, спросила его. Он говорил про вашу работу...

— Про нашу работу, — повторил Горин глухо, без выражения. — И что он рассказал?

— Что ты добился какого-то результата, сделал открытие. — (Про пасту лучше не надо, остановила себя.) — А потом заболел. Что тебя здесь лечат.

— Да, лечат, — Горин вдруг словно потерял интерес к разговору, голос опал, стал совсем неживым, тусклым. — Здесь хорошо лечат. У меня что-то было... разное... с памятью что-то. Сейчас лучше. Здесь все хорошо, скажите ему. Хорошо кормят, ухаживают. Здесь все любят друг друга. Танцуют. Улыбаются.

Он говорил механически, глядя в землю, поднятым с земли прутиком расчищал у своих ног гладкий пятачок на дорожке, начал что-то чертить. Две линии соединились в букву У, рядом закруглилась З. Мокрый испод перевернутых листьев на глазах просыхал, светлел.

— Что ты пишешь? — спросила она, как спрашивают больного хоть что-нибудь, лишь бы не совсем потерять контакт.

— Ничего, — он поспешно стер буквы. — Нечаянно... автоматически. Не говорите никому. Мне здесь писать нельзя.

Боже, боже, что же с ним, в тоске думала Рита. Как будто не вполне ее узнавал, сбивается на вы, отвечает, как посторонней, с опаской, вяло. Как с ним говорить? И зачем отыскала его? Чтобы удостовериться, загрузить себя еще одной несчастной судьбой? Пациенты в Москве приходят сами, платят за сеанс профессионального сочувствия, а тут одно лишь бессилие, ничего тебе не поделать, только прикоснешься к беде, потрогаешь и уедешь. Шарлатаны в нарядах буддийской раскраски хотя бы пробуют внушить успокоение, глядишь, в чем-то помогут, бывает. Она о таких общинах наслышалась, начиталась. Проще бы оставаться в неведении, душе легче. Теперь не уйти от чувства непонятной причастности, может быть, невольной вины. Паста «Маргарита»... безответная, задержавшаяся надолго любовь... непонятые когда-то, оттаявшие спустя годы слова...

— Знаешь, — вспомнила, — такое удивительное... не знаю, как это назвать... совпадение? В машине по пути сюда вдруг пришли на память стихи. Казалось, совсем их забыла. Но желтизну травы... — помнишь? *Но желтизну травы и теплоту суглинка...*

Рита ощутила, как он резко вздрогнул, точно от этих слов его дернуло. Повернулся к ней всем телом.

— Как ты сказала? И теплоту суглинка?

400

— *Нельзя не полюбить сквозь этот жалкий пух*, — она дотронулась до его руки, подтверждая. Он опять вздрогнул — теперь от прикосновения. — Ты их особенно любил читать, помнишь? А потом неожиданно связалось с тобой.

— Ты помнишь, — голос стал другим, почти узнаваемым, даже лицо. — Ты действительно не от Жучкова? Я ведь в самом деле забыл почти все... стихи...

Он оглянулся по сторонам, продолжал, все больше волнуясь, сбивчиво, она упорядочивала последовательность сама. Началось со стихов. Стали исчезать сначала слова, строчки, потом вообще ничего не мог вспомнить. Заглядывал в текст, как будто вспоминал, но тогда начинались приступы странного беспокойства. Как-то всё было связано, не объяснить. Приступы проходили, потом возвращались. Вспоминал ненадолго, но беспокойство только становилось сильней. Стали отнимать книги, чтобы не волновался, не возбуждался, вот как сейчас, карандаши отняли, ручки, чтоб не записывал, если что вспомнит. Книг в этом заведении вообще не положено, только общие игры. Приходилось стараться самому...

— Я уже много вспомнил, научился не показывать виду. Если б только оставили в покое, не вмешивались со своим лечением, — добавил с усмешкой.

Вдруг замолчал, снова оглянулся, в глаза вернулся испуг.

— Ты ведь никому не расскажешь? Здесь нужна осторожность. Я, может, еще не оправился до конца, но уже понял, как можно. Победить биологию, химию, изнутри. Трудно только удерживать насовсем, приходится начинать заново....

Речь становилась опять возбужденной, путаной. Рита, успокаивая, поглаживала его руку, вслушивалась в сомнении. Все-таки болен? Или просто необычно взволнован?

— Знаешь, — сказал вдруг, — мне несколько раз снилось, что я отсюда ухожу. Сегодня под утро особенно ясно. Я во сне подбирал ключ, не металлический, а как теперь, электронный, он составлялся на компьютере или в уме из слов, из строк, надо было ввести готовые стихи, Вспомнил их — и открылось. Проснулся с таким радостным чувством, попытался удержать, вытащить ключ из сна. Рассыпался, остались только два слова: узел жизни. Ты не помнишь, что там дальше, вокруг? *Узел жизни*, тата-та...

Опять дирижерски взмахнул рукой, кисть тут же поникла.

— Ключ... — усмехнулся. — Вспыхнуло и погасло. Ну и что, если восстановлю, вспомню? А куда я отсюда уйду? Некуда, не к кому. У меня ведь и жилья нет, только здесь. Я, кажется, тебе успел рассказать, мне после смерти тетушки предложили поменять ее комнату в коммуналке на квартиру там, в поселке. Тогда города тут еще не было, институт только начинался. А в Москве дом был в центре, в старинном здании. Оформили за меня все бумаги, я расписался, не глядя, стал там жить. Прекрасное было место, сейчас застроили. Потом оказался здесь. И только в монастыре узнал, что квартиры-то у меня нет, меня из нее выписали. Она оказалась не моя, служебная, так все было оформлено. Мне это уже здесь Жучков объяснил.

Нет, он не болен, убеждалась Рита. Это была речь нормального человека, только бы не начал опять волноваться.

— Он у меня все украл. Квартиру, маргариту, работу. Пристроил меня здесь, может, на всякий случай, вдруг еще пригожусь. Он же без меня в науке ничего не мог, я ему диссертацию написал за полмесяца, левой рукой, скомпоновал из отходов. Он ее грамотно прочесть не сумел. Все свои записи я уничтожил, обойдется, зачем ему? Нет, он держит меня здесь, чтобы я про него лишнего не рассказал.

Помолчал, качнул головой.

— Хотя что я могу? Убежать отсюда без документов, даже без одежды? Я теперь, считай, бомж. Поймают, запрут.

Воздух дрогнул от удара колокола, еще раз. Рита лишь сейчас обнаружила, что они сидят, держа друг друга за руки.

— Я устал, — понуро сгорбился Горин.

Солнце ощущалось сквозь полупрозрачную пелену, грело, как через парниковую пленку. Взгляд привлекло желтое пятнышко среди травы, одинокий цветок одуванчика. Точно лишь сейчас возник прямо на глазах неизвестно откуда. Поблизости зажглось еще такое же солнечное пятнышко.

Что делать, можно ли что-то сделать? — металась беспорядочно мысль. С кем здесь можно поговорить? О чем? От церкви к ним направлялась молодая женщина в брюках, с кошелкой в руке, на зеленой спортивной курточке синяя надпись «ЛУКОЙЛ».

— Братец, — позвала издали, — эй, братец, слышишь? Велено тебя позвать. Начальница недовольна, нельзя, говорит, опаздывать к обедне.

— Сейчас, сейчас, — словно спохватившись, забормотал Горин, — сейчас... Узел жизни... та-та... нет, раньше, там главное раньше... я же почти вспомнил. Ты меня подождешь, да? Ты правда не от Жучкова?

Женщина приблизилась, взяла Горина за руку, потянула, ему пришлось встать. Рита, поднявшись, пошла за ними следом.

— Может, он еще побудет со мной? — попросила.

— Здесь дисциплина для всех.

Горин шел за женщиной, оглядываясь, как ребенок, которого уводят насильно. Прошел с ней еще несколько шагов, вдруг вырвался, подбежал к Рите, наклонился губами к уху — со стороны могло показаться, что целует в щеку.

— Вспомнил! — зашептал горячо. — Это... что-то... безумия... тата-та... Нет... опять потерял. Но вспомню. Узел жизни. Только не говори никому. Здесь нельзя без хитрости. Подожди... дождись меня... пожалуйста.

Девица вернулась, потянула его опять за руку. Рита продолжала идти вслед за ними, держась на шаг позади, не зная, как поступить дальше. Болен, вернулось сомнение. Что делать, как вмешаться, чтобы ему не навредить? Но тут в сумке зазвонил мобильник, пришлось остановиться. Звонила Жанна:

— Ты где, подруга? Я освободилась, пора уезжать. Столько надо тебе рассказать! Жучков, кстати, очень интересовался, почему ты не пришла. Я, конечно, сказала, что понятия не имею, гуляешь где-то. Но он сам решил, что ты в монастыре.

— Я в монастыре, — сказала Рита.

— Вот видишь. Этот Жорик непростой человек, я тебе расскажу. Подарил мне две упаковки этой «маргариты», она теперь у них выпускается еще и в таблетках, говорит, замечательно помогает при депрессии. Да ты сама сейчас слышишь, по голосу, какое у меня настроение? Давай, приходи скорей.

— Поезжай без меня, я доберусь сама.

— А... а, — протянула понимающе Жанна. — Значит, то самое? Прошлое не отпускает? Я как будто чувствовала. О'кей. А ты уверена, что отсюда есть общественный транспорт?..

Рита закрыла мобильник, продолжала держать его в руке. Зачем она решила остаться? Чего ждала? А если Горина сейчас больше не отпустят? Разыскать Жучкова, спросить у него, потребовать... Вздор, что она могла требовать? Прояснить бы хоть для себя. С чем он жил столько лет, непонятный, нелепый, нескладный? Что мерещилось за этой поэтической невнятицей или болезнью, какая ускользающая четырехмерность? Узел жизни... место безумия... что-то надо понять, уловить, вспомнить.

Мобильник, пригревшийся в руке, напомнил простую возможность: позвонить домой, Мише, продиктовать несколько слов, пусть посмотрит в интернете, может, там что-то соединится. Неоценимое достижение цивилизации, не нужна никакая библиотека. Горин этого, может, еще не застал, задержался тут в другом времени.

Нажала кнопку домашнего номера. Никто не брал трубку, длинные гудки повторялись. Обоих, значит, нет дома? Или дома, но подойти не могут, нетрудно представить, чем заняты. У парня слух заткнут наушниками, девица в туалете... надо, кстати, самой поискать, где он тут. Отменила соединение, нажала вызов снова. На этот раз отозвались быстро, трубку взяла Алла, заговорила обрадованно:

— Ой, Маргарита Ефимовна? Я так и думала, что это вы, не сразу услышала, тут на кухне кран такой шумный. Я мыла курицу, хочу к вашему приезду. Вы когда будете?

— Я пока задерживаюсь, — Рита старалась отвечать сухо. (Как, однако, уже обосновалась... курицу мыла.) — А почему не подходит Миша?

— Вы же знаете, его от каких-то идиотских стрелялок не оторвать.

Пошла все-таки позвать. Из телефона слышался тот же навязчивый ритм: *Будем, как дети.* Или это не из телефона? Рита отстранила аппарат от уха — ритм держался, как наваждение, наполнял воздух, транслировался невидимыми репродукторами по территории. Можно бы заглянуть, что там сейчас в церкви. Обед или обедня в сумасшедшем доме. На ступеньках опять появилась девица в куртке с ЛУКОЙЛ'ом, уже без Горина.

В мобильник вернулся голос Аллы, она не смогла оторвать Мишу от его идиотской игры, вы же его знаете. Знала. Попросила Аллу записать слова про место безумия и узел жизни, когда компьютер освободится, пусть он найдет текст, откуда это, позвонит.

— Или я сама позвоню. Мне нужно как можно скорей, скажи ему.

Закрыла мобильник. Девица уже приближалась к ней с явным намерением поговорить.

— Я вас здесь раньше не видела. Вы ему кто?

Рита не ответила, любой ответ требовал бы продолжения.

— Это вы, что ли, от Жучкова? — не отступала девица, разглядывая ее. Однако, подумала Рита, как здесь все, оказывается, осведомлены. — К Жучкову сюда многие бегают.

Дожидается, что отвечу, обойдется, решила Рита. И тут вспомнила:

— Вы лучше скажите, где здесь туалет.

Та наморщила лобик, наконец, расплылась в понимающей усмешке.

— А! Это я покажу, пойдемте. Мне как раз по пути.

Рита, последовала за ней. Девица на ходу обернулась:

— А «Маргарита» вам не нужна?

— Что? — имя который раз заставило невольно передернуться.

— Это, — девица приоткрыла полиэтиленовую сумку с изображением церкви, какой она предполагала стать после реставрации, в ней были белые пакетики. — Натуральная, здешняя, без подделки. В городе вам неизвестно что могут подсунуть.

— В другой раз, — сказала Рита, чтобы ответить хоть что-нибудь.

Они почему-то направлялись не к монастырским корпусам, а мимо них, к отдаленной угловой башне. Под строительным навесом были свалены почернелые доски. Девица шла впереди, время от времени оборачивалась, подтверждала знаком: сюда, сюда. У монастырской стены ржавели две снятые с колес желтые цистерны, в таких когда-то продавали на разлив квас или пиво, надписей было не прочесть. — Можете вон там, за ними, — показала весело на цистерны, — никто не увидит...

Однако, оценила Рита, но обсуждать не стала. Если здесь так принято. Убедилась, что за цистернами ее никто со двора не увидит, повернулась спиной к провожатой. Когда она поднялась, девицы рядом не оказалось, исчезла непонятно куда. Рита, оправившись, подошла к деревянному щиту у стены, пошевелила. Как она и ожидала, две широкие доски легко разошлись в стороны, за ними в каменной стене была не заделана прореха, сквозь нее внизу видны были верхушки зеленеющего леска. Вот оно как, неопределенно соединялось в уме. Через проходную не все пронесешь, есть другой ход. На всякий случай. Неплохо. Хоть можно не думать, как отсюда выйти, не волноваться, что не выпустят.

Она вернулась во двор. Одновременно с ней через распахнувшиеся ворота на территорию въезжал блестящий, как черный громадный жук, внедорожник. Из машины, как маленький обитатель из огромного устрашающего панциря, вышел Георгий Георгиевич Жучков.

8

— Так я и думал, — на ходу разводил он руки, то ли удивляясь оправдавшемуся ожиданию, то ли в жесте приветствия, готовом перейти в объятия — приблизясь, ограничился, однако, условным чмоканьем ручки, — так я и думал, что застану вас здесь. Уже, как я понимаю, повидались? Побеседовали? — Короткого внимательного взгляда, паузы после каждого вопроса было достаточно, чтобы обойтись без ответа. — И как он вам? Что он вам о себе рассказал?

Рита неопределенно пожала плечами. Сработал профессиональный навык: лучше помолчать, пусть говорит сам.

— Понимаю, понимаю, — как будто удовлетворился Жучков. — Грустный случай, что говорить. Вы что, решили дождаться, — проверил на запястье время, — пока он пообедает? А сами останетесь без обеда? Нехорошо. Идемте, перекусим вместе, мне ведь тоже пора. Поговорить есть о чем, не правда ли? Да вы не беспокойтесь, — опередил ее — не слова, движение руки, — и Левушку пригласим к себе, само собой разумеется. Попозже, когда он освободится, здесь свой режим. Идемте, идемте.

В обволакивающей, журчащей речи улавливался обертон подозрительности, недоговоренности, — значит, ему было, что подозревать. Взаимно, усмехнулась про себя Рита. Помалкивать, пока можно, только бы прояснить для себя побольше. Они вошли в строение справа от церкви, поднялись по выщербленным каменным ступеням на второй этаж. В стенах держался застоявшийся с зимы холод. Жучков открыл массивную дверь своим ключом, распахнул приглашающе.

— Милости прошу в мою, так сказать, резиденцию. Не ожидали? Я ведь намекал, что занимаюсь не только своим институтом. У меня тут свои дела, свое рабочее место. Я даже иногда остаюсь здесь ночевать, — он заметил, что Рита задержала взгляд на зеленом не кабинетном диване с мягкими подушками. — Устраивайтесь, как вам удобнее. И курточку давайте снимайте, здесь тепло.

Она пока не садилась, продолжала оглядываться. В помещении с низкими сводами было действительно тепло, здесь, видно, еще топили. Компьютер с большим плазменным дисплеем стоял на широком столе, пульт с кнопками и тумблерами, толстая книга с золотыми стилизованными буквами названия. «Движение Ритмэра», прочла Рита. Немного поодаль имелся столик поуютней, возле него три кресла. На стеллаже среди разрозненных книг отблескивали две непонятные статуэтки из полированной бронзы.

— Подарок сотрудников, — Жучков продолжал следить за ее взглядом. — Все думают, абстракция, а это реализм, один к одному. Формы грибов, эти виды сослужили нам свою службу. Вот, прямо-таки мужской символ, не правда ли? Внушительный. Другой условно можно считать женским, полая чаша. Игра природы. Как вам? Искусство выявляет необъяснимую красоту даже в уродстве. Смотрите, смотрите...

Он отвернулся к рабочему столу, наклонился над пультом, что-то сказал вполголоса, она уловила лишь заключительное: «Да, на двоих».

— Давайте пока присядем с вами за этим столиком, — пододвинул кресло.

Рита села, все еще напряженно, подобрав ноги и сжав колени. А Жучков откинулся на спинку кресла, с удовольствием вытянув ноги.

— Вот так, хорошо. Я собирался сюда с вами вместе, неожиданная Маргарита, а вы поспешили без меня. Левушка, наверно, вам рассказал — здесь, в монастыре, был раньше наш филиал, лаборатории, пока не построили то новое дивное здание. Для него, можно сказать, привычное место, он здесь работал. Как, неужели не рассказал? Но вы знаете, как называется здешняя церковь?.. Тогда я должен вас просветить.

Жучков поудобней поправился в кресле. Церковь, а при ней и монастырь посвящены были чуду Преумножения хлебов и рыб. Помните эту историю? Как пятью хлебами и двумя рыбами удалось накормить пять тысяч человек, и еще набралось остатков двенадцать корзин? (Не узнала, к стыду своему, не поняла, на фреске не плоды, а хлебы, вынуждена была признать про себя Рита, но все же согласно кивнула.) Прямо таки тематика нашего института, не правда ли? Может, совпадение не совсем случайное, бывает, а? Кажется, единственная была такая церковь в России. В начале века построена, прошлого. Здесь начинали варить какое-то особое пиво, приносившее, как утверждалось в бумагах, утешение и насыщение. Церковь была вроде бы из разряда не совсем официальных, с официальной у здешних предстоятелей были свои нелады, я в эту историю не вникал. Тем более что длилась она недолго, лет десять с небольшим, а там все конфликты разрешила революция, известным образом. Пивоварение кончилось вместе с монастырем, обитатели переселились на Соловки, секреты были утеряны. В здешних стенах обосновался, как водится, лагерь, место заранее приспособленное, даже вышки сторожевые готовы. После лагеря тут размещались какие-то мастерские, склады. Для нас это предыстория. Когда Горин сюда поступить работать, он вот здесь, под нами, в обширных погребах, обнаружил на стенах черно-зеленую плесень или грибы. Видимо, что-то связанное с пивоварением. Для него это была находка, вы, как я понял, знаете, его хлебом не корми, только дай разглядывать под микроскопом свои красоты. Он выстраивал вокруг них целую философию. У обычного растения, куста, дерева, есть своя структура, корни, ствол, ветви. А тут однородные молекулярные образования, ничего центрального, главного, ничего второстепенного. Нечто всеядное, способ-

411

ное мутировать, мимикрировать. Листья, похожие на листья, цветы, похожие на цветы, — а на самом деле имитация, видимость, без структуры. Я пересказываю упрощенно. Для него это была не просто наука, все как-то было связано с современной культурой, цивилизацией, с ее состоянием. Он ведь не мог обойтись без высоких материй, без поэзии, наука для него была лишь частью какого-то обобщенного целого, не буду за него объяснять. Для простых людей, как я, важен был в первую очередь продукт, который мы вместе создавали, его питательные свойства. Должно быть, он переутомился, из лаборатории мог месяцами не выходить. И неизвестно что пробовал в процессе работы. Может быть, еще не вполне съедобные образцы, есть такая версия. Самоотверженность исследователя, всё проверяют на себе. Ну и жизнь без женщины, если вас это интересует, на мой взгляд тоже способствует... Врачи не могут сказать уверенно, с чем конкретно была связана начавшаяся болезнь. Он стал вдруг требовать, чтобы мы немедленно приостановили уже начатое производство, надо сначала что-то проверить, возможность каких-то отдаленных последствий. Я пытался ему объяснить, что он же работал не один, проверено на многих, неоднократно. Увы, все закончилось срывом, приступом буйства. Дошло до того, что он в разговоре швырнул в меня таким вот тяжелым пультом, мог убить...

Жучкову пришлось прерваться. В дверь постучали, служительница в форменной оранжевой рясе, в оранжевом платочке, вкатила столик, прикрытый салфеткой того же цвета. Под салфеткой оказались тарелки с закуской, белой рыбой, помидорами, тонко нарезанным сыром, прозрачный графин с золотистым напитком, при нем два высоких хрустальных бокала. Жучков с одобрительной улыбкой смотрел, как монашенка расставляет блюда, наполняет бокалы. Когда та наклонилась, Рита поняла, что ряса из тонкой ткани была у нее надета на голое тело, как ночная рубашка.

— Скажу, когда понадобится еще, — кивнул Жучков.

— Это уж мы знаем, — ответила монашенка понимающей, как будто насмешливой улыбкой. Губы у нее были полные, чувственные. Силиконовые, подумала почему-то Рита. Хотя как теперь отличишь?

— Вы обещали позвать Горина, — вспомнила вовремя.

— Да, приведи его сюда, — согласился Жучков немного рассеянно, они с послушницей продолжали обмениваться взглядами, словно безмолвно вели понятную лишь им беседу.

— Сегодня банный день, — ответила та с той же насмешливой, и право же, немного наглой улыбкой.

— Ну и что, если банный? — возразил добродушно Жучков. — Один раз пропустит... У них тут особое значение придается воде, — пояснил он Рите, когда служительница выкатила столик за дверь. — Смывает плохую энергию, избавляет от беспокойства, очищает душу. Моются вместе мужчины и женщины. Есть такие средневековые рисунки, видели? Невинные, как в раю. Вам как специалисту могут быть интересны здешние методы. Впрочем, вы наверняка и так наслышаны о разных школах, разных общинах. Не мне их оценивать, могут иметь смысл сочетания новых подходов. Но давайте сначала все-таки выпьем с вами за продолжение знакомства. У меня к вам серьезный разговор, мы к нему еще не приступили. Давайте, пока не пришел Левушка.

До чего же неприятно звучало это имя в этих устах. Рита поднесла бокал к губам. Мысли путались. Этот Жучков, эта послушница с чувственными силиконовыми губами, их обмен взглядами. Этот монастырь, этот институт, эта совместная баня... и что здесь делалось с Гориным? Опять не знала, что обо всем этом думать, предположения, догадки не опровергали друг друга. Вкус напитка оказался неожиданным.

— Похоже на виноградное вино, — сказала она. — Вчера мы пили другое.

— Вчера был другой напиток, вы точно почувствовали, — откликнулся Жучков. — Наша новинка, из того же исходного продукта. Вкус винограда изабелла, легкое содержание алкоголя. Но к винограду никакого отношения не имеет, а стоимость производства в перспективе копеечная. О наших перспективах я говорил вчера, сейчас хочу о другом. Вы слышали про движение Ритмэра? Таких сейчас развелось множество, их называют обычно псевдорелигиозными. Православная церковь их всячески разоблачает, поносит. А они себе проповедуют, занимаются, среди прочего, исцелением психических недугов. Близкая вам область. Ну и, как я упоминал, осторожно опробуют здесь для своих целей нашу продукцию. Эта община в монастыре просто обосновалась, удобное место, ни к какому из нынешних исповеданий она отношения не имеет. Церковь хотела бы вернуть монастырь себе, но его надо сначала восстановить, вложить деньги, немалые. Они нашлись у Филиппа, основателя этой Ритмэры, ее идеолога, если хотите, менеджера, сумел оформить пока аренду. Незаурядная личность. Он в прошлую пятницу здесь проповедовал, продавали билеты, как на концерт, на всех мест не хватило. Движение зарегистрировано как общественная организация, у них есть уже детский лагерь на Черном море, оно имеют доступ в больницы, школы, у них есть свои люди даже в Государственной думе, не говоря о здешней мэрии. Так вот, послушайте.

Жучков, дожевывая, поднялся с кресла, подошел к рабочему столу, взял книгу.

— Я сейчас читаю сочинение этого Филиппа, некоторые его мысли на удивление созвучны моим. Между прочим, доктор наук, философских. Он пишет, что на наших глазах, с нашим участием, не всегда осознанным, происходит становление не только новой культуры, новой цивилизации — вырабатывается новый человеческий тип, происходит, если угодно, антропологическая революция. Новые виды занятий, способы производства порождают новые взаимоотношения людей с природой, друг с другом, с космосом. Новая, неизвестная прежде пища — это уже моя тема — не может не влиять на наш телесный состав, на химию органической жизнедеятельности, а значит, на нашу психику. Вот, — открыл заложенную страницу: — «Неприкаянность души, вызванная нарушением базовых основ, распад традиционных ценностей»...

В дверь постучали, уже знакомая послушница ввела, держа за локоть, Горина.

— Проходи, проходи, Левушка, — ласково поощрил Жучков.

Послушница с той же своей понимающей наглой улыбкой уловила его знак: можно оставить, вышла, закрыла за собой дверь.

— Присаживайся вот тут, в свободное кресло. Бери, что хочешь, поесть. Или тебя уже накормили? Только пить не надо. Алкоголя ему нельзя, — пояснил для Риты.

Та смотрела на Горина с испугом. Движения его были замедленные, механические, взгляд ни на кого не обращенный, пустой. Чем-то его накачали? Она все не могла вымолвить ни слова, Жучков один владел разговором, голос его действовал парализующе.

— Мы тут с Маргаритой — я думаю, можно без отчества? — пояснил он — впрочем, не совсем Горину, тот как будто не слушал, глядел в пустоту — обращался опять к Рите, — рассуждаем о новой цивилизации, о проблемах, которые возникают на ее пересечениях с нашей конкретно тематикой, с психотерапией и биологией. А значит, и о возможном сотрудничестве. Вот, — вернулся он к книге, которую продолжал держать в руках, не отходя от стола, — автор пишет: «Человек не имеет собственной сущности, его можно рассматривать как систему энергий»... Нет, лучше дальше, вот это: «Возникают болезни, для которых у медицины пока нет названия. Человек мучается от пустоты, зло вступает в него, заполняя межклеточные промежутки».

— Какая чушь! — неожиданно вступил Горин, глядя по-прежнему в сторону. — Система энергий, межклеточные промежутки. Пустота — вот она действительно разрастается, подменяет все, незаметно. Место искусства занимает имитация. Гениальное становится непонятным, непонятное скучным, скучное невыносимым. Приходится все время подавлять неосознанную тоску, страх. Клетки могут бояться, как человек. Страх пустоты заставляет органы вырабатывать утешительные противоядия, медицина помогает смириться, терпеть. Синдром пустоты, я бы назвал это так. Угасание может казаться успокоением, даже блаженством...

Жучков без слов показал на него Рите: вот, слышите? Горин между тем возбуждался все больше.

— Подавляются центры воображения, вот что сейчас происходит. Оно подменяется произвольными построениями, люди перестают различать настоящее. Из культуры, из жизни вытесняется поэзия...

— Все, хватит, хватит, — движением руки остановил его Жучков. — Ты опять начинаешь волноваться, нельзя так. Какие центры воображения могут подавляться, что это вообще такое? Науке вообще пока неизвестны механизмы этого явления, локализация в мозгу, анатомо-физиологические основы. Специалист может подтвердить, — он показал на Риту. Она не знала, как возразить, в мозгу опять была путаница, чудилось что-то опасное. — Имитация вытесняет культуру? А может, культура меняется? Развитие цивилизации нельзя остановить, хорошо ли это или плохо.

— Я не о том, — попытался опять вступить Горин.

— Хватит, я же сказал, хватит, — Голос Жучкова был властным, непрекаемым. Он выдвинул ящик стола, что-то поискал там. — Не хватает еще рецидива, и это при госте. Опять про свою поэзию. Ученый занимается другим, поэзия, чудо, тайна — не совсем по его части. Не надо так беспокоиться.

— Это не беспокойство, — Горин даже раскраснелся. — Я сейчас говорю, может, путано, есть другие слова, не удается вспомнить, вот в чем беда. То, что я называю поэзией, не просто пробуждает способности, чувства, мысли, она не безразлична для состояния организма, для его, если угодно, химии. Ведь это же известно — когда человек влюблен, счастлив, организм вырабатывает...

— Все, все, — Жучков высыпал на ладонь из пластикового стаканчика крупные зеленоватые шарики, оставил один. — Тебе нельзя так, Левушка. Давай, прими.

— Мне уже давали, — сказал Горин и оглянулся на Риту, словно прося поддержки.

— Не надо, зачем так? — только и смогла выговорить она.

Жучков точно не расслышал.

— Значит, мало. Не мотай головой... бери, бери, если хочешь остаться с нами. Или мне позвать?..

— Я сам, — сказал Горин.

— В рот положи, при мне, чтоб я видел... вот так. Запивать не нужно?

— Не нужно, — покорно сказал Горин и опустил голову.

Жучков удовлетворенно вернулся в свое кресло, долил себе из графина, Рита свой бокал прикрыла рукой. Ее не оставляло чувство, что ему доставляет удовольствие демонстрировать перед ней власть над этим слабым, несчастным человеком, который для нее неизвестно что значил.

— Зачем вы так? — все-таки повторила она.

— Не беспокойтесь, таблетка сама по себе безобидна. Вот если с алкоголем, даже таким слабым, она может не только отключить — отбить память. Надолго или на время. Человек очнется — не может вспомнить, что с ним было. Не новая штука, вы о таких, думаю, наслышаны, но у нашей разработки есть помимо всего особые свойства. Маргарита, я никак не перейду к главному, — он перестал обращать внимание на Горина, тот совсем отключился. — Я хочу вам всерьез предложить: подключайтесь к нашей работе. Для начала у себя, попробуете на своих пациентах, но у вас будет резиденция и здесь. Мы только начинаем проект, вы даже не представляете возможности. Сможете приезжать, если захотите, кстати, видеться с ним...

Рита не успела ответить: в сумке зазвонил мобильник. Она достала его, открыла. Сын звонит, пояснила Жучкову, соединяясь. Тот снисходительно кивнул, отхлебнул из бокала.

Это был, однако, не сын. Звонила Алла, извинилась, что Миша не позвонил сразу, он искать ничего сам не захотел, оставил это дело ей.

— Я все нашла сама. Хотите, продиктую?

— Подожди, я запишу. — Рита потянулась к сумке, она висела на спинке кресла, достала на ощупь блокнот, ручку. — Давай.

Алла начала диктовать, Рита стала повторять за ней.

— *Может быть, это точка безумия...*

Горин внезапно вздрогнул. Жучков вскинул брови, не понимая, улыбка еще не сошла с его губ.

— *Узел жизни...* — продолжала записывать Рита.

— Точка! — Горин вскочил с кресла. — Да!.. *точка безумия...* я вспомнил!

— Прекратить! Что вы делаете? — Жучков резко потянулся отнять у Риты мобильник, она так же резко отвела руку, от неосторожного движения тот выпал на пол. Поспешила нагнуться за ним, Жучков сделал то же, неудачно задел черное гладкое тельце, оно ускользнуло дальше под стол.

Оба теперь оказались под столом, они возились на коленях, пытались дотянуться первыми. Мужчина оказался расторопнее, перехватил, отвел руку с добычей в сторону. Оба, пятясь, неловко выбирались из-под стола, уже не совсем понимая, что и как с ними произошло такое, со взрослыми людьми. Рита, отряхивая колени, посмотрела на Горина. Он продолжал сидеть безучастно, не двигаясь с места, прикрыв глаза, только шевелил губами и двигал перед собой кистью руки, дирижируя своим, неслышным. Господи! — подумала Рита, как будто ничего не видел. Происшедшее его не касается. Жди от такого помощи. Жучков первый засмеялся, подвинул мобильник к ней.

— Как школьники, честное слово. Извините, что так невольно среагировал, хотел вам помочь. Но нельзя же при нем читать стихи, сами видели. Здесь уже его бзик знают, это опасно. Хорошо, что сильней не разошелся. — Он взял свой бокал, сделал глоток, еще глоток, допил до конца, наполнил бокал опять. — Даже в горле пересохло. А вы почему не пьете?

Рита рассматривала мобильник — повторного звонка почему-то не было. Не разбился ли?

— Неужели сломался? — высказал ту же догадку Жучков. — Дайте я взгляну. — Рита отвела руку с мобильником в сторону. — Да не беспокойтесь, я вам все компенсирую. Выпейте пока тоже, чтобы успокоиться, да? И чокнемся в знак примирения.

— Не пей с ним, — неожиданно подал голос Горин.

— Надо же, заговорил. Тебе, Левушка, пора отдыхать, сейчас позову, чтобы за тобой пришли.

— Не пей, — повторил невозмутимо Горин. — Это напиток не такой безобидный, к нему можно привыкнуть, как к наркотику. Этот шарлатан, что рядом с тобой, уже на него подсел.

— Ты что говоришь? Что ты себе позволяешь?

— Он, наверно, еще сам не понимает, что подсел. Здесь вся продукция — наркотик медленного действия, я его об этом предупреждал. Ведь предупреждал?

— Прекрати! — Жучков казался немного растерянным. Сама Рита была ошеломлена неожиданным тоном только что вялого, беспомощного человека. — Мы с тобой найдем другое время поговорить. Не при посторонних же.

— Продукт, который вызывает привычку, неизбежно будет завоевывать рынок, — так же спокойно продолжал Горин. — Ему только этого надо, о другом он не думает. Опомнятся, когда может быть поздно.

— Не слушайте этого беднягу, он не понимает, что говорит. Это у него старый пунктик. Я знаю, про нас ходят разные сплетни, слухи. Приезжали уже две комиссии, все опровергли, никаких претензий. С Левушкой мы разобраться сумеем, он наш. А вот что теперь с тобой делать? — Жучков неожиданно перешел на ты, стало вдруг заметно, как он охмелел. — Наслушалась бреда, вернешься к своей журналистке, станешь ей повторять, она добавит от себя, настрочит. Ему только это и нужно, — кивнул на Горина. — Ведь наговоришь? — взгляд его казался уже совсем мутным. — Как только уйдешь отсюда. Если уйдешь, — добавил с кривоватой усмешкой.

— Вы что, можете меня не выпустить? — Рита совсем переставала понимать происходящее. Горину нельзя было говорить так при нем, он рисковал необдуманно, недопустимо, в речах Жучкова звучало уже что-то совсем безумное, мерзкое.

— Подумаем. Смотря как ты за это заплатишь. Допустим, в словах этого идиота есть доля истины. Допустим. И что дальше? Есть ситуации, когда пути назад нет, только дальше. Ходы без выбора. Шахматисты это называют цугцванг. Понимаешь? — Речь Жучкова стала замедляться. — Допустим, оставим тебя здесь, найдем способ оформить. А что? Здесь очень неплохо. Будем время от времени навещать бедного дурачка, вместе. Для него будет отрада. Ах, знала бы ты, как он о тебе говорил... когда-то... О материальных условиях договоримся...

Рита сидела, онемевшая. У Жучкова совсем заплетался язык. Он не закончил, вдруг уронил голову на стол, щекой в остатки жидкости из упавшего бокала, губы потянулись вперед, словно желая хоть так всосать пролитое.

Рита в испуге подняла глаза на Горина. Она не заметила, как тот встал с кресла. Теперь стоял, возвышаясь над поверженным противником, усмешка непонятного торжества тронула его губы.

9

— Ничего страшного, не бойся, — Горин говорил теперь каким-то другим голосом. — Проспится.

Рита смотрела на него ошеломленно.

— Я бросил ему в бокал свою таблетку. Пока вы там возились под столом. Он думал, что я ее проглотил, как всегда. А я давно уже их не глотаю, только делаю вид. Наловчился. Помнишь, как показывал фокус твоему сыну? Если б я им совсем поддался, давно бы стал вполне счастливым. Как другие здесь. Сюда же многие стремятся за счастьем, он не врал. Только не все рассказал. С деньгами приходят...

Оба продолжали смотреть на человека, лежавшего щекой в светлой янтарной лужице. Вытянутые расслабленно губы делали заостренный профиль совсем мышиным. Жучков посапывал, руки его свисали со стола, плечи слабо поднимались, обозначая дыхание.

— Я мог бы ему добавить еще, вот, у меня остались сегодняшние, не успел выбросить. — Горин достал из кармана, показал на потной ладони зеленоватые шарики. — Но это уже слишком, нс угадаешь последствий.

— Зачем ты это сделал? — качая головой, спросила она.

Он лишь тут как будто опомнился, пожал неуверенно плечами.

— Я хотел... Мы ведь можем с тобой отсюда уйти? — сказал полувопросительно.

Куда? Как? — готова была спросить Рита, но все вопросы становились бессмысленными, еще не произнесенные. Что будет, когда этот опасный человек очнется, что он сделает? Что натворил этот больной, неожиданный, нелепый бедняга, что натворили оба, как придется потом объяснять, отвечать, кому? А может, этот Жучков и вправду все забудет, очнувшись, и ее, и весь разговор? Но Горина-то хватятся другие, могут войти в любую минуту. Невозможно было найти решение, только отложить, оказаться сначала в защищенном, понятном месте, у себя, там с кем-нибудь связаться...

Что-то совершалось словно само собой, не спрашивая желания, даже путь выхода оказался как будто заранее предложен, подсказан. Лестница была не освещена, они спускались почти на ощупь, Рита держалась одной рукой за перила, другой вела за собой Горина, сумка мешала, хорошо, что не оставила куртку. Может быть, это точка безумия, стучало в голове. Монастырский двор был безлюден, пугающ. Уже начинались сумерки, не заметили времени, свет маленьких желтых окон помогал им сгуститься. На первом этаже слева стекла казались затуманенными — банным ли паром, собственной ли зернистостью, за ними сейчас очищались, омывали друг друга избавленные от забот обитатели, ослушников-беглецов пока не хватились. Они долго пересекали бесконечный двор. Рита по-прежнему вела Горина за руку, заставляя себя не озираться на каждом шагу, спиной, всем телом ощущая в пространстве невидимый всевидящий глаз. Гравий под осторожными шагами шуршал оглушительно, предательски. На высоком столбе внезапно зажегся яркий, как прожектор, фонарь, она невольно вздрогнула, поспешила скорей нырнуть в закоулок за навалом строительных досок. Здесь было полутемно. Рита без уверенности, вслепую нащупала две широкие доски, маскировавшие прореху в стене, раздвинула их.

Дохнуло свежестью открывшегося пространства, воздух напоен был настоем распускающихся почек. Нога соскользнула по влажной глине. Слабо различимая тропинка круто спускалась вниз, к лесу. Теперь уже Горин помогал ей, подставляя снизу руку.

Прошлогодняя слежавшаяся листва под ногами пружинила, поглощая шаги. Тропинка растворилась, неразличимая. Они углублялись в лес, свободными руками отводя от лица хлесткие ветки. Горин старался делать это первым, для обоих, шел, чуть опережая ее — куда? Оба не знали направления, шли наугад. Кроны деревьев над головами густели, закрывая еще светлое небо.

Может быть, может быть, может быть... это точка... точка безумия, лихорадочно возобновлялось, билось в висках. Непонятное, чужое безумие, подхватила, поддалась, заразилась. Только бы попасть к себе, прийти в себя. Первым делом, конечно, рассказать Жанне, она сориентируется, она знает ходы, у нее есть связи. Влиятельный журналист, пригрозит этому Жучкову написать про его сомнительные дела. Хотя вообще-то готовила другой материал, и он ее так очаровал. Но может получиться сильней, скандальная сенсация. Разоткровенничался неосторожно. Ладно, это потом, напишет не она, так другой. Не надо бояться. Мне-то еще ничего, перебирала возможности Рита, но что делать с ним, непонятным, нелепым — а если все-таки больным? Пристроить временно у кого-нибудь. Показать настоящим врачам? Нет, и это все потом. А пока привести к себе. Миша, оболтус, может, его вспомнит, обрадуется. В этом возрасте меньше предрассудков, приключения по душе. Появился вдруг мужчина в доме. Да, еще эта девица... ей придется на время слинять, уступить место, а как же?.. Нелепо, однако, мечется мысль. Что сразу об устройстве? Для начала — как выйти из этого леса, как вывести человека в таком виде на городскую улицу? Первый же милиционер остановит. Бежал из сумасшедшего дома. Ушли, скажу, с карнавала, заблудились в лесу. Надо его сразу переодеть... во что? Позвонить сыну, пусть сейчас оторвется от своей девки, возьмет такси, привезет что-нибудь из своего. Хотя он меньше ростом, на этого долговязого все будет коротко, но, может, хотя бы пальто, плащ, все-таки... Бог ты мой, есть же мобильник, опять забыла...

Подобие разумной мысли успокоило лихорадку. Рита придержала Горина, остановилась, достала мобильник, открыла крышку. Табло не засветилось, аппарат не подавал признаков жизни. Все-таки повредился, упав. Или села батарейка. Да если бы и дозвонилась — куда бы вызвала сына, по какому адресу?

Лишь тут она словно опомнилась. Они были неизвестно где, оторванные от понятного мира, одни среди темного леса, ни одного искусственного огонька вокруг. Ноги больше не нащупывали отчетливой тропы. Что ж, будем блуждать, пока совсем не устанем, чем дольше, тем лучше. Счет времени давно потерян. Рука в руке, биение общего пульса, напряжение воздуха.

Ночь, майская ночь — это не пора успокоения, дремоты, расслабленности. Это время, когда соки живей бегут по древесным жилам, по травяным стеблям, закипают, рвутся все выше, выше, чтобы уснувшие, непричастные к таинству на рассвете изумились, очнувшись, преображенному без них миру, зеленой кипени. Они, двое, сейчас причащались к священнодействию, были внутри него, проникались им. Счастливое беспокойство почек, готовых раскрыться, еще не понимающих этого, предчувствие, ожидание. Мы ничего не знаем, понимание лишь предстоит, будет всегда предстоять, манить, мерещиться — только не объявлять его заранее невозможным, не отступаться. Предстоящее было обоим совершенно непонятно, непредсказуемо — но что по сравнению с этим другая, предсказуемая, понятная жизнь? У Риты еще никогда не было такого... она сама не знала, каким словом это назвать. Такого настоящего. Молодые, бурлящие мечты, фантазии, сны, мысли о других возможностях, других людях, других отношениях упирались раньше ли, позже в смущение, робость, стыд, страх, привычку. Сама бы на такое не решилась, разве что в мыслях, на деле побоялась бы, но вот решил за нее мужчина, беспомощней, казалось, ее, больной, может быть, сумасшедший — если считать сумасшествием способность необъяснимо, самоотверженно любить, пронести через годы чувство. И вот она оказалась помимо воли втянута — в чужое безумие? В возможность другой жизни?

Робеющий несовершенен в любви, всплыло в памяти. Но что она до сих пор знала о любви, любила ли кого-нибудь?

Я должен жить, хотя я дважды умер, не отпуская ее руки, то и дело вспоминал что-то Лев Горин. Великие, подслушанные в божественном мироздании слова всплывали из освободившейся, открывшейся памяти, обещая излечение, возвращение — ей вместе с ним. Говорить на ходу было непросто, он начинал задыхаться — от переполнявшего ли его восторга, от непривычки ли к такой ходьбе (Рита невольно ускоряла шаг, словно спешила уйти подальше, тянула его), приходилось останавливаться. *За радость тихую дышать и жить...*

Внезапно подал голос соловей, где-то совсем близко, щелкнул раз-другой, поначалу пробно, пустил трель, еще одну, и вот начал расходиться. Оба замерли, выискивая певца на слух, понемногу к нему приближаясь, опасаясь спугнуть треснувшей под ногой веткой.

Пузыри икряных рождений и лопающихся смертей, звучало под открывшимся небом, головастики-младенцы, стоны совокуплений, изнеможение подземного труда, восторги вдохновения, ресторанный загул богатых бандитов, упоение и тоска, отчаянные бунты голодных, молитвы и смех, навязанная война, мясо в ошметьях одежды, разметанные взрывом тела, экстаз и отрезвление... продолжайте сами до бесконечности, добавляйте каждый свое, но только свое, то, что вы знаете по себе, испытали, почувствовали, потому что каждому доступна лишь ничтожная часть того, что люди условились называть реальностью — полнота доступна лишь гению певца, лишь музыке, лишь воображению каждого, хотя бы на редкий миг, в меру способностей.

Открылась полная луна. Они наконец различили на нижней безлиственной ветке маленького певца, он был весь ясно виден, крошечная живая тень на фоне лунного неба. Непостижимо, как это тельце производило такие звуки. Он пел самозабвенно, для той ли, кого звал, не видя, для себя ли, для ближних — для тех, кто его слушал. С разных сторон соловью отзывались другие, распускающаяся листва закрывала певцов от глаз, но голоса их наполняли подлунное пространство, сопровождая плывущих в нем мужчину и женщину.

Мир вокруг был фантастичен. С шепотом прорастала трава, бормотали, расправляясь, листья. Слова оживляли запахи, возвращали прикосновения. Сок, живительный земной сок устремлялся по жилам, растекался, вытекал из ран и порезов, оставленных человеком или стихией, загустевал, чтобы совсем затвердеть, высохнув. Черви и кроты вылезали из подземной ночи в зияние черной воздушной бездны, талая вода в бочажках была еще ледяной. Ложились под ноги лунные тени, каждая была длинней прожитой деревом жизни. Просвет между деревьями впереди обещал опушку. Голоса безмолвия, бормотание невыразимого, сиянием полнится открывшееся впереди пространство.

2011

ОГЛАВЛЕНИЕ

Литературно-художественное издание

Марк Сергеевич Харитонов
УЗНАТЬ БОЛЬШЕ
роман

УЗЕЛ ЖИЗНИ
повесть

Редактор
Татьяна Тимакова

Художественный редактор
Валерий Калныньш

Подписано в печать 30.01.2012
Формат 70х108 $^1/_{32}$. Бумага писчая.
Гарнитура Charter. Печать офсетная.
Усл. печ. л. 18,9. Тираж 2000 экз.
Заказ № 76.

«Время»
115326, Москва, ул. Пятницкая, 25
http://books.vremya.ru
letter@books.vremya.ru
(495) 951 55 68

Отпечатано в соответствии с качеством
предоставленного оригинал-макета
в ОАО «ИПП «Уральский рабочий»
620990, г. Екатеринбург, ул. Тургенева, 13.
http://www.uralprint.ru   e-mail: book@uralprint.ru